LES CORRUPTEURS

W0276825

"Actes noirs"

Titre original :
Los corruptores
© Destino, SA / Jorge Zepeda Patterson, 2013

© ACTES SUD, 2015
pour la traduction française
ISBN 978-2-330-04806-8

JORGE ZEPEDA PATTERSON

Les corrupteurs

roman traduit de l'espagnol (Mexique)
par Claude Bleton

ACTES SUD

Pour Clara, Sergio et Camila.

MARDI 19 NOVEMBRE, 17 HEURES
Pamela

Son premier réflexe fut de redescendre sa jupe qui était retroussée jusqu'aux hanches. Mais les cordes aux poignets l'en empêchèrent ; une douleur sourde à la mâchoire lui rappela où elle se trouvait. Le gros qui l'avait frappée pour la réduire au silence et la bâillonner était toujours là, alignant ses ustensiles sur la commode. Pamela entrevit une grosse couverture, un marteau aplati et une sorte de petite batte en métal. Elle préféra détourner le regard.

Elle replia les jambes autant que ses liens pouvaient le permettre, pour présenter ses cuisses sous le meilleur angle possible. À quarante-trois ans, elle était encore considérée comme une des femmes les plus désirables du pays. Ses détracteurs aimaient à dire que ses jambes l'avaient portée au sommet de l'industrie cinématographique nationale. Pourvu qu'elles me tirent aussi de cette mauvaise passe, pensa-t-elle en s'accrochant à l'idée d'une séduction *in extremis*. Condamnée à se taire à cause du bâillon, elle n'avait pas d'autre solution.

L'homme semblait très absorbé, indifférent à la présence de la femme. Il allait de sa mallette à la commode avec des gestes précis, sans hâte ni hésitation, comme le commerçant qui organise son comptoir au seuil d'une nouvelle journée de travail. Pamela se rendit compte que cet individu se moquait éperdument de sa pose suggestive. Il n'avait pas l'intention de la violer. Une bonne nouvelle qui en annonçait une autre bien plus terrible. Une douleur au plexus révéla la panique qui peu à peu l'envahissait. Elle se demanda si cet individu était là pour lui extorquer des informations. Désespérée, elle se remémora tout ce qu'elle savait, les secrets d'État qu'elle avait accumulés tout au long de son passé agité. Son bourreau, qui qu'il soit, n'était sans doute pas intéressé par son corps, mais il ne pouvait être indifférent à ses secrets, songea Pamela. Elle fit l'inventaire des informations qu'elle pouvait offrir : l'avion, les vidéos, l'accord.

Elle perdit tout espoir quand le gros se retourna, bardé dans un tablier en cuir, la massette à la main. Il la regarda sans lui accorder le moindre intérêt, sans chercher à lui ôter son bâillon pour l'interroger ; son regard calculait la meilleure façon de finir le boulot.

Pamela détendit les cuisses, baissa sa jupe comme elle put, et ferma les yeux.

LUNDI 25 NOVEMBRE, 10 H 30
Tomás

Britney Spears lui lançait des regards lubriques, le menton sur le pubis, et l'avantage, se dit Tomás, c'est que c'était son propre pubis. Ils étaient dans sa chambre, sous les draps froissés d'un lit duquel pendaient les chemises sales de la semaine passée. Sur la table de chevet, dans une soucoupe, des cosses de fèves répandaient une mauvaise odeur. Rien de tout cela ne semblait choquer Britney, à en juger par son air extasié. Il leva les yeux au plafond quand elle baissa le nez pour s'occuper de son entrejambe. Tomás s'abandonna à la première vague de plaisir, fantasmant sur la gorge profonde que devait avoir une chanteuse professionnelle. Soudain, la jouissance laissa place à la consternation quand il entendit des bruits étranges sortir de la bouche de Britney : des grincements aigus qui laissaient supposer qu'une tragédie allait bouleverser son anatomie.

Il se réveilla, contracté, en nage, tenant à deux mains son pénis encore en érection. Quelqu'un s'était collé sans pitié à la sonnette de l'entrée. Tomás enfila un peignoir, sortit de la chambre et traversa le petit salon pour atteindre la porte. Mario fit irruption, le visage en sueur, excité.

— Que se passe-t-il ? Tu m'as réveillé, j'étais sur le point de me taper Britney Spears, se plaignit Tomás, encore secoué par le rêve qui venait d'avorter.

— Avec ou sans capote ?

— En rêve, personne ne baise avec une capote.

— Alors tu as sûrement échappé à la petite vérole, répondit Mario.

Tomás avait envie de retrouver la peau laiteuse de Britney : dans les rêves on n'attrape pas de maladies. Toutefois, Mario avait raison : "Mon subconscient pourrait avoir meilleur goût."

— Il y a des heures que j'essaie de t'appeler, tu n'as rien entendu ? lui dit Mario angoissé, balayant la pièce du regard en essayant de repérer le portable de son ami.

— Que se passe-t-il, merde, il y a le feu quelque part ?

Le problème avec Mario, se dit Tomás, c'est qu'il se fait trop de souci pour les autres et pour moi en particulier. Il n'a pas de vie personnelle.

— Je ne sais pas très bien, mais tu as mis le feu au pays.

— Explique-toi, tu me fais peur.

En réalité, Tomás croyait que Mario était incapable d'effrayer qui que ce soit, même s'il avait un véritable talent pour le faire paniquer.

— Les infos du matin ne parlent que de ton article. Le procureur prétend que c'est une fanfaronnade de ta part, mais un type du PRD a affirmé dans l'émission de Carmen Aristegui qu'ils vont demander l'ouverture d'une enquête sur le ministre de l'Intérieur.

Tomás n'était pas assez bien réveillé pour se rappeler ce qu'il avait écrit la veille ; cependant, les allusions au procureur et au puissant ministre de l'Intérieur déclenchèrent toutes les alarmes et dissipèrent les dernières brumes qui restaient de Spears. Peu à peu lui revinrent à l'esprit quelques lignes des paragraphes hâtifs qu'il avait envoyés la veille au journal.

— La présidence n'a pas encore réagi ? Quelle heure est-il ? demanda Tomás en se tournant vers la fenêtre.

Le mince rayon de soleil qui se faufilait entre les rideaux ne montrait que la poussière en suspension dans la chambre ; aucun indice de l'état d'avancement du jour où, selon Mario, il avait mis le feu au lac. Il essayait de se rappeler ce qu'il avait écrit la veille, mais sa gueule de bois n'était pas coopérative. Le journaliste se targuait d'avoir la saine habitude de se désintéresser des textes auxquels il avait apposé le point final ; il ne s'interrogeait plus depuis longtemps sur l'audience de ses écrits. Mais à en croire Mario, cet article ne prenait pas le chemin de l'oubli que connaissaient normalement ses chroniques. Tandis que Tomás cherchait des réponses dans sa cervelle et allumait son ordinateur, Mario jouait son rôle en ouvrant les rideaux et en claquant les portes du placard pour dénicher du café.

Un premier coup d'œil sur l'écran confirma ses pires craintes. Normalement, il s'intéressait à la politique, jamais aux faits divers, mais cette fois il avait décidé de profiter de deux ou trois exclusivités peu significatives concernant la découverte du corps de Pamela Dosantos, cinq jours plus tôt. La veille au soir, il avait résumé ce qu'il savait de l'affaire et glissé quelques allusions pour arriver aux neuf cents mots qu'exigeait le responsable des pages d'opinion du journal. C'était un article bâclé, comme beaucoup d'autres ces derniers temps, cette fois parce qu'il avait rendez-vous avec des amis à La Nueva Flor del Son, le meilleur endroit pour danser la salsa.

Une fois encore, Mario coupa court à ses divagations en balançant un nouveau pavé dans la mare.

— Lave-toi et mets une cravate, les journalistes vont te courir après toute la journée.

L'injonction balaya ses petits soucis, car il se rappela l'état calamiteux des quatre cravates qu'il n'utilisait jamais.

— Où as-tu déniché cette info ? insista Mario.

— Quelle info ? Je ne comprends toujours rien à cette agitation. J'ai simplement résumé l'affaire Dosantos dont tout le monde parle, se défendit Tomás, et il se mit à lire à haute voix sur l'écran : "Les informations ont annoncé qu'Alfonso Estrada, maçon de profession, et Ricarda Pereda, femme de ménage, se sont introduits dans le terrain vague de la rue Filadelfia, du quartier Del Valle, pour avoir un peu d'intimité. Un gros tapis roulé et caché dans les broussailles du talus leur parut propice à leur projet : « bavarder » selon Ricarda, « se mélanger » selon Alfonso. Quoi qu'il en soit, ils durent s'interrompre quand ils virent qu'un pied dépassait à l'extrémité du tapis enroulé."

"À la suite, je me contente de rappeler la carrière professionnelle de Dosantos, son illustre carrière : interprète de *Reynas del Sur*, et maîtresse de potentats et d'hommes de pouvoir. Je signale qu'elle avait ouvert récemment un restaurant à succès à Polanco, et je suggère la nécessité d'orienter l'enquête sur sa mort vers les chefs d'entreprise et les politiciens qui ont fait de la table de cette femme le rendez-vous à la mode de la ville. Mais je n'ai donné aucun nom, conclut Tomás, épuisé par une si longue plaidoirie.

— Tu n'as pas besoin de donner des noms, répondit Mario. Si tu avais publié l'acte de baptême du responsable, c'était pareil.

C'est alors que Tomás se souvint. D'après son article, les forces de police savaient que le cadavre avait été déposé dans le terrain vague, car l'absence de sang laissait penser que Dosantos avait été torturée et assassinée ailleurs. Et pour enfoncer le clou, il signalait que les autorités s'étaient intéressées à une maison, au numéro 18 de cette même rue Filadelfia, à quarante mètres de l'endroit où la victime avait été découverte.

Tomás reconnut que tout autre journaliste se serait renseigné sur la propriété en question avant d'en parler ; lui-même l'aurait encore fait quelques années auparavant. Cependant, il y avait longtemps qu'il y avait renoncé, car sa rubrique n'était lue par personne, à l'exception de Mario et d'une douzaine de connaissances, pas toujours animées des meilleures intentions.

Le malaise qu'il avait ressenti la veille en écrivant l'adresse sans avoir aucune idée de l'identité de son propriétaire refit surface. Il avait assez de scrupules pour savoir quand il violait les codes du journalisme, mais trop de cynisme pour les écouter ; de toute façon, les remords ne figuraient plus dans son correcteur de style. Tomás se rappela que dans le même article il en avait eu d'autres en écrivant : "… Personne ne serait surpris si la conclusion de cette enquête nous apprenait qu'une fois de plus la vie imite l'art." Il était horrifié, pas seulement par ce cliché ringard, mais aussi par l'insinuation que les films de Dosantos pouvaient, même de loin, être qualifiés d'artistiques. Pourtant, la phrase était restée dans le texte envoyé.

— À qui appartient la maison ? demanda-t-il, passablement inquiet.

— Tu n'en as vraiment pas idée ? répondit Mario, encore une fois disposé à mettre à l'épreuve la patience de son ami.

— Qui y vit ? insista Tomás qui grillait d'impatience.

— Comment as-tu osé publier une adresse sans vérifier qui y habitait ? dit Mario, se vengeant ainsi des humiliations de tant d'années à jouer les écuyers.

Gêné, et sans même réaliser ce qu'il faisait, Tomás posa les yeux sur la jambe infirme de Mario, dont ils ne parlaient jamais. Quand il releva la tête, son ami avait de nouveau le regard fuyant.

Cette fois, il lui donna les détails sans plus attendre.

— Il s'avère que la maison est le bureau personnel que le ministre de l'Intérieur utilise depuis peu. En réalité, tu incrimines Salazar.

Tomás accusa le coup. Augusto Salazar était l'homme le plus redouté du nouveau gouvernement. Le Parti révolutionnaire institutionnel, le PRI, avait réinvesti le palais présidentiel, Los Pinos, après douze années d'administration molle et inefficace du PAN, le Parti d'action nationale. La marge de victoire du chef de l'État actuel, Alonso Prida, montrait de l'avis général que le pays réclamait un présidentialisme fort. L'opposition et beaucoup d'analystes pensaient que Salazar, bras droit du président, était décidé à utiliser cette aspiration populaire comme alibi pour instaurer un régime autoritaire et assurer le maintien du PRI au pouvoir pendant plusieurs sextennats.

Tomás tapota l'épaule de Mario et s'affala dans le fauteuil. Maintenant, il avait davantage besoin de l'ami que d'un bretteur de mots. Il ne voyait aucun lien entre Salazar et l'assassinat de Dosantos, mais il était clair qu'associer l'un à l'autre l'avait précipité au fond d'un trou profond.

— Je devrais peut-être quitter le pays en attendant que tout s'arrange, dit Tomás mollement, sachant que les huit cents dollars qu'il avait mis de côté ne lui permettraient pas d'aller très loin.

— Pas d'affolement, répondit Mario. Si tu t'en vas, alors que tu es le seul à avoir des informations sur le lieu du crime, la police peut croire à ton implication, imaginer que tu as pris la fuite.

— Déconne pas, je n'ai rien à voir avec tout ça. L'info m'a été donnée par un ami samedi dernier et je n'ai pas pu résister à la tentation de l'utiliser, c'est tout, protesta Tomás.

— Et qui est cet "ami" ? s'enquit Mario en traçant des guillemets dans le vide.

— Personne de ta connaissance, répondit le journaliste sur un ton sombre.

Mais en se rappelant son informateur, Tomás se rendit compte que le trou se transformait en abîme.

— On t'a piégé. Il faut voir Amelia et Jaime.

1984

Ils gravitaient tous les trois autour d'Amelia, travaillés par les hormones enflammées de l'adolescence. Depuis l'école primaire, elle était leur leader, un groupe que les autres élèves appelaient les Bleus, à cause de la couleur de la reliure des cahiers français que le père de Jaime rapportait de ses voyages. Tomás et Jaime lui disputaient son leadership, mais la langue acérée d'Amelia était sans rivale. Jaime avait pour lui la richesse de son père, sa piscine et le prestige des jouets d'importation. Tomás pouvait compter sur une douceur naturelle qui séduisait et désarmait. La seule vertu de Mario était d'être l'ami disponible, toujours prêt à être le complice des caprices des trois autres. Mais c'était Amelia qui galvanisait le groupe.

Ils traversèrent l'enfance et l'adolescence, protégés par ses répliques lapidaires qui maintenaient à distance les spécimens en tout genre qui hantaient l'école. Son talent à coller des surnoms aux professeurs et aux élèves inspirait la crainte et le respect. À quatorze ans, Amelia imposait son autorité avec les arguments nouveaux d'un corps qui évoluait plus vite que celui de ses amis.

Depuis des mois, tous quatre parlaient de sexe, mais dans ce domaine aussi Amelia avait l'avantage. Fille d'une doctoresse féministe, elle avait grandi dans un foyer où les enfants parlaient de leur pénis ou de leur vagin comme d'autres parlaient d'un mal de gorge ou des ongles qui poussent trop vite. Au début, Amelia était déconcertée par les réactions gênées et même violentes des élèves quand elle abordait ces sujets, mais à mesure qu'ils s'approchaient de la puberté, elle remarqua que son aisance et ses connaissances dans un domaine qui fascinait les autres lui donnaient des avantages indiscutables. Elle pontifiait, corrigeait et intimidait ses camarades, qui finirent par voir en elle une sorte d'oracle de ce qui les attendait dans les contrées obscures, incertaines et irrésistibles de leur future vie sexuelle.

C'est justement ce qui lui causa des problèmes. Un vendredi midi, à l'interclasse, les quatre amis regardaient leurs camarades disputer une ardente partie de basket-ball. Les Bleus se prenaient pour des intellectuels ; depuis quelques mois, Tomás les avait convaincus, contre l'avis de Jaime, que le sport était une pratique antinaturelle. Lui-même avait des qualités athlétiques, mais son goût pour la lecture l'avait persuadé qu'il brillait plus par ses conversations éclairées et provocantes que par ses paniers souvent ratés.

— On n'a jamais vu les vaches transpirer et courir par plaisir ! Le sport est contre nature, avait-il déclaré, pensant ainsi asséner un argument sans appel.

— Mais c'est bon pour la santé, avait objecté Jaime, le plus athlétique des quatre, élève modèle à l'académie de karaté qu'il fréquentait tous les jours.

— Bien sûr, jusqu'au jour où tu te tords la cheville, ou te casses le nez d'un coup de tête, ce qui n'a rien à voir avec la santé, avait répliqué Amelia qui, si elle avait des facilités pour le volley-ball, avait conscience de son infériorité musculaire face à ses camarades d'enfance.

— Le sport aide l'homme à ne pas perdre ses talents de chasseur et de guerrier, et à être toujours prêt à réagir devant le danger, protesta Jaime, répétant les préceptes de son professeur de karaté.

— Imbécile, dit Amelia, qui avait découvert la violence de l'épithète quelques semaines plus tôt, la civilisation est liée au développement du cerveau, pas aux muscles qui servent à grimper aux arbres, et ainsi trancha-t-elle le débat.

La partie de basket-ball accapara l'attention des Bleus quand Poil de Carotte, ainsi baptisé par Amelia depuis quelques mois, envoya une bourrade au Nazi, la grande gueule de l'école. Ils savaient que les choses n'en resteraient pas là. Poil de Carotte regardait avec anxiété la pendule accrochée au mur, à l'extrémité du terrain, espérant entendre bientôt la sonnerie salvatrice annonçant la reprise des cours. Mais le Nazi n'attendit pas : quand la balle rebondit sur le panier, il se précipita sur sa victime et l'abattit d'un coup de coude sur le crâne. Le garçon s'effondra et sa tête fit un drôle de bruit en rebondissant sur le plancher.

— Imbécile ! cria Amelia.

— Pauvre Poil de Carotte ! s'exclama Mario affolé, mais voyant la passivité de ses camarades il s'abstint de lui porter secours.

— Quelqu'un devrait l'arrêter, dit Tomás outré, mais à voix basse, rêvant d'avoir assez de muscles et de cran pour affronter le Nazi. En général, ses sentiments étaient plus audacieux que ses actes.

— Ne t'inquiète pas, derrière ces muscles, il y a une tête de gringalet. Il creuse sa propre tombe, affirma Amelia avec mépris.

Jaime n'en était pas si sûr. Plus d'une fois il avait envié les larges épaules du Nazi et la domination que sa présence physique imposait à ses camarades.

— Pourtant, aux douches on ne peut pas dire qu'il est un gringalet. Quand il va aux WC on se demande toujours s'il pisse ou s'il fait boire son cobra, répondit Jaime.

Le trio applaudit la vanne sous le regard critique d'Amelia.

— Une vieille blague éculée. Et un vrai mensonge. D'après les recherches scientifiques, plus le pénis est grand, plus l'homme a de chances d'être homosexuel, affirma-t-elle.

Le trio protesta : elle inventait cette histoire ! Mais Mario se dit que si c'était vrai, il n'aurait plus besoin d'avoir peur, car il était convaincu d'avoir un pénis minuscule.

— Je ne plaisante pas. Je l'ai lu dans un livre de ma mère, affirma Amelia sur le ton le plus catégorique qu'elle put trouver.

Se rappelait-elle vraiment de l'endroit où elle avait pu trouver cette information ? En tout cas, c'était sûrement vrai. Amelia n'était pas du genre à se dédire.

Ses amis protestaient toujours et exigeaient des preuves. Elle soutint qu'elle les avait et promit de les apporter le lendemain chez Jaime où ils s'étaient donné rendez-vous, comme tous les samedis, pour nager et manger ensemble. La réunion serait spéciale, car c'était la dernière avant la dispersion des vacances d'été. Amelia passerait les semaines suivantes dans la maison que sa famille avait à Malinalco, à moins de deux heures de México. Jaime irait à Miami avec sa mère et ses deux frères. Tomás retrouverait ses cousins à Puerto Vallarta. Mario, qui n'avait pas les moyens de ses camarades, resterait à México, bien qu'il ait dit aux Bleus qu'un oncle voulait l'emmener dans une ferme d'élevage à Tamaulipas.

Amelia voulut changer de sujet, mais la sonnerie de la reprise des cours l'en empêcha.

Jaime interdit toute échappatoire :

— Tu nous apportes le livre demain, hein ?

— Bien sûr, mais vous allez le regretter, dit Amelia, imperturbable.

Tous trois eurent un ricanement nerveux, mais réaffirmèrent qu'ils n'entendaient pas boycotter l'affaire.

L'après-midi, Amelia examina avec attention les illustrations de quelques livres sur la sexualité et l'anatomie, dans le bureau de sa mère, mais ne trouva rien qui confirme sa théorie. C'était ennuyeux : pas question de passer pour une menteuse, surtout le dernier jour avant les vacances, sans aucune chance de restaurer sa crédibilité dans les semaines suivantes. Elle perdrait son emprise sur ses amis dans le seul domaine qui captait toute leur attention depuis quelque temps.

Elle cherchait désespérément une solution. Elle se rappela que son père aussi avait une série d'ouvrages sur la sexualité. Elle les avait déjà feuilletés, mais ils étaient beaucoup plus techniques, sans illustrations, et farcis de jargon freudien. Cette fois, la cachette s'avéra plus intéressante que le contenu. À la différence de sa mère, très à l'aise avec le corps, son père avait du mal à en parler de façon détendue, depuis toute petite Amelia avait remarqué qu'il se retranchait derrière un charabia psychanalytique pour se débarrasser de ce genre de questions.

Elle ouvrit le troisième tiroir du bureau d'un cabinet que son père conservait à la maison mais qu'il utilisait très peu, il préférait les installations modernes d'un immeuble de Santa Fe, surnommé le "San Diego mexicain". Comme la fois précédente, elle écarta les volumineux dossiers qui cachaient trois livres reliés, dont un en anglais ; Amelia espérait y trouver quelque chose. En les sortant, elle aperçut au fond du tiroir une pochette cartonnée couleur café dont la surface était irrégulière, et cette couverture improvisée dissimulait deux magazines. D'abord étonnée, puis fascinée, Amelia les feuilleta et comprit qu'il s'agissait de revues pornographiques, avec des photos exclusivement d'hommes.

Elle se dit qu'il s'agissait peut-être d'un matériau en rapport avec un patient homosexuel, mais elle savait que son père n'avait pas l'habitude de rapporter ses dossiers à la maison ou ce qui avait un rapport avec les séances thérapeutiques. Pleine d'une appréhension grandissante, Amelia revit des images qu'elle avait délibérément ignorées : les chemises trop colorées qu'il portait, son rire étrangement aigu quand il buvait et l'absence de caresses entre sa mère et lui.

Amelia se laissa tomber sur la chaise du bureau. Elle n'avait jamais été proche de son père ; son caractère rebelle lui avait valu trop de conflits avec cet homme qui vivait dans l'obsession de l'ordre et de l'esthétique. Il n'était pas particulièrement sévère, mais il ne laissait jamais passer une occasion de lui reprocher doucement, mais avec insistance, les dommages que son enfance inquiète causaient sur la nappe ou sur les meubles du salon. Tous deux avaient conclu une trêve qui consistait à s'ignorer sans animosité.

Malgré tout, c'était une révélation bouleversante. Amelia se dit qu'elle ne devait pas en tirer de conclusions hâtives ; elle devait être sûre d'avoir un papa gay avant de libérer ses propres réactions émotionnelles. Elle réprima vivement un frisson en imaginant son père tout nu, et elle reprit les magazines. Mais sa recherche n'avait plus aucun sens : elle n'avait plus envie d'élucider la relation entre homosexualité et dimension du pénis.

Le lendemain, Tomás sacrifia son vieux jean pour en faire un maillot de bain. En voyant les petits maillots rayés stylisés que portait Jaime, il se sentait de plus en plus gêné dans le short encombrant et vieillot qu'il portait normalement. Il enfila un t-shirt ample des Dallas Cowboys et décida qu'il ne l'enlèverait qu'au moment de se mettre à l'eau. Il avait beau s'examiner dans la glace, ses muscles n'affleuraient toujours pas sur ses bras mous qui répugnaient à quitter l'enfance. Ce qui n'était pas le cas de Jaime.

Tomás s'était toujours senti plus proche d'Amelia que de ses deux autres camarades. Il devinait entre eux une complicité fondée sur l'absolue conviction, partagée, qu'ils étaient les plus intelligents de la classe. Pas forcément ceux qui obtenaient les meilleures notes : lui était trop faible et Amelia trop rebelle, même s'ils parvenaient à décrocher des huit et des neuf sans trop d'efforts. Mais tous les deux pigeaient plus vite que les autres élèves et posaient les questions les plus fines en classe ou en dehors. Même dans leur petite bande, Tomás était persuadé de constituer un club à part avec elle. Ils échangeaient des regards pour calmer les débordements de Jaime, enclin aux colères soudaines, ou pour supporter les maladresses et les erreurs de Mario, sans avoir à les expliciter. Ou peut-être Tomás l'avait-il adoptée comme âme jumelle, sous l'influence de Mercedes, la mère d'Amelia, qui ne cachait pas que ce garçon était son préféré parmi les amis de sa fille.

Cependant, ces dernières semaines Tomás commençait à avoir des doutes. Le corps de Jaime et celui d'Amelia semblaient avoir franchi une étape, comme les serpents qui après la mue revêtent une nouvelle peau, plus colorée. Le ventre plat de la jeune fille élancée était assorti au dos élastique et musclé du jeune homme. Les longues séances de soleil du samedi leur donnaient une teinte cuivrée et lustrée, tandis que Mario et Tomás ne récoltaient que rougeurs et insolations. De nouvelles hormones avaient insufflé une alchimie différente chez chacun d'eux : comme si ses amis flottaient dans une aura sensuelle qui dotait leurs mouvements d'une élégance naturelle, alors que son propre corps encore ancré dans l'enfance était la proie d'éruptions cutanées de plus en plus inquiétantes.

Quand Tomás arriva chez son ami, dans le lotissement privé de Las Lomas, Ramón, le jardinier, lui dit que les autres étaient déjà sur la terrasse de la piscine.

Le tableau idéal qu'offraient le minuscule bikini d'Amelia et le maillot en lycra à rayures de Jaime lui confirma ses pires craintes. Tous deux semblaient à l'aise dans leur semi-nudité, à croire qu'ils avaient passé la semaine à porter des vêtements pour des raisons antinaturelles et qu'enfin ils pouvaient exposer leur véritable nature, elle avec une inconscience totale, lui avec plaisir et fierté. Tomás décida de garder sur lui, quoi qu'il arrive, le t-shirt ample des Dallas Cowboys.

— Richard Burton est trop vieux pour ce rôle, mais le film est chouette, vous devez le voir, disait Jaime au moment où Tomás s'installait sur une chaise longue à côté de ses amis.

— Richard Burton s'est bonifié en vieillissant, objecta Amelia, sans se douter que sa gérontophilie la poursuivrait toute sa vie.

— C'est que tu n'as pas vu le film ! Il est vieux et moche.

— Quel film ? interrompit Tomás en guise de bonjour.

— *1984*, je l'ai vu le week-end dernier. Il s'inspire d'un roman de science-fiction, dit Jaime.

— Celui de George Orwell, précisa Tomás, l'air réjoui.

Il oublia soudain son t-shirt ample et ses shorts râpés. Il avait lu *1984* moins d'un mois auparavant. Très impressionnant.

— Exactement, mais le film est meilleur, répondit Jaime.

— Comment le sais-tu ? Tu as lu le livre ?

— Heu, non, mais le film est excellent.

— Tu te rappelles ce que nous a dit le prof de littérature quand il nous a projeté *Roméo et Juliette* ? Que les films inspirés de livres sont rarement bons, même si c'est toujours mieux si le livre est un chef-d'œuvre, déclara Tomás avec conviction.

— Un film a des acteurs et une bande-son, pas un livre.

— Allons, les péloches durent plus ou moins une heure et demie, alors qu'un bouquin exige plus de temps. Avec *1984*, tu finis par vivre dans l'univers de Big Brother.

— Tu l'as lu ? demanda Amelia.

— Oui, il y a assez longtemps, dit Tomás d'un ton léger, comme s'il en avait lu des milliers d'autres.

— Et de quoi s'agit-il ?

— Du contrôle que le gouvernement exerce sur les habitants ; Big Brother est une sorte de président et il exige qu'on l'adore. Mais un homme se révolte par amour pour une nana et tout part en morceaux.

— 1984 ? Il s'agit de l'année ? Pourquoi ? demanda Amelia, fascinée.

— Oui, répondit Tomás. L'écrivain a publié ce roman il y a une quarantaine d'années et il a pensé que l'avenir, c'est-à-dire aujourd'hui, pourrait ressembler à cela.

— Alors là, ton écrivain s'est planté, dit Jaime avec ironie. Miguel de la Madrid, notre président, est ennuyeux comme la pluie, et il ne ressemble pas à Big Brother.

— Il n'était pas question du Mexique, je crois qu'il faisait allusion aux pays communistes, répondit Tomás à ses amis tandis que ceux-ci se retournaient pour saluer l'arrivée du père de Jaime.

Carlos Lemus était un homme de trente-huit ans, séduisant et sûr de lui ; bronzé comme Jaime, dents blanches, moustache taillée à la mode et vêtements impeccablement coupés. Il était haut fonctionnaire au ministère des Finances, mais il était surtout connu parce que depuis des années il dirigeait le réseau des bureaux de douane du pays, une situation qui lui avait donné une fortune immense et beaucoup d'amis reconnaissants pour services rendus en matière d'autorisations d'importation.

Il les salua et d'un coup d'œil discret évalua la femme séduisante que devenait Amelia. Il avait toujours beaucoup apprécié l'amie de son fils ; quand elle s'était mise à fréquenter la maison, dès l'âge de sept ou huit ans, une gamine en chaussures rouges éculées, il avait beaucoup aimé l'irrévérence de la fillette. Mais en maillot de bain, elle semblait avoir beaucoup plus que les quatorze ans de ses camarades.

— De quoi parlez-vous, les enfants ? dit-il en prenant place sur une chaise longue avec sa bière.

— Du roman de George Orwell, *1984*, répondit Tomás, fier de citer le livre et son auteur.

Eux aussi aimaient beaucoup le père de Jaime, mais beaucoup moins la mère, laquelle, esclave d'un agenda mondain fourni, préférait les ignorer ; mais ils appréciaient tous, surtout Mario, les plateaux de hot-dogs ou de sandwichs arrosés de citronnade qu'une domestique leur servait inlassablement le samedi midi. Don Carlos aimait bien bavarder avec eux de temps en temps, quand il attendait chez lui un appel ou un rendez-vous d'affaires ; il les écoutait et parfois les provoquait pour les obliger à argumenter. Il semblait puiser dans l'adolescence des amis de son fils la clé des souvenirs d'une enfance noyée dans la biographie politique qu'il s'était forgée.

— C'est le film que j'ai vu ce week-end, dit Jaime.

Mais son père ne semblait pas l'écouter. Il avait beau aimer son fils, qui déployait tant d'efforts pour l'imiter, il trouvait plus stimulantes les variations offertes par Amelia, Tomás et même Mario.

— Vous l'avez lu ?

— Moi oui, répondit Tomás. C'est une sorte de critique du communisme, n'est-ce pas ? ajouta-t-il, moins sûr de lui en présence du politicien.

— Plus ou moins, dit Carlos sur un ton conciliant. En réalité, il s'agit d'une allégorie entre liberté individuelle et État autoritaire. Orwell l'a écrit à la fin de la Seconde Guerre mondiale, où persistait le fantôme des régimes fascistes récemment vaincus, avec aussi une allusion inquiète au risque que représentaient les dictatures communistes.

Amelia l'écoutait avec admiration, mais elle avait entendu trop de disques de musique contestataire de sa mère pour accepter passivement une critique du socialisme.

— Si c'est pour remettre en question un système, c'est plutôt de la propagande politique, non ?

— La bonne littérature, quel que soit le sujet, n'est jamais de la propagande, répondit le maître de maison avec un sourire. Je vais vous faire une proposition, ajouta-t-il. J'offre le livre à celui qui ne l'a pas, vous le lisez et quand nous nous reverrons, vous me direz si c'est de la propagande. D'accord ?

Tous les quatre approuvèrent, conscients qu'ils venaient d'accepter un devoir de vacances.

— Je vais vous chercher le livre, ne partez pas, dit-il en rentrant dans la maison.

— Il est chouette, ton vieux, dit Mario, tandis que pour la énième fois Jaime était fier de son père et que Tomás déplorait la brièveté de son triomphe intellectuel.

— Pas mal, pour un politicien, souligna Amelia qui le suivait du regard. Le mien est pédé, ajouta-t-elle avec détachement.

LUNDI 25 NOVEMBRE, 7 HEURES
Amelia n'est pas Kirchner

Qu'a donc Cristina Kirchner que je n'ai pas, se demandait Amelia devant son miroir en dessinant son sourcil gauche. L'opération minutieuse imposée par un spécialiste pour se maquiller de façon à effacer les traces des crèmes et des pommades lui prenait de plus en plus de temps.

La veille au soir, elle était allée à la réception privée que Los Pinos, le palais présidentiel, avait organisée pour rendre hommage à la présidente de l'Argentine, en visite au Mexique ; Amelia était invitée à la table centrale grâce à l'équilibre des genres que l'état-major s'était cru dans l'obligation de réunir autour de la dirigeante sud-américaine. En sa qualité de présidente du PRD, le principal parti d'opposition, Amelia était une femme de première importance dans le paysage politique mexicain, mais cela n'impliquait pas qu'elle soit une invitée privilégiée lors des événements présidentiels. Le PRI avait ramené la misogynie au gouvernement, mais Amelia était persuadée qu'elle ne l'avait jamais vraiment quitté. En général, la proportion féminine, quand un événement l'exigeait, était assurée par les épouses des ministres ; la présence d'une présidente étrangère pour une fois avait changé la donne.

La veuve Kirchner était assise deux places plus loin, et Amelia l'observa toute la soirée et ne put s'empêcher de faire des comparaisons. Cette femme avait du métier et un talent de commandement, mais vu la nature de sa conversation et son sens de l'humour un peu pâle, elle se sentait meilleure en politique. Elle envisagea deux ou trois surnoms qui colleraient bien au personnage, et s'arrêta finalement sur la Jument, un sobriquet qui lui avait déjà été attribué dans son pays. Les hanches trop larges pour sa complexion et sa façon de rire un peu équine évoquaient sans nul doute le profil d'une pouliche.

La seule chose qu'elle a et que je n'ai pas, c'est un mari qui lui a transmis le pouvoir, conclut Amelia à la fin de la soirée. Elle se sentait plus à l'aise, plus cultivée et mieux informée des arcanes des affaires publiques. Et plus jolie.

C'était une réflexion réconfortante, qui compensait le malaise d'avoir accepté un rôle actif dans le Parti, une fonction qui la gênait parfois et la frustrait le plus souvent.

Cependant, le lendemain, loin de Kirchner, elle était moins convaincue de sa propre puissance. Ce n'était pas le meilleur moment pour présider l'opposition. Le PRI contrôlait le Congrès et ne semblait pas pressé de conclure un accord avec d'autres forces politiques. Sa victoire avait été suffisamment large pour se suffire à lui-même.

Ils redoutent plus un *hashtag* critique sur les réseaux sociaux que le PRD et le PAN réunis, songea Amelia en se donnant un dernier coup de brosse devant le miroir. La bataille à venir affleura sur son visage : un regard résolu qui était devenu une marque professionnelle depuis sa période militante, quand on la connaissait pour son esprit indomptable. Un visage de "fille superpuissante", comme l'avait baptisée la presse adverse, sobriquet qu'elle savourait en secret.

Elle retourna dans sa chambre, le corps ferme et agile, ruminant une nouvelle consigne pour sa lutteuse intérieure : Il faudrait les arrêter avant que Salazar fasse du président un Poutine version mexicaine. Ce qui lui rappela l'info concernant le ministre de l'Intérieur : une fissure lézardait l'image imposante et invulnérable du Premier ministre, en rapport avec la mort de Dosantos. Voilà ce que sa lecture en diagonale retenait de la revue de presse qu'elle avait consultée avant de se lever. Elle allait devoir passer quelques appels, se dit-elle en finissant de s'habiller.

— Alicia, trouve-moi Tomás, dit-elle à son assistante dans l'interphone.

— Tomás Arizmendi, madame ?

— Naturellement, répondit-elle, agacée.

Pour elle, il n'y avait pas d'autre Tomás que l'ami avec qui elle avait partagé tant de moments, dont certains avaient eu des conséquences qu'elle n'avait aucune envie d'évoquer. Mais elle regretta le ton utilisé avec Alicia quand elle s'aperçut qu'il y avait bien deux ans qu'elle n'avait pas échangé un mot avec Tomás.

— Attends, Alicia : passe-moi plutôt Mario Crespo, sur une ligne sécurisée. Celle de Tomás doit déjà être sur écoute.

Le brave Mario, se dit Amelia. C'était le seul des quatre Bleus qui avait essayé d'entretenir leur amitié, même si au fil des années sa carrière frénétique et celle de Jaime avaient fini par le mettre à l'écart. Seul Tomás faisait encore partie de sa vie, mais Amelia se doutait que cette relation était davantage liée à l'indolence caractéristique du journaliste qu'à l'affection qu'elle avait pour lui.

— Son portable ne répond pas. Et sur le fixe, son fils Vidal m'a dit qu'il était sorti très tôt ce matin. Vous voulez qu'on prépare la voiture ? Votre petit-déjeuner avec le sénateur Carmona est dans un quart d'heure.

— Essaie encore de joindre Mario, et passe-le-moi dès que tu l'as. Je pars dans cinq minutes.

Cette fois, la traversée du quartier Roma n'eut pas l'effet escompté. Normalement, elle était ravie des images chaotiques qu'offraient les rues aux terre-pleins centraux arborés, flanquées de grosses demeures seigneuriales ou à la française, comprimées entre de vieilles épiceries et de petits immeubles réservés aux classes moyennes ; un fidèle reflet des fortunes et infortunes qu'avait connues le quartier depuis sa prétentieuse fondation, cent ans plus tôt. C'était une belle métaphore du pays. Mais plus que les constructions, Amelia aimait à regarder les gens qui se préparaient à affronter une journée de plus. Il ne se passait pas de semaine sans qu'elle découvre un nouveau métier dans la rue ; elle était toujours étonnée par l'imagination des gens pour s'inventer un emploi là où il n'y en avait plus.

Cependant, aujourd'hui elle en avait marre de ses regards anthropologiques. Elle s'inquiétait pour Tomás ; elle connaissait suffisamment Salazar, ministre de l'Intérieur, pour savoir qu'il ne resterait pas les bras croisés devant cette attaque. Elle devait absolument parler avec le journaliste du risque qu'il courait.

Mais elle ne pouvait ignorer l'aubaine politique d'un scandale de cette ampleur. Tout le pays parlait de la mort de Pamela Dosantos : le choc risquait d'être le détonateur tant attendu, qui permettrait au moins de mettre le nouveau gouvernement sur la défensive. Amelia réprima un sourire : le petit-déjeuner avec Carmona promettait d'être plus intéressant que prévu.

— Sénateur, merci d'être venu sur mon territoire, dit Amelia quand un homme tiré à quatre épingles, très droit malgré ses soixante-dix ans, se leva de table pour l'accueillir.

— Pour prendre un petit-déjeuner avec la plus jolie de tous mes collègues, j'irais jusqu'à Tombouctou, répondit Carmona.

Normalement, Amelia ne tolérait pas de privautés de la part des hommes politiques, même verbales. Tout au long de sa carrière, elle avait mouché ceux qui essayaient de la dévaloriser ou de la séduire dans le domaine professionnel. Naturellement, elle était séduisante et savait en jouer : sans aller jusqu'à porter des toilettes provocantes, il lui arrivait de souligner sa beauté quand elle pensait qu'un interlocuteur à l'œil vif serait intimidé par sa présence. Dans ces cas-là, les négociations étaient plus faciles à mener, mais elle préférait que son charme physique soit un sous-texte dans ses relations de travail, plutôt que le terrain sur lequel elles devaient se dérouler.

Mais Ramiro Carmona avait une attitude asexuée. Cérémonieux et courtois à l'excès, il était loin d'être un modèle de séduction érotique ; il ne faisait pas partie des politiciens qu'un décolleté pouvait éblouir, ni de ceux – encore plus nombreux – qui passaient de l'éloge outrancier à l'insinuation. Amelia l'appréciait, parce qu'il l'avait toujours considérée comme une collègue, et parce qu'il savait écouter avec attention, phénomène rare chez les hommes publics.

C'était un coup de chance pour elle que Carmona ait été désigné président du PAN, l'autre grand parti d'opposition.

— Avec l'avantage que le petit-déjeuner est bien meilleur ici, sénateur, je vous assure.

— Je crains fort, doña Amelia, d'être incapable de résister au chocolat et aux brioches de cet endroit.

Ils étaient au Mario's, un restaurant démodé, dont la cuisine restait impeccable, en particulier les pâtisseries. Amelia appréciait l'intimité de ce lieu, mais surtout les terrasses intérieures où des tables isolées permettaient de discuter à l'abri des oreilles indiscrètes.

— Comment ça se passe, au PAN, don Ramiro ? s'enquit Amelia après qu'ils eurent commandé un jus de pamplemousse, du café et des biscuits.

La question n'avait rien de rhétorique : dix-huit mois auparavant, le Parti d'action nationale, de tendance conservatrice, avait perdu l'élection présidentielle contre le Parti révolutionnaire institutionnel, le PRI. Carmona était à la tête de la réaction contre Felipe Calderón, l'ex-dirigeant vaincu, qui avait transformé son parti en annexe de son fauteuil présidentiel.

— Pas facile. J'ai cru que Calderón opterait pour une sorte d'exil politique volontaire après son humiliante défaite, un peu comme Zedillo quand il nous avait transmis la présidence en 2000.

Ils étaient convenus de parler avec toute la franchise possible. C'était la deuxième fois qu'ils se réunissaient en privé, en qualité de dirigeants de leurs partis respectifs. Amelia supposait que sa propre désignation à la tête du PRD – Parti de la révolution démocratique – était aussi une bonne nouvelle pour Carmona. Lors de leur premier petit-déjeuner, ils étaient tombés d'accord sur le fait que le retour du PRI, avec une majorité qui lui donnait le contrôle des chambres, obligeait les deux partis d'opposition à agir d'un commun accord, dans la mesure où leurs militants et leurs programmes le leur permettaient.

— Mon rôle est de redonner aux membres du PAN l'occasion d'être fiers de leur parti. De remonter aux origines, poursuivit Carmona.

— Alors, il vous suffit de les convaincre que la défaite est imputable à Calderón plus qu'au PAN.

— C'est clair, ma chère Amelia. Mais la lutte contre le calderonisme ne sera pas facile, plusieurs de nos sénateurs sont dans son équipe et ne toléreront pas une chasse aux sorcières contre l'ex-président.

Amelia comprenait le problème. L'essentiel des ressources des partis provenait des budgets et soutiens qu'offraient les gouverneurs, hors de toute légalité ; maintenant que le PAN avait perdu le contrôle de l'appareil fédéral, il dépendait plus que jamais des rares États encore dirigés par les coreligionnaires de Carmona.

— N'hésitez pas à me dire si nous pouvons vous aider d'une façon ou d'une autre. Comme vous le savez, nous avons un certain poids dans deux gouvernements régionaux à majorité calderoniste, et il y a toujours notre mouvement paysan de la montagne de Puebla pour agiter la sauce.

— Merci, ce ne sera pas nécessaire, répondit sèchement Carmona.

La dirigeante comprit qu'elle était allée trop loin ; elle s'était laissé emporter par la confidence de Carmona sur ses démêlés avec l'ex-président. Mais accepter l'aide d'un rival pour déstabiliser un gouverneur de son propre parti échappait à la notion de *Realpolitik* de ce vieux lutteur paniste.

Amelia n'aurait pas dû offrir quelque chose à Carmona en échange de ce qu'elle venait demander. Elle tâcha de rétablir la confiance en ramenant la conversation sur un terrain plus personnel.

— Je suis sûre que vous trouverez un moyen. Et je vous le dis sincèrement, votre nomination a été accueillie dans et hors du PAN comme la meilleure nouvelle pour le Parti depuis longtemps.

— Je vous remercie de vos propos, mais mon épouse ne partage pas du tout cet avis. D'après elle, je devrais déjà être en train d'écrire mes Mémoires et de mal élever mes petits-enfants.

— Les petits-enfants n'ont besoin de personne pour être mal élevés, don Ramiro. En revanche, le pays a besoin de vous maintenant, dit Amelia en posant sa main sur le bras du vieil homme.

Carmona lui lança un regard opaque qu'Amelia ne sut déchiffrer, mais qui la mit mal à l'aise : peut-être avait-elle franchi la barrière que Carmona avait édifiée à coups de politesses et de cérémonies, ou pire encore, son regard la jugeait parce qu'elle avait osé lui adresser un éloge démagogique. Soudain, elle se sentit fragile face à la force morale du vieillard. Comment lui dire que ce n'était pas une formule opportuniste, qu'elle croyait vraiment que le pays avait besoin de lui autant que d'elle ?

Elle décida de reprendre l'initiative, au prix de quelques aveux.

— Pour moi non plus les choses ne sont pas faciles, sénateur. Ma nomination était une solution salomonique, un simple équilibre entre les tribus de gauche, qui ont préféré désigner un dirigeant indépendant plutôt que de confier cette fonction à un rival politique. Mais, entre nous, dans mon cirque je suis plus l'acrobate que la gérante.

— Où en sont vos rapports avec López Obrador et son mouvement ?

Carmona pouvait en vouloir à Amelia pour sa remarque, mais il ne laisserait jamais passer une confidence de ce niveau. En politique, tout était dans l'information confidentielle.

— Le PRD n'est pas l'ennemi du MORENA, même s'il n'est pas toujours compris. Andrés Manuel et moi, nous avons de bonnes relations, mais nous n'avons jamais été proches ; et il me préfère à certains de ses ennemis. Je dois vous dire aussi, entre nous, que dans le fond Andrés Manuel López Obrador est un homme rustique : pour lui, une femme ne sera jamais une vraie leader, son machisme l'empêche de voir en moi une véritable dirigeante. L'avantage, c'est qu'il ne me considère pas comme un rival, à ses yeux je n'en ai pas la stature.

Amelia se demanda si pour Carmona une femme pouvait être son égal politique. Le PAN était le seul parti qui n'avait jamais eu de gouverneur ou de dirigeante femme dans toute son histoire. Elle constata avec soulagement que le ton de complicité était revenu.

— On dit que cette deuxième défaite l'a déprimé.

— Comme la première. Son mariage avec une femme plus jeune, après son veuvage, et la naissance de son nouveau fils, l'ont aidé à oublier son dépit, il y a six ans. Et il y avait de quoi, don Ramiro ; nous sommes nombreux à croire qu'il avait vraiment gagné en 2006.

En prononçant ces mots, Amelia sentit qu'elle perdait encore le contrôle de la conversation ; la moindre allusion à la fraude de cette année-là, c'était le meilleur moyen de torpiller toute relation avec un paniste. La gauche restait convaincue que c'était López Obrador, et non Calderón, le véritable vainqueur des élections.

— Mais Andrés Manuel se relèvera, j'en suis sûre, continua-t-elle. Il est persuadé que le PRI ne saura répondre aux attentes que son retour a suscitées. Cela signifierait qu'en 2018 les gens voteraient pour l'alternance, et cette fois ils pencheraient à gauche. Et il veut être là pour en récolter les fruits.

— Au point où en sont les choses, je crois que je préfère cela plutôt que de voir la réélection du PRI pour soixante-dix ans de plus, et je vous prie de ne pas faire état de cette déclaration, dit Carmona sur le ton de la plaisanterie en prenant à son tour le bras d'Amelia.

— Je voulais justement vous en parler, sénateur. Les actes de Salazar m'inquiètent. Il veut profiter de sa majorité au Congrès et de la peur que provoque l'insécurité pour poser les bases d'un gouvernement autoritaire. Je sais qu'il y a un groupe de conseillers à l'Intérieur qui prépare des lois visant à donner plus de pouvoir à la présidence et à réduire le poids des institutions, des médias et de la société civile. S'il y parvient, nous allons retourner trente ans en arrière, vous ne croyez pas, don Ramiro ?

— Le pays ne supporterait plus les caudillismes d'antan, Amelia. Mais vous avez raison, Salazar est un führer en puissance ; comme López Obrador, lui aussi se voit déjà élu en 2018. Ce qui serait une vraie calamité.

Amelia se dit que seul un homme politique portant un nœud papillon, comme Carmona, était capable de traiter un rival de führer.

— Entièrement d'accord. La vraie question est : Qu'allons-nous faire ? Car hors de l'opposition, personne n'agira dans ce pays pour s'opposer à une vraie dictature, répondit-elle, cachant sa satisfaction d'avoir enfin amené la conversation sur le terrain qui lui convenait.

Carmona acquiesça en silence. Trop bon joueur de poker, se dit la dirigeante du Parti de la révolution démocratique. Le vieux renard attend que j'étale mes cartes avant de montrer son jeu.

— L'affaire de Pamela Dosantos est intéressante. Elle pourrait devenir la première grande tache du triomphal retour du Parti révolutionnaire institutionnel, dit-elle avec ironie.

— Possible, mais il faudrait d'abord voir si l'info donnée dans l'article d'Arizmendi est fiable.

— Elle l'est certainement, s'empressa de répondre Amelia, plus par loyauté envers son ami que par conviction.

Elle savait que Tomás était incorruptible, mais elle doutait parfois de la rigueur de ses méthodes de travail.

— Je crois savoir que vous le connaissez depuis longtemps.

— C'est vrai, on a fait nos études ensemble et on se croise de temps en temps. Il n'inventerait jamais une telle info.

— Alors, votre ami peut devenir très riche ou très pauvre dans les prochains jours. La première réaction de Salazar sera d'essayer de l'acheter pour qu'il se rétracte ou invoque une erreur dans ses sources d'information. La seconde, ce sera de lui rendre la vie impossible, ou pire ; il est aussi puissant que rancunier.

— Tomás ne s'inclinera pas, même s'il ne peut livrer cette bataille tout seul, affirma Amelia. Si Salazar est impliqué dans la mort de Dosantos, nous devons le tirer de là.

— Et que suggérez-vous ? s'enquit le vieux paniste.

— Pour déboucher sur une explosion politique, il faut progresser sur deux fronts : médiatique et policier. Salazar essaiera de paralyser les deux pour que l'enquête piétine ou pour dénicher un bouc émissaire et étouffer l'affaire.

— D'accord, concéda le sénateur qui s'animait enfin. Il y a deux ou trois quotidiens et quelques journalistes de radio qui sauront ne pas l'enterrer. Mais il leur faudra des informations de poids sur l'enquête policière. Vous avez le contrôle de la justice, n'est-ce pas ?

Carmona faisait allusion au fait que le gouvernement de la ville était toujours tenu par le PRD et que l'enquête était menée par les autorités de la capitale.

— Plus ou moins, entre la corruption de la police et les ambitions politiques du fonctionnaire de base, il n'y a plus moyen de savoir qui est contre qui. Il va falloir y regarder de près pour savoir dans quel bureau cette affaire va échouer, et là aussi l'Intérieur va s'en mêler. Même si vous n'avez plus le contrôle du gouvernement fédéral depuis un an, vous avez gardé quelques fidèles dans les services de sécurité.

Amelia avait enfin abordé le sujet qui l'intéressait. Rares étaient ceux qui savaient que le gouvernement calderoniste avait semé quelques cellules dans les services de renseignements de l'Armée et de l'Intérieur, au cas où ils perdraient le pouvoir, ce qui avait été le cas. Lors d'un de ses étranges élans de sincérité, Jaime le lui avait avoué quand le projet n'en était encore qu'au début. Sur le moment, elle avait trouvé cette idée tirée par les cheveux, mais elle respectait trop les talents de son vieil ami pour croire à une fanfaronnade : pendant des années, Jaime avait été responsable des relations entre les services de renseignements du Mexique et ceux des États-Unis, en marge de toute légalité. Il avait noué des relations personnelles avec son homologue américain et il était considéré comme irremplaçable pour la simple raison qu'il était le seul haut fonctionnaire en qui avaient professionnellement confiance les services de renseignements d'autres pays.

Amelia avait compris qu'une variante de ce projet avait été mise en place, et donc les panistes disposaient de renseignements confidentiels sur leurs principaux rivaux, à commencer par Salazar. S'il existait des enregistrements ou des images qui associeraient le ministre de l'Intérieur à l'artiste assassinée, le scandale national et international serait dévastateur, y compris pour le nouveau gouvernement.

— Pourvu qu'on trouve quelque chose, Amelia ; malheureusement, ceux qui s'occupent de ce genre d'affaires sont des mercenaires politiques, il n'y a pas de loyauté, dit Carmona avec amertume.

Impossible de savoir s'il dit la vérité, songea Amelia. Selon toute probabilité, ces sujets n'étaient abordés que par le cercle intime calderoniste, mais elle n'écartait pas la possibilité que le politicien veuille garder cette carte maîtresse pour les siens.

— Il faudra travailler avec ce dont nous disposons, sénateur. Vous avez accès à certains médias et commentateurs, moi à d'autres. Si vous voulez, quand nous aurons rassemblé assez d'informations sur cette affaire, nous les échangerons pour qu'elles circulent. L'essentiel est qu'elle ne disparaisse pas du paysage.

— C'est une question de jours. Vous pouvez être sûr qu'avant une semaine Salazar aura déclenché un scandale majeur ou même une tragédie nationale pour renvoyer l'affaire Dosantos au second plan.

Amelia et Carmona convinrent de rester en contact pour débattre de ce qu'ils auraient trouvé. Elle quitta cette réunion un peu frustrée ; elle s'attendait à plus de générosité de la part du paniste. Malgré tout, se dit-elle, ils avaient un peu avancé. Même s'il faisait bande à part, Carmona avait été convaincu qu'il devait mobiliser les siens sur l'affaire Salazar.

En reprenant sa voiture, elle décida qu'une rencontre avec Jaime était indispensable. Ce qu'elle redoutait depuis plusieurs heures.

LUNDI 25 NOVEMBRE, 11 H 30
Jaime et Tomás

Tomás prit son portable pour voir s'il avait des messages. Jimena, sa fille, s'inquiétait peut-être ? Un appel du journal ? Mais la batterie était à plat. Il le brancha et passa sous la douche. Sous le jet, il se rappela une phrase de Jaime, longuement oubliée, à propos de Pamela Dosantos, et il ne put retenir un sourire : "Ne t'en approche pas, sinon elle va t'attirer des ennuis", lui avait-il dit. En effet, c'était le cas, même si ce n'était pas lié à elle.

Peu à peu, il se rappela la première et unique fois où il avait rencontré l'actrice, trois ans auparavant. Il était arrivé seul au mariage de la fille du patron du journal et n'avait découvert la présence de Jaime qu'au bout d'un certain temps. Ce dernier en avait assez d'explorer le salon à la recherche de leaders connus, car, contre toute attente, il y en avait très peu. La jeune mariée avait exigé de son père qu'il lui épargne le grouillement politique, la meute de célébrités faisant la cour au professionnel de la communication. Les jeunes mariés avaient obtenu une fête partiellement intime : à peine deux cent cinquante invités, c'est du moins ce que Jaime avait entendu dire.

Il avait repéré Tomás dans un angle, l'air songeur, un petit verre de tequila à la main. Le journaliste n'avait pas remarqué la présence de son ami ; son attention était partagée entre la jeune mariée et un groupe de rédacteurs qui discutaient bruyamment ; il les avait quittés au bout de quelques minutes, mal à l'aise. Le problème, avec ces journalistes à plein temps, c'est qu'ils sont tellement plongés dans le chaos des informations quotidiennes que leurs conversations finissent par être un univers à part, un code qui exclut le reste des mortels. Certes, ils parlaient politique, mais les références à un ministre d'État ou à un scandale éphémère survenu deux jours plus tôt étaient plutôt des plaisanteries à usage interne. Tomás s'était éloigné après deux ou trois éclats de rire, pour ne pas montrer que depuis longtemps il s'intéressait davantage à la rubrique sportive de son propre journal qu'aux articles de fond sur les velléités publiques.

En réalité, Tomás rasait les murs et cherchait Claudia, la jeune mariée. Personne ne le savait, mais ils avaient eu une aventure dans des conditions étranges. Deux ans plus tôt, le père était allé aux États-Unis pour rencontrer les patrons du *Washington Post* et du *New York Times*, une tournée obtenue après des négociations insistantes, par l'intermédiaire de l'ambassade du Mexique à Washington et quelques dons aux organismes de bienfaisance des journaux new-yorkais. Cependant, le patron de presse exigea d'être accompagné de trois ou quatre personnes, dont une qui parle un anglais irréprochable. Aucun des sous-directeurs ne remplissait vraiment ces conditions et le directeur, pressé par le temps, finit par inviter Tomás, qui techniquement faisait partie du journal, même s'il n'était que pigiste. La délégation incluait aussi Claudia. En conflit avec son père, qui voulait qu'elle se lance dans le journalisme, elle avait préféré passer un doctorat en histoire de l'art, mais ne voulait pas rater l'occasion de connaître Katharine Graham, la légendaire propriétaire du *Post*. La visite de ces deux journaux devint six jours de bringue du groupe, d'abord à l'hôtel Plaza de New York et ensuite au Four Seasons de Washington. Le père était généreux et connaissait parfaitement les deux villes. Promu guide de ses propres employés, il leur imposa un agenda d'enfer entre shows à Broadway, visites protocolaires et dîners interminables. Dans ce cercle, Claudia et Tomás établirent une complicité immédiate, née du déficit culturel du reste de la troupe ; devant l'anglais heurté du père – que personne n'osait corriger – et les gaffes vertigineuses du directeur éditorial en matière d'art ou de peinture, ils échangeaient des regards sarcastiques. Le troisième jour de la tournée, elle frappa à la porte de sa chambre : "Je voudrais que tu m'expliques le Bacon."

Les nuits suivantes, elle se faufila dans la suite de Tomás, et ils se jurèrent qu'il ne s'agissait que d'une passade : elle était sagement fiancée au Mexique et finirait sans doute par se marier ; quant à lui, son panorama émotionnel était instable, mais il y tenait. Cependant, Tomás se sentait flatté. Plus d'une fois lors de ces courtes nuits, pendant que Claudia dormait pour récupérer des veilles tardives, conséquences de leurs escapades, il se dit qu'après cette rencontre sa vie ne pourrait que reculer ; il en vint même à penser qu'il vivait son quart d'heure de gloire, au moins dans le domaine de la virilité. Claudia n'était pas seulement la fille unique d'un des hommes les plus puissants du pays, elle était une beauté et sa gaieté fraîche et contagieuse était désarmante ; grâce à son rire facile, toujours accompagné d'un regard pétillant d'intelligence, elle incarnait l'interlocutrice idéale. Naturellement, il y avait aussi son tour de reins : ses origines cubaines, côté maternel, en avaient fait un objet d'attention presque voyeuriste dans les bars et les restaurants new-yorkais.

Cependant, à la fin de cette tournée, tous deux se séparèrent avec la sensation qu'ils auraient dû se dire autre chose. Ce qui se serait sans doute produit après cette semaine exceptionnelle, si Tomás ne s'était convaincu qu'il préférait vivre dans le souvenir de Claudia, plutôt que de lui imposer son quotidien décevant.

Quelques semaines plus tard, il se demanderait encore s'il pourrait être un jour l'homme sûr de lui, spirituel et cultivé qu'il avait été devant Claudia. Pendant des mois, il fantasma sur la possibilité de devenir à plein temps ce qu'il avait été à New York, même s'il savait que c'était un masque favorisé par la brièveté du voyage et par les circonstances. Il aurait suffi d'un rien pour déboucher sur une relation de couple ; mais au fond il était persuadé que tôt ou tard il aurait fini par la décevoir. C'est ce qui, deux semaines après le retour, le poussa à ne pas répondre à un message de Claudia sur son répondeur, un discret "Appelle-moi quand tu pourras". Ils ne se revirent jamais. À sa connaissance, personne d'autre n'était au courant de cette courte aventure.

Le soir de la noce, Tomás regardait avec nostalgie les taches de rousseur dans son large décolleté, et avec regret ce corps spectaculaire, mais il se consolait en se disant qu'il valait mieux se réjouir ; il aurait sans doute été envié par la plupart des hommes de cette salle et par bon nombre de femmes.

C'est à ce moment-là qu'il s'aperçut que Jaime lui parlait. Encore une personne à qui il ne pourrait jamais raconter son aventure avec Claudia. Mais il accueillit son ami avec plaisir ; même s'ils ne se fréquentaient plus depuis longtemps, ils s'estimaient beaucoup. Cela rappelait à Tomás l'époque où l'avenir était à eux, et la vie une prairie où tout était possible, où chacun allait donner le meilleur de lui-même ; cela n'avait pas été le cas, mais il se rappelait avec tendresse les premiers temps des Bleus. Entre autres raisons, il appréciait Jaime pour sa façon, à la différence de lui-même, d'avoir été "l'architecte de son propre destin", comme aimaient à dire les enseignants espagnols du lycée Madrid.

Physiquement, il y avait quelque chose qui contrastait dans sa tenue, dans son attitude et même dans sa façon d'être. Jaime portait un smoking sur mesure et des chaussures italiennes qui coûtaient l'équivalent du revenu mensuel de Tomás. Ses manières galantes et sa fine moustache parfaitement taillée rappelaient le séducteur latin du Hollywood des années 1950, mais personne n'aurait pris le risque de se moquer de lui. Jaime avait une présence physique imposante, et si cela ne suffisait, ses yeux inspiraient une vague et désagréable sensation de respect ou de crainte, en dépit du sourire de commande qu'il affichait presque toujours.

Tomás portait sans enthousiasme un costume noir d'Hugo Boss qui avait connu ses heures de gloire, mais qui restait le fleuron de sa garde-robe ; toutefois, la nonchalance du journaliste était plutôt assortie aux cheveux grisonnants et bouclés qui couronnaient son crâne. Amelia avait dit un jour que Tomás avait un regard liquide et tous avaient compris de quoi elle parlait, même si chacun avait sa propre interprétation. Tomás s'était consolé en se disant qu'elle pensait à sa capacité de l'émouvoir ou de la toucher intellectuellement ; pour Jaime, c'était une allusion à l'état d'âme aqueux de son ami, toujours prêt à détourner le regard pour fixer la pointe de ses chaussures ou les nuages.

— N'essaie pas de l'approcher, dit Jaime en manière de salut. En voilà une qui t'attirerait des ennuis.

— Qui cela ? répondit Tomás avec un sourire, content de voir son ami et habitué à son goût pour les devinettes.

En suivant son regard, il vit de qui il s'agissait : à trois mètres d'eux se trouvait l'actrice Pamela Dosantos, une brune au visage attirant, engoncée dans une robe trop fendue pour être de bon goût. Cependant, elle la portait avec la dignité invulnérable de la femme qui se sait désirée.

Jaime commenta la vie amoureuse agitée de la star que quelques hommes de pouvoir se disputaient, mais Tomás écoutait d'une oreille distraite, conscient que cette beauté professionnelle était très au-dessus de son niveau.

Trois ans plus tard, il essayait désespérément de se rappeler l'information que Jaime lui avait confiée sur la femme qui gisait maintenant à la morgue. Mais tout ce dont il se souvenait de cette soirée, c'était le long regard ironique que Claudia lui avait lancé avant de franchir la porte et d'aller au-devant de sa nuit de noces. Cette histoire n'est pas finie, s'était dit Tomás en s'accrochant aux perspectives ouvertes par ce pressentiment et à la probabilité qu'un nouveau tournant de sa vie lui apporterait un quart d'heure de gloire supplémentaire. Rien de tout cela n'était arrivé dans les trois années qui suivirent, sauf sa rencontre avec le cadavre de Dosantos, ce qui le replongeait dans le pétrin.

Quand il sortit de la douche, son portable sonnait avec insistance ; il s'agissait d'un numéro qui finissait par 2000, sans doute le standard d'une chaîne de radio. On voulait sûrement l'interviewer. Il ignora l'appel et écouta ses messages, mais s'arrêta au deuxième : le premier lui donna un haut-le-cœur ; le suivant, des palpitations.

Tu vas mourir, connard. L'appel provenait du portable de Mario. Il composa aussitôt le numéro de son ami et lui demanda s'il avait envoyé un message ; ce dernier répondit par la négative et Tomás raccrocha, doublement inquiet. Seul un as de la technologie pouvait envoyer un SMS à partir d'un autre téléphone.

Le deuxième message provenait d'un numéro privé non identifiable. *Que dois-tu faire avec Dallas Cowboys ? Ici et maintenant !*

C'était forcément Amelia, se dit-il. Comment savait-elle qu'il n'oublierait jamais cette phrase terrible et humiliante de Jaime : "Viens à la piscine, mais enlève ce t-shirt des Dallas Cowboys, et profites-en pour le laver" ?

En dépit de la trentaine d'années écoulée, il n'eut aucun mal à comprendre : Amelia l'attendait aux lavoirs de la terrasse, une convocation que seuls elle et lui pouvaient comprendre.

Il se félicita d'être passé sous la douche et enfila un linge de corps présentable. Il était peut-être au fond d'un sac d'embrouilles, mais il ne renoncerait jamais à rêver de retrouvailles amoureuses avec Amelia.

Il monta quatre à quatre jusqu'à la terrasse. Son amie avait bien choisi le lieu : quatre escaliers différents permettaient d'accéder aux lavoirs, avec quatre sorties sur la rue ; elle pouvait le retrouver et partir par n'importe laquelle des avenues qui délimitaient le pâté de maisons. Son cœur battait la chamade quand il arriva dans l'immense secteur des cordes à linge, désert sous le soleil qui plombait ce lieu ; mais son enthousiasme se figea quand il vit Jaime, adossé à une citerne, arborant son fameux demi-sourire. Il avait l'air frais et détendu, comme si, loin de ces draps qui semblaient faire des efforts pour être encore plus délavés, et de ces murs qui n'en faisaient aucun pour s'effriter, il s'était trouvé sur une terrasse du Country Club, un dimanche matin. Comment pouvait-il connaître cette histoire des t-shirts de Dallas Cowboys, se demanda Tomás, déçu de ne pas trouver Amelia.

— Tu as besoin d'améliorer ta condition physique, la cigarette aura ta peau, dit-il amusé, en guise de bonjour.

Comme c'est curieux, songea Tomás en se rappelant qu'il venait de penser à Jaime à propos de la noce de Claudia. Il ne l'avait pas revu depuis ce jour-là. Il se rappela vaguement qu'ils s'étaient appelés par deux fois : l'une à l'occasion de la mort de la sœur aînée de son ami, n'ayant pu aller à son enterrement parce qu'il avait appris son décès trop tard. L'autre appel remontait à six mois. C'était Jaime : un drôle de coup de fil, il voulait simplement savoir comment il allait et s'il avait besoin d'aide ; sans le dire ouvertement, il lui avait fait promettre de ne pas hésiter à le contacter au moindre souci – problème d'argent ou autre. L'appel était tombé au moment où Tomás était en pleine panade financière, même ses cartes de crédit étaient bloquées.

Il avança à contrecœur. La conversation ne serait pas facile ; son ami pratiquait toujours la rétention d'informations, quel que soit le sujet abordé. Un dialogue asymétrique où le journaliste jouait à la bande et Jaime à trois. De toute façon, il n'avait pas le choix : il était prêt à s'accrocher à n'importe quel clou brûlant, même au prix d'une heure de réminiscences adolescentes.

Heureusement, Jaime semblait pressé. Il le serra longuement contre lui sans parler, et alla droit au but :

— Si tu restes dans le pays, c'est que tu as de quoi te défendre.

— Je n'ai aucune idée de la raison pour laquelle je suis encore ici. L'ennui, c'est que je ne connais même pas l'ampleur des ennuis dans lesquels je me suis fourré. J'espérais que tu m'aiderais à y voir clair.

— Tu es dedans jusqu'au cou. Mais d'abord, raconte-moi pourquoi tu as donné cette localisation. De qui la tiens-tu ?

Tomás pensa que c'était typique de Jaime d'exiger des informations avant de proposer quelque chose en échange ; mais son vieil ami pouvait être d'une aide inestimable. Il lui résuma en cinq minutes ce qu'il savait.

— Samedi dernier, j'ai dîné avec Raúl Coronel, l'avocat. On a parlé par hasard du scandale du jour et il m'a révélé qu'une source policière proche de l'enquête l'avait informé du lieu où s'était commis le crime. "C'est un scoop", m'a-t-il dit, mais sans lui accorder trop d'importance. Le lendemain, je devais écrire mon article, mais j'avais prévu d'emmener Jimena au cinéma, et tu sais dans quel état se met sa mère quand je passe la prendre en retard. Résultat, j'ai rédigé l'article en vitesse et j'y ai glissé l'info, persuadé que Coronel l'avait parce qu'elle circulait déjà chez les journalistes – Tomás n'osa pas lui avouer que sa hâte n'était pas due à un rendez-vous avec sa fille, mais à une soirée arrosée à La Nueva Flor del Son ; il trouvait que sa faute était suffisamment grave comme ça.

— Et tu as eu droit au grand jeu ! dit Jaime sur un ton catégorique.

— Ça, je le sais depuis le début de cette putain de journée. Tu n'as rien d'autre à m'apprendre ?

— Écoute, je ne sais pas pourquoi on a tué Pamela ni qui l'a fait, du moins pour le moment. Mais le canal employé pour t'utiliser est un point de départ : Raúl Coronel est associé aux membres du PRI les plus puissants du pays, même s'il joue sur plusieurs tableaux ; il ne va pas être facile de découvrir la main qui tire les ficelles. Par-dessus le marché, il est aussi impliqué dans plusieurs projets touristiques à Los Cabos et à Puerto Peñasco, du genre à piétiner toutes sortes de plates-bandes.

— Mais quel rapport avec Dosantos ?

— Un rapport direct, ou aucun. On verra bien.

La demi-heure suivante, ils étudièrent comment réagir. Ils envisagèrent toutes les stratégies possibles ; Jaime insista pour qu'il passe au journal. *El Mundo* restait le quotidien le plus important dans la classe politique.

— Il est essentiel qu'il ne te lâche pas, lui dit-il, on y réfléchira à deux fois si on voit que s'attaquer à toi peut passer pour une attaque contre le journal.

Tomás approuva mollement. Il y avait un nouveau directeur, Alfonso Palomar, avec qui il avait peu d'affinités, mais on ne pouvait pas dire non plus qu'il lui était hostile. Il tolérait ses collaborations, plus résigné qu'enthousiaste ; Palomar considérait que le journaliste n'apportait pas grand-chose au journal, mais pensait qu'il ferait plus de mal que de bien s'il passait chez un concurrent.

— La meilleure solution pour te protéger, c'est de faire monter le prix politique à toute personne cherchant à te nuire. Pour le moment, Salazar m'inquiète moins que certains de ses subordonnés, convaincus qu'ils rendraient service à leur chef en te tombant dessus.

— Alors, le mieux serait que je disparaisse quelques jours en attendant le retour au calme.

— Au contraire, active les amitiés qui comptent, contacte d'autres journalistes, des personnages influents. Tu es toujours l'ami de Carmen Aristegui ? Qu'elle t'invite aux informations sous un prétexte quelconque. C'est encore elle qui a le plus d'audience le matin, tu ne crois pas ?

— Mais si je persiste à parler de l'affaire, on cherchera à me faire taire par n'importe quel moyen ; pourtant, je ne sais rien de l'assassinat de Dosantos. C'est vrai qu'elle était liée à Salazar ?

— L'idée, c'est que tu ne parles plus de cette affaire, mais il serait du meilleur effet que ton prochain article soit un coup journalistique, une révélation intéressante ; ça te remettrait sous les projecteurs de l'opinion publique. C'est ta meilleure protection.

Tomás caressa l'idée que sa chronique redevienne une des références obligées des milieux influents du pays, comme cela avait été le cas, une dizaine d'années auparavant. Il y avait longtemps qu'il n'avait pas eu un scoop digne de ce nom, sauf celui qui le mettait maintenant dans la panade.

— Ne râle pas, lui dit Jaime, devinant son inquiétude. Cette info sur Dosantos était trop belle pour être gaspillée. Je me charge de te préparer du grain à moudre pour les prochaines semaines. Tu vas être le chroniqueur le plus lu.

Tomás se sentit soulagé, mais il avait conscience que Jaime l'utiliserait pour dynamiser son propre réseau politique, dont la portée lui échappait. Une fois de plus, nous allons nous utiliser l'un l'autre, se dit Tomás et un douloureux souvenir concernant Amelia lui traversa l'esprit.

— On écarte l'idée que tu quittes le pays, mais je te conseille de garder ta carte Visa et ton passeport sous la main.

Jaime glissa la main dans la poche intérieure de sa veste et en sortit une enveloppe non fermée qui contenait une épaisse liasse de dollars.

— Et ne te sépare pas de ça non plus, à tout hasard.

Tomás apprécia le geste, mais repoussa l'offre en soutenant son regard. Il se retint de deviner la somme contenue dans l'enveloppe, mais à la perspective de vagabonder autour de la Méditerranée pendant quelques mois il sentit un frisson de soulagement.

Jaime remit l'argent dans sa poche avec un sourire qui gêna son ami.

On peut me coller une balle dans la tête dans les heures qui viennent et nous voilà, comme toujours, à nous défier avec la fierté des machos alpha, se dit Tomás en se rappelant une expression typique d'Amelia.

— Revoyons-nous demain soir ; je t'apporterai de quoi étoffer ton prochain article. Dis à Amelia et à Mario de venir, nous aurons une vision plus claire sur la façon de conduire cette affaire. 10 heures du soir, cafétéria de l'hôtel Reina Victoria, sur le paseo de la Reforma, ça te va?

Sans attendre de réponse, Jaime lui dit au revoir. Tomás le regarda se diriger vers un escalier de service et remarqua l'étonnante ressemblance qu'il avait avec son père : des mouvements assurés et décontractés, une élégance naturelle même quand il était au repos. Une bouffée de colère lui noua la gorge et l'empourpra.

LUNDI 25 NOVEMBRE, 11 H 30
Mario

Il aurait dû moins lire Paul Auster et Murakami, et davantage Tom Clancy et Dan Brown, se dit Mario en quittant l'appartement de Tomás. Il avait beau retourner le problème dans tous les sens, il ne voyait pas comment aider son ami, ne disposant d'aucun élément pour évaluer les risques encourus. On exagérait peut-être ? Si le ministre de l'Intérieur voulait mettre le journaliste sous surveillance, ou pire encore passer aux représailles, étaient-ils en mesure de s'y opposer ? N'était-il pas trop tard ? Peut-être qu'un de ses sbires le suivait, alors qu'il se dirigeait vers la station de location de vélos. Il se voyait déjà pédaler comme un dératé dans les rues à sens unique pour échapper à ses poursuivants. Les gardes du corps du ministère avaient-ils un abonnement pour ces vélos ? se demanda-t-il en regardant par-dessus son épaule, cherchant une silhouette suspecte dans son sillage.

Le pédalage et le vent frais qui soufflait sur l'avenue Amsterdam le rassurèrent. À vélo, il ne sentait pas la raideur de sa jambe, ses mouvements étaient presque normaux. En traversant le quartier de la Condesa sur son vélo de location, Mario faillit se prendre pour un citoyen hollandais ; enfourcher gratuitement une bicyclette et la laisser dans un stationnement public un quart d'heure plus tard lui semblait digne du Premier Monde. Mais les citoyens hollandais n'étaient pas poursuivis par la police politique, se ravisa Mario.

Par chance, aucun véhicule ni personne ne semblait circuler dans sa direction. Il devait s'assurer de ne pas être suivi pour ne pas révéler son adresse, mais ils le connaissaient peut-être déjà : il y avait vingt-deux ans qu'il habitait au même endroit. Il avait eu la chance d'acheter un logement pour une bouchée de pain après son mariage, six ans après le sévère tremblement de terre de 1985 qui avait ravagé les arbres de la Condesa. À ce moment-là, Mario s'était dit que si la maison avait résisté à une ampleur de 8,1 sur l'échelle de Richter, elle supporterait n'importe quoi, y compris la marmaille qu'il envisageait de mettre au monde, ou le caractère terrible d'Olga, la femme à laquelle il se soumettait avec flegme et adoration. Deux décennies plus tard, ils avaient engendré un seul enfant, mais le quartier était devenu le Greenwich Village mexicain et sa propriété était évaluée à plus de un million de dollars. Mais n'aurait-elle valu que cinquante pesos, cela n'aurait rien changé ; Mario et Olga ne vendraient jamais le paradis qu'était devenue leur maison verte sur la place Popocatépetl.

— Vidal, dit-il à son fils en entrant, tu peux regarder où en sont les réseaux sociaux sur l'affaire Dosantos, et voir s'il y a du nouveau ?

À vingt ans, Vidal ne semblait pas conscient d'être majeur, se disait Mario. Son fils n'avait pas idée de ce qu'il voulait faire dans la vie, et il n'était pas pressé de se décider, mais les ordinateurs et le web n'avaient pas de secrets pour lui, c'est du moins ce que croyait son père.

— Regarde s'il y a moyen de rattacher l'affaire à Salazar, ajouta-t-il.

Mario s'y entendait suffisamment en réseaux sociaux pour savoir que les informations pouvaient s'amplifier jusqu'à la tempête ou sombrer dans l'indifférence et se diluer dans la prolifique marée digitale.

— Le *hashtag* #SalazarDosantos est un *trending topic* sur Twitter México, dit-il laconiquement à Mario.

— Ce qui signifie ?

— Que des milliers de personnes ont tweeté sur ce sujet ces dernières heures.

— Tu as des exemples ?

— *Pauvre Pamela, d'abord assassinée, et maintenant accusée d'avoir mauvais goût. Salazar ? Pourriture.* Ou bien : *Voilà pourquoi j'aimais Salazar, coureur et assassin.* Un autre : *Et personne ne leur a dit qu'il suffisait d'un c'est-ta-faute-pas-la-mienne pour la plaquer ? Pourquoi l'assassiner ?*

S'il espérait que le sujet passerait inaperçu, c'était raté, se dit Mario pendant que son fils attaquait son clavier avec ardeur.

— Salut, Crespo, tu rentres bien tôt ! s'exclama Olga en entrant dans le bureau.

Mario n'avait jamais compris pourquoi sa femme s'adressait toujours à lui en l'appelant par son nom de famille, sur le ton que prenaient les autres femmes pour dire à leur compagnon "chéri" ou "mon beau", avec une certaine tendresse et un brin de possession.

— J'ai préféré ne pas aller à la fac, j'ai un tas de copies à corriger, mentit Mario pour ne pas l'inquiéter avec les histoires de Tomás.

— On gonfle artificiellement le sujet Dosantos-Salazar, interrompit Vidal. La plupart des tweets proviennent de sites liés à la gauche. Dis donc, il y a beaucoup d'allusions à un article de mon oncle Tomás. C'est pour cette raison que ça t'intéressait ?

— Que se passe-t-il, Crespo ? intervint Olga sur un ton sévère.

La politique ne la passionnait pas ; mais elle en comprenait assez pour déclencher sa propre sonnette d'alarme quand elle retrouvait dans une même phrase l'actrice assassinée, le redoutable Salazar et l'omniprésent Tomás.

Mario poussa un long soupir, lui indiqua un siège et expliqua ce qu'il savait.

— Au nom du ciel, ne t'en mêle pas, dit-elle. Pour une fois, laisse Tomás résoudre lui-même ses problèmes.

Mario ne semblait pas avoir entendu, fasciné par cet étrange "au nom du ciel" utilisé par son épouse, une femme farouchement athée ; cela lui rappelait un commentateur de foot à la télé qui proférait l'expression de façon pitoyable quand un joueur shootait plus près du deuxième étage du stade que des buts. "Au nom du ciel, Mújica, je ne te demande pas d'être Messi, juste de viser les barres."

— Crespo, je te parle. Ta famille et ton fils avant tout. Ne les expose pas.

— Ne t'inquiète pas, demain ce sujet aura disparu, plus personne ne parlera de Tomás.

— Au fait, papa, le bureau de tante Amelia a cherché à te joindre, il paraît que c'est important.

Olga lança un regard de reproche à Mario ; si les Bleus s'en mêlaient, aucun pouvoir humain ne pourrait maintenir son mari à l'écart. Et cet homme était tout pour elle, même si un bout de lui vivait encore dans l'univers de son groupe. Ce qui pour les trois autres amis avait été une étape de l'enfance et de la jeunesse représentait pour Mario une part déterminante de sa façon d'être dans la vie. Parfois, Olga se demandait si le Mario époux, père de famille et professeur d'université était le vrai ou une simple facette de celui qui continuait de vivre dans le monde parallèle d'une fraternité adolescente qui n'existait que dans sa tête.

— Je dois y aller. Rassure-toi, tout va bien, lui assura-t-il. Vidal, garde un œil sur les réseaux, dit-il avant de sortir, loin de soupçonner ce que ses paroles allaient déclencher.

Pendant une demi-heure, il déambula dans les rues, cherchant un téléphone pour appeler Amelia. Et il se rendit compte que la prolifération endémique des portables avait rendu les cabines téléphoniques anachroniques ; il finit par en trouver une à côté des caisses d'un supermarché, pour constater finalement que l'appareil n'acceptait que les cartes prépayées, pas les pièces.

Mario s'approcha des caisses, où une femme revêche lui dit que le magasin ne vendait pas de cartes téléphoniques. Un badge sur sa poitrine rebondie affichait *Marguerite*.

Amerguerite, se dit Mario en se rappelant le surnom qu'Amelia avait collé à une enseignante qui avait le même prénom et qui, bien que professeur de biologie, se fâchait chaque fois que les Bleus posaient des questions sur les organes sexuels.

Au bout de dix minutes, il trouva une pharmacie qui vendait des cartes téléphoniques. De retour au supermarché, il ne put couper au regard moqueur de Marguerite, qui fixait des yeux le portable accroché à la ceinture du père angoissé ; une récrimination muette que Mario interpréta comme une sorte de “Pauvre diable, tu n'as même pas de quoi te payer des unités sur ton portable”. Ce n'est pas Amerguerite, se dit Mario, mais fille de pute.

Cinq minutes et deux appels plus tard, il parlait à Amelia, après avoir composé le numéro que la secrétaire lui avait communiqué. L'affaire devient de plus en plus clandestine, pensa Mario.

— Comment va Tomás ? demanda Amelia, sans prendre le temps de lui dire bonjour. Tu lui as parlé ?

— Il est inquiet. Je l'ai vu il y a environ deux heures. Il n'avait aucune idée du guêpier dans lequel il s'était fourré ; c'est moi qui l'ai réveillé en lui annonçant le scandale qu'il venait de déclencher.

À mesure qu'il parlait, Mario était de plus en plus rassuré. Partager le problème le rendait collectif, il reposerait désormais sur les épaules des Bleus et pas seulement sur les siennes.

— Nous ne savons pas quoi faire, poursuivit Mario. J'ai convaincu Tomás de te contacter et de voir aussi Jaime, avant tout autre chose, pour analyser la situation.

— Tu as bien fait. Il faut que je le voie de toute urgence, sans que ça se sache. Si on nous voit ensemble, l'affaire va se politiser et le pire est à craindre.

— Quand et où ? dit Mario, regardant discrètement la caissière qui ne le quittait pas des yeux.

— Ce soir à 9 h 30, au bar du Sanborns San Ángel. Qu'il vienne seul et qu'il s'assure qu'il n'a pas été suivi. Dis-le-lui en personne, pas par téléphone.

— Entendu, répondit Mario, déçu d'être exclu de la rencontre.

— Je dois lui faire quelques reproches qui ne vont pas lui plaire, sur la façon dont il s'est laissé aller ces derniers temps, il préférera sûrement les entendre seul, sans témoin, se justifia Amelia, qui avait deviné la déception muette de son ami. Et toi, comment vas-tu ? ajouta-t-elle, délaissant le ton impératif.

— Bien, répondit Mario, se demandant si la question était machinale, si elle se référait à la famille ou à la crise de ces dernières heures.

Il opta pour la deuxième hypothèse et, afin de montrer que son rôle était plus important que celui de simple messager, il lui exposa les trouvailles de son fils Vidal.

— Ah oui, impulsée par les réseaux de gauche ? Intéressant, dit Amelia d'un air songeur, tout en sachant parfaitement que c'était elle qui avait transmis ses instructions quelques heures plus tôt.

— Vidal va continuer de surfer pour voir s'il découvre autre chose.

— Il ferait mieux de ne pas s'en mêler, il en a assez fait.

— Ça peut être très utile, assura Mario avec fierté. Il y a un bout de temps que tu n'as pas vu ton neveu, il est redoutable avec un clavier et un écran.

— Embrasse-le de ma part et dis-lui de chercher autre chose pour toi ; parfois, les recherches finissent par alimenter le sujet. Mais ne le lui interdis pas, ce serait contre-productif : sur ce point, il tient plus de toi que de moi. Qu'il te fasse un dossier sur la filmographie de Dosantos, dis-lui que Tomás en a besoin pour un article.

Mario raccrocha et glissa la carte dans son portefeuille, en s'assurant que le regard de Marguerite avait bien repéré l'American Express dorée ; et il se dirigea vers le café où il était convenu de retrouver Tomás une heure plus tard. Il ne remarqua pas le taxi qui le suivait, quarante mètres derrière.

LUNDI 25 NOVEMBRE, 16 H 25
Tomás

Il avait les yeux irrités par une longue séance de lecture des journaux du jour sur l'écran de son iPad. Il parcourut les deux cents mètres qui séparaient son appartement du Pain Quotidien, rue de Ámsterdam, où il devait retrouver Mario à 5 heures du soir. Il avait 16 h 25 à sa montre ; il était content d'être seul un moment pour faire le point. Il se rendit compte qu'il n'avait pas avalé une bouchée depuis le café du matin et il commanda un thé à la menthe avec du lait et un sandwich au saumon. Il sortit son carnet noir en moleskine relié et fit l'inventaire de ce qu'il savait.

Patricia Serrano Plascencia, plus célèbre sous le nom de Pamela Dosantos, avait connu une carrière météorique, mais elle devait sa renommée aux couvertures de la presse du cœur, pas aux critiques cinématographiques. Quand elle devint reine de beauté du Sinaloa, en 1991, un chef militaire en guerre contre les cartels de la drogue à Culiacán, région d'origine des caïds mexicains, la séduisit et la sortit de la région avant qu'elle devienne la proie d'un cacique local. Avec un appartement à son nom dans la zone privée de Polanco, à México, Patricia devint la maîtresse-trophée du général Aguilar. Deux ans plus tard, l'exil soudain du militaire, inquiété en raison de son "inexplicable" richesse, délivra l'artiste de toute obligation, et elle s'élança sur la route idéale du triomphe ; sa beauté et un talent sans faille pour faire la fête firent le reste. Elle remplaça le "Patricia Serrano" hors de saison par le très glamour "Pamela Dosantos", et quinze ans plus tard elle avait inscrit dans son curriculum une idylle torride avec le footballeur le plus aimé du pays ; on lui attribuait une longue liaison avec le chanteur Luis Miguel et une autre plus scandaleuse avec un chef d'entreprise, marchand de chaussures à Guanajuato, qu'elle avait rencontré parce qu'elle était les jambes de la campagne publicitaire de ses magasins.

Tous contribuèrent à faciliter son incursion dans le cinéma : les uns grâce à leurs relations, les autres à leur participation financière. Sa filmographie comprenait une dizaine de films, on ne les voit pas dans les festivals et ils ne décrocheront jamais la Palme d'or ; mais ils récoltent les applaudissements unanimes d'une légion d'adolescents. Ces dernières années, la vie amoureuse de Dosantos s'était concentrée sur les politiciens de haut rang. L'un des derniers, un gouverneur qui avait des prétentions présidentielles, avait dû prendre publiquement ses distances quand l'artiste avait déclaré lors d'une interview radiophonique que ce pays méritait une première dame plutôt jolie.

Son cœur était naïf et ses critères très larges. D'après ce dont Tomás se souvenait de la presse du cœur, l'actrice était invariablement éprise du séducteur-vedette. Une sorte de désarroi naturel la poussait à manifester un attachement réel pour le protecteur du jour, peu importait qu'il soit jeune ou vieux, beau ou moche. L'un d'eux, apparemment, avait été trop jaloux, se dit Tomás, pour qui la description du cadavre laissait entendre un drame plus sinistre qu'une simple jalousie. Dans quoi t'es-tu fourrée pour qu'on te massacre de cette façon, Pamela ? se demanda le journaliste en regardant une photographie de la diva en première page d'un journal posé sur la table.

Dans quoi je me suis fourré, s'interrogea Tomás, pour recevoir des menaces comme celles de ce matin ? Il réalisa soudain que Jaime n'avait pas répondu à sa question sur les relations entre l'actrice et Salazar. Son ami savait-il quelque chose ? Pourquoi le lui cacher ? Une fois de plus, il retrouva le malaise qu'il ressentait toujours dans ses conversations avec Jaime.

La menace au bout du fil était dure et féroce. Ce n'était pas la première de sa vie professionnelle : dans les années 1990, quand sa chronique avait de l'audience et énervait les politiciens, il en avait reçu quelques-unes, il avait même bénéficié de la protection de la police judiciaire pendant quelques mois.

Finalement, il avait décrété que s'il était impossible d'éviter une attaque si on voulait vraiment sa peau, vivre entouré de flics d'une fiabilité douteuse était encore plus dangereux que désagréable. Il opta pour un fatalisme pratique qui tenait plus de la négligence que du courage. Ou, comme disait Amelia, qui se passait de gardes du corps : "Si ce n'est pas ton heure, tu peux toujours t'exposer ; et si c'est ton heure, tu peux toujours courir !"

Cependant, cette provocation semblait différente. Il se focalisa pendant des heures sur le souvenir du message intimidant, même s'il savait que c'était dangereux ; il avait lu quelque part que plus l'avertissement était laconique, plus il était mortifère.

Le souvenir du message lui rappela que son portable était toujours éteint. Il l'activa pour écouter sa messagerie. Les sept premiers messages étaient envoyés par des rédacteurs en chef, le huitième provenait du directeur du journal. Il éteignit l'appareil et demanda au serveur s'il pouvait utiliser le téléphone fixe, sous prétexte qu'il n'avait plus de batterie ; il n'était pas un client assidu, mais il était venu assez souvent pour que Toño, le responsable du lieu, le reconnaisse. Alfonso Palomar décrocha immédiatement.

— Bravo, ton article est le plus lu sur le portail du journal.

— Des réactions d'en haut ?

— D'en haut ? Tu veux dire du gouvernement ou du patron ?

— Bah, les deux.

— Don Rosendo veut te voir, demain à midi.

— Et côté gouvernement ?

— On verra demain, apporte tout ce que tu peux sur l'affaire. Je te laisse, j'ai une réunion pour la première page. Prends soin de toi.

Tout le monde semblait lui dire au revoir avec un "prends soin de toi", ce qui s'expliquait, mais le ton de Palomar lui déplut. Il n'y avait rien de menaçant dans sa façon de le prononcer, plutôt un dédain moqueur, comme s'il lui avait dit : "Voilà tout ce que tu récoltes en fourrant ton nez là où il ne faut pas."

Ils s'étaient toujours méfiés l'un de l'autre : le directeur du journal le considérait comme un arriviste dans le milieu journalistique et il trouvait que l'impact de ses articles, depuis quelques années, était surfait ; chaque refonte du journal reléguait sa chronique dans des pages secondaires, ou du moins c'était la conviction de Tomás. En tout cas, l'animosité était réciproque. *El Mundo* aurait pu être un des grands journaux du continent si son directeur s'était moins compromis avec les intérêts politiques, parfois capricieux, du patron, mais à l'évidence Palomar devait moins sa place à ses mérites professionnels qu'à sa loyauté aveugle et inconditionnelle envers Rosendo Franco.

Le bruit typique du pas traînant de Mario le tira de ses réflexions.

— Du nouveau ? demanda son ami en s'asseyant.

Tomás décida d'être prudent. La menace reçue pouvait être sans conséquence, mais il n'y avait pas de raison d'exposer Mario.

— Rien de particulier. Je crois que les faits divers vont prendre la relève et demain mon article sera de l'histoire ancienne. Du moins je l'espère.

— Amelia m'a appelé, très mystérieuse, elle m'a dit que tu pouvais la voir ce soir, au bar du Sanborns San Ángel, à 21 h 30 ; tu dois t'assurer qu'il n'y aura pas de pirates en vue. J'ai un engagement avec Olga, je ne pourrai pas vous accompagner, ajouta Mario presque entre les dents.

— D'accord. De mon côté, Jaime m'a demandé qu'on soit tous les quatre, demain soir, au Reina Victoria, sur le paseo de la Reforma. Quand je verrai Amelia, je le lui dirai.

— Tous les quatre ? dit Mario, le visage illuminé.

— Si tu ne peux pas, peu importe, si ça se trouve demain on rigolera de l'affaire et Amelia et Jaime se moqueront de ma célébrité involontaire.

— Bien sûr que j'y serai, si on doit se moquer de toi, je ne veux manquer ça pour rien au monde.

Tomás essaya de se rappeler quand les Bleus s'étaient réunis la dernière fois : cinq ou six ans auparavant, à l'occasion de l'enterrement de la mère de Mario. Le soir, après la cérémonie, tous les trois avaient traîné leur ami dans un bar pour lui remonter le moral, mais ils forcèrent sur la boisson et se mirent tous les quatre à se chanter leurs "quatre crudités", comme disait Amelia, des vérités pas bonnes à dire qui finirent par les blesser. En réalité, ils n'avaient pas dit grand-chose, mais ils s'étaient fait du mal. Les enterrements sont de mauvais moments pour parler franchement, pensait Tomás, les fils de l'émotion sont à nu.

— J'espère que cela finira mieux cette fois que la dernière, dit Tomás en rêvant tout haut.

— Sûrement, maintenant l'un d'entre nous est en danger.

Tomás faillit se moquer du ton "trois mousquetaires" de Mario, mais il se retint. Inutile de maltraiter la candeur adolescente de son ami, qui avait probablement raison, reconnut-il ; sinon, Jaime et Amelia ne l'auraient pas contacté le même jour, après tant d'années.

Cette révélation et l'enthousiasme de Mario finirent par être contagieux. Après tout, l'impact inattendu de son article n'était pas un malheur, il l'avait ramené sous les projecteurs et il allait peut-être redonner une impulsion à son travail de journaliste. Il y avait des risques, certes, mais la pire des menaces, c'était la stagnation de sa vie personnelle et professionnelle ; les jours se succédaient sans rien attendre, avec la ferme conviction que sur le quai où il se trouvait les trains ne repasseraient plus. Et voilà que surgissait une locomotive imprévue, peut-être son dernier espoir, à condition de ne pas le gâcher.

Tomás fantasma sur le journaliste plein d'énergie et d'audience qu'il pouvait devenir. Il avait toujours pensé qu'il avait du talent, mais qu'il manquait d'ambition ; l'instinct de survie lui donnerait peut-être le lithium qui manquait dans la batterie de sa vie. Mais pour commencer, le journaliste se dit qu'il avait d'abord un certain nombre de choses à régler.

Il quitta Mario et estima que c'était un bon signe de trouver un taxi libre devant la porte de la cafétéria ; il indiqua au chauffeur, un jeune homme, la rue où vivaient son ex-femme et sa fille. Il faillit appeler Jimena pour la prévenir, mais préféra ne pas utiliser son téléphone : elle devait être en cours d'allemand. Pourquoi sa fille avait-elle choisi une langue si peu utile au Mexique ? C'était un mystère pour lui, mais elle était comme ça. On aurait dit la fille d'Amelia, pas de Teresa, qui avait renoncé depuis des années aux longues robes de hippie de sa jeunesse, mais pas à l'attitude désinvolte et satisfaite qu'elle affichait dans la vie. Ce n'était pas le cas de sa Jimena, toujours péremptoire et pleine d'opinions tranchées, parfois même rigides. Voilà ce qui lui plaît dans l'allemand, se dit Tomás, mais il ignorait complètement si la grammaire germanique était aussi sévère que le son guttural de cette langue.

La nuit tombait sur l'avenue de los Insurgentes, et la circulation était lente et pénible. Ce qui n'empêchait pas les voitures de changer continuellement de file. Les deux seules choses impardonnables au Mexique sont : porter atteinte à l'honneur et laisser un espace inoccupé dans un embouteillage, se dit Tomás, et encore, le premier point était discutable.

Pourtant, le chauffeur n'avait pas l'air pressé ; au contraire, il en profitait pour se détendre un peu. Il appuya la tête sur le dossier et ferma les yeux.

— On rentre, on va se reposer, patron ?

— Ouais, répondit-il, à peine aimable.

Auparavant, il aimait bien discuter dans les taxis, c'était considéré comme le meilleur thermomètre de l'état d'esprit d'une ville, mais après bien des années de pratique, Tomás en avait conclu que c'était une légende urbaine alimentée par les correspondants étrangers trop paresseux pour mener un travail de fond ; trois courses en taxi et ils croyaient qu'ils avaient pris le pouls de la métropole.

Malgré tout, il se sentit obligé d'engager la conversation pour ménager le journaliste nouveau qu'il allait devenir.

— Comment vont les affaires ? Il y a du boulot ?

— Pas beaucoup, on arrive tout juste à payer l'entretien de la voiture. Ces bicyclettes de location, ça nous bouffe des clients.

Tomás trouvait la remarque exagérée, mais ce jeune homme connaissait sûrement son métier. Il regarda l'homme et le taxi avec sympathie : un café de Starbucks sur l'accoudoir avant – un luxe asiatique pour les revenus d'un chauffeur de taxi qui avait des soucis d'argent. Les contradictions de la modernité, se dit-il. Un détail significatif pour une éventuelle chronique consacrée à la façon qu'a le Premier Monde d'imposer ses modes aux secteurs paupérisés de nos pays.

— Et côté insécurité, comment tu te débrouilles ? Ce boulot n'est pas trop risqué ?

— Je vais prendre un raccourci, l'avenue de los Insurgentes est très encombrée, dit-il en tournant pour s'engager dans une petite rue. On a beau faire gaffe, vous avez vu que même les actrices ne sont pas épargnées.

— C'est vrai, répondit Tomás, et il maudit le moment où il avait abordé le sujet de l'insécurité.

— Comme je vous le dis, patron. Vous savez qui a pu faire ça ?

La sonnerie du téléphone le sauva de questions auxquelles il n'avait aucune envie de répondre ; mais il se rappela que son portable était éteint. C'était sûrement celui du chauffeur, qui en effet sortit l'appareil de sa poche et le mit sur silencieux. Un BlackBerry dernier cri, sans doute le même modèle que celui que Tomás avait vu entre les mains de Jaime le matin même.

Il observa le jeune homme avec plus d'attention et crut deviner, bien qu'il ne soit pas un expert, qu'il portait des vêtements de marque. Il repensa au moment où il avait vu le taxi et une veine battit sur son front quand il se rappela que l'automobile était à l'arrêt, attendant peut-être devant Le Pain Quotidien.

Tous les habitants de la capitale connaissaient le *modus operandi* des agressions dans les taxis ; il y en avait beaucoup moins que dans les années 1990, mais les méthodes n'avaient guère varié. Le véhicule prenait des rues peu fréquentées et était rejoint par celui d'un complice qui sautait sur le siège passager et braquait un pistolet sur vous : s'ensuivait un long trajet pour vider vos cartes dans des distributeurs automatiques. Cependant, quelque chose dans l'élégance et le port athlétique du jeune homme lui laissait supposer que ce n'étaient pas à ses cartes bancaires qu'on en avait.

Tomás se rapprocha de la fenêtre droite pour échapper au périmètre couvert par le rétroviseur du chauffeur et tourna lentement la tête pour voir si une voiture les suivait. Il remarqua un 4×4 blanc à cinquante mètres, avec plusieurs passagers à l'intérieur ; ce qui acheva de le convaincre. Quelques semaines plus tôt, il avait appris que la police judiciaire n'utilisait plus de véhicules noirs, trop voyants, l'ennui c'est que le crime organisé s'était mis à les imiter.

Il essaya discrètement d'ouvrir la portière, pour descendre de voiture quand celle-ci ralentirait, mais en vain. Le système de blocage pour les enfants devait être enclenché, les portières ne pouvaient être ouvertes que de l'extérieur ; la portière gauche devait aussi être verrouillée.

Deux cents mètres plus loin, le taxi tourna à gauche dans une petite rue. En plein virage, Tomás envoya de toutes ses forces son poing droit dans le menton du chauffeur ; la tête du jeune homme rebondit contre la vitre et par réflexe s'accrocha au volant, ce qui prolongea le virage. Le taxi heurta la roue avant d'un vieux combi garé sur le trottoir gauche et s'immobilisa. Le conducteur semblait avoir perdu connaissance, mais Tomás ne chercha pas à s'en assurer : il savait qu'il n'avait que quelques secondes avant que le 4×4 tourne le coin et découvre la situation. Il enjamba le dossier du copilote, ouvrit la portière et se précipita dehors.

D'instinct, il courut vers le combi, le seul endroit qui pouvait le cacher parmi les voitures garées des deux côtés de la rue ; c'était une camionnette de livraison sans fenêtres, derrière laquelle Tomás se tassa. Quelques instants plus tard, il entendit le 4×4 tourner et s'arrêter en braquant brusquement sur la droite. Accroupi, Tomás se dirigea vers la rue qu'ils venaient de quitter, atteignit l'angle et s'élança dans la direction de l'avenue de los Insurgentes. Le 4×4 blanc n'était plus visible, mais dans quelques secondes un des passagers reviendrait sur ses pas et déboucherait à son tour dans la rue. Il devait atteindre l'angle suivant pour disparaître.

Deux hommes descendirent du 4×4, le chauffeur resta au volant, moteur au ralenti. L'un d'eux se pencha dans le taxi et fit un geste négatif en direction du 4×4. Celui-ci démarra dans un hurlement de pneus et fila jusqu'au carrefour suivant pour bloquer toute fuite ; ils pensaient que le passager s'était enfui dans la direction qu'avait prise le taxi. Ce qui donna quelques minutes d'avantage à Tomás. Les deux individus se séparèrent pour aller jusqu'à l'angle, chacun sur un trottoir ; ils regardaient sous les voitures et entre les deux longues rangées. Le chauffeur descendit, hésita et finalement se dirigea vers ses collègues. Celui qui avait fait un signe s'arrêta, se retourna, revint sur ses pas pour examiner le combi et continua en direction de la rue d'où ils étaient venus.

Tomás sentait ses poumons exploser ; le carrefour suivant semblait inaccessible et à chaque seconde qui passait il sentait croître le poids d'un regard cloué dans son dos. Je n'y arriverai jamais, se dit-il. Cinq mètres devant lui, plus par manque d'air que par stratégie, il entra dans une pharmacie de la chaîne Similares ; deux employés et un client le regardèrent, affolés.

— On veut m'enlever, dit Tomás. Cachez-moi, s'il vous plaît.

Aucun des trois ne broncha.

— Je vous en supplie, cela peut arriver à n'importe lequel d'entre vous.

Le plus jeune des employés alla au fond de l'établissement, pas très convaincu. C'était une pharmacie de quartier, sans arrière-boutique ni étagères intérieures ; cependant, il lui montra le Dr Simi, ce mannequin boursouflé qui servait d'enseigne à cette chaîne de pharmacies.

— Celui qui doit l'enfiler n'est pas venu, expliqua-t-il. Débrouillez-vous.

Tomás crut à une plaisanterie, mais personne ne riait. Il était prêt à tout pour ne pas retourner dans la rue. Les deux employés de la pharmacie l'aidèrent à enfiler le mannequin ; le client s'empressa de récupérer ses achats et de sortir. Mais avant de disparaître, il lança : "Quelqu'un arrive au trot, dépêchez-vous."

Les deux employés avaient à peine eu le temps de s'écarter du bonhomme quand ils virent passer un gros homme en nage devant le magasin. Tomás essayait de se rappeler quel devait être le comportement du Dr Simi et il se souvint de l'image du mannequin dansant sur un rythme tropical, invitant les clients à entrer dans le magasin. Par chance, il n'y a pas de musique, se dit-il, contrôlant avec difficulté ses mouvements gênés par le poids du déguisement ; il applaudit maladroitement avec ses grosses mains et s'approcha du seuil. Arrivé à l'angle, l'homme observa le chemin parcouru pour trouver une explication à la disparition soudaine de sa victime. Le 4×4 blanc le rejoignit après avoir fait le tour du pâté de maisons. Apparemment, ses poursuivants avaient compris que Tomás était retourné dans la rue d'où ils venaient et ils essayaient de le localiser. Ils discutèrent à grands cris, à dix mètres de lui à peine.

— Ce salaud n'a pas pu atteindre le carrefour aussi vite, il doit être dans ce pâté de maisons, dit l'homme en nage.

— Il n'y a que trois ou quatre commerces, je ne pense pas qu'il ait pu entrer dans une maison. Allez les fouiller, ordonna le chauffeur du 4×4.

Tomás continuait d'applaudir et il se balançait d'un pied sur l'autre. La pharmacie était le premier des commerces ouverts sur le chemin de retour de ses poursuivants. Il se félicita que le mannequin ne soit pas supposé parler, car il n'aurait pu articuler un mot : il avait du mal à respirer et la gorge nouée par la peur. L'homme entra dans la pharmacie et interrogea les employés :

— Vous avez vu quelqu'un qui se sauvait ? C'est un dealer qui trafique à la sortie des écoles. Il courait dans cette direction.

— Non, monsieur, répondit le jeune. Je m'occupais du client qui vient de sortir, je n'ai vu passer personne.

— Moi non plus, mon commandant. J'étais derrière, je sortais des médicaments des cartons, s'empressa de dire l'autre employé.

Le jeune était meilleur acteur.

L'homme se pencha au-dessus du comptoir, souleva le rideau et constata que le petit passage qui servait d'entrepôt était trop petit pour dissimuler quelqu'un.

— Et toi, tu as vu quelque chose ? demanda-t-il au Dr Simi.

Tomás haussa les épaules pour montrer qu'il n'en avait aucune idée, mais l'homme, qui en réalité n'était pas commandant, attendait toujours une réponse. Le journaliste se rendit compte que son haussement d'épaules était resté à l'intérieur de son déguisement ; alors il agita les bras en signe de dénégation.

L'homme se retourna vers l'employé le plus âgé : il le dévisagea et lut sur son visage que ce n'était pas la peine de poursuivre l'interrogatoire. Il sortit de la pharmacie et se dirigea vers un institut de beauté, cinquante mètres plus loin.

Tomás se rapprocha de l'entrée et vit les dos s'éloigner avec soulagement ; sur le trottoir d'en face, l'autre s'approchait d'une quincaillerie proche de l'angle opposé. Un mal de tête lancinant lui fit comprendre qu'il avait la mâchoire paralysée tant il avait serré les dents. Il poussa un ouf de soulagement et se dit que c'était fini.

Il se tourna vers le 4×4 blanc. Le chauffeur était descendu et le regardait avec attention, adossé au capot du véhicule. Il parut se décider et se dirigea vers Tomás ; le journaliste recula et se demanda comment il pourrait se défendre. L'homme arriva devant la pharmacie, regarda Tomás et lui dit : "Du calme, docteur Simi", et demanda des préservatifs à l'employé. Il paya avec un billet de cent pesos et retourna à son 4×4.

Le chauffeur attendit encore un quart d'heure, qui parut des heures à Tomás, après quoi il alla récupérer ses collègues et disparut. Tomás se demanda s'ils avaient laissé le chauffeur de taxi ou s'ils l'avaient emmené.

Le journaliste attendit la nuit pour se décider à quitter son déguisement. Il remercia les employés et insista sur le fait qu'il n'était pas un délinquant ; le jeune semblait convaincu, le vieux beaucoup moins. Il était clair qu'aucun des deux ne voulait se mouiller ; ni pour l'aider, ni pour le dénoncer.

Il passa les heures suivantes à flâner avant son rendez-vous avec Amelia. Il avait largement le temps et n'avait aucune envie de remonter dans un taxi.

LUNDI 25 NOVEMBRE, 14 H 30
Vidal et Luis

Il pouvait encore tenir trois jours, à raison d'un joint par jour ; la marihuana avait augmenté ces derniers mois, même si les pilules étaient de moins en moins chères. Pourtant, trois ans plus tôt, Vidal s'était juré de ne plus jamais toucher à une ecsta, après s'être intoxiqué de sale manière lors d'une bringue dans un bouge.

Au moment d'aller en fumer un sur la terrasse, il vit un mot de son père sur le clavier. *Tomás me demande que tu lui donnes un coup de main en faisant une recherche sur la filmographie de Dosantos. C'est possible ?* Vidal sourit devant la candeur de son père. Ces trois dernières heures, il avait ratissé le web et tiré pratiquement tout ce qui existait sur l'actrice ; la filmographie lui prit moins de cinq minutes. Mais il n'était pas satisfait : la quasi-totalité des informations était concentrée sur les idylles de cette femme du Sinaloa, mais il savait qui pourrait l'aider. Quelques minutes plus tôt, il avait envoyé un message chiffré à Luis, le meilleur hacker de sa génération.

Luis était une légende depuis ses quatorze ans, quand il avait trouvé le moyen d'envoyer des messages cryptés, par le biais de Torrentz, que ses amis chargeaient comme une vidéo. À vingt-deux ans, il était un internaute atypique. Rien à voir avec le *nerd* obèse dépourvu de vie propre, enfermé dans son monde virtuel : il était un athlète et un lecteur vorace, charismatique et séduisant. Il ne passait pas plus de quatre ou cinq heures par jour devant ses ordinateurs, un soupir, comparé au standard de quatorze ou seize heures de n'importe quel hacker digne de ce nom.

De fait, Luis avait un rapport intime, personnel et très précoce avec les divers langages de programmation, comme s'il était né dans le pays où se parlait cette langue. Une sorte de Mozart avec la musique des sphères dans la tête ; il lui suffisait de manipuler quelques instants un nouveau logiciel pour en avoir la partition complète à l'esprit.

Vidal n'était pas loin de penser que le talent de Luis aurait mérité une meilleure vocation : dans le genre de la sienne. Justement, ils étaient devenus amis parce qu'il avait réalisé une idée ingénieuse que Luis avait vaguement énoncée ; Vidal avait passé deux jours à écrire tout le programme et l'avait envoyé à son auteur, qui vivait à Guadalajara. Reconnaissant, ce dernier le rencontra quand il se rendit à México. Depuis, Vidal essayait de se rendre utile en tenant Luis au courant des nouveautés du monde cybernétique, et par deux fois il l'aida à écrire des programmes délicats, à sa demande, que ce dernier récompensa chaleureusement, car ils s'inscrivaient dans ses tâches de conseiller auprès d'une firme qui développait des softwares à Santa Fe, Nouveau-Mexique.

Vidal ne lui avait jamais demandé un service, et il savait que Luis aimerait beaucoup explorer le sujet Dosantos, car c'était là sa véritable passion : élucider des mystères pour le plaisir. Il avait toujours pensé que si WikiLeaks n'avait pas existé, Luis serait très certainement en train de l'inventer. Il y avait du Julian Assange chez son ami, toutefois moins obsédé que l'Australien par la reconnaissance personnelle. En réalité, il était plus un voyeuriste de l'information qu'un dénonciateur : il s'introduisait dans des bases de données confidentielles, les fouillait, trouvait des détails croustillants ou compromettants, effaçait les traces de son passage et repartait sans laisser de traces.

Il pénétrait dans des archives hermétiques avec une âme de collectionneur, comme ces séducteurs qui se désintéressent de la femme dès qu'ils l'ont conquise.

Le jeune homme activa l'écran et regarda s'il y avait une alerte de son ami. Il lui fallait quelques minutes pour télécharger Torrentz, mais c'était le canal le plus sûr. Il fut déçu de ne rien trouver. Vidal décida de monter sur la terrasse.

Le joint lui fit du bien. Il avait eu raison de quitter l'école pour consacrer son temps à se faire connaître auprès des professionnels du cyberespace. Luis lui avait versé huit mille dollars pour son premier travail et dix mille pour le second ; il voulait en décrocher un troisième pour montrer à ses parents que cette profession en valait bien une autre, et qu'elle était sans doute plus rentable.

Il rêvait d'associer les talents de Luis aux relations de Tomás, et de réaliser un truc qui leur apporterait la gloire et la fortune, peut-être un magazine digital sérieusement documenté, une matière journalistique solide et un matériau explosif, ou une émission de télévision pleine de révélations qui laisseraient bouche bée. Pas forcément des scandales politiques ; juste des informations insoupçonnées sur la vie des citoyens ordinaires, comme ces devins qui racontent à un public surpris le contenu de leur portefeuille.

Il retourna à son ordinateur quand l'effet de la marihuana se dissipa. Il effectua le chargement correspondant et attendit quelques minutes, car cette fois il avait un fichier très lourd. Il le copia sur une clé USB, le transféra sur son portable qui n'avait pas de connexion internet, effaça le chargement sur l'ordinateur principal et se mit à lire ; Luis l'effacerait automatiquement de Torrentz maintenant que le chargement avait été fait. Il trouva plusieurs fichiers. Le premier contenait des pièces d'archives concernant la propriété où Salazar avait son bureau et où sans doute avait été assassinée l'actrice : extrait cadastral, plan de la maison, propriétaires actuels et précédents. Le second fichier était un arbre généalogique précis de la famille de Patricia Serrano. La généalogie était une des passions de son ami : quand les registres d'état civil furent informatisés dans le pays, Luis développa un programme qui scannait et croisait les bases de données, comparait, éliminait et créait un graphique en forme de forêt dans lequel un arbre tissait ses branches avec un autre, pour offrir une vaste carte de tout un clan familial. Il avait dit à Vidal qu'il envisageait de le montrer aux Témoins de Jéhovah, une secte qui, pour on ne sait quelle raison biblique, estimait nécessaire de connaître les ancêtres de ses paroissiens ; il n'avait jamais su si ce projet avait abouti.

Vidal constata que dans l'arbre des Serrano et des Plascencia, familles d'origine de Dosantos, abondaient des noms liés au trafic de drogue, ce qui n'avait rien de surprenant au Sinaloa, où les Fonseca, Beltrán et Félix étaient des noms courants, qui se recoupaient avec plusieurs Plascencia, y compris la mère de l'actrice. Il faudrait qu'il se penche sur la question et compare avec les archives de la police pour voir s'il y avait quelque chose ; son ami s'en occupait peut-être déjà.

Le troisième fichier était beaucoup plus inquiétant : trois images d'une auto, prises apparemment par des caméras destinées à réguler la circulation de México. L'une montrait la voiture par-derrière, la plaque bien visible. Une autre montrait le même véhicule, ou un très semblable, tournant à un carrefour que Vidal ne put identifier, bien que la photo mentionne l'heure et le lieu : *19 novembre 2013, 14 h 46, carrefour des rues New York et Insurgentes, Quartier Nápoles*. La troisième était la plus floue : la même voiture vue de côté, un chauffeur à l'avant et une femme aux cheveux longs et foncés sur le siège passager. Dosantos ? se demanda Vidal en retenant son souffle.

LUNDI 25 NOVEMBRE, 21 H 30

Tomás et Amelia

Alors qu'elle allait retrouver Tomás, Amelia se dit qu'elle avait eu la bonne idée de lui donner rendez-vous au bar du Sanborns, semi-obscurité et musique en sourdine permettaient de discuter, et il y avait beaucoup d'issues pour se perdre dans la foule ; mais en passant devant les consoles de livres et de disques du magasin, elle se demanda si son subconscient ne l'avait pas trahie. C'était justement dans un Sanborns, mais du quartier Rosa, que Tomás et elle se retrouvaient quand ils avaient vingt-quatre ans, avant d'aller au musée ou au cinéma, et c'était aussi dans un bar de cette chaîne qu'elle avait mis fin à une relation qui avait quitté la phase fraternelle pour frôler dangereusement celle de l'inceste, ou du moins telle avait été l'impression d'Amelia à l'époque.

Elle entra dans le bar en se disant que Tomás, obsédé par sa situation, ne remarquerait pas le choix malheureux du lieu. Elle le trouva à une table du fond, contemplant d'un air songeur l'olive accrochée à son verre.

— J'ai pris un martini la dernière fois que nous nous sommes vus dans un Sanborns. Je me demandais ce que seraient devenues nos vies si cette conversation avait fini autrement ; nous aurions peut-être des enfants et une résidence secondaire à Valle de Bravo, dit Tomás avec un humour teinté d'amertume.

— Ou on se serait cocufiés au bout de trois ans de mariage et aujourd'hui on se vouerait une haine féroce, répondit Amelia d'un ton badin.

Elle serra son ami dans ses bras, l'odeur familière de Tomás et la pression de ses bras lui donnèrent une telle sensation de retour à la maison, qu'elle se demanda à son tour si elle avait eu raison de l'éconduire, dix-huit ans auparavant.

— Comment vas-tu ? Tu as eu des réactions du côté de Salazar ? lui demanda-t-elle en s'asseyant, pour chasser les sensations de ce passé lointain.

— Une menace dans ma messagerie. Et je marche depuis des heures après avoir échappé à une tentative d'enlèvement dans un taxi par les sbires de ce gorille.

— Quoi ? Tu es sûr qu'il ne s'agissait pas d'un vulgaire vol ?

— Crois-moi, d'après leurs vêtements et leurs manières, c'étaient des agents ou des hommes de main, pas de vulgaires escrocs.

— Si Salazar est derrière tout ça, ils voulaient très certainement t'emmener dans un lieu discret pour que tu parles en tête à tête avec lui ou avec un de ses lieutenants.

— Et pour ça, ils avaient vraiment besoin de m'enlever ?

— Ils avaient intérêt à te terroriser avant cet entretien. En ce moment, Salazar préfère t'intimider et savoir où tu as eu cette information plutôt que de t'éliminer. Rends-toi compte qu'avec ce que tu as publié aujourd'hui, il serait le premier suspect s'il t'arrivait quelque chose. D'ailleurs, d'où tiens-tu cette info sur la maison de Salazar ?

Tomás soupira et lui répéta presque mot pour mot ce qu'il avait dit à Jaime à propos de son déjeuner avec l'avocat Raúl Coronel, mais en écoutant son propre récit, il trouva encore plus irresponsable et infantile la façon dont il s'était laissé piéger. Le regard inquisiteur d'Amelia lui renvoyait la même impression : il s'était comporté comme un imbécile.

— Il m'a dit que c'était une info trop bonne pour être gaspillée, ajouta Tomás à la fin de son explication.

— Je vais essayer de creuser du côté de Coronel, il pourrait être le fil qui nous conduise au cœur de toute cette histoire, proposa-t-elle.

Tomás ne l'écouta pas : la dernière phrase de son plaidoyer résonnait dans sa cervelle. Un détail retenait son attention, mais il ne pouvait le cerner, comme une alarme qui sonnait au loin, de provenance incertaine.

Le journaliste se reprit et raconta à Amelia la conversation qu'il avait eue avec Jaime.

— Il est plutôt sensé, mais ne prends pas à la lettre tout ce qu'il te dit ; tu sais qu'il regarde toujours où il met les pieds. En tout cas, évalue bien les infos qu'il te refile. Moi aussi je peux te donner des trucs intéressants pour une bonne chronique. Il y a un gouverneur qui est derrière les détournements clandestins des canalisations de la Pemex ; une affaire qui représente des centaines de millions de dollars par an.

— Ça m'intéresse, passe-moi une fiche avec les données de base. À partir de là, je peux passer quelques coups de fil pour les étoffer, il y a un membre du syndicat du pétrole qui me doit quelques services, dit Tomás en s'animant.

Amelia sourit, elle connaissait le goût de son ami pour les scandales pétroliers. Tomás avait connu son heure de gloire, du temps où il était encore reporter, quand il avait publié la vraie raison des explosions des collecteurs à Guadalajara, en 1992. La version officielle affirmait qu'il s'agissait d'un accident dû à la négligence des industries de la région qui déversaient souvent leurs déchets dans les égouts, mais Tomás avait prouvé dans une série de reportages que la tragédie dissimulait un crime de première grandeur. Les responsables d'une unité de stockage recevaient beaucoup plus de combustible en provenance des canalisations de Salamanca qu'ils n'en déclaraient, ainsi plaçaient-ils sur le marché noir des quantités incroyables d'essence et de solvant ; le 21 avril de cette année-là, prévenus d'un audit imminent, ils décidèrent de se débarrasser du combustible non déclaré en le déversant dans les égouts. Il y en avait des tonnes.

Le lendemain, à 10 heures du matin, une étincelle provoqua une explosion qui se répercuta sur huit kilomètres de rues, laissant des centaines de cadavres et des milliers de maisons détruites. L'enquête de Tomás fut reprise dans la presse internationale et lui valut deux prix de journalisme et la place de chroniqueur au *Mundo*. Revenir par ses propres mérites au centre de la scène grâce à un scandale pétrolier effaçait d'un coup les dernières années de médiocrité professionnelle.

Cette perspective illumina le visage de Tomás ; il se vit de nouveau dans la peau du journaliste adulé, objet de toute l'attention des cercles politiques. Il se demanda, inévitablement, si cela lui redonnerait une chance auprès d'Amelia. Vingt ans auparavant, il avait connu toutes les incertitudes en courtisant cette jeune femme qui était devenue adulte un lustre avant lui.

Il pensa non sans satisfaction que dans quelques années les courbes du vieillissement s'inverseraient. À vingt-quatre ans, elle était une beauté qui attirait l'attention des hommes de tout âge, alors qu'il était un garçon emprunté, à peine sorti d'une adolescence tardive. Le match avait été inégal. Cependant, à mesure qu'ils glissaient vers la quarantaine, il restait séduisant pour les femmes vingt ans plus jeunes, tandis qu'Amelia devait se contenter de la frange étroite des aspirants à la sénescence. Tomás pensa qu'un jour il la courtiserait de nouveau et lui montrerait avec générosité qu'il la préférait aux femmes plus jeunes.

Ces pensées et deux martinis supplémentaires le ramenèrent sur la voie de l'optimisme. Un seul problème : Amelia ne semblait pas consciente d'avoir descendu d'un degré au hit-parade de la séduction physique : les cuisses fermes et brunes qu'elle venait de tendre en croisant les jambes ne manifestaient nullement l'intention de se rendre aux arguments de Tomás.

— Je vais être franche avec toi, annonça Amelia. L'affaire Dosantos est une fissure dans les plans du nouveau gouvernement et nous ne pouvons pas la gâcher : une fissure que nous devons transformer en fracture. Il faut l'ouvrir et la diffuser avant que le système se referme sur elle.

Apparemment, elle semblait plus préoccupée par l'agenda politique que par le vieillissement hormonal auquel la condamnait la biologie.

— D'accord, concéda Tomás, reprenant ses esprits. J'aimerais éclaircir quelques points dans l'assassinat de Dosantos ; pas forcément pour les publier, mais nous devons aller au fond de l'affaire policière si nous voulons l'exploiter. En tout état de cause, nous ne connaissons pas encore le lien entre Salazar et elle, ni les raisons pour lesquelles on a voulu l'assassiner.

— Tu as raison, c'est risqué, reconnut Amelia, regardant son ami avec respect pour la première fois de la soirée. Le pire qui pourrait arriver, c'est que cette histoire ne soit qu'une grosse bouffonnade. On doit savoir où on met les pieds.

— J'ai des contacts dans la police de la ville, je devrais commencer par là. Jaime aussi va se pencher sur le sujet. Mais je n'aime pas l'idée de dépendre entièrement de lui.

Amelia acquiesça, songeuse. Tomás la connaissait suffisamment pour reconnaître les sourcils froncés qui précédaient une idée échevelée, une phrase provocante ou simplement un jeu qui leur donnait du fil à retordre quand ils étaient enfants.

— Et si on se trompait de Lemus ? demanda-t-elle finalement avec un sourire narquois.

— Contacter don Carlos ?

— Pourquoi pas ? Il y a longtemps que Jaime et lui ne se parlent plus, dit Amelia, omettant le fait qu'elle avait été à l'origine du conflit entre père et fils. Carlos a gardé le contact avec les vieux policiers, à la retraite ou presque. La vie des égouts n'a pas de secrets pour eux.

Tomás sentit le choc de la vodka au fond de la gorge. Il savait ce qui s'était passé entre le père de Jaime et Amelia, et à l'époque il avait attribué le rejet de son amie à l'attirance qu'elle ressentait pour les hommes mûrs. Il se demanda si la date où elle l'avait éconduit, dix-huit ans en arrière, ne correspondait pas au début de sa relation avec Carlos.

Mais Amelia n'était pas portée sur les subtilités. Elle ne semblait jamais l'être.

— Tu veux que je l'appelle pour que tu le rencontres ?

— Tu le vois toujours ? demanda Tomás, d'une voix plus aiguë qu'il ne l'aurait voulu.

— Nous n'avons jamais cessé d'être amis, répondit Amelia sur un ton neutre.

— Je m'en occupe, ne t'inquiète pas.

En dépit du mauvais souvenir, Tomás s'avoua que ce n'était pas une mauvaise idée de recourir à Carlos Lemus. Il ne l'avait pas vu depuis des années, mais il l'entendait souvent à la radio. Lemus était devenu un des avocats pénalistes les plus prestigieux et les plus puissants du pays ; il avait d'abord été nommé procureur de l'État de México, puis procureur général. Après son brillant passage dans l'administration fédérale, sa carrière s'était tournée vers les lois et les tribunaux. Quelques années plus tard, il ne s'occupait plus que des clients de grande envergure et aucun ministre ne refusait de prendre un café en sa compagnie.

Tomás connaissait les rapports de Lemus avec les corps de la sécurité de l'État et du ministère public. S'il n'était plus procureur, il n'avait jamais perdu le contact avec les réseaux policiers ; son cabinet comprenait non seulement des avocats et des assistants, mais aussi d'ex-policiers chargés des enquêtes. Il s'assurait d'avoir dans son personnel des membres de différents tribunaux et commissariats qui souvent lui transmettaient des documents et des avis sur les affaires qu'il instruisait.

— Il est en bonne santé ? Tu l'as vu récemment ? demanda Tomás avec prudence.

— Il a l'air en meilleure forme que toi et moi.

Amelia eut du mal à retenir un sourire. Tomás voulait savoir où en était leur relation, mais elle n'avait pas l'intention de lui donner cette satisfaction. En réalité, il y avait plus d'un an qu'elle n'avait pas déjeuné avec l'avocat, et plus de dix qu'ils avaient cessé d'être amants occasionnels ; cependant, leurs rencontres étaient toujours chaleureuses. Mais elle ne voulait pas décrire la nature d'une relation qui pour son ami était un lien sexuel étrange ou même pervers.

Ils se séparèrent après un baiser rapide sur les lèvres et une longue étreinte. Une fois de plus, un courant chaleureux parcourut les deux corps ; Amelia l'attribua au souvenir de tant d'expériences partagées, Tomás à la promesse d'intimités futures.

MERCREDI 23 NOVEMBRE 1994, 20 HEURES
Amelia et Carlos

C'était la faute du tremblement de terre, se dit Amelia en sortant du bureau de Carlos Lemus, encore secouée par ce qui venait de se passer. Elle était allée le voir pour qu'il l'aide à choisir son mémoire de maîtrise qu'elle allait préparer au Colegio de México.

Ils ne s'étaient jamais rencontrés seuls hors du milieu social et familial, mais Amelia se rappelait les douzaines de conversations que le père de son ami avait tenues avec les Bleus sur la politique et l'histoire du Mexique. Ses conseils l'intéressaient, car outre ses vastes lectures dans ces domaines, Carlos était un acteur politique et un fin connaisseur des coulisses de la scène publique. Amelia voulait que son mémoire n'ait pas seulement une valeur académique parmi les professeurs et les étudiants : elle espérait que ses recherches déboucheraient sur un ouvrage publié dans les circuits commerciaux, ce qui lui donnerait plus d'audience. Le choix du sujet et son traitement étaient la clé pour y parvenir, et le père de Jaime pouvait être utile.

Carlos Lemus venait de quitter le ministère public, et il installait ses bureaux particuliers dans un local élégant, au douzième étage d'un immeuble du paseo de la Reforma. C'est là qu'Amelia se rendit un mercredi soir à 8 heures, le jour où elle avait le moins de lectures prévues dans le lourd programme universitaire qui avait commencé.

Elle fut accueillie par Esther, l'efficace et éternelle secrétaire de Lemus. Amelia la connaissait bien, car Jaime l'appelait chaque fois qu'ils avaient besoin d'un chauffeur pour les récupérer à l'issue d'une sortie dans la ville, quand ils étaient jeunes ; elles s'étaient croisées plus d'une fois dans les réunions de famille des Lemus.

— Entre, Amelia. Comme tu es jolie ! Je ne t'avais jamais vue aussi élégante.

— Merci, Esther, mais je ne peux plus aller aux cours de maîtrise du Colegio de México aussi débraillée qu'avant, répondit-elle, prenant conscience que c'était la première fois que dans le cadre de ses études elle mettait du rouge à lèvres et des pendants d'oreilles dans les tons verts, assortis à ses yeux, de même qu'une jupe fleurie en coton élastique qui mettait son corps en valeur ; elle la portait uniquement dans les grandes occasions.

— Aujourd'hui, c'est l'anniversaire de ma mère, je vais devoir vous laisser. Il y a du café, des boissons et des biscuits dans la kitchenette. Tu veux que je te prépare quelque chose avant de partir ? Les autres ont déjà filé.

— Non, merci, je vais attendre le professeur ici. Et bonne fête d'anniversaire !

Elle s'installa dans la salle d'attente d'un bureau élégant : tapis moelleux et fauteuils en cuir. Quelques minutes plus tard, Carlos l'invita dans son bureau. L'avocat s'était débarrassé de sa cravate et avait déboutonné le haut de sa chemise ; il affichait la fraîcheur des gens qui viennent de commencer leur journée, mais Amelia savait que c'était une caractéristique de l'ADN des Lemus.

Ils se saluèrent d'une demi-accolade, polie et chaleureuse, mais assez rapprochée pour qu'Amelia respire l'arôme particulier de Carlos, un arôme qui lui rappelait vaguement les dattes.

Amelia s'était toujours considérée comme une collectionneuse d'odeurs. Elle adorait les fromages forts français qui dégoûtaient ses amis, mais elle pouvait fuir en catastrophe un rendez-vous romantique ou un cavalier apparemment impeccable sur une piste de danse, à cause de la fragrance malsaine qui se dégageait de son corps, et qu'elle seule paraissait percevoir. L'étrange talent d'inventer des surnoms brillants qui l'avait rendue célèbre dans son adolescence provenait en grande partie des allégories que lui inspirait l'odeur d'une personne.

Carlos Lemus était une datte, même si elle ne l'avait jamais dit à personne. En revanche, ce qu'elle savait, et elle en prenait conscience maintenant, en lissant sa robe et sa tenue suggestive, c'est que la datte était un fruit qui la fascinait. La jeune fille se contraignit à mettre de côté les signaux que son corps émettait : l'avocat avait vingt-cinq ans de plus qu'elle, il pouvait être son père, sans parler des complications familiales et personnelles que provoquerait un quelconque engagement.

L'attitude de Lemus amena vite la conversation sur un terrain intellectuel. Il lui demanda de s'asseoir sur le canapé et il occupa un fauteuil à deux mètres de là, une table basse les séparait.

— Tu envisages un mémoire sur l'Accord de libre-échange signé par Salinas avec les États-Unis et le Canada, bien que ta maîtrise porte sur les sciences politiques, pas sur l'économie, c'est bien ça ?

— Oui, mais je veux aborder les conséquences sociales et politiques de l'ALENA, pas seulement ses aspects économiques.

— Intéressant, reconnut Lemus. Cependant, tu vas avoir du mal à les distinguer de l'aspect technocratique. Quand tu auras analysé l'inégalité sociale ou le renforcement des monopoles, tu auras du mal à attribuer tel aspect aux clauses du traité et tel autre au traitement des privatisations pour favoriser les grands groupes au détriment des moyennes entreprises, par exemple.

Amelia acquiesçait avec attention en pensant que ce n'était pas seulement l'arôme qui lui plaisait chez Carlos : il avait aussi le talent de survoler les sujets pour les saisir dans leur ensemble et dérouler un commentaire précis et adapté, comme un aigle qui observe la campagne avant de se précipiter avec voracité sur une proie minuscule.

En dépit de la fascination qu'il lui inspirait, Amelia n'était pas du genre à se livrer facilement au talent d'autrui ; plus désireuse d'alimenter ses propres doutes sur Carlos que de rendre hommage à une conversation politique, elle contre-attaqua.

— Je crois comprendre que tu n'es pas du côté de Salinas, même si tu appartiens au PRI. Je ne suis pas d'accord avec le modèle prétendument modernisateur de Salinas, mais que proposent les priistes qui ne sont pas d'accord ? De maintenir l'ancien régime à tout prix ?

Carlos prit tout son temps pour l'observer, comme s'il la voyait pour la première fois ; il détailla sa robe, remarqua ses pendants et ses lèvres rouges. À la différence de la plupart de ses collègues, il aimait la polémique et les conversations heurtées. La séduction d'Amelia lui fit penser aux raisons de l'attirance qu'il éprouvait pour cette jeune fille et les nombreuses fois où il s'était arrêté pour discuter avec les amis de son fils pour le simple plaisir de susciter leurs réactions.

— Écoute, Amelia, j'ai adhéré au PRI parce que c'était le seul moyen de m'introduire dans la sphère politique. Pendant des décennies, le parti unique fut un mal nécessaire pour atteindre la stabilité et la croissance : pendant que l'Amérique latine se torturait dans des va-et-vient entre explosions sociales et dictatures militaires, le Mexique sortait de son passé violent. L'histoire du XIXe siècle et de la Révolution montre que le pays a bien failli perdre son sang à l'infini. La violence semblait faire partie de ses gènes ; le présidentialisme sans réélection imposé par le PRI a permis cinquante ans de stabilité.

Carlos avait un ton sérieux et monocorde, il parlait autant pour elle que pour lui-même. On aurait dit qu'il avait déjà abordé ce sujet une infinité de fois.

— Néanmoins, à partir des années 1970 le régime devient anachronique, poursuivit-il. Naturellement, des priistes ont voulu le maintenir contre vents et marées, d'où la répression étudiante de 1968. Le projet de Salinas, c'est une sortie à reculons, conforme aux mesures modernisatrices du Fonds monétaire international et du consensus dit de Washington : privatisation, réduction du rôle de l'État, restriction des finances publiques, etc., mais ce projet va à l'encontre des politiques sociales qui, même si elles étaient des alibis, avaient inspiré les gouvernements priistes toutes ces années.

— Tu es en train de me dire qu'il y aurait trois sortes de priistes : les technocrates néolibéraux autour de Salinas, les dinosaures de la vieille garde qui croient que l'ancien régime peut continuer indéfiniment, et les réformistes dans ton genre ?

— Ce serait déjà merveilleux qu'il n'y en ait que trois ! Ceux qui pensent comme moi sont une minorité et je me demande comment ils peuvent encore rester au PRI. Comme tu le vois, en ce moment je ne suis plus au gouvernement, expliqua Carlos en montrant d'un geste vague le contenu de son bureau.

— Les réformes tentées par Reyes Heroles, il y a deux sextennats, faisaient-elles partie de cette tendance dont tu parles ?

— Je vois que tu as profité de tes lectures, dit-il en détaillant Amelia de la tête aux pieds.

Mal à l'aise, celle-ci se tortilla sur le canapé, consciente de son regard et un peu surprise de la bouffée de rougeur que lui provoquait son éloge. Amelia n'était pas du genre à attendre l'approbation d'autrui.

— Tu as raison, poursuivit-il, entre 1970 et 1976 le président Echeverría a soutiré au vieux régime tout ce que ce dernier pouvait donner. Une main de fer dans le domaine politique et une expansion de l'État paternaliste, mais avec tous les défauts d'un modèle à bout de course : bureaucratie, gaspillage, corruption, négligence, mafias syndicales. Quand López Portillo a accédé au pouvoir en 1976, il savait qu'il fallait changer, mais il n'avait rien de clair, ni le verbe, ni la rhétorique, ni les idées. Dans l'ambiguïté, il décida d'explorer deux voies différentes : il nomma Reyes Heroles ministre de l'Intérieur pour imposer une réforme politique, une sorte de perestroïka avant l'heure, et en même temps il engagea un groupe d'économistes diplômés des écoles néolibérales des États-Unis et leur confia la gestion économique.

— Miguel de la Madrid, Salinas, Aspe et compagnie, commenta Amelia.

— En effet, et c'est finalement eux qui l'ont emporté. Reyes Heroles n'a duré que deux ans et, même si quelques réformes ont pu être menées à bien, le projet d'ensemble s'est enlisé. En réalité, il a été vaincu par une coalition de la vieille garde allergique à toute ouverture et de jeunes technocrates pour qui les réformes devaient être économiques avant d'être sociales et politiques.

— Mais alors, les dinosaures et les technocrates modernisateurs se sont alliés pour juguler les tendances réformistes ?

— Voici un point intéressant. C'est une union étrange, le rapprochement et l'éloignement entre ces deux groupes : l'ex-président Carlos Salinas est une fusion des deux. Même par sa biographie : fils d'un membre de la vieille garde, il est diplômé de Harvard et prophète du consensus de Washington. Et, comme on dit, le reste appartient à l'Histoire. Cependant, ce qui est arrivé cette année avec le mouvement zapatiste et l'assassinat de Luis Donaldo Colosio montre que les structures sociales ne résisteraient pas à un modèle économique accentuant la concentration des revenus qui laisse en marge la moitié des Mexicains, surtout dans les zones rurales. Les technocrates ne comprennent pas qu'on ne peut améliorer l'économie en éliminant les paysans, ou alors il faut mettre en place des politiques publiques, des changements structurels qui leur permettent de se réinsérer dans la vie sociale et politique.

Amelia se dit qu'elle avait assez de matière pour repenser le sujet de son mémoire. Elle n'avait pas pris de notes sur son carnet ouvert sur ses genoux, mais elle pourrait retrouver quelques idées si elle se mettait au travail le soir même. Elle ne voulait pas partir, mais elle sentait qu'elle devait mettre en forme ce qu'elle avait entendu avant d'aller plus loin avec son interlocuteur.

— J'aime la façon dont tu as abordé le sujet. Laisse-moi faire un brouillon avec quelques-unes de ces idées et organiser un éventuel sujet de mémoire ; si je te l'envoie, je serais ravie que tu me dises ce que tu en penses. Maintenant, je crois que je vais m'en aller.

— Je le lirai avec plaisir, bien sûr. J'ai toujours pensé que l'avant-garde des Bleus, c'était la section féminine.

Amelia sourit nerveusement à l'appréciation de Carlos et rangea son carnet dans son sac.

— Je te raccompagne, dit Carlos en la prenant par le bras.

Il s'arrêta devant la porte qui donnait sur le palier des ascenseurs.

— Attends, on dirait que ça tremble.

— Il faut sortir en vitesse, cria-t-elle, poussée par le souvenir du tremblement de terre de 1985, où elle avait perdu plusieurs camarades de classe.

— Amelia, nous sommes au douzième étage : tout sera fini avant qu'on ait descendu l'escalier. Viens.

Il la serra contre lui au milieu des secousses de l'immeuble et s'adossa contre une colonne de la pièce ; et ils ne prononcèrent plus un mot.

Amelia se serra contre Carlos, enfonça le nez dans sa chemise ouverte et se laissa envahir par son odeur. Un instant plus tard, ils s'embrassaient ; ils ne se rendirent jamais compte du moment où les tremblements cessèrent. Ils retournèrent sur le canapé où se tenait Amelia peu de temps auparavant, se débarrassèrent de leurs vêtements et partagèrent un orgasme long et intense.

Puis Amelia enlaça Carlos et posa la tête contre sa poitrine. Elle n'aurait pu dire si c'était le meilleur sexe qu'elle avait connu, mais en tout cas il était différent. À dix-sept ans, avec un partenaire de dix ans plus âgé qu'elle, elle avait décidé de se débarrasser de ce qu'elle considérait comme une virginité ignominieuse ; depuis, elle avait noué et rompu avec des hommes qui ne duraient pas plus de deux ou trois ans, toujours proches de la trentaine ou au-delà, sauf de brèves escarmouches avec Tomás, quelques mois plus tôt.

Mais le sexe avait toujours été un plaisir sur lequel elle exerçait tout son contrôle. Cette fois, ce ne fut pas le cas. Elle n'avait jamais fait l'amour sans préservatif, à cause de l'influence de sa mère sexologue, mais cette fois elle n'avait même pas pensé à en prendre deux ou trois dans son sac. Elle était surtout étonnée de s'être si vite perdue dans la marée de sensations née de sa rencontre avec Carlos ; le long regard, profondément complice et excité, qu'ils échangèrent au moment où il la pénétra avait effacé les âges et les circonstances.

Carlos se mit à rire quand il eut repris son souffle, d'abord tout bas, puis de plus en plus fort. Elle releva la tête et lui lança un regard interrogateur.

— C'est de la joie à l'état pur, dit-il, il y a longtemps que je ne m'étais pas senti si bien. En ce qui me concerne, le tremblement de terre peut revenir quand il voudra ; je quitterai ce monde plein de reconnaissance.

Amelia finit par rire avec lui, même si elle n'avait aucune envie de quitter ce monde. Pourtant, elle était d'accord avec Carlos sur la sensation de plénitude que leur avait donnée ce moment d'intimité partagée.

Ils continuèrent de se voir un soir par semaine, dans son bureau et dans le plus grand secret. Ils parlaient de son mémoire, de ses rêves et de ses soucis. Ils buvaient du vin blanc et faisaient l'amour, sans hâte, en s'explorant.

— Savoir que nous avons cet espace le mercredi te permet d'affronter la semaine comme si tu avais un million de dollars à la banque, disait-il. Tu sais qu'ils sont là, ça te redonne du cœur au ventre chaque fois que tu y penses. C'est comme être dans le désert en sachant qu'il y a une oasis derrière la prochaine dune.

Elle préférait la notion de bulle : tous les deux suivaient leur routine studieuse et familiale, conscients de n'avoir d'autre vie de couple que ces trois ou quatre heures hebdomadaires. Amelia savait que les bulles naissent, grandissent et explosent inexorablement, peu importe leur éclat.

En réalité, la bulle dura plus de huit ans. Au début, ils avaient du mal à ne pas s'appeler dans la journée ou à ne pas envisager d'autres scénarios ; mais ils apprirent à savourer une relation qui n'imposait aucune condition, des liens sans autre engagement que de se consacrer l'un à l'autre, en pleine intensité, au cœur de leurs rencontres.

Ils se retrouvaient régulièrement, d'abord toutes les semaines, ensuite deux ou trois fois par mois, dans la mesure où leurs déplacements et leur emploi du temps le leur permettaient. Mais sa bulle ne cessa d'abriter son intimité et son émotion : au début, elle s'adonna à une longue exploration de sa sexualité, laquelle ne fut jamais monotone, car ils ne vivaient pas ensemble ; comme les bons couples de danseurs, ils apprirent à reconnaître cambrures et distances, concaves et convexes, à comprendre et à adopter les mouvements naturels de l'autre, qui bientôt furent leurs mouvements communs.

Au fil des mois, des années et des rencontres, Amelia comprit l'importance de cette relation et l'équilibre émotionnel qu'elle lui apportait. Elle apprit aussi à fumer occasionnellement de la marihuana et à cuisiner, raison pour laquelle ils agrandirent la kitchenette du bureau. Il sut transformer son habileté verbale en plume talentueuse, elle écrivit de nombreux livres et devint une prestigieuse essayiste. Tous les deux se passionnèrent pour des auteurs anglo-saxons qu'ils se lurent directement en anglais.

Amelia finit par apprécier les longs dialogues post-coïtaux auxquels ils s'adonnaient presque aussi volontiers qu'au sexe lui-même. La confiance totale dans une relation qui renonçait à toute tentative de contrôle ou de manipulation l'aida à transformer ces moments en thérapies honnêtes, au cours desquelles elle décrivait ses rêves, ses frustrations et ses incertitudes, qu'elle aurait été incapable d'avouer dans tout autre contexte, y compris face à elle-même.

Cette relation avec Amelia permit à Carlos de reprendre contact avec une part de lui qu'il croyait perdue : l'enthousiasme, qui le poussait à changer les choses et à les interroger, l'exaltation face aux maux du monde, et l'extase inconditionnelle devant une œuvre d'art ou littéraire. Surtout, il reprit vie grâce à l'expérience du corps. Dans la semaine, le souvenir d'Amelia exacerbait son érotisme. Il n'avait jamais eu un faible pour les jeunes femmes, voilà pourquoi il ne s'attendait pas à ce genre de rencontre dans son bureau, et encore moins à l'impact puissant de ses conséquences. La vitalité de cette peau de pêche, la sensualité avec laquelle ses longues jambes l'enveloppaient, ravivaient les souvenirs de ses désirs d'adolescent, quand l'intimité était toujours possible. L'avidité physique et érotique de la jeune fille, qui ne demandait qu'à donner libre cours au plaisir sous toutes ses formes, devint le moteur de ses jours et de ses nuits. Lors des réunions d'affaires avec des clients ennuyeux, il se surprenait à dessiner mentalement les grains de beauté appris sur le dos d'Amelia et il prit goût, comme elle, à leurs conversations nocturnes, quand la satisfaction des appétits libérait les confidences de leurs âmes apaisées.

Ils découvrirent qu'ils pouvaient tous les deux conjurer les misères et les infamies de la vie quotidienne dans leur bulle, à condition d'en parler dans la pénombre, jambes mêlées, après leur étreinte amoureuse. Parfois, ils avaient l'impression que l'univers parallèle n'était pas celui qu'ils avaient construit dans la parenthèse de ce jour de semaine, mais dans leur vie familiale et professionnelle qui n'existait que pour alimenter leurs conversations dans leur refuge.

Elle vécut en couple avec d'autres hommes, tomba amoureuse, perdit ses illusions, retomba amoureuse, mais jamais elle n'eut le sentiment que sa bulle avec Carlos l'avait gênée ; c'était une capsule qui faisait partie de sa vie intérieure. Elle se sentait capable de tomber amoureuse de façon plus saine, moins pressante, grâce à la sécurité émotionnelle que lui offrait cette relation. Ce n'est que lorsqu'elle décida de vivre à plein temps avec Héctor, huit ans plus tard, qu'elle crut prudent de suspendre ses visites à l'avocat, non qu'elle en soit perturbée émotionnellement, mais pour s'épargner des alibis et des mensonges auxquels une relation cachée l'aurait obligée, dans le contexte d'une vie commune.

Ainsi, les séances avec Carlos devinrent-elles des déjeuners occasionnels. Certes, elle y prenait plaisir, mais la qualité de leurs dialogues ne fut plus jamais la même.

Sa relation avec Héctor dura cinq ans et mourut dans l'ennui. Elle cessa complètement ses visites au bureau de Carlos, mais continua de le voir deux ou trois fois par an dans un restaurant du quartier de Polanco. Il ne fit pas davantage de tentative pour réinstaurer la bulle. Il aurait fallu un nouveau tremblement de terre pour les réunir.

MARDI 26 NOVEMBRE, 10 HEURES
Tomás et Carlos

Tomás était malgré tout impressionné. Pendant les vingt minutes d'attente, Esther, la secrétaire de Carlos Lemus, passa quatre communications à son chef : un gouverneur, un vice-ministre des Finances et deux chefs d'entreprise figurant sur la liste de *Forbes*, à savoir les patrons de Banorte et du Palacio de Hierro.

Esther l'accueillit avec chaleur et le conduisit dans son bureau au lieu de lui imposer les volcans picturaux du Dr Atl qui décoraient l'immense salle d'attente. Tomás appréciait beaucoup l'assistante de Lemus : une célibataire de cinquante et quelques années, efficace et organisée, mais absolument pas ennuyeuse. Elle aimait à dire qu'elle ne s'était pas mariée parce qu'elle ne supportait pas de dépendre des humeurs d'un homme ; elle jurait que la monogamie n'était pas son truc. Elle tombait souvent amoureuse de musiciens, de poètes, de serveurs et autres créatures de la nuit, lesquelles disparaissaient très vite de sa vie ; elle se vantait de collectionner des objets qui rappelaient chacune de ces relations, plutôt que des figurines de porcelaine. Dans son salon, une vitrine offrait un inventaire précis de la nature excentrique de ses idylles : un chapeau noir à longue plume, une botte tachetée de rouge, une pince en argent pour assembler les billets avec l'inscription *des femmes et des fêtes, le reste est gaspillage*, et même un pénis en bois sculpté par un ex-amant présomptueux.

La tenue d'Esther était éloquente : une jupe longue, maintenue par une ceinture couleur vin, des jambes gainées de soie sur d'incroyables talons rouges, une blouse blanche translucide et un soutien-gorge en dentelle noire. Elle avait des cheveux de jais, mais Tomás les avait connus roux, blancs et blonds. Son maquillage était impeccable, sans doute plus adapté à un bar qu'à un bureau meublé d'acajou et de tapis moelleux. Elle n'était pas belle, mais elle avait un sourire immense et spontané : de grandes dents encadrées par des lèvres rouge vif toujours humides.

— Bonjour, Tomás, comme tu es beau, tu es le premier des Bleus que je vois depuis longtemps.

— Comme moi, Esther. Où en est ta collection, elle s'agrandit, ou un bienheureux aurait-il confisqué ta vitrine ? demanda Tomás, qui savait que c'était son sujet de prédilection.

— Cette dernière année, j'ai ajouté un Polaroïd ancien modèle que m'a donné un de tes collègues et un peignoir couleur évêque genre Mauricio Garcés, qui est divin. Ces temps-ci, je crois que je m'intéresse davantage à l'objet qui va me rappeler un homme qu'à l'homme lui-même, dit Esther en éclatant de rire.

Tomás rit avec elle.

— Laisse-moi te dire que la plupart des femmes divorcées que je connais ont de bien pires souvenirs de leur ex. Je me demande ce que tu aurais mis de moi dans cette vitrine si tu m'avais ajouté à ta collection.

— Il faut y être passé pour le savoir, et encore, pas toujours, répondit-elle avec coquetterie.

Quand ils n'abordaient pas des sujets professionnels, les dialogues avec Esther étaient toujours une escrime érotique divertissante, mais invariablement inoffensive. Elle avait toujours observé une distance inflexible entre son lit et son bureau ; malgré tout, Tomás soupçonnait que la secrétaire avait été amoureuse de son chef toute sa vie.

Le journaliste l'observa avec tendresse. Loin de s'aigrir à cause d'un amour impossible, elle avait décidé de passer sa vie diurne, du lundi au vendredi, avec l'homme qu'elle aimait, et d'en croquer la nuit beaucoup d'autres qu'elle n'aimait pas. Cette réflexion lui inspira un sentiment de pitié, qui s'interrompit au moment où la femme se mit à fredonner une mélodie joyeuse. Peut-être a-t-elle été plus heureuse que la plupart d'entre nous, se dit Tomás.

Ses réflexions sur le bonheur d'Esther furent interrompues par l'ouverture des deux battants de la porte du bureau de Carlos Lemus et par l'irruption de la musique de Brahms dans la petite salle de réception.

— Bonjour, Tomás, quel plaisir de te voir.

— Moi de même, don Carlos, je vous remercie de me recevoir.

— Si tu me vouvoies, j'arrête tout de suite la conversation, dit l'avocat en serrant la main de Tomás et en lui donnant une solide accolade. Entre, ajouta-t-il.

Tomás suivit le pas décidé de Lemus et son corps atterrit dans un fauteuil en cuir, dans un angle de la pièce ; l'amphitryon prit place dans un fauteuil semblable. Une table d'échecs les séparait. Le journaliste se réjouit de ne pas avoir le bureau entre eux deux.

— Café, thé ? Ou plus fort ?

— Non, merci, Carlos, je n'ai besoin de rien.

— Je suis vraiment ravi de te voir, Tomás. Nous irons déjeuner, toi et moi, parler de la vie, de la politique et de nos femmes, mais aujourd'hui je ne vais pas t'imposer mon bavardage. Amelia m'a exposé ta situation hier soir et l'aide que je pourrais vous apporter.

L'information l'irrita. Encore des complicités entre eux, pensa-t-il. Amelia et Tomás s'étaient quittés peu après minuit ; un appel téléphonique au-delà de cette heure révélait le niveau de confiance et d'intimité qu'il y avait entre son amie et l'avocat.

— Dans le plus grand secret, j'espère, dit Tomás du bout des lèvres.

— Ne t'inquiète pas, loin des oreilles indiscrètes.

La réponse inquiéta encore plus Tomás. Se seraient-ils vus en personne ? Au petit matin ?

— Je suis d'accord avec la stratégie suggérée par Amelia, continua Lemus. Maintiens ta chronique, occupe les médias, augmente la facture si on cherche à t'atteindre.

— Je m'en occupe, justement. Je mijote deux sujets qui vont faire jaser, dit Tomás, se rappelant la promesse de Jaime de lui refiler le soir même une bombe médiatique.

Il attendait aussi les indiscrétions d'Amelia sur les détournements des canalisations de la Pemex.

— Très bien. Te remettre sous les projecteurs sera ta meilleure protection. Mais j'aimerais aborder avec toi l'autre aspect de la stratégie, transformer cet incident en missile braqué sur Salazar. C'est un autre jeu : j'aimerais avoir ton point de vue.

Tomás sourit en se rappelant les nombreuses circonstances où le père de Jaime les avait invités à la polémique avec une phrase de ce genre ; de tels échanges s'achevaient invariablement par une longue réflexion de l'avocat qui bien souvent les déstabilisait, même s'ils y voyaient plus clair sur les sujets abordés. Cette fois, le journaliste espérait s'en tirer mieux.

Il prit son temps pour répondre, et ne put s'empêcher d'admirer l'échiquier qui les séparait. Les pièces en fer forgé représentaient des personnages de l'Indépendance : d'un côté le père Hidalgo et le palais de la Corregidora, de l'autre le couple royal d'Espagne. Tomás était du côté des insurgés, Lemus des réalistes. Tomás reprit courage en pensant qu'en définitive les rebelles l'avaient emporté sur la Couronne, même si Hidalgo avait été fusillé.

— Je suis prêt à jouer mon va-tout : ce que le président Prida et son superministre Salazar veulent infliger au pays est impardonnable. Les facteurs de pouvoir, les monopoles, les médias et même le crime organisé rentrent dans le rang imposé par le présidentialisme, non parce qu'ils vont disparaître ou s'affaiblir, mais parce qu'ils s'accommodent du nouveau maître. Ce qui nous coûtera un recul de vingt ans en matière de libertés publiques et d'espaces de démocratie. Si l'incident, comme tu l'appelles, peut les mettre le dos au mur, je suis décidé à aller jusqu'au bout.

Tomás fut surpris par sa propre véhémence. Pendant la nuit, il avait réfléchi à sa situation et sur la responsabilité qu'on lui collerait à son insu ; cependant, c'est à ce moment-là, subtilement défié par Lemus, que Tomás se rendit compte de l'intensité de sa résolution.

— "Aller jusqu'au bout", ce sont des mots très forts, Tomás.

— Je ne serai ni le premier ni le dernier. Soyons francs, Carlos, ma vie a été un gâchis ces dernières années, j'ai dépassé la phrase "ce qui aurait pu être et n'a pas été", dit-il en dessinant des guillemets dans le vide. Je n'écrirai pas le roman important que j'imaginais il y a quinze ans, et je ne vais pas changer la vie des rares personnes qui m'aiment vraiment. Il y a un bon moment que je patauge dans le cynisme et le laisser-aller, slalomer encore vingt ans entre amourettes et bringues jusqu'à ce que j'aie pourri mon foie n'est pas un plan A auquel je tiens à tout prix. Qu'en penses-tu ?

Carlos le regarda avec curiosité ; puis il observa l'échiquier comme s'il envisageait une mise en échec audacieuse du parti de la Couronne. En un sens, c'est ce qu'il fit.

— Tu m'as toujours semblé mieux que ce que tu crois être, mais il est vrai que ton manque de confiance en toi a saboté tes talents plus d'une fois. J'ai continué de lire tes articles toutes ces années et j'ai remarqué la désillusion et la négligence auxquelles tu t'abandonnais. Cependant, tes textes n'ont jamais perdu cette façon si particulière et honnête de regarder le monde, sûrement un reflet de ton absence de certitudes. Tu traverses la vie comme si tu vivais sur une autre planète, marchant sur l'herbe avec précaution, incertain du résultat, ne sachant comment te comporter avec chaque personne que tu croises, comme si tu n'avais pas encore su déchiffrer les codes qui relient les natifs de cette terre. J'ai l'impression que le laisser-aller et l'indifférence dans lesquels tu t'es enfermé ne sont qu'une façon de fuir cette incapacité à t'adapter à ton corps et à la vie des autres.

— Et tu découvres tout cela dans mes textes ? Il faudra que je les relise.

Tomás avait répondu la première chose qui lui avait traversé l'esprit, inquiet de la tournure intimiste de la conversation.

Il se tortilla sur son siège et regretta de ne pas avoir demandé un verre d'eau. Il se sentait tout nu et doutait de correspondre à la description que l'avocat venait de lui servir. Mais il avait conscience d'être satisfait des éloges qu'il venait d'entendre, même s'ils n'étaient que potentiels. Tomás pensa à Jaime et à Amelia, qui avaient cherché pendant des années à être respectés et admirés par Carlos Lemus lors des innombrables conversations qu'ils avaient eues dans leur jeunesse, lui aussi avait mendié l'approbation de cet homme politique et il se rappela qu'il avait lu beaucoup de livres, dans l'espoir d'avoir l'occasion de les citer en sa présence.

— Si ton plan A est si peu flatteur, quel serait ton plan B ?

— J'ai besoin d'en savoir plus sur le degré d'implication de Salazar dans l'assassinat de Dosantos. Avant d'envisager de tirer un missile, je dois m'assurer que nous en avons un, n'est-ce pas ?

— Ils ont été amants ces trois dernières années.

— Il y a un moyen de s'en assurer ?

— Je ne crois pas. Mais je le sais ; c'est lui-même qui en a parlé au début de leur liaison. Tu comprends, le plus satisfaisant, quand on couche avec une femme aussi universellement désirée, ce ne sont pas les orgasmes qu'elle te donne, mais le plaisir de divulguer cette prouesse et de rendre les amis jaloux ; Salazar n'a pas résisté à cette tentation. Mais il n'était pas le seul.

— Tu crois qu'il l'aurait tuée par jalousie ?

— Je ne sais pas. Il est rancunier, mais plus calculateur qu'impulsif. Je trouverais plus logique qu'il ait voulu intimider ses rivaux pour en garder l'exclusivité. Personne n'aurait osé la lui disputer, maintenant qu'il est l'homme le plus puissant du pays.

— Ce qui nous priverait de tout missile. Avoir une maîtresse, et surtout de ce calibre, n'est pas une faute politique au Mexique. Si nous ne pouvons pas l'impliquer dans la mort de Pamela Dosantos, on ne peut pas grand-chose contre lui, dit Tomás, déçu.

— Pas de précipitation. En politique, comme dans la vie, la perception est plus importante que la réalité. En outre, je pourrais me tromper, car le pouvoir déboussole les gens ; Salazar est peut-être devenu fou et il a ordonné la mort de Pamela.

— Je ne vois pas comment je pourrais m'en assurer. Depuis hier, je cherche à joindre un ami reporter de la source policière, mais il ne me rappelle pas. Cette histoire est une vraie patate chaude.

— Sur ce point, je crois pouvoir t'aider. Après avoir parlé avec Amelia, j'ai contacté moi-même le commandant Ordorica ; il travaille ton sujet depuis un bout de temps, il ne va pas tarder à arriver. Il est à la retraite, mais il a été le chef de la génération qui est maintenant à la tête des corps de police de la ville.

— Je connais Ordorica. Qui ne le connaît pas ? N'est-il pas dangereux ? Il a un passé trouble depuis qu'il est allé avec le Negro Durazo dans les années 1980.

— Quand on est expert en égouts, on n'en sort jamais indemne. Il m'a fait beaucoup de boulots de ce genre, il est fiable, ne t'inquiète pas.

Tomás était perplexe. Miguel Ordorica avait été le jeune bras droit du Negro Durazo, l'implacable chef de la police de la capitale du président López Portillo, au début des années 1980. Le surnom de Negro était une allusion à l'épiderme charbonneux de cet homme de sinistre réputation, mais évoquait surtout l'obscure époque des rackets et des disparitions exécutés par la police d'alors. Durazo avait abaissé les indices de criminalité en obligeant tout simplement les principales bandes à travailler pour lui.

Tout en réfléchissant, il parcourut du regard le bureau de Lemus. Des photos de l'avocat avec des présidents, des artistes et des intellectuels ; une petite bibliothèque remplie d'éditions princeps reliées en cuir ; une sculpture de Giacometti ; les trophées du succès. Son regard panoramique s'immobilisa sur une étagère qui était à l'autre bout de la pièce. Malgré la distance, il reconnut le visage d'Amelia : une photo montrait l'image de Carlos et de la jeune femme dans ce qui semblait être un éclat de rire franc et spontané, il avait passé le bras autour des épaules de la jeune femme. Le bonheur qu'ils exprimaient irrita Tomás. Les amours de Lemus étaient-ils rangés sur ce rayon ?

Sur une impulsion, il reprit la parole :

— Et vous avez des nouvelles de Jaime, don Carlos ?

— Encore ce vouvoiement ? s'exclama Lemus.

Tomás avait compris que c'était le nom de Jaime qui agaçait l'avocat, et non le vouvoiement. Il voulut se justifier en rattachant le nom du fils à l'affaire qui les occupait.

— Je l'ai vu hier, lui aussi veut m'aider.

— Prends garde, Jaime est parfois un remède pire que le mal. Laisse-moi voir si Ordorica est arrivé, dit Lemus en quittant la pièce.

Il revint quelques minutes plus tard, en compagnie d'un homme presque septuagénaire. Le contraste entre les deux ne pouvait être plus marqué : s'ils étaient tous les deux grands et de belle prestance, les ressemblances s'arrêtaient là. Ordorica avait une allure sèche et sinueuse, des membres allongés et de grosses mains, et un visage marqué par des rides profondes, on aurait dit un vieux rocker, songea Tomás. Un chapeau en feutre accentuait l'image vieillie du policier. Au contraire, le visage ouvert de Lemus et son éternel bronzage respiraient la fraîcheur ; une version plus élégante de Carlos Fuentes, si une telle chose était possible.

Lemus fit les présentations et s'excusa de les laisser seuls. Tomás se rendit compte que l'avocat était toujours mal à l'aise ; ses rapports avec Jaime étaient sans doute plus orageux qu'il ne l'avait cru. Ordorica interrompit ses méditations.

— J'ai des informations pour vous, jeune homme.

La voix gutturale du policier semblait provenir d'un broyeur de déchets de cuisine. Voilà ce que ça donne, de fumer des Delicados sans filtre pendant cinquante ans, se dit le journaliste.

— Le patron des médecins légistes chargés de l'autopsie m'a fait un résumé. Dosantos est morte par asphyxie et a été ensuite découpée en morceaux, un boulot propre et sans bavures.

— Ce qui signifie ?

— Que nous avons affaire à une exécution, pas à un crime passionnel : elle a été démembrée après sa mort et on a utilisé des couteaux de boucher professionnel ou d'usage industriel. La découpe des os est impeccable.

Tomás frissonna malgré lui, moins impressionné par l'image que par le ton presque admiratif d'Ordorica. Le journaliste se demanda à combien d'assassinats le policier avait assisté.

— En d'autres termes, il s'agit d'un assassinat ordinaire, exécuté par un expert ; la femme a sûrement été étouffée avant de mourir. Celui qui a ordonné sa mort voulait lui épargner toute brutalité inutile.

— Un amant dédaigné mais encore épris ?

— Les amants dédaignés ne sont jamais attentionnés. J'aurais plutôt tendance à penser qu'on estimait cet assassinat nécessaire et qu'on l'a ordonné, tout simplement. Parfois, on est obligé de faire une sale besogne ; on essaie alors d'être le plus méticuleux possible. Une sorte de compensation, vous comprenez ?

— Un assassinat politique ?

— Exactement, docteur Watson.

Une fois de plus, Tomás se sentit mal à l'aise ; il n'avait pas envie d'être le comparse de ce Sherlock, et il n'aimait pas le ton badin avec lequel il justifiait un assassinat brutal, s'il était commis de façon professionnelle et dépassionnée.

— Autre chose qui puisse m'être utile, commandant ?

— L'autopsie révèle que Dosantos était accro à la cocaïne, grosse consommatrice depuis longtemps. J'essaie de retrouver qui était son dealer, cela pourrait nous conduire quelque part, dit Ordorica en sortant son paquet de cigarettes.

— Avait-elle des problèmes d'argent ? Quand on est accro, on finit par être victime de son propre vice, n'est-ce pas ?

— Dosantos n'avait pas de problèmes financiers. Elle a de belles propriétés à son nom et deux comptes bancaires bien garnis. Et elle doit en avoir d'autres, car une grande partie de sa fortune a échappé au fisc, j'en suis sûr.

Tomás hocha la tête, remercia pour ces informations et prit congé dès qu'il le put : il avait hâte de quitter la pièce, de fumer une cigarette sur le paseo de la Reforma, de s'éloigner de cette ombre sinistre du passé. Avant d'atteindre la porte, il entendit le claquement métallique d'un briquet et un grognement rauque d'Ordorica en guise d'au revoir. Tomás s'aperçut que son envie de fumer avait disparu.

MARDI 26 NOVEMBRE, 22 HEURES
Les Bleus

Mario arriva avec une demi-heure d'avance au rendez-vous à la cafétéria de l'hôtel Reina Victoria, sur le paseo de la Reforma, sans l'avoir voulu. Contre son habitude d'éviter le café le soir, il commanda un café double, estimant qu'il devait être aussi agile et alerte que possible pour être utile. Il espérait que ses trois camarades seraient aussi d'accord pour ressusciter les Bleus face au danger que Tomás affrontait. Il était optimiste : les éléments qu'il avait dans sa mallette lui vaudraient le respect et la reconnaissance de ses amis.

Des images d'Amelia et de Tomás l'embrassant avec effusion, le félicitant pour sa riche contribution, lui traversèrent l'esprit ; il imagina même Jaime haussant les sourcils, surpris et admiratif. Il commanda un autre café et se perdit dans ses pensées.

Tomás arriva cinq minutes avant l'heure. En le voyant, Mario se leva pour le saluer avec effusion.

— Que se passe-t-il ? C'est l'anniversaire de qui ?

— De personne, je suis seulement content que tu sois venu.

— Merci, mais ne me traite pas comme un survivant, ça me rend nerveux. À propos de nerfs, ne me dis pas que tu as chopé la maladie de Parkinson ! dit Tomás en remarquant la main tremblante qui s'avançait pour prendre une serviette.

En voyant sa main trembler, Mario maudit le café qu'il avait pris pendant son attente.

— De l'émotion, c'est tout, tu n'imagines pas ce que j'apporte sur cette affaire. Tu vas être surpris.

Il regretta sa remarque au moment même où il la prononçait ; il voulait imposer sa victoire comme un joueur de poker qui retourne un as quand l'autre croit la partie gagnée.

— De quoi s'agit-il ?

— Tu verras. C'est une vidéo que j'ai enregistrée sur mon ordinateur portable.

— De qui ? On y voit quoi ?

— Patience, je vais vous la montrer quand on sera dans la suite. Ici, l'endroit ne s'y prête pas.

— OK, mais de quoi s'agit-il, bon Dieu !

— Tu verras.

— Mario, ne recommence pas avec tes devinettes. Je te jure que je ne suis pas d'humeur à les supporter.

— On voit Pamela dans ses dernières heures, répondit-il, tout fier, mais sur un ton à peine audible.

— Quoi ? s'exclama Tomás, tout bas aussi.

Une moquerie d'Amelia interrompit le duo :

— À vous voir bouche contre oreille, on dirait des comploteurs ou des amoureux. Quelle est votre préférence ?

— Assieds-toi, ordonna Tomás, contrarié par cette irruption. Mario allait dire un truc important.

Mario hocha la tête, attendit qu'Amelia s'asseye entre eux deux et, les yeux brillants, il résuma les informations que Vidal lui avait données quelques heures plus tôt. Les regards de Tomás et d'Amelia se détournèrent de leur ami pour observer la mallette contenant l'ordinateur, posé sur la quatrième chaise.

— Tu te fous de nous ! dit Amelia.

Son visage n'exprimait ni incrédulité ni admiration, mais colère. Étonné, Mario leur expliqua que les talents de son fils étaient beaucoup plus remarquables qu'il ne l'aurait jamais cru.

— C'est impressionnant, ce qu'il peut faire avec un ordinateur, déclara Mario fièrement.

— Et les ennuis qu'il peut apporter, répondit Amelia.

— Allons, ne vous disputez pas, dit Tomás. Voyons d'abord de quoi il s'agit.

Comme tous les journalistes, l'envie de connaître le contenu d'une information explosive était plus forte que les dangers courus pour l'obtenir.

Tomás était pressé de visionner la vidéo, et il fut soulagé de voir arriver Jaime, qui leur fit signe de prendre l'ascenseur avec lui. Ils réglèrent l'addition et montèrent au huitième, le dernier étage de l'hôtel. À l'intérieur de l'ascenseur, le mélange de la lotion de Jaime et du parfum d'Amelia, mélange purement hypothétique, agaça Tomás.

Celle-ci râlait toujours, ressassant les risques que prenait Vidal en s'engageant de la sorte. Jaime avait les yeux fixés sur le voyant lumineux des étages ; Mario tenait sa mallette dans ses bras comme s'il étreignait une bombe et qu'il allait s'immoler.

Jaime ouvrit la suite, alluma et se dirigea vers le minibar. L'hôtel avait largement dépassé son heure de gloire : les meubles étaient toujours seigneuriaux et les tapis moelleux, mais ils étaient recouverts d'une patine grisâtre et d'un relent de décadence. Heureusement, le vaste salon et une table solide pour quatre compensaient l'odeur de renfermé.

— Tequila pour tout le monde ?

En réalité, Tomás était le seul encore porté sur cet alcool. Cependant, les trois autres acquiescèrent, au nom du bon vieux temps, quand Amelia les avait convaincus que c'était la seule boisson non contrôlée par les multinationales. Jaime distribua les verres à ses camarades ; quand il arriva à Tomás, il lui tendit un dossier :

— Ce que je t'ai promis pour ton article. À Veracruz, ils vont tomber des nues.

Le journaliste ouvrit le dossier avec avidité, mais Amelia le retint. Impatiente, elle expliqua à Jaime ce que Mario apportait et ils s'installèrent autour de la table pour l'examiner. Il passa les trois fichiers dans leur intégralité ; l'image se figea sur la dernière séquence, où on devinait Pamela derrière la vitre d'une voiture noire.

— Ce type est sûrement l'assassin, dit Tomás.

— Pas de précipitation. Laisse-moi recopier ces séquences pour m'assurer que ce n'est pas trafiqué, répondit Jaime.

— J'imagine que tes hommes pourront identifier les plaques minéralogiques, on peut presque les lire à l'œil nu ; ainsi nous connaîtrons l'identité du chauffeur. Si nous pouvons faire le lien avec Salazar, la partie est gagnée, affirma Tomás, très excité.

— Moi aussi, je veux une copie, dit Amelia en donnant une clé USB à Mario.

— Du calme, intervint Jaime, mains écartées, paumes vers le bas, comme un arbitre de base-ball donnant un point au lanceur qui a rejoint sa base. La voiture a pu être volée et l'image du chauffeur est trop floue, et on se retrouvera au point de départ.

— Même dans ce cas, c'est quand même une piste importante, non ? protesta Mario. On peut sûrement interroger des témoins qui ont vu passer la voiture, retrouver la trace du vol, je ne sais pas…

Jaime allait dire quelque chose, mais il se ravisa, comme s'il était désolé de rabaisser l'enthousiasme de Mario. Peu à peu, le regard des trois convergea sur Amelia, qui ne s'était pas encore prononcée.

— Jaime a raison, on ne pourra sûrement pas associer Salazar à la scène ; mais ce matériau est de première importance. Dans une semaine, si le sujet disparaît des médias, on fera circuler la vidéo sur les réseaux, ça meublera les informations télévisées du soir : même le gouvernement ne pourra s'y opposer, car elle dépassera les frontières. Rien qu'avec ça, les spéculations sur Salazar persisteront pendant plusieurs jours et le coût politique sera de plus en plus élevé pour le président.

— Pas mal, dit Jaime. Il serait facile de lâcher des infos sur les querelles du couple et la jalousie du ministre ; résultat, l'opinion publique admet qu'ils étaient amants, grâce aux spéculations semées par l'article de Tomás.

— Dites, et si Salazar n'avait rien à voir avec sa mort ? Ce qu'on fait, c'est peut-être un lynchage ? dit Mario.

Tous les trois le regardèrent avec curiosité. Jaime fut le premier à éclater de rire, Amelia serra Mario contre elle avec tendresse.

— Ici, il ne s'agit pas de l'innocence ou de la culpabilité de Salazar, chéri, il s'agit de l'avenir immédiat du pays.

— En un sens, avec sa mort Pamela a rendu un grand service aux autres : c'est probablement ce qu'elle a fait de plus utile dans sa vie, déclara Jaime.

Malgré lui, Tomás frissonna, impressionné par la dureté du commentaire, et plus encore par le ton joyeux de son ami. Il se rappela les images du corps de Pamela dans le terrain vague et se demanda si la politique justifiait cette sauvagerie. Amelia devina les pensées de son camarade et, comme au bon vieux temps, ils échangèrent un regard de connivence. Elle-même paraissait peinée par cette remarque.

La scène fut interrompue par l'appel insistant d'une radio. Jaime tira un Nextel rouge de sa poche ; son visage se contracta. Il posa vivement plusieurs questions et coupa la communication.

— Prenez vos affaires, on s'en va, il y a danger.

Mario replia l'ordinateur, Amelia récupéra son sac et Tomás enfila sa veste en velours qu'il avait posée sur une chaise. Ils connaissaient assez Jaime pour savoir qu'en matière de sécurité il ne rigolait pas, les questions attendraient.

Jaime passa un appel avec le même appareil rouge et donna ses instructions à ses hommes.

— On a un 3-2-2 sur les bras. Préparez l'évacuation par río Danubio, couvrez ma sortie par l'escalier, ordonna-t-il sur un ton catégorique et il s'engouffra dans la suite voisine par une porte mitoyenne. Suivez-moi, on file par là.

Tomás comprit pourquoi Jaime leur avait donné rendez-vous à cet étage. Les suites communiquaient entre elles et celle qui était contiguë donnait sur un autre couloir qui menait directement à l'issue de secours.

Amelia regretta les talons qu'elle avait choisi de mettre ce soir-là. Mario serrait l'ordinateur dans ses bras et Tomás dévalait l'escalier, quand il vit qu'Amelia prenait du retard. Ils entendirent une rafale de coups de feu en provenance de l'étage qu'ils venaient de quitter. Jaime avançait en tête du groupe, pistolet au poing. Deux étages plus bas, ils trouvèrent plusieurs hommes munis d'armes automatiques et Tomás crut qu'ils allaient être criblés de balles ; il s'élança sur Amelia et la renversa sur les marches, la protégeant de son corps.

— Imbécile, ce sont mes hommes, grouillez-vous, dit Jaime.

Ils continuèrent de descendre tandis que les hommes de Jaime couvraient l'escalier. Arrivés au lobby, trois autres les attendaient et les conduisirent à un convoi de 4×4 noirs ; ils montèrent dans les véhicules et démarrèrent sur les chapeaux de roues.

— Qu'est-ce qui vient de se passer ? demanda Amelia, le souffle coupé.

— Trop tôt pour le savoir. On en avait après nous.

— Qui t'a prévenu ? Sûrement pas ton équipe, c'est toi qui l'as informée que nous étions attaqués.

— Accordez-moi quelques heures, il faut que je passe au bureau. Je vous dépose où ? Aujourd'hui, vous ne pouvez pas rentrer chez vous.

— J'ai des gardes du corps, même si je ne les appelle presque jamais. Ramène-moi, je vais les prévenir. Et mon chauffeur doit être encore devant l'hôtel, expliqua-t-elle.

— Amelia, le commando qui nous a attaqués est formé de huit éléments armés de gros calibres. Aucun garde du corps ne pourrait affronter ce genre de situation.

Les trois amis se turent. Tomás se demanda comment diable Jaime savait le nombre exact d'agresseurs.

— Laissez-moi vous conduire à l'hôtel Alameda Express, sur le périphérique sud, ils travaillent quelquefois pour moi. Vous pouvez y rester sans avoir à vous enregistrer. Tant que nous ne saurons pas d'où vient le coup, il vaut mieux prendre toutes les précautions possibles, dit Jaime.

— Et ma famille ? Je dois les mettre à l'abri, protesta Mario.

— J'envoie à l'instant deux 4×4 avec des agents pour surveiller ta maison ; ils ne courront pas le risque d'une fusillade. Mais n'affole pas Olga : appelle-la avec ma radio et dis-lui que tu restes avec Tomás ce soir, ou invente une autre excuse.

Jaime savait que la famille Crespo ne risquait rien ; il n'y avait aucune raison pour qu'on en veuille à Mario.

Une heure plus tard, ils étaient tous les trois dans la chambre d'Amelia, dévorant ce qu'un serveur intrigué avait pu leur apporter malgré l'heure tardive. Tomás s'étonna de leur appétit et des rires qui fusaient, car le serveur croyait avoir affaire à un "ménage à trois" ; l'attitude joyeuse du trio était sans doute une poussée d'adrénaline consécutive à leur fuite. Survivre à un danger de mort aiguisait les sens, se dit Tomás en se rappelant avec quel plaisir il avait respiré à pleins poumons le soir où il était sorti du mannequin du Dr Simi.

Ils évoquaient les détails de leur fuite, parlaient tous à la fois, mais se gardaient de toute hypothèse sur les agresseurs et leurs motifs. Ils n'avaient pas envie de s'inquiéter, pour le moment ils savouraient le fait de s'en être tirés.

— Je ne comprends pas comment tu as pu descendre l'escalier aussi vite, avec ta jambe de travers et un ordinateur dans tes bras, se moqua Tomás. Je crois que tu faisais semblant de boiter depuis toutes ces années.

— Moi, au moins, je n'ai pas confondu les bons et les méchants, contre-attaqua Mario.

— Ah, ça oui, dit Amelia en riant, le vrai danger ce n'étaient pas les balles, mais le risque de me casser le cou quand tu m'as plaquée contre les marches.

Amelia découvrit sa cuisse pour examiner un hématome sur la partie postérieure ; ce geste rappela à Tomás son amie de jeunesse, son amour impossible. Les cheveux mouillés, dans le peignoir blanc de l'hôtel, elle avait un air moins professionnel, moins sûre d'elle : une fragilité semblable à celle qu'elle cachait, vingt ans auparavant, derrière son culot. Soudain, Tomás comprit que la réussite politique et la personnalité granitique d'Amelia étaient un bouclier contre les peurs et les angoisses non résolues.

Habité par cette dernière pensée, Tomás ne put retenir une légère caresse dans les cheveux humides de son amie. Mario perçut le geste et se leva.

— Bon, je vous laisse. On se revoit à quelle heure ?

— Moi aussi, enchaîna Tomás. À 8 heures à la cafétéria, ça vous va ?

Amelia les raccompagna à la porte, les embrassa tous les deux et glissa un mot dans l'oreille de Tomás : “Reviens.” Un quart d'heure plus tard, ils faisaient l'amour avec un désespoir animal. C'était sans doute un défoulement après l'intensité de la journée, ou simplement le résultat de vingt-cinq années d'attente, se dit Tomás. Quand il se redressa, il s'aperçut qu'il avait les joues trempées par les larmes silencieuses d'Amelia. Il eut le bon sens de ne pas poser de questions, il se contenta de la caresser jusqu'à ce qu'il entende la respiration profonde de son sommeil régulier.

MERCREDI 27 NOVEMBRE, MINUIT ET DEMI
Jaime

— J'attendais ton appel.

— Je ne pouvais pas parler, je viens de quitter mes compagnons. Tu sais qui c'était ?

— Je viens de recevoir les conclusions du système de reconnaissance faciale, nos caméras ont capté leur entrée dans l'hôtel.

— Et alors ?

— Ils étaient seize, huit sont montés. Jusqu'à présent, nous en avons identifié deux, Benigno Avendaño et Nicolás Zárate.

Jaime ravala sa salive pendant que son convoi accédait au deuxième étage du périphérique, sur le chemin de ses bureaux, à Mixcoac. Benigno Avendaño était le bras droit du cartel de Sinaloa : il ne s'occupait que de la sécurité du chef et de la stratégie dans les opérations clés de l'organisation. Il intervenait rarement sur le terrain.

— Ils cherchaient qui ? dit Jaime, tendu.

— Toi, sans aucun doute. On a isolé les appels autour de la zone, avant et après, et on a la bande-son de l'opération. Avendaño voulait te donner le coup de grâce en personne, c'est la dernière instruction qu'a reçue le commando avant d'entrer dans la suite.

— Tu es sûr ? Tu sais avec qui j'étais ? Quelqu'un pourrait avoir des raisons pour attaquer ceux qui m'accompagnaient, non que je le souhaite, simplement pour écarter cette idée.

— Ils ne savaient même pas qui tu allais voir. Au dernier moment, ils se sont aperçus que la femme avec qui tu montais était la présidente du PRD, ce qui les a obligés à discuter entre eux. Cela t'a sauvé la vie, car nous avons gagné dix minutes, le temps de confirmer le nombre d'armes et l'objectif. L'inquiétant, c'est qu'en dépit de la répercussion politique, ils ont décidé de passer à l'attaque.

Jaime bénit le *chip* qu'avec beaucoup de réticence il avait accepté de se poser derrière l'oreille : son code était un des rares que la DEA suivait en permanence. Il avait sauvé sa peau grâce à ses obsessions presque paranoïaques. Il avait choisi l'hôtel Reina Victoria parce qu'il était près de l'ambassade des États-Unis : c'était un des endroits qui accueillaient les employés et le personnel en mission entre Washington et México. Maintenant, les dirigeants préféraient le Four Seasons, plus élégant et plus moderne, mais le Reina Victoria était toujours fréquenté par des cadres moyens, y compris des conseillers militaires et des agents de renseignements qui passaient par México. Le scannage autour de l'hôtel était absolu. Les contrôles aériens et la disposition des satellites complétaient un réseau qui permettait de détecter des armes et d'écouter toute conversation émise dans les dernières heures, quelle que soit la fréquence utilisée ; le système avait détecté la menace, repéré le *chip* de Jaime, et déclenché une alerte automatique.

— On dirait que je te dois une fière chandelle, Sebastian.

Ce n'était pas le vrai nom du coordinateur des services de renseignements américains au Mexique ; Jaime l'avait baptisé ainsi en l'honneur de J. F. Sebastian, le concepteur de réplicants dans le film *Blade Runner*.

— On est presque à égalité, Gaff, répondit l'agent en utilisant à son tour le surnom qu'il attribuait à Jaime, tiré du même film, il s'agissait d'un détective hispano interprété par Edward James Olmos.

Jaime et Robert Cansino, l'agent de l'ambassade, d'origine cubaine, s'étaient connus une vingtaine d'années plus tôt, lors d'un stage de renseignement militaire dispensé à Porto Rico, et depuis lors leurs chemins s'étaient souvent croisés. Les rapports favorables que Cansino rédigeait sur Jaime expliquaient en grande partie le rôle privilégié que les services secrets accordaient au Mexicain ; ce dernier le leur rendait en informations stratégiques sur le gouvernement et divers thèmes concernant la sécurité.

— Qu'as-tu donc fait à ces types pour qu'ils t'en veuillent autant ? dit l'agent.

— Ils négocient avec le nouveau gouvernement et pensent certainement que je gêne parce que je connais par cœur l'accord qu'ils ont passé avec le précédent ministre de l'Intérieur.

— Mouais… Il faut qu'on en parle, Gaff. Je passerai te voir, répondit Cansino et il raccrocha.

La phrase de son collègue inquiéta presque autant Jaime que la menace du cartel de Sinaloa. Il devait jouer ses cartes très prudemment avec le gouvernement des États-Unis, ces gens pouvaient être aussi dangereux qu'un cartel, et beaucoup mieux informés. Il se dit qu'il devrait peaufiner les raisons qui justifient la haine passionnelle qu'il inspirait soudain aux hommes du Chapo Guzmán, le leader légendaire du plus puissant et du plus ancien cartel de drogue au Mexique. Jaime ferma les yeux et dit au chauffeur de se presser.

Il travailla pendant des heures sur les différents scénarios et stratégies possibles. Son théâtre des opérations était divisé en quatre territoires : les Bleus, Salazar, le cartel de Sinaloa et les Américains. Il commença par le plus facile, ses amis. Il appela son assistante, à qui il avait demandé de venir au bureau, malgré l'heure avancée de la nuit.

— Cherchez tout ce que vous pouvez sur l'ordinateur de Vidal, le fils de Mario. Quels liens il a noués, sa capacité réelle de pirater des bases sécurisées et tout ce qui concerne ses recherches sur Pamela. Je veux cela pour midi.

À 7 heures du matin, il réveilla Tomás.

— J'espère que vous n'avez pas vidé le minibar sur le compte de mon budget.

— Ne t'inquiète pas, on a essayé, mais les alcools étaient de la pire qualité. La prochaine fois que tu nous offres l'asile, je préférerais un cinq-étoiles, si ça ne te dérange pas, dit Tomás, qui avait encore veillé deux heures après être rentré de la chambre d'Amelia.

— Il n'y aura pas de prochaine fois. Il est absolument confirmé que c'est moi qu'ils voulaient. Vous n'avez rien à craindre, vous pouvez rentrer chez vous.

— Tu es sûr ? Ce n'étaient pas des gens de Salazar ?

— Rassure-toi, aucun rapport. C'était une attaque des narcos, à cause des dossiers sur lesquels je travaille.

— Et que comptes-tu faire ? demanda Tomás, essayant de dissimuler un soupir de soulagement.

— Survivre, ne t'inquiète pas.

— Jaime, mille mercis, en mon nom comme en celui des autres.

— Ne deviens pas solennel, embrasse Mario et Amelia de ma part.

Tomás songea avec humour qu'il avait donné un peu plus qu'un baiser à Amelia de la part de Jaime, qui payait les chambres. Tout ce temps à se méfier l'un de l'autre, et en fin de compte son rival avait tout déclenché en créant les bonnes conditions pour rompre la dernière résistance d'Amelia. Il se sentait mieux en passant sous la douche.

MERCREDI 27 NOVEMBRE, 7 H 30
Amelia

Elle se sentait déprimée en sortant de la douche : au moment où elle ne voulait surtout plus se compliquer la vie, voilà qu'elle entamait une liaison avec son ami. Amelia était dépourvue de préjugés, à l'occasion elle ne refusait pas une séance thérapeutique de bon sexe, mais pour elle il était clair que la relation avec Tomás était loin de constituer une rencontre fortuite. Mais elle n'avait aucune envie de penser aux implications. Elle voulait se concentrer sur la menace que représentait l'agression de la veille et les conséquences politiques pour elle et pour son parti.

En se séchant les cheveux, elle décida d'appeler Jaime pour en savoir plus long sur cet attentat. Elle découvrit avec satisfaction que l'expression de "fille superpuissante" s'était déjà inscrite sur son visage.

Elle sortit de la salle de bains et retourna dans la chambre où l'attendait la robe froissée de la veille. Elle enfila ses dessous devant le grand miroir, machinalement, et s'étonna quand, sans y penser, sa main caressa son ventre plat, en souvenir du partage intense avec Tomás. Elle se retourna vers le lit défait. De nouveau, le désir enflamma son corps.

Il était 8 heures du matin quand ils se retrouvèrent à la cafétéria de l'hôtel. Amelia portait la meilleure armure possible dans les limites imposées par les circonstances : maquillage parfait, front contracté et une longue liste de choses à préparer. Elle ne trouva que Mario qui finissait son café, il n'avait pas l'air d'avoir beaucoup dormi.

— Du nouveau ?

— Non, répondit Amelia, il faut appeler Jaime.

Tomás entra dans la cafétéria avec plusieurs journaux sous le bras, sifflotant un air connu qu'elle ne put identifier. Le journaliste fit un signe à son ami, embrassa Amelia sur la joue, l'air de rien, et s'assit sans cesser de siffloter.

Elle reconnut enfin la chanson : *Will You Still Love Me Tomorrow*, de Carole King. Salaud, pensa-t-elle, on a un escadron de truands à nos trousses et il joue les amoureux transis.

— J'ai eu Jaime au téléphone, nous pouvons partir, dit Tomás.

Il raconta sa conversation avec Lemus. Amelia était ravie de ces nouvelles, mais le sens de l'appel entre Jaime et Tomás ne lui échappa pas : en cas de danger, les machos discutaient entre eux et la femme était mise à l'écart. Elle pouvait être politiquement plus puissante que ces deux ensemble, mais l'atavisme de genre était plus fort qu'eux.

— Finissons ce que nous avons apporté hier. Ensuite, j'informerai Jaime de ce que nous aurons décidé, dit-elle.

— Bien, approuva Tomás. D'abord vérifier l'authenticité de la vidéo de Pamela. Ensuite, déterminer l'identité du conducteur ou au moins identifier le véhicule ; je crois que toi, Jaime et moi avons les moyens de retrouver sa trace. Enfin, définir la stratégie pour divulguer la vidéo sur les réseaux et les médias au meilleur moment.

Amelia approuva le ton décidé de Tomás. Elle avait redouté un interlocuteur distrait qui l'aurait regardée avec des yeux de biche après la nuit qu'ils avaient passée.

— Encore une chose, dit-elle. Mario, tu dois dire à Vidal de laisser tomber ce sujet. Jaime a sans doute raison et l'incident d'hier soir n'a rien à voir, mais nous jouons avec le feu. Il vaut mieux laisser le gamin en dehors de tout ça.

— D'accord. Cette nuit je l'avais déjà décidé.

— Et toi, comment ça s'est passé avec Carlos ? Vous vous êtes vus hier matin, n'est-ce pas ?

Tomás regarda Amelia en essayant de deviner si la mention de l'ex-amant avait une signification quelconque, message caché ou provocation avec l'idée de prendre ses distances. Mais son visage n'exprimait que de la curiosité.

— Oui, j'allais vous en parler hier soir, mais les bandits nous ont interrompus. À propos de bandits, l'illustre avocat m'a présenté à Miguel Ordorica, le policier qui était au service du Negro Durazo. Il avait quelques informations, mais je crois que ce vieux renard est à moitié gâteux. En tout cas, il est convaincu que la mort de Pamela était une exécution, pas un crime passionnel.

— Ça ne disculpe pas Salazar. Il aurait pu décider de sa mort pour des motifs passionnels, et celui qui l'a exécutée, l'auteur matériel, s'y serait pris de façon professionnelle.

— Si l'auteur intellectuel est Salazar, et l'auteur matériel un professionnel, il n'y a pas de raison pour qu'on ait jeté son corps si près de son bureau, vous ne croyez pas ?

Tous deux regardèrent Mario avec surprise. Son raisonnement était imparable : ou bien il s'agissait d'un crime passionnel dans un moment d'égarement, ce qui expliquerait l'impulsion irraisonnée de se débarrasser du corps de façon imprudente, ou d'une exécution d'expert qui prévoyait de déposer le cadavre aux abords du bureau de Salazar pour l'incriminer, mais cette dernière hypothèse exemptait le ministre de toute responsabilité dans l'assassinat de Pamela.

— Si Ordorica a raison, et si l'autopsie montre que le cadavre a été démembré avec des instruments spécialisés, j'ai bien peur qu'on soit en présence de la deuxième hypothèse. On incrimine Salazar. Aucun crime passionnel ne débouche sur un travail de professionnel avec découpage du corps, pour ensuite s'incriminer en oubliant le cadavre dans le terrain d'à côté, dit le journaliste.

— Ah, merde, voilà maintenant que nos recherches vont innocenter ce salopard, protesta la présidente du PRD.

— Pas de précipitation, continuons de reconstituer le puzzle. Clarifions d'abord la partie policière et définissons ensuite la stratégie politique. Personne ne va sauver la tête de Salazar, et surtout pas nous. S'il n'est pas responsable de la mort de Pamela, il l'est sûrement de beaucoup d'autres, répondit Tomás.

Amelia aimait vraiment beaucoup le journaliste qu'elle redécouvrait ces dernières heures ; elle se demanda si son jugement n'était pas influencé par les sensations qu'elle avait encore à fleur de peau. En tout cas, elle était ravie de ces propos de Tomás, ils résumaient à la perfection la stratégie à suivre.

— Je ne crois pas que nous avancerons beaucoup plus aujourd'hui ou demain. Revoyons-nous samedi, chez moi, ou ici, ce sera plus sûr, dit-elle.

— D'accord, on décidera de l'endroit plus tard. Je suggère qu'on parte l'un après l'autre, séparément, pour plus de sûreté, proposa Tomás.

— Je m'en vais le premier, je suis pressé de parler à Vidal, annonça Mario.

Il s'éclipsa et Amelia pensa que le moment qu'elle redoutait depuis son réveil était arrivé. Mais Tomás la surprit une fois de plus.

— C'est bien qu'on se retrouve seuls. J'avais quelque chose à te dire.

— Tomás, il n'est pas nécessaire de…

— Je veux te parler de Carlos et de Jaime : dans les deux cas, allons-y avec des pincettes. Je n'aime pas du tout avoir comme informateur un policier du genre d'Ordorica. Carlos essaie peut-être de nous aider, mais ces alliances sont dangereuses. En tout cas, Amelia, son sbire appartient à ce Mexique que toi et moi avons rejeté toute notre vie.

— Utiliser une information ne fait de nous l'allié de personne. Mais je suis d'accord, il ne faut pas trop s'ouvrir auprès de Carlos. Il y a longtemps que j'y ai renoncé.

Tomás lui sut gré de cette confidence. Elle rétablissait une intimité qui isolait le "nous" du reste du monde. Amelia se demanda à quel moment l'examen de la stratégie politique était devenu une conversation parallèle émaillée de réactions émotionnelles.

— Tu as parlé de Jaime.

— Jaime est toujours un Bleu, mais il est aussi beaucoup d'autres choses. Le problème, c'est qu'il est sur plusieurs fronts à la fois, et je n'aime pas jouer les équilibristes dans des contextes que je ne connais pas. L'événement d'hier en est un bel exemple, dit Tomás.

— Il t'a donné des détails sur l'origine de l'agression ?

— Non, mais il m'a assuré de la façon la plus catégorique que c'est après lui qu'on en avait. Je l'ai cru. Écoute, ne te méprends pas, je suis sûr que Jaime se ferait couper une main plutôt que d'exposer l'un d'entre nous. Sauf que parfois il me donne l'impression de se lancer dans des batailles trop ambitieuses, même pour lui.

Amelia apprécia l'intuition du journaliste. Elle était arrivée à cette conclusion, car elle connaissait quelques-uns des terrains sur lesquels avançait Jaime. Elle était convaincue que les intentions de son ami étaient en général correctes, mais depuis longtemps il avait supprimé toute frontière entre légalité et illégalité ; pour lui, la fin justifiait toujours les moyens, et ses moyens pouvaient être plus que douteux.

— Jaime est peut-être un fils de pute, mais c'est notre fils de pute, comme diraient les classiques. En tout cas, c'est notre frère : parfois, je crois que les Bleus ont pour lui une plus grande signification que pour nous autres, y compris Mario, même s'il le cache bien. En réalité, nous sommes presque une famille ou un lien sentimental pour lui. Il se met en ménage tous les deux ou trois ans, mais j'ai l'impression qu'il ne tombe jamais amoureux ; ses femmes sont interchangeables, presque impersonnelles. Et à part nous, il n'a pas d'amis, uniquement des intérêts.

Amelia s'écoutait prendre la défense de Jaime, bien qu'elle ait d'autres informations sur son côté obscur : avec les années, Carlos avait partagé avec elle les doutes qu'il avait sur son fils, et dans les milieux politiques il avait eu connaissance d'épisodes dramatiques de la vie nationale auxquels il était mêlé. Malgré tout, elle sentait qu'il était un patriote à sa manière ; d'ailleurs, elle l'aimait, tout simplement, c'était son frère, un fragment de sa propre biographie.

— D'accord, mais parfois j'ai du mal à le reconnaître derrière ce Fouché qu'il est devenu, dit Tomás.

— Pour le moment, il n'est pas question de l'éloigner, au contraire ; s'il est vraiment en danger de mort, ce n'est pas le moment de lui marchander notre amitié. Il se mêle des affaires des autres, et les siennes, il finit par les ravaler. Nous nous sommes réunis autour du scandale né de ton article et de la crainte que tu sois en danger, mais jusqu'à présent, c'est lui qu'on a essayé d'assassiner.

Tomás accusa le coup ; il trouvait excessive la remarque d'Amelia. Toutefois, le remords l'emporta sur ses protestations.

— Tu as sans doute raison. Je vais l'appeler, Dieu seul sait dans quel guêpier il s'est fourré, et même si nous ne savons pas comment réagir, il sera content de constater qu'il n'est pas seul.

— Je vais en faire autant. Nous allons sonder Jaime chacun de notre côté et on se revoit pour échanger nos points de vue, évaluer les risques qu'il court et la meilleure façon de l'aider. Qu'en penses-tu ?

Amelia dit ces derniers mots en regardant Tomás dans les yeux. Elle avait froncé les sourcils et s'était exprimée avec tout le sérieux dont était capable la leader de la gauche, mais pour le journaliste cela ressemblait à une déclaration d'amour. Il ne manifesta aucune émotion.

— Que fais-tu demain soir ? répondit-il sur un ton indifférent.

— Ça me va, je te le confirmerai plus tard.

Ils se séparèrent après une longue étreinte : les corps rétablirent le sous-texte que la conversation avait détourné. Ils ne s'embrassèrent pas, n'échangèrent aucun mot ; simplement, ils eurent du mal à renoncer au contact qui s'était éternisé.

1996

La piscine était la même et le soleil de midi tombait sur les matelas avec la violence habituelle des étés mexicains, mais beaucoup de choses avaient changé depuis l'adolescence, quand les Bleus faisaient de cette terrasse un laboratoire de rêves autant caressés que remis en cause. Deux ans étaient passés depuis leur dernière réunion, pour dire adieu à Jaime qui allait passer sa maîtrise en sciences politiques à Georgetown, Washington, après avoir obtenu son titre d'avocat à l'École libre de droit.

Aujourd'hui, ils se retrouveraient pour fêter son retour, avec la famille et les amis. Jaime se demanda quels changements auraient connus Tomás et Mario pendant son absence ; le premier était étudiant à l'UNAM, il faisait une thèse en histoire, et le deuxième avait déjà une femme et un fils.

Le cas d'Amelia était différent, il l'avait retrouvée en décembre de l'année précédente, aux vacances de Noël. Comme Tomás et Mario avaient quitté la ville pendant les fêtes de fin d'année, Jaime avait eu Amelia pour lui tout seul ; une fois, ils allèrent au cinéma, une autre au théâtre. Mais surtout ils discutèrent au cours de longues marches sur les livres, la vie, les déceptions amoureuses, l'enfance perdue.

Jaime vécut le semestre universitaire suivant en chérissant les moments qu'il avait passés avec son amie. Il lisait compulsivement tout ce qui pouvait être intéressant pour elle, il lui écrivait de longues lettres pleines de réflexions dont il n'était pas toujours l'auteur. Amelia répondait avec moins de régularité que Jaime l'aurait souhaité. Mais ses lettres dénotaient toujours un intérêt pour les idées qu'il développait sur les lectures, les cours, les rumeurs politiques à Washington.

Aujourd'hui, il la reverrait lors de sa fête de bienvenue. Il se demandait comment elle réagirait au cadeau qu'il avait préparé : un très joli ensemble composé d'un bracelet et de pendants d'oreilles égyptiens. Il l'avait gardé sur lui, guettant l'occasion de le lui remettre, mais il ne pouvait s'empêcher de glisser la main dans sa poche et de tâter l'étui, comme s'il s'agissait d'une bague de fiançailles, ce qui était le cas dans une certaine mesure. Jaime pensait qu'à son retour il pourrait l'inviter à un tête-à-tête, sans être gêné par les autres Bleus, comme cela avait déjà été le cas en décembre. Il était persuadé que leur relation s'orienterait vers une idylle intense qui ferait d'eux le couple qu'ils auraient toujours dû être.

Pour la seconde fois de la journée, il vérifia avec sa mère la disposition des tables dans le jardin, la tenue des serveurs engagés pour l'occasion, l'éclat des coupes et la blancheur des nappes. Il avait hérité d'elle le goût pour les petits détails, un talent raffiné et inné pour l'organisation ; de son père, il avait gardé le physique, mais ni son charisme ni ses facultés intellectuelles.

Les premiers invités arrivèrent quand le chef des serveurs changeait la dernière coupe un peu ternie, mais pour Jaime la fête commença une demi-heure plus tard, quand Amelia fit son entrée. Le jeune homme ne fut pas le seul à remarquer sa présence : à vingt-cinq ans, la peau luisante et cuivrée, les yeux verts, les cheveux aile de corbeau et les formes arrondies sans cesser d'être athlétiques, Amelia évoquait une panthère. La végétation autour d'elle, ses bras et jambes mis à nu par sa courte robe en coton à bretelles, accentuaient la sensation d'un bel animal, décidé et sensuel.

En la voyant traverser le jardin pour atteindre la terrasse au milieu des regards, l'assurance de Jaime commença à faiblir. Une fois encore, il glissa la main dans sa poche et s'avança pour l'accueillir, imité par Tomás et Mario, qui venaient d'arriver.

Jaime observa avec une précision de topographe la réaction d'Amelia qui saluait chacun des Bleus. Avait-elle été plus chaleureuse avec lui ou avec Tomás ? Il épiait l'amplitude du sourire, l'intensité de l'accolade, l'emplacement exact du baiser, cherchant des clés pour répondre à cette question. Le résultat le laissa dans l'incertitude et la perplexité ; Amelia semblait ingénue et impartialement heureuse de voir chacun de ses amis.

Tous quatre échangèrent des nouvelles, ce qui accrut son embarras. Tomás et Amelia s'enthousiasmaient en racontant leurs études et leurs thèses respectives, et Mario l'amusa avec ses descriptions de la vie de famille aux côtés d'Olga.

Pendant deux heures, il essaya vainement de se retrouver seul avec elle. La cinquantaine d'invités nouait et dénouait des conciliabules autour de la piscine selon des chorégraphies capricieuses, mais toujours avec plus de deux participants. Quand on les invita à prendre place autour des tables, prévues pour huit personnes chacune, Jaime comprit qu'il devait provisoirement renoncer au moment d'intimité dont il rêvait.

Au dessert, son père prit la parole et porta un long toast pour saluer le retour du fils prodigue, une pièce oratoire en apparence spontanée, mais parfaitement saupoudrée de plaisanteries spirituelles et de phrases fines et bien tournées, conçues pour être retenues comme des photos-souvenirs. Il finit par un message crypté et personnel : "La vie professionnelle, comme la vie amoureuse ou familiale, peut être comme une datte dans le désert : le plus raffiné des mets, si nous savons le savourer, ou une bouchée dont les premiers contacts écœurent et annoncent un noyau dur, perfide et insipide."

Avec un large sourire, Amelia se leva pour applaudir et obligea l'assistance à l'imiter ; Carlos Lemus se rassit au milieu des vivats et des bravos.

Quand les applaudissements s'éteignirent, comme s'il existait un scénario qu'il était le seul à ignorer, les invités se tournèrent vers Jaime, attendant sa réponse. Le jeune homme sentit la pelouse se dissoudre sous ses pieds : son père ne lui avait jamais parlé d'un toast, et il s'était encore moins imaginé qu'il aurait à y répondre. Son esprit avait été occupé pendant des heures par les phrases de séduction qu'il utiliserait avec Amelia ; la fête et les participants étaient pour lui un simple prétexte pour voir la jeune fille et lui déclarer son amour.

L'unanimité des regards et le silence gênant qui se propagèrent sur les tables aiguisèrent ses sens, mais engourdirent sa cervelle. Il entendit le tintement d'une coupe, remarqua que l'ombre de la maison s'était avancée, perçut la pression des chaussures neuves autour de son pied, une douce brise sur la nuque, mais son esprit restait orphelin de mots. Finalement, il se leva, remercia les invités de leur présence, exprima le désir que tous apprécient le repas et la musique, et conclut par quelques balbutiements. Il ne regarda jamais Amelia, il prit simplement note de la sobriété des applaudissements et de la reprise des conversations avant même qu'il ait regagné sa chaise.

Il passa la fin du repas au milieu de ses amis, mais dans un univers parallèle ; son esprit composait de façon frénétique les phrases qu'il aurait dû prononcer quelques instants plus tôt. Il faisait et refaisait des calculs pour évaluer les dommages collatéraux que sa ridicule prestation avait pu causer sur Amelia. Le fait que la tablée discute avec animation, totalement étrangère à cet événement, ne lui apportait aucune consolation.

Sa mère l'appela pour qu'il prenne congé de son oncle et de sa famille : ils avaient un autre engagement. Jaime les accompagna jusqu'à leur voiture et dut écouter un long sermon du frère de sa mère sur la responsabilité qu'on endosse en devenant adulte et sur le brillant avenir qui l'attendait dans le cabinet d'avocats de son père.

Quand il revint à sa table, Amelia n'était plus là ; il supposa qu'elle était entrée dans la maison pour aller aux toilettes et décida qu'il saisirait cette occasion pour l'intercepter à son retour. Le jeune homme rentra et constata qu'elle n'était dans aucune des deux toilettes du rez-de-chaussée : devant les unes, deux hommes attendaient et Olga, l'épouse de Mario, sortait des autres. Amelia était sans doute aux sanitaires de l'étage, entre la salle de télévision et le bureau de son père, une grande pièce avec deux portes. Un coup de chance : cela lui donnerait un moment d'intimité loin des invités. Il monta, décidé à l'attendre sur le canapé, devant la télévision, mais la porte de la salle de bains était ouverte. Interloqué, il se passa un peu d'eau sur le visage et se rinça devant le miroir du lavabo avant de continuer à la chercher.

Il fut distrait par des murmures derrière la porte entrouverte qui donnait sur le bureau de Carlos Lemus. Le jeune homme s'approcha et glissa un œil dans l'entrebâillement. La première chose qu'il vit, ce fut la main d'Amelia dans la braguette ouverte de son père ; lequel avait passé la main sous sa robe. Ils étaient à l'autre bout du bureau, son père adossé à une bibliothèque qui allait du sol au plafond, elle plaquée contre lui, leur bouche unie dans un échange frénétique.

Jaime se retira quand elle s'accroupit à la hauteur du ventre de son père et s'empara de son sexe.

Le jeune homme fila dans sa chambre et vomit violemment dans sa propre salle de bains. Il resta un moment accroché à la cuvette, secoué par des convulsions, contempla les restes de nourriture et de sucs digestifs qui flottaient et pensa qu'ils étaient une allégorie du rêve raté qu'il venait de vivre.

Haine ! Il mit enfin un nom sur le long enchaînement d'affronts et de mépris paternels que Jaime avait essuyés depuis son enfance. Il était convaincu que maintenant ce n'était pas seulement l'indifférence des premières années, il sentait une aversion croissante de la part de son père à mesure que lui-même approchait de ses débuts professionnels et abordait pleinement sa vie adulte. Ce qui venait d'arriver aujourd'hui le lui confirmait : un toast pour le ridiculiser devant tous ceux qu'il aimait, et une mise en scène pour détruire l'amour de sa vie. Son père ne pouvait ignorer la dévotion qu'il éprouvait pour Amelia depuis son enfance. Il l'avait sûrement séduite pour satisfaire un caprice, indifférent aux dégâts qu'il causerait sur son fils.

Il se redressa lentement, se rinça le visage et se coiffa ; il prit dans son armoire les valises qu'il avait vidées deux jours plus tôt, les remplit de linge et de documents personnels, commanda un taxi et sortit par la porte de derrière qui donnait sur le jardin. Il ne remit plus les pieds dans cette maison, et ne revit jamais son père.

Dans les jours qui suivirent, il accepta un travail dans une unité récemment créée, Menaces à la sécurité, au ministère de l'Intérieur, et loua un appartement dans le quartier Nápoles. Il ne revit pas les Bleus pendant trois ans. Avec le temps, il pardonna à Amelia ; Jaime avait compris que la jeune fille n'avait pu s'opposer à la puissante personnalité de son père et il pensa que cette liaison prendrait fin dès que Carlos Lemus s'éprendrait d'une nouvelle conquête.

Mais plus jamais il n'osa lui tenir un langage amoureux. Toutefois, il conserva l'écrin de bijoux égyptiens sur sa table de nuit, à côté de son lit ; de temps en temps, il l'ouvrait pour se promettre qu'un jour il l'offrirait à Amelia. Mais quand il le refermait, invariablement le souvenir de la haine de son père l'emportait sur toute autre passion.

MERCREDI 27 NOVEMBRE, 10 HEURES
Mario et Vidal

Le soleil qui tombait en biais sur le taxi éclata dans les pupilles de Mario. Il n'avait pu fermer l'œil en dépit des doux rêves que promettait la publicité de l'Alameda Express ; il regrettait son lit et la respiration lourde d'Olga. Plus que tout, il était tenaillé par l'angoisse du risque que courait Vidal. Dans quel guêpier s'était donc fourré son fils ? Ce qui l'inquiétait le plus, c'était l'insistance d'Amelia à écarter le jeune homme de cette enquête ; son amie n'avait pas l'habitude de dramatiser pour rien. Savait-elle quelque chose qu'il ignorait ?

Il ouvrit la porte de chez lui d'une main tremblante et appela Vidal.

— Il vient de sortir, rappelle-toi que le mercredi il retrouve Nicolás et qu'ils sont en train de créer un jeu. Il dit qu'il va nous tirer de la pauvreté, répondit Olga dans la cuisine, où elle lisait le journal en sirotant son café.

— Il a dit à quelle heure il rentrait ?

— La pratique des loisirs n'a pas d'horaire, comme il dit. Vraisemblablement, il ne rentrera pas avant ce soir. Pourquoi ? Un problème ?

— Non, pas du tout, je voulais lui parler avant qu'il sorte. Je me disais que nous pourrions passer quelques jours à Tepoztlán, je n'ai cours ni jeudi ni vendredi. Tu te rappelles qu'il m'a mis au défi de monter la colline ? Si on partait tous les trois jusqu'à samedi, ça te dirait ?

Le vieux village magique, couronné par le site de Tepozteco, une ruine préhispanique au sommet d'une éminence, était devenu la destination préférée du week-end des intellectuels de la capitale, attirés par ses paysages pittoresques et la prolifération des spas alternatifs, des restaurants de nouvelle cuisine mexicaine et des hôtels rustiques de très bon goût.

Olga regarda son époux, intriguée. Dans des conditions normales, elle n'aurait pas été surprise par cette invitation intempestive, Mario était un romantique invétéré et elle aurait probablement fantasmé sur deux jours idylliques en famille. Mais sa façon de se frotter la hanche gauche l'inquiétait : c'était le signe sans équivoque que ses nerfs le rongeaient.

— Mario, que se passe-t-il ?

— Je crois que nous avons besoin de nous rapprocher de lui, nous ne savons pas à quoi il passe ses journées sur son ordinateur. Partir sans cet appareil nous donnera l'occasion de discuter, ici les dialogues avec lui durent deux minutes entre Twitter et ses alertes de courrier, répondit-il en palpant sa hanche comme s'il faisait briller un pistolet dans sa gaine.

— Mario, que se passe-t-il ? répéta-t-elle en haussant la voix.

Le ton sévère d'Olga provoqua chez lui un soupir claudicant.

— Tu te rappelles qu'il a cherché sur Google des renseignements sur Pamela Dosantos, il y a quelques jours ? Mais Amelia m'a demandé qu'il s'arrête, maintenant que l'affaire se politise, car le clan de Salazar pourrait le détecter, mais il ne m'écoute pas. Je me suis dit qu'il serait plus facile de le convaincre en passant quelques jours ensemble.

Mario cessa de gesticuler et se versa une tasse de café au comptoir de la cuisine. Olga resta silencieuse quelques minutes.

— En ce cas, rien ne presse, tu lui en parleras ce soir. Et puis ils sont si obsédés par leur jeu pour les iPhone qu'il n'est pas près de repenser à Pamela Dosantos. Tu ferais mieux de m'emmener à San Ángel, on pourrait déjeuner à El Cardenal, tu as parlé de Tepoztlán et j'ai pensé aux *escamoles*.

Olga organisait la vie comme une succession de *matriochkas* : un plat traditionnel comme les larves de fourmis, qu'on appelait aussi le caviar mexicain, ne pouvait se trouver qu'à El Cardenal, le fameux restaurant de cuisine traditionnelle mexicaine. Et pour Olga, la cuisine mexicaine traditionnelle, il fallait la déguster, forcément, à San Ángel, l'ancien quartier colonial.

Mario allait protester, mais il se ravisa. Olga avait sans doute raison : Vidal serait trop occupé avec ses amis pour penser à l'assassinat de l'actrice, au moins pendant quelques heures.

Il se trompait.

— La réponse des piranhas doit être plus rapide, disait Vidal pendant que son père avalait sa première gorgée de café à trois mille quatre cents mètres de là.

— Impossible, répondit Nicolás, plus vite, ça prend trop de mémoire.

— Je peux donner une couleur plus vive aux piranhas, pour compenser leur lenteur, proposa Manuel.

— D'accord, concéda Vidal, la vitesse n'est sans doute pas essentielle. Les zombis sont très lents et tu vois déjà la fureur qu'ils ont déclenchée.

Les trois amis se complétaient, et pas seulement par leur spécialité : Nicolás était le programmateur, Manuel le graphiste et Vidal l'éditeur qui apportait l'idée originale, mais plus qu'une division du travail productif c'étaient le plaisir d'être ensemble et l'amitié qui les unissaient. Depuis quatre mois, ils se retrouvaient tous les mercredis pour constater les progrès dans leur secteur respectif. Ils s'étaient rencontrés à un concours de robotique du TEC quelques années auparavant, et bien qu'ils aient concouru dans des équipes différentes, ils s'étaient aussitôt bien entendus. Là, ils étaient convaincus que leur jeu était aussi bon ou même meilleur que d'autres qui remportaient un franc succès sur le web : *Piraraignées* était une combinaison complexe d'araignées et de piranhas qui défiait au passage missionnaires, soldats et commerçants sur l'Amazone.

Nicolás Alcántara vivait dans une élégante villa, sur les flancs du quartier Lomas de Chapultepec. Ils se réunissaient chez lui, car il avait le plus gros débit sur internet, quarante mégabits, grâce au réseau de fibre optique auquel il était abonné. En réunion, ils chargeaient souvent de lourds logiciels, des jeux, des applications et des dessins animés numériques qui les aidaient dans leur créativité.

Manuel leur présenta les esquisses qu'il avait préparées, des différentes portions de corps de missionnaires et de soldats démembrés, échoués au bord du fleuve après avoir succombé aux attaques des poissons assassins.

— Ils sont spectrissimes ! dit Nicolás, mais tu es sûr que les piranhas laissent des restes derrière eux, mon pote ?

— Tu crois ? Je devrais peut-être dessiner des os nus avec un lambeau de viande, répondit le dessinateur. Qu'en penses-tu, Vidal ?

Le jeune homme ne répondit pas, le regard fixé sur les esquisses sanglantes que montrait l'écran. Nicolás le sortit de son silence en agitant la main devant ses yeux, les doigts en éventail.

— Pardon, mais ces images me rappelaient des photos dégueulasses que j'ai vues sur internet. Impossible de me les sortir de la tête, dit Vidal.

— De qui ? Pourquoi ? demanda Nicolás.

Vidal réfléchit et décida de raconter à ses amis ses recherches sur Pamela Dosantos et les avancées de Luis, à Guadalajara. Tous trois firent l'éloge de leur collègue, considérant néanmoins qu'ils n'étaient eux-mêmes pas loin de ce niveau, même si aucun n'était spécialisé dans le piratage des bases de données ; ils se réconfortèrent en pensant que leur travail en équipe pouvait être aussi bon que celui du copain de Guadalajara.

Cinq minutes plus tard, penchés sur leurs ordinateurs respectifs, ils reprenaient les recherches à l'endroit où Luis les avait laissées. Ils ne purent entrer dans le C4, le système qui contrôle les treize mille caméras qui balaient les rues de México, aussi décidèrent-ils de se concentrer sur l'arbre généalogique des Serrano et des Plascencia. Ils divisèrent en trois lots une liste initiale de sites et de bases de données et consacrèrent le reste de la matinée à pirater des portails et à confronter la longue liste des membres de la prétendue famille de l'actrice.

Vers 3 heures de l'après-midi, ils demandèrent le menu habituel, pizzas et cannellonis, mais cette fois Vidal décida d'y inclure une salade : le souvenir de Luis et de ses habitudes saines influait sur son propre régime. En outre, il devait compenser les *enfrijoladas* que Micaela, l'extraordinaire cuisinière de la maison des Alcántara, leur offrirait à la tombée de la nuit.

Les jeunes étaient passionnés par cette recherche ; ils se félicitaient chaque fois que l'un d'eux craquait un nouveau site, et ils se précipitaient sur les données révélées avec l'impatience du gamin qui ouvre son cadeau d'anniversaire. Vers 5 heures du soir, leur liste comportait huit noms : âges, activités et recoupements dans les recherches avaient relégué le reste de l'arbre généalogique au second rang. De 18 heures à 18 h 45, Nicolás se concentra sur la longue liste d'entreprises et d'affaires de Joaquín Plascencia Figueroa, hôtelier et restaurateur de renom.

À 22 h 20, les trois amis considérèrent que la séance était terminée. Ils firent un bilan de ce qu'ils avaient trouvé et décidèrent qu'au moins cinq des parents de Pamela étaient liés au crime organisé, trois parce qu'ils n'avaient pas de métier apparent, mais jouissaient d'un patrimoine considérable, et deux parce que leurs affaires avaient l'air de couvrir un blanchiment d'argent. Dans les trois derniers cas, ils manquaient de précisions pour émettre un jugement.

Un peu avant, à 22 h 50, heure de Miami, sans que ces jeunes le sachent, un filtre de sécurité envoya une alerte à un serveur situé en République dominicaine. Le message décrivait les tentatives répétées de recherche et l'IP d'où elles provenaient.

Vidal rentra chez lui à 11 h 05. Son père s'était endormi vingt-sept minutes plus tôt.

MERCREDI 27 NOVEMBRE, 18 HEURES
Tomás

Le déjeuner avec le coordonnateur des députés du PRI, Jorge Aguilar, avait été agréable, mais parfaitement inutile, se dit Tomás. Les priistes, avec leur cynisme à fleur de peau, étaient sans doute beaucoup plus amusants que les panistes, toujours angoissés par leur morale hypocrite, ce qui ne les empêchait pas d'être aussi corrompus que leurs collègues. L'ennui avec les priistes de métier, c'est qu'en étant aimables et distrayants, ils créaient une telle ambiance de camaraderie que vous étiez leur nouveau meilleur ami quand vous les quittiez. Pour un journaliste, de telles relations pouvaient aussi bien pervertir le métier que le pire des pots-de-vin. La cooptation des meilleurs reporters et chroniqueurs ne provenait pas des prébendes ou de l'argent liquide, mais de la flatterie permanente et de l'amitié de hauts fonctionnaires, auxquels ils finissaient par se soumettre ; Tomás connaissait des journalistes qui avaient perdu tout sens critique pour la simple raison qu'ils recevaient une invitation tous les mois à la table du président.

Malgré tout, le déjeuner avait confirmé à Tomás son ascension dans l'échelle politique : à sa table défilèrent des célébrités de la vie publique qui lui serraient la main et le félicitaient comme s'ils avaient été camarades d'école.

Le député Aguilar eut la délicatesse de ne faire que de vagues allusions à la mort de Pamela. Tomás comprit qu'il avait droit à un traitement de "premier rendez-vous" : tentatives de séduction sans manifester d'intentions ultérieures. Il savait qu'Aguilar n'appartenait pas à la fraction politique de Salazar, bien qu'il soit dans le même parti ; en réalité, ils avaient été rivaux par le passé, voilà pourquoi il avait intérêt à se ménager des liens avec une personne qui, à ses yeux, défiait le puissant ministre de l'Intérieur.

À sa grande surprise, Tomás s'absenta à plusieurs reprises de la conversation. Encore maintenant, assis sur la banquette arrière du taxi de luxe que Jaime lui avait suggéré de louer pour quelques heures. Machinalement, il fredonnait Carole King en rentrant chez lui. Il avait beau s'intéresser aux urgences dictées par la mort de Dosantos, ses hormones et ses neurones étaient toujours empêtrés dans le souvenir des grains de beauté et du rire d'Amelia. La rencontre avec l'amour platonique de sa jeunesse avait été aussi intense qu'inattendue : après des années sans se voir, cette irruption intempestive dans sa vie l'exaltait et lui mettait les nerfs à fleur de peau. Tomás décida de se calmer, de ne pas prendre pour argent comptant ce qui n'était peut-être qu'un événement isolé, dans le contexte d'une nuit particulière.

En descendant du taxi, il remarqua l'homme posté sous le porche de son immeuble. Le journaliste chercha d'instinct à remonter dans le taxi qui venait de finir sa journée, mais la voix de l'homme le retint.

— Don Tomás, c'est Jaime Lemus qui m'envoie. J'ai quelque chose pour vous.

Tomás s'approcha du messager, encore méfiant, et prit une enveloppe qui contenait un objet. C'était un radiotéléphone, avec un mot de Jaime : *Voici une voie sûre, ne l'utilise que pour des communications entre les Bleus. Mario et Amelia vont en recevoir un semblable : sur ton écran sont préenregistrés les numéros des quatre. Amitiés.* La note s'achevait par la signature de son ami.

Il remercia le messager, entra dans l'immeuble et, une fois dans son appartement, composa le numéro de Jaime. Qui répondit immédiatement.

— C'était juste pour être sûr. Très bonne idée, dit Tomás en entendant la voix de Lemus.

— Indispensable ; ce soir, les autres en auront un aussi. N'utilisons pas d'autre canal. À propos, ça avance, du côté de Veracruz ? dit Jaime, allusion au sujet du prochain article de Tomás.

— Tu le liras demain dans *El Mundo*, je viens de rentrer pour l'écrire.

— Ne le ménage pas, ce salaud.

— Pas besoin, la documentation que tu m'as envoyée est implacable. Dis donc, tu es absolument sûr de l'hermétisme de ces téléphones ?

— Ils nous serviront pendant quelques jours, ensuite je les changerai. Et de ton côté, du nouveau ?

— Rien encore. J'ai déjeuné avec Jorge Aguilar ; on dirait que je suis redevenu une célébrité.

— Tu brilleras encore plus demain, au moins dans le port de Veracruz !

— Crapule, dans quel guêpier je vais encore me fourrer, maintenant ! Et toi, où tu en es depuis l'échauffourée de l'autre soir, sur le paseo de la Reforma ?

— J'y travaille. Je te raconterai. Je te lirai demain, frère, dit Jaime en prenant congé.

Le matin même, Tomás avait jeté un coup d'œil sur les documents que Jaime lui avait donnés la veille au soir à l'hôtel Reina Victoria : il y avait même des photocopies de relevés de compte de certaines personnes, des renseignements sur leurs relations avec Hidalgo, gouverneur de Veracruz, des documents sur les appels d'offres fictifs et des photos de quelques propriétés récemment acquises par le dirigeant. Il examina l'ensemble et comprit qu'il avait un nouvel article explosif entre les mains. Il se frotta le visage avec une hâte fébrile : il savait qu'après son article de lundi, son texte du lendemain serait lu avec plus de curiosité que d'habitude. Il savoura la satisfaction anticipée de savoir qu'au moins ce jeudi il ne décevrait personne.

Il travailla dur pendant deux heures et obtint un brouillon convenable, il l'imprima et le laissa sur son bureau pendant qu'il sirotait un verre de vin blanc en vérifiant ses affaires en cours. Il avait pris rendez-vous pour le lendemain avec Plutarco Gómez, le vieux journaliste des faits divers ; en revanche, impossible de joindre maître Raúl Coronel, qui l'avait fourré dans ces ennuis en lui révélant l'adresse près de laquelle on avait découvert le corps de Dosantos. La secrétaire répétait depuis deux jours qu'il n'était pas là. Il s'aperçut qu'il avait oublié de demander à Jaime s'il avait du nouveau sur l'automobile et l'individu qu'on apercevait sur la dernière vidéo de Pamela ; il devait y penser demain.

Il reprit sur son bureau le texte qu'il enverrait au journal. Il y avait longtemps qu'il ne fignolait plus ses propres articles ; les premières années, il ne les envoyait qu'après avoir laissé passer plusieurs heures entre le brouillon et la rédaction définitive, ce laps de temps lui permettait de prendre la distance nécessaire pour polir des phrases trop confuses, pour améliorer les métaphores et éliminer les répétitions. Ce jour-là ne fut pas une exception : il corrigea quelques lignes, modifia la touche finale et l'envoya à la rédaction du journal.

Il passa le reste de la soirée dans une demi-pénombre et dans le silence, liquidant la bouteille pendant qu'il parcourait mentalement la biographie des Bleus depuis l'enfance jusqu'à ces dernières années, évoquant leurs rencontres et malencontres. La vie adulte les avait transformés, ils étaient devenus des étrangers, loin de l'univers commun dans lequel ils avaient grandi, où la plupart des événements importants étaient toujours liés à l'identité du groupe. Une cohésion désormais irrécupérable, à cause des secrets de Jaime, de la vie de famille de Mario et des hautes responsabilités d'Amelia. Et de mes hautes responsabilités, compléta Tomás en riant intérieurement de sa propre plaisanterie.

En dépit de tout, ces dernières quarante-huit heures les Bleus s'étaient comportés comme s'ils n'avaient jamais été séparés ; ils reprenaient leurs vieilles habitudes, une complicité qui écartait même les proches, comme par le passé. Le radiotéléphone que Jaime avait donné à Tomás concrétisait ce lien spécial et privilégié qui faisait des Bleus, une fois de plus, une unité.

La présence du téléphone lui rappela qu'il pouvait appeler Amelia sous prétexte de vérifier son bon fonctionnement. Il composa le numéro, mais s'interrompit ; il l'avait vue dans la matinée, la retrouverait le lendemain soir, et la connaissait assez pour savoir qu'elle ne réagirait pas de façon favorable devant ce qu'elle interpréterait comme une pression de sa part, ou d'où qu'elle vienne. Finalement, le vin et la longue journée firent leur effet : il s'endormit avec un livre du prix Nobel chinois Mo Yan, *Beaux seins, belles fesses*, sur les genoux. La lecture ne l'avait pas accroché, contrairement au titre. Il rêva de Claudia.

2009

C'était sans doute ce qu'éprouvaient les compositeurs quand ils avaient soixante ans et les rockeurs cinquante, se dit-elle : la sensation que la magie prenait fin et que la substance qui leur avait apporté le succès abordait un processus d'extinction. Trois mois plus tôt, elle avait eu quarante ans, mais quelque chose d'essentiel avait changé et Pamela ne voyait pas comment y remédier : ce n'était pas le corps, mais l'âme qui accusait un coup de vieux. Depuis plusieurs semaines, elle projetait ses films de la décennie précédente, comparant la fermeté de ses muscles faciaux avec la version jeune d'elle-même sur l'écran de la télévision ; il y avait un contraste entre la silhouette svelte et les hanches fermes qu'offraient les prises ouvertes, et la personne que lui renvoyait le miroir. Elle inspectait son abdomen plat, sa peau impeccable, et elle imaginait les germes de décadence qui feraient de son corps un pâle reflet de ce qu'elle avait été. Toutes les deux heures, elle croyait constater la progression d'un bouton qu'elle avait repéré sur le dos de sa main, signe incontestable de vieillissement.

Elle se demandait si elle suivrait les traces des stars qui avaient recouru à la chirurgie avant de devenir des caricatures d'elles-mêmes, versions macabres de ce qu'elles avaient été, ou si elle vieillirait avec douceur et élégance ; si elle saurait avec grâce renoncer à être cet objet universel de désir, pour devenir l'icône de légende et la digne reine du cinéma mexicain.

La visite de son cousin Joaquín, la veille, avait augmenté son trouble : ils avaient le même âge, mais elle l'avait trouvé beaucoup plus fané que prévu. L'actrice se dit qu'elle n'avait pas grand-chose à espérer de ses gènes maternels, partagés avec son cousin ; tous ses espoirs reposaient sur l'héritage génétique de la voie paternelle. Il n'y avait plus qu'à souhaiter que l'ADN des Serrano ne lui reproche pas qu'elle se soit débarrassée de son nom de famille des années plus tôt.

Tout en accélérant le rythme des ellipses, Pamela se dit qu'elle ne devrait pas penser aux gènes de Joaquín, mais au message qu'il avait apporté. Son cousin avait implanté une importante chaîne d'hôtels et de restaurants dans plus de dix États, mais elle savait que ses affaires constituaient un des nombreux écrans pour blanchir l'argent de la famille.

Comme elle, Joaquín avait quitté Culiacán quand il était jeune pour essayer de grandir en marge de la rentable mais périlleuse spécialité des Plascencia. Tous deux y étaient parvenus à moitié. Il avait ouvert son premier hôtel à Aguascalientes vingt ans auparavant, mais quand il inaugura sa troisième succursale, il reçut la visite de Ricardo Fonseca, cousin de sa mère, qui lui demanda d'investir deux millions de dollars dans ses affaires. Joaquín voulait vivre sa vie de son côté, mais la parentèle ne l'entendait pas de cette oreille, tourner le dos à une demande de la famille aurait été considéré comme une trahison. Comprenant que la proposition ne pouvait être refusée, il demanda seulement qu'on lui laisse le temps de se retourner. Il créa peu à peu une chaîne de restaurants et les convainquit de le laisser devenir un blanchisseur de sommes modérées, régulier mais prudent ; grâce à l'arrangement obtenu, il prospéra de façon sensible et sans risques. Il maintenait une saine distance qui lui permettait d'échapper au radar du fisc et aux bagarres et vendettas entre les différentes factions du clan familial.

Pamela eut un parcours similaire. Sa carrière évolua au rythme de ses mérites et de ses amants, mais après un rôle brillant dans un feuilleton télévisé, elle reçut une première visite du cousin Joaquín, qui lui fit part de sa propre expérience et lui montra la vanité de s'opposer à l'inévitable. À compter de ce jour, elle recruta des amants dans la classe politique et partagea avec lui les informations qui pouvaient être profitables. Au début, elle trouvait que c'était une tâche répréhensible qu'elle faisait contre son gré, mais avec le temps, l'actrice prit goût à cette double personnalité : après un gouverneur qui la maltraita, elle comprit que pour ses amants elle n'était qu'un trophée qui tôt ou tard serait abandonné.

Pamela développa ses talents pour tirer des informations de l'armoire de ses partenaires, pour pressentir des corruptions et constater des faiblesses sexuelles, pour feindre des distractions alors qu'elle écoutait les conversations avec attention. Ses rapports mentionnèrent abondamment les phobies et les manies de fonctionnaires clés du gouvernement, les points faibles des sénateurs et les péchés inavouables des généraux. Le plus souvent, elle choisissait ses victimes, elle n'aimait pas les alcooliques et préférait les hommes drôles. Elle prenait un amant pour six mois ou un an, et passait au suivant.

Lui vint alors un appétit de collectionneuse. Quand elle s'aperçut qu'elle ignorait tout des services extérieurs, elle séduisit un ambassadeur américain, et compensa son ignorance des ragots autour des finances publiques en nouant une liaison passionnée avec un ministre délégué aux Finances. Elle ignora toujours la destination finale de ses rapports, mais elle savait qu'à Culiacán on était satisfait de son activité. Un général perdit la vie dans un accident d'hélicoptère un an après avoir eu une liaison avec elle, et un ex-maire de Toluca se suicida, mais elle manquait d'éléments pour savoir si de tels drames étaient liés à ses propres rapports ; elle pensait que les informations transmises servaient surtout à exercer des pressions, à convaincre ou menacer les fonctionnaires, au bénéfice des activités du cartel.

C'était un bon arrangement, Joaquín lui donnait plus d'argent liquide qu'elle n'en avait besoin pour ses caprices et par deux fois on avait éliminé des obstacles qui nuisaient à sa carrière. Mais la visite du cousin, la veille, modifiait les règles. Pour la première fois, le cartel lui donnait un ordre précis : devenir la maîtresse d'Augusto Salazar, à l'époque l'homme de confiance de Prida, gouverneur de l'État de México et candidat sérieux à la présidence. Cette fois, rien de temporaire, elle devait rester aux côtés du fonctionnaire jusqu'à ce que soit décidée la succession présidentielle de 2012 et, si nécessaire, prolonger la liaison. Elle faillit refuser, car c'était bafouer son droit de choisir avec qui elle couchait, qui elle aimait ou prétendait aimer ; d'après son propre code, elle croyait y voir une invitation à se prostituer. Cependant, elle finit par accepter le défi, elle connaissait Salazar et cet homme ne lui déplaisait pas. Mais, surtout, elle comprit qu'il s'agissait d'une mission de la plus haute importance, d'un nouveau défi dans ce qu'elle avait fini par concevoir comme sa véritable profession.

MERCREDI 27 NOVEMBRE, 12 HEURES
Luis

Tony Soprano montait l'escalier, aussi désabusé qu'un prêtre gravissant la pyramide de Teotihuacán pour le vingtième sacrifice de la journée. Quand il arriva sur la terrasse du restaurant qui donnait sur la rue, sa masse soufflait bruyamment ; Efraín Restrepo évita de le regarder ou de faire la moindre mimique qui révèle ce qu'il pensait de lui. L'homme pouvait être une baleine, mais il ne l'imaginait pas diminué ou suffocant, échoué sur une plage quelconque ; Dieu seul savait combien de personnes avaient quitté la vie avec l'image de son visage joufflu dans les pupilles. Il préférait l'appeler "Tony Soprano", même dans son for intérieur, et s'assurer ainsi qu'il ne dirait jamais le Gros, un surnom qui l'agaçait.

À part ça, il lui rappelait le gangster du feuilleton télévisé : la même corpulence trompeuse et la même facilité pour passer du repos absolu à la violence la plus sauvage. Les différences soulignaient la dangerosité de cette version de Soprano. Il ne transpirait jamais, ses yeux ne traduisaient qu'un ennui profond et en aucun cas on ne pouvait l'imaginer en proie à ces paniques qui vous conduisent sur le divan d'un psychiatre.

Ils s'installèrent sur la terrasse et commandèrent un café. Le malaise de Restrepo augmenta à mesure que les monosyllabes de Soprano face à ses tentatives de conversation devenaient plus rares. Il savait qu'ils formaient un duo étrange, ce qui mettait ses nerfs à rude épreuve : Restrepo pouvait passer pour un intellectuel, ce qu'il était dans une certaine mesure, avec ses cheveux longs soigneusement coiffés, ses lunettes transparentes, son jean de marque et sa veste en peau de chameau ;

la “masse” qui l’accompagnait était vêtue de noir de la tête aux pieds, mais il crut remarquer que ses chaussettes foncées n’étaient pas assorties.

Il préféra reporter son attention sur le carrefour par où arriverait le garçon, désireux d’en finir le plus vite possible. Luis les fit attendre encore un quart d’heure.

Quand il apparut, il était seul. Ils connaissaient ses habitudes, car dans ce café où internet était gratuit il envoyait des fichiers presque tous les midis. Les enregistrements indiquaient qu’il y restait entre vingt et trente minutes ; ils avaient compris qu’il s’y rendait pour envoyer des fichiers préparés à l’avance. En réalité, il utilisait plusieurs établissements équipés de wifi, mais ce café leur avait paru être le meilleur endroit pour leur projet.

— C’est lui. Je vais à la voiture, on l’attend au retour. S’il suit ses habitudes, à l’angle il tournera à gauche pour aller à la cafétéria de la librairie Gandhi, qui est à deux rues. On l’intercepte sur le trajet.

— Je me charge de lui, dit le Gros.

Restrepo descendit, fit un signe au chauffeur de la voiture et marcha jusqu’à l’angle pour choisir le meilleur endroit pour enlever le garçon. Il n’y avait pas de place pour garer le véhicule, mais ils pouvaient rester en double file, moteur au ralenti.

Douze minutes plus tard, s’approchait la silhouette athlétique de Luis ; deux mètres derrière, le Gros projetait l’image d’une énorme marie-louise qui aurait encadré un portrait en pied du jeune homme. À la hauteur de la voiture, le truand bondit avec une économie de mouvements exemplaire : il ceintura sa victime par-derrière en lui immobilisant les bras, le propulsa vers la portière ouverte de l’automobile, lui fléchit la nuque avec son front pour l’obliger à se pencher et d’une brusque poussée de hanches le projeta sur la banquette arrière. Restrepo fut impressionné, l’opération n’avait pas duré plus de cinq secondes et personne n’avait rien vu, pourtant elle s’était passée en plein jour.

Ils roulèrent pendant quarante minutes et arrivèrent dans un hôtel de la banlieue de Guadalajara ; pendant le trajet, le Gros appuya le pied sur la tête cagoulée du jeune homme plaquée contre la banquette. Ils avaient loué un bungalow isolé, avec parking privé, le matin même. Ils s'assurèrent qu'il n'y avait pas de témoins et poussèrent Luis dans la vaste pièce.

Ils ne lui ôtèrent jamais la capuche noire, mais ils la recouvrirent d'un plastique pour l'étouffer de façon intermittente pendant presque vingt minutes. Ils ne posèrent aucune question, ne prononcèrent pas un mot. Enfin, Restrepo dit sur un ton catégorique : "Tu vas mourir ici, mec. On en a marre de tes intrusions, monsieur je-sais-tout", et d'autres phrases de ce genre.

Luis se lassa de leur demander ce qu'ils voulaient. Il perdit toute notion de temps ; cependant, il avait l'impression que les périodes d'asphyxie étaient de plus en plus longues, ou peut-être que ses poumons étaient tout simplement à bout. La sensation qu'on allait le tuer devint une certitude.

Finalement, Restrepo changea de ton.

— Deux cas se présentent, Luis : ou bien on reste ici pour assister à tes vaines tentatives de dépasser le record Guinness de rétention d'air, ou bien tu acceptes notre proposition. À toi de choisir.

— Que voulez-vous ? cria Luis.

— On a eu tout le temps de te monitorer et on apprécie ton talent. Ce serait dommage de finir dans un fossé de Zapopan.

— Que voulez-vous que je fasse ? répéta-t-il, un peu rassuré.

— On veut que tu travailles pour nous. Rien de spécial, tu continues ta vie normale, sauf que tu devras nous envoyer des dossiers miroirs de tout ce que tu trouveras. À l'occasion, tu recevras des instructions pour un boulot particulier.

— Mais qui êtes-vous ?

— Personne, simplement ceux qui te colleront une balle dans la nuque si tu joues les petits malins.

— Et où devrai-je vous envoyer les fichiers ?

— Sur la carte que je vais glisser dans ta poche revolver, il y a deux adresses électroniques. En cas de tentative de les identifier, de chercher qui nous sommes, de nous refiler de fausses informations, il n'y aura ni avertissement ni recours, exécution immédiate.

— Très bien. Je le ferai, relâchez-moi, maintenant, dit Luis d'une voix éteinte.

— Ça va venir, ne t'inquiète pas. Mais d'abord, ta première instruction : continue de chercher tout ce qui concerne Pamela Dosantos ; nous te demanderons aussi de faire quelques recherches pour nous. Mais tu n'enverras à Vidal Crespo que ce que nous t'indiquerons.

Luis releva la tête, surpris d'entendre le nom de son ami.

— Ne sois pas étonné : nous avons suivi tes balades dans le passé de Pamela. Au fait, très ingénieux, tes arbres généalogiques. Nous sommes au courant des copies que tu as récupérées de la vidéosurveillance de la circulation dans la capitale ; tu peux les garder, mais tu ne les donnes à personne.

— Comment se fait-il que vous sachiez tant de choses sur moi ?

— C'est un hacker de ton talent qui le demande ? Tu crois être le premier petit génie qu'on a recruté ? Jusqu'à présent, personne n'a repoussé notre offre, sauf une fois où nous avons coupé les ponts de façon expéditive avec un jeune un peu trop curieux. Les autres travaillent pour nous, entre autres pour détecter des cas dans ton genre. Tu serais surpris de voir la *dream team* que nous avons réunie.

— Et c'est payé, ce boulot ?

Restrepo admira l'aplomb du jeune homme. On ne leur avait jamais posé cette question, en général les interrogés avec une capuche sur la tête ne veulent qu'une chose, être libérés.

— Il se pourrait qu'on t'envoie parfois une enveloppe, quand tu auras fait un truc vraiment important. À part ça, contente-toi de respirer tous les jours.

Ils le déposèrent une heure plus tard dans une rue solitaire de la banlieue de Tlaquepaque, la capuche sur la tête, avec son portable et son sac intacts. Luis attendit environ cinq minutes pour s'assurer que la voiture ne reviendrait pas ; il dégagea la tête et s'aperçut qu'une femme le regardait, à la fenêtre de sa cuisine. Il voulut lui poser des questions sur la voiture qui l'avait déposé, mais un réflexe de prudence l'en empêcha. Peut-être avait-elle mission de vérifier sa discrétion ? Peut-être travaillait-elle pour eux.

Luis s'éloigna en se demandant dans quel guêpier Vidal s'était fourré. Il avait accepté sa demande par curiosité, sans creuser les raisons que pouvait avoir son ami de s'intéresser à la mort de Pamela Dosantos. Maintenant, il était condamné à obéir à des sbires qui l'avaient enlevé.

Il se rappela la mort de Spaghetti, un excellent hacker de Mérida, criblé de balles lors d'une agression, et il se demanda si ce n'était pas l'exécution à laquelle son interrogateur avait fait allusion.

Deux carrefours plus loin, il se rappela la carte. Il fouilla dans ses poches, la trouva avec ses deux adresses électroniques et éclata de rire. L'une était de Hotmail et l'autre de Yahoo! Très faciles à repérer. Mais il ravala son rire : faciles à localiser, mais il était encore plus facile de voir si on essayait de les pirater.

Trente mètres plus loin, il pensa au *chip*. Il s'accroupit, déchaussa son tennis gauche et regarda sous la semelle interne le minuscule GPS qu'il avait mis trois jours auparavant pour documenter des parcours et évaluer ses dépenses et ingestions de calories ; cela faisait partie de sa préparation du marathon de Puerto Vallarta. Un sourire éclaira son visage. Un plan germait dans l'esprit du jeune homme.

À quatre kilomètres de là, Restrepo aussi esquissa un sourire. Il était soulagé de s'éloigner de Tony Soprano. Il quitterait le chauffeur de la voiture, un collaborateur local, et chacun irait prendre de son côté un taxi pour l'aéroport et rentrerait à México par des vols différents.

Son chef serait content, se dit Restrepo : Luis était une brillante recrue dans l'équipe impressionnante qu'ils avaient constituée. Il n'existait pas dans le pays une unité plus puissante pour élucider les mystères cybernétiques. Naturellement, dit-il en riant intérieurement, personne d'autre n'avait une méthode de recrutement aussi efficace.

Cependant, une légère ride se forma sur son front. Restrepo alluma une cigarette, aspira une bouffée et rajusta ses lunettes ; il sentait monter une inquiétude derrière ses sourcils. Ses interrogatoires étaient du grand art, et il se considérait comme un expert en manipulation après ses longs passages par les meilleures écoles de renseignements des États-Unis, de Pologne et d'Israël : pendant la séance, il avait senti la force de la volonté de Luis. C'était un jeune homme habitué à réussir, il n'accepterait pas facilement d'être réduit ou contrôlé, au moins pas avant un certain temps. S'il parvenait à le dominer, il deviendrait le meilleur de toute son escadre ; dans le cas contraire, il pourrait devenir la pire menace qu'ait jamais connue la sécurité intérieure de son réseau inexpugnable. Il faudrait l'avoir à l'œil.

JEUDI 28 NOVEMBRE, 11 HEURES
Tomás

Il cherchait cette maudite adresse depuis une heure. Le taxi se perdit près du canal de Xochimilco, dans l'enchevêtrement nerveux de petites rues tumultueuses pleines de vendeurs ambulants et de microbus bruyants qui caractérisaient la périphérie, au sud-est de México, une zone si éloignée de l'univers dans lequel il se déplaçait qu'il pouvait aussi bien s'agir d'un quartier populaire de Calcutta. Il se trouvait dans l'autre México ; un code postal où la densité de population au mètre carré était incalculable et où les gens étaient beaucoup plus bruns et petits que ceux du monde d'où il provenait. Des années plus tôt, Tomás aimait ces incursions dans les marchés populaires et ses visites aux quartiers à risques de la capitale, mais de même qu'il avait laissé tomber le tourisme sac au dos, il avait renoncé à ces aventures excitantes, devenues désagréables et pénibles depuis qu'il s'était bien installé dans son âge mûr et son milieu social.

Mais il serait allé à Calcutta s'il l'avait fallu. Contre toute prévision, Plutarco Gómez, le doyen des journalistes des faits divers du pays, avait répondu à son appel et lui avait donné rendez-vous dans sa discrète demeure. Le vieux chroniqueur était une légende dans les salles de rédaction : sa réputation avait grandi dans les années 1970, avant que les reporters aient accès aux scanners radio qui permettent d'arriver sur la scène d'un crime en même temps que la police. Don Plutarco avait imaginé un système plus primitif, mais non moins efficace : il vivait pour ainsi dire avec les brancardiers de la Croix-Rouge centrale. Il partait avec la première ambulance annonçant une scène de crime possible ou un accident mortel, et il arrivait avant que les inspecteurs aient pu couvrir les corps ; ses archives photographiques personnelles rivalisaient avec celles de la police. Il était respecté dans les milieux journalistiques et policiers, et il s'y entendait autant en médecine légale et en techniques criminelles qu'en presse et en corrections d'épreuves.

Le chauffeur trouva enfin le numéro 146 de la rue Amapola. C'est la fille, María Cristina, qui ouvrit, elle faisait elle-même partie de la légende, car depuis qu'elle avait treize ans elle accompagnait son père le week-end et l'aidait à prendre des photographies des corps démembrés et des voitures accidentées.

— Mon père vous attend. Je vous montre son bureau.

María Cristina était une femme au visage aimable et juvénile de cinquante-deux ans. Tomás se demanda par quelle combinaison du destin une fillette obligée de prendre des photos de cadavres et d'enjamber des flaques de sang avait pu devenir une personne apparemment saine et normale.

L'attention de Tomás fut attirée par la première image de Pamela : sur le mur du couloir qui conduisait au bureau du reporter vétéran était accroché un calendrier avec la photo en pied de l'actrice, cela rappelait davantage l'atelier d'un garagiste qu'un foyer mexicain, d'autant que le calendrier datait de 1998.

En entrant dans l'immense bureau, Tomás comprit que don Plutarco était obsédé par Pamela Dosantos ; il y avait au moins trois autres portraits de la comédienne dans les rares creux laissés libres par les énormes étagères remplies de cartons qui encombraient le lieu.

— Don Plutarco, c'est un honneur d'être chez vous, merci de me recevoir.

— J'ai beaucoup hésité avant de vous appeler, car le sujet est brûlant, jeune homme, mais ce qu'on a infligé à Pamela est impardonnable.

— Vous avez raison, c'est impardonnable, et on ne peut pas en rester là. Il semble que la police s'efforce d'enliser l'enquête par tous les moyens.

— Je m'en doute. Depuis des jours je parle aux collègues des journaux qui ont couvert l'affaire, et ils me disent que de nombreux détails n'arrivent pas dans le dossier.

— Quel genre de détails, don Plutarco ?

— Et pourquoi voulez-vous le savoir, jeune homme ? J'ai lu votre article qui a mis le feu aux poudres ; cela n'a fait que compliquer l'enquête policière. Quand la politique entre par la porte, la justice sort par la fenêtre.

— C'est justement pour cette raison que je veux aller au fond de l'affaire ; l'essentiel ici est de savoir qui l'a tuée, sur ordre de qui et pourquoi, vous ne croyez pas ? C'est le seul moyen de rendre justice à Pamela Dosantos.

Tomás était heureux que María Cristina les ait laissés seuls ; il se doutait de la manipulation à laquelle elle soumettait les sentiments du vieux reporter, qui idolâtrait l'actrice pour une raison mystérieuse. Plutarco Gómez était resté célibataire depuis son veuvage, depuis trente-cinq ans, et l'image de cette femme du Sinaloa l'avait accompagné ces deux dernières décennies.

— Pamela est morte à cause de ce qu'elle savait, dit tristement le vieil homme. Et elle en savait long.

Le vieux sortit un carnet du tiroir de son bureau et se mit à lire les noms d'une longue liste de politiciens, certains plus connus que d'autres, deux ou trois dont Tomás n'avait aucune trace dans sa mémoire.

— C'est la liste de ses amants. On croit que je ne suis intéressé que par les crimes de sang, mais je mène des enquêtes depuis des années sur tout ce qui concerne Pamela. Certaines de ses fréquentations sont de notoriété publique ; d'autres sont connues de moi seul et des intéressés eux-mêmes, dit-il, très fier.

— Me permettez-vous de prendre quelques notes, don Plutarco ? Ça me sera très utile.

— Je ne sais pas, ces six tiroirs contiennent des informations confidentielles sur Pamela. À vrai dire, je voulais écrire un livre hommage, raconter sa vie, je n'ai jamais envisagé qu'elle finirait ainsi. Maintenant, je n'en ai plus envie, je n'ai que colère et chagrin.

Tomás posa la main sur l'épaule abattue de son collègue. Le livre sur Pamela était sans doute un rêve impossible du chroniqueur policier, connu pour sa prose illisible : dans toutes les salles de rédaction où il avait sévi, ses articles devaient être réécrits et on le tolérait parce que les informations qu'il apportait étaient toujours exactes et essentielles. Il était paradoxal que l'homme qui avait passé soixante ans à traquer des cadavres répugne à écrire sur Pamela maintenant que l'artiste en était devenu un. L'expression de Plutarco était celle d'un homme qui aurait perdu la dernière raison de sortir de son lit tous les jours.

— Laissez-moi explorer cette documentation, don Plutarco. Je vous promets de rendre justice à Pamela, devant les tribunaux ou l'opinion publique. Je ne vous décevrai pas.

— D'abord, dites-moi une chose : que pensez-vous de Pamela Dosantos ?

Tomás savait que de sa réponse dépendait l'accès à la somme accumulée par ce doyen du journalisme. Malgré tout, il décida de dire ce qu'il pensait.

— Je crois que Pamela était une femme courageuse, elle avait du tempérament, mais elle était trop orgueilleuse pour se rendre compte qu'elle était fourrée dans des histoires qu'elle ne pouvait pas maîtriser. Elle se fiait trop à sa beauté ; hélas, pour les puissants, une fois qu'ils l'avaient achetée, elle était leur propriété. Je pense qu'elle n'a jamais compris cela. J'aurais aimé faire sa connaissance, elle devait être fascinante.

— Je l'ai connue, dit le vieillard, le visage illuminé. Laissez-moi vous dire comment ; ce fut une sacrée facétie. Je savais que Carmelita Muñoz, à part le fait d'avoir été sa couturière toute sa vie, était aussi sa confidente ; même si Pamela achetait des vêtements de marque, c'était Carmelita qui les ajustait à son goût et à ses mesures. Elles se voyaient plusieurs fois par mois, et quand Pamela tournait un film ou un feuilleton, la couturière devenait sa compagne inséparable, ajustant et modifiant la garde-robe qu'on lui avait attribuée.

— Et comment avez-vous approché Carmelita ?

— J'ai accroché sa voiture, répondit Plutarco avec une étincelle dans le regard. J'ai attendu qu'elle se gare et quand elle est entrée dans son immeuble, j'ai défoncé son pare-chocs et cassé un phare. J'ai attendu deux heures qu'elle ressorte de chez elle et je me suis présenté : je lui ai expliqué que je l'avais emboutie accidentellement, je lui ai donné un chèque généreux au titre d'un premier remboursement et l'ai assuré que j'étais un gentleman. Je portais cravate et costume. Le lendemain, je suis revenu avec un mécano et je lui ai prêté ma voiture malgré ses protestations jusqu'à ce qu'elle récupère la sienne. Le reste, c'était du tout cuit.

— Et Carmela vous a présenté à Pamela ?

— Oui, mais cela a pris six mois, l'avantage c'est que la couturière était passionnée par les histoires de crimes célèbres que je connais par cœur ; j'ai fait des reportages sur beaucoup d'entre eux. Ainsi, une ou deux fois par semaine, je passais dans la matinée chez elle prendre un café et je lui déballais une anecdote policière quelconque. Je ne lui ai jamais avoué mon intérêt pour Pamela ; mais peu à peu elle m'a fourni beaucoup d'informations la concernant, sur les problèmes qu'elle avait avec un amant, sur ses succès et ses échecs.

Tomás éclata de rire et tapota l'épaule de son interlocuteur.

— Je savais que vous étiez un bon reporter, mais cela relève du Pulitzer.

— Parfois, Pamela allait chez Carmelita, parce que cette dernière ne pouvait pas laisser l'enfant tout seul, poursuivit le vieillard, elle est mère célibataire et son fils est trisomique ; ce qui m'a donné l'occasion de croiser quelquefois Pamela. Au début, ma présence la contrariait, mais avec le temps elle a fini par être enchantée de mes récits. Elle en savait beaucoup plus long que Carmelita sur ces sujets, et elle était curieuse. Je suppose qu'en tant qu'originaire du Sinaloa et vu ses propres histoires familiales, mes récits devaient la fasciner.

— Et quelle était votre opinion sur elle, don Plutarco ?

La question le prit de court. Il parcourut du regard les six tiroirs, comme s'il soupesait la vie de l'actrice, et finit par sourire.

— C'était un rayon de lumière. Gaie et ouverte, elle n'avait pas peur de dire ce qu'elle pensait. Sans maquillage, elle était encore plus belle. Les matinées que j'ai passées avec elle à la table de couture de Carmelita ont été parmi les moments les plus heureux de mon existence.

Tomás fut ému par les yeux humides et le long silence du reporter. Il tapota de nouveau l'épaule du vieillard, lequel eut un mouvement de recul. Son regard s'était éteint.

— Maintenant, je dois aller voir le propriétaire du journal, don Plutarco. Mais demain jeudi, si vous n'y voyez pas d'inconvénient, je reviendrai avec un homme de confiance et nous nous mettrons à travailler sur vos archives. Qu'en pensez-vous ? Je vous assure qu'il en sortira de bonnes choses.

— Très bien, je vous attendrai.

Tomás sentit qu'il avait brisé un moment particulier, mais il était pressé.

Il fredonna pendant tout le chemin de retour en spéculant sur les trésors que pouvaient contenir les archives de don Plutarco, et il savourait par avance le rendez-vous du soir avec Amelia. Sa chanson était toujours celle de Carole King.

JEUDI 28 NOVEMBRE, 11 HEURES
Luis

Il cognait sur le sac de frappe de toutes ses forces, une heure de gymnase n'avait pas calmé son malaise profond, à la suite de l'enlèvement et de l'extorsion dont il avait été la victime. Une fragilité inhabituelle avait pris possession de lui ces dernières heures : l'impression que de parfaits inconnus pouvaient prendre le contrôle de sa vie. Toute la nuit il avait eu des sensations d'asphyxie, comme si ses poumons avaient oublié l'acte machinal de se remplir d'air. Depuis la veille, le jeune homme avait une respiration entrecoupée, revivant sans le vouloir la torture et les coups reçus.

Luis ne parla à personne de l'agression dont il avait été l'objet, il ne parla même pas à Vidal des truands cybernétiques qui les épiaient. Ce n'était pas l'envie qui lui manquait : il savait que tous deux seraient en danger de mort si ses bourreaux interceptaient une alerte de sa part. Il devait aller à México et lui parler en personne, mais il devait d'abord chasser sa peur et ses crises de panique, et il était convaincu que la seule façon d'y parvenir était de concevoir une contre-attaque.

Il s'y attela le jour même, jeudi matin. Il sortit le *chip* de sa cachette, au milieu des innombrables plans du bureau de son père, le célèbre architecte milliardaire Germán Corcuera, et il alla au campus de l'ITESO pour utiliser quelques-uns des réseaux institutionnels de l'université des Jésuites. Il le brancha sur un ordinateur qu'il avait acheté au marché noir quelques semaines auparavant et examina ses déplacements du samedi précédent. Il put localiser l'endroit où il avait été torturé : Google Maps lui montra l'enseigne du motel La Colina, un établissement avec des bungalows aux abords de Guadalajara, sur la route de l'aéroport.

Il s'y rendit à 4 heures de l'après-midi. Il se gara à cinquante mètres et parcourut à pied tout le périmètre extérieur de la clôture qui séparait la propriété des friches qui l'entouraient. Luis pensa que c'était une chance que la réception se trouve à l'autre bout, près de la clôture limitrophe : il s'appuya contre celle-ci, côté extérieur, ouvrit son portable et pirata le réseau précaire à bas débit de l'établissement. Il parcourut les courriers envoyés et reçus, explora les mots *croquis*, *plans*, *mesures de sécurité*, et trouva ce qu'il cherchait dans un courrier envoyé par l'hôtel aux autorités municipales avec un dessin en PDF de la distribution des chambres. Il comprit que l'indication de son GPS ne pouvait correspondre qu'au bungalow 42, le plus grand et le plus éloigné du bâtiment principal.

Il ne fut pas étonné de voir que le registre d'occupation des chambres n'avait noté aucun hôte la veille dans ce bungalow. Il ne s'attendait pas à ce que ses ravisseurs aient laissé leur nom et leur prénom à la réception ; pire encore, pensa-t-il, le patron ou l'administrateur du lieu était sûrement lié à ses bourreaux.

Déçu, il retourna à sa voiture et réfléchit. Il rouvrit le plan de l'hôtel sur l'écran de son ordinateur et vérifia qu'il n'y avait qu'un seul accès : une guérite avec une barrière qui montait et descendait au passage de chaque véhicule. Luis approcha le sien à vingt mètres de la guérite et observa les mouvements. Un quart d'heure passa avant l'arrivée d'une voiture, apparemment un hôte qui venait d'arriver, car un homme sortit de la guérite pour interroger le conducteur. Ils échangèrent quelques mots et le gardien leva la barrière, laissa passer la voiture, la rabaissa et rentra dans la guérite pour noter quelque chose sur un carnet noir relié, posé contre la fenêtre.

De nouveau, Luis consulta le registre des employés dans les archives de l'hôtel. Arturo Medrano, soixante-huit ans, occupait la guérite douze heures dans la journée du lundi au dimanche sauf le mercredi, son jour de liberté ; c'était sûrement l'homme qu'il venait de voir. José Medrano, trente-neuf ans, assurait les heures restantes. Jorge Quijano, dix-neuf ans, employé à mi-temps le week-end, faisait seize heures le mercredi et quatre heures le samedi soir.

Il chercha en vain une version digitale du cahier noir d'accès des véhicules. Apparemment, personne ne transcrivait les informations sur ordinateur ; il fallait qu'il trouve le moyen de consulter ce carnet. Il espérait seulement que Jorge Quijano, qui d'après l'emploi du temps avait été de garde la veille, était un employé aussi zélé que semblait l'être le vieux qui occupait le poste en ce moment même.

Dans l'après-midi, il retourna au campus de l'ITESO. Il chercha Quijano dans différentes bases de données et n'eut pas à se donner beaucoup de mal : le jeune employé était un assidu de Facebook. Il était en première année d'école d'ingénieurs à l'université Lamar et était très porté sur le *heavy metal*, mais sa véritable passion c'était l'Atlas, la deuxième équipe de foot de la ville, derrière le populaire Chivas, un club de Guadalajara.

Plus de la moitié des notes que Quijano chargeait sur Facebook, une dizaine par jour, étaient en rapport avec l'Atlas. Pendant vingt minutes, Luis lut l'historique de la page Facebook de Quijano. Il apprit qu'il était un membre actif de la *peña* Las Márgaras, un des clubs les plus anciens des supporters de l'Atlas. Il apprit aussi que ce même jour, comme tous les jeudis, l'orchestre se réunirait à l'endroit habituel : un bar paumé dans le quartier populaire d'Analco, près du centre historique de la ville.

Il avait enfin un peu de chance. Certes, il n'était pas un passionné de foot, bien que sa famille appartienne à l'Atlas Colomos, les installations sportives les plus prestigieuses et les plus coûteuses de Guadalajara. Son père avait été membre de l'association à plusieurs reprises, et Luis avait lui-même grandi autour des piscines et du gymnase de cet endroit. Il lui restait quatre heures pour trouver les arguments qui lui permettraient d'ouvrir le cahier noir.

Il arriva à 9 heures du soir au bar La Milagrosa, un joli nom pour le siège du fan-club de l'Atlas, une équipe pour laquelle la victoire était devenue une anomalie. Il avait pris une demi-heure pour convaincre le gérant de l'Atlas Colomos de lui offrir un t-shirt officiel avec les signatures des joueurs, et une demi-douzaine de billets pour le match du samedi suivant. Luis l'avait rencontré presque un an auparavant, pour l'aider à améliorer le réseau wifi des installations du club, et il avait fini par le conseiller de façon informelle sur les applications et les filtres, pour éviter les risques de piratage. Aujourd'hui, enfin, ses conseils lui rapportaient quelque chose.

Presque tous les clients du bar avaient revêtu l'uniforme rouge et noir de l'Atlas et l'ambiance rappelait celle d'une réunion d'anarchistes se donnant du courage avant de monter des barricades. Le club avait été fondé une centaine d'années auparavant par un syndicat d'ouvriers dirigés par des immigrants espagnols qui avaient décidé que le drapeau de la grève serait le meilleur insigne sportif. Luis se rappela avoir entendu cette anecdote fièrement racontée par un chef d'entreprise dans l'élégante salle à manger de l'Atlas Colomos, un marchand de chaussures connu pour sa grosse fortune établie sur l'exploitation de petits ateliers de cordonniers.

Le jeune homme se rendit compte que le t-shirt qu'il portait et son âge le mettaient en pleine empathie avec le groupe, mais pas son apparence : il avait une tête de plus qu'eux et le ton laiteux de sa peau contrastait avec la couleur cuivrée des clients. Il commanda un demi au comptoir et repéra Jorge Quijano avec six autres amis à l'autre bout de la salle ; ce garçon avait les oreilles plus grandes et les yeux plus petits que sur sa version digitale. Luis se rappela l'ingénieux tweet qu'il avait lu quelques semaines plus tôt : *Personne n'est plus beau que sur sa photo de Facebook ni plus moche que sur sa carte d'électeur*.

Il s'approcha du groupe de Quijano avec sa bière et fit mine de trinquer avec eux. Un seul d'entre eux lui répondit ; les autres le regardèrent avec méfiance, mais un jeune reconnut le nom d'Amarildo, la nouvelle recrue brésilienne de l'Atlas, son dernier espoir pour éviter de descendre d'une division, imprimé à hauteur de sa poitrine, au milieu du t-shirt.

— Hé, mon pote, tu l'as eue où, la signature d'Amarildo ? Il vient d'arriver.

Luis regarda les t-shirts du groupe et s'aperçut que seuls trois d'entre eux avaient des signatures, sûrement le résultat de longues attentes aux entraînements. Avec quatorze signatures, le sien était un record dans l'histoire de la *peña* du bar La Milagrosa.

— Bah, un coup de pot, mon père est copain avec un des intendants de l'équipe et il m'a introduit dans les vestiaires la semaine dernière. On a bien accroché et presque tous ont signé.

Le groupe se mit à déchiffrer le t-shirt de Luis, étonné de retrouver tous les noms qu'ils connaissaient. Certaines signatures étaient saluées par des sifflements et des exclamations : deux ou trois d'entre elles étaient de véritables trésors pour les collectionneurs avides, sûrement celles des joueurs les plus vaniteux ou nerveux, ceux qui ne daignaient jamais rendre leur salut aux fans.

Les heures suivantes, il s'intégra complètement au groupe. Appartenir à l'Atlas, c'est pratiquer une religion minoritaire en perpétuel processus d'extinction, ses fans sont peu nombreux, mais fanatiques jusqu'au bout des ongles. "Tous avec l'Atlas, même s'il gagne" était l'un des slogans populaires de ses partisans. Luis se dit qu'il n'avait jamais eu aussi peu de mal à socialiser avec un groupe d'inconnus. Personne ne lui demanda ce qu'il faisait, où il vivait, comment il s'appelait ; ils l'acceptaient comme l'un des leurs, simplement parce qu'il partageait la même passion, le même culte.

Le groupe grossissait ou diminuait à mesure que la soirée avançait et que les boissons se succédaient, mais Luis ne s'écarta jamais de Quijano. La conversation roulait toujours sur le foot : c'était incroyable, le nombre de détails qu'on pouvait relever dans un match, ou les nuances infinies qu'offrait la formation de l'équipe du samedi suivant. Ils ne semblaient pas avoir remarqué qu'il avait à peine parlé, craignant d'exhiber son ignorance, mais il comprit qu'il n'y avait pas lieu de s'inquiéter, chaque fois qu'un nouveau arrivait, on lui parlait du t-shirt de Luis comme s'il était le patrimoine du petit groupe auquel il s'était intégré.

Vers 11 heures du soir, un homme monta sur le comptoir et donna des instructions pour la rencontre suivante ; ils se retrouveraient trois heures avant à La Milagrosa pour récupérer les billets et ils s'installeraient tous ensemble dans une section du stade que le club avait accordée des années auparavant à la *peña* Las Márgaras. Après plusieurs hourras sonores, l'homme descendit et les premiers fans vidèrent les lieux.

Peu avant minuit, le groupe de Quijano s'était réduit à trois, Luis inclus. Quand l'employé de l'hôtel fit mine de demander l'addition, Luis proposa une dernière tournée ; Quijano avait bu deux bières et trois Cuba libre. Le rhum faisait son effet ; il donnait des accolades à Luis et à son autre ami, qu'ils appelaient le Canard, comme s'ils étaient des amis intimes.

— Et vous faites quoi ? demanda Luis sur le ton le plus anodin possible.

— Je travaille à la menuiserie de mon père, on fait des placards. Mais lui, il veut être ingénieur, dit le Canard en pointant le doigt sur Quijano.

— Waouh ! Ingénieur en quoi ?

— Mécanique électronique. Mais je vais peut-être laisser tomber, je n'ai pas assez de fric pour payer tout ce qu'on nous demande chaque trimestre.

— Et on t'aide chez toi, ou bien tu dois travailler ?

— On me soutient chez moi, mais je dois bosser le mercredi et le samedi.

— Et comment tu fais pour aller aux matchs, c'est possible ?

— J'ai négocié quand on m'a engagé. Les jours où l'Atlas joue, on me laisse partir plus tôt. Le seul point positif, c'est que dans la guérite où je suis, j'ai la télé pour voir les autres matchs du week-end.

— La guérite ?

— C'est un motel, La Colina. Je suis dans la guérite de l'entrée.

— Quoi ? Tu plaisantes ! J'ai cet hôtel dans le collimateur.

— Ah ! pourquoi ?

— Je suis presque sûr que ma copine m'a trompé là-bas. Son ex lui tourne autour et elle m'a avoué un jour qu'elle y était allée avec lui, avant de me connaître.

— Et alors, où est le problème ? “Ce qui est passé est passé”, comme dit la chanson de José José.

— Rien à foutre du passé. Hier, elle m'a dit qu'elle ne pouvait pas me voir parce que des cousines étaient de passage. Mais cet après-midi, quand je suis allé la retrouver, elle a reçu un message sur son portable que j'ai pu voir avant qu'elle ressorte de la salle de bains, du genre : "Toi, moi et La Colina, un pur bonheur."

— Écoute, j'ai passé presque tout mon mercredi dans la guérite parce que j'avais pris mon samedi pour voir le match. Elle est comment, ta gonzesse ? Et le mec, il a quelle voiture ?

— Je ne sais pas, il a une famille pleine de fric et ils en ont plusieurs. Je les connais vaguement.

— Et elle, comment est-elle ?

— Une jolie brune, mais je parie qu'elle s'est cachée ou couverte dans la voiture avant d'entrer dans l'hôtel.

— Oh merde, sale histoire ! Ah, ces gonzesses !

— Tu parles ! Et le problème, c'est que je l'aime comme un fou !

— Garde le moral, mon pote. Mais tu devrais d'abord vérifier, si ça se trouve, tu te fais du cinéma !

Luis hocha la tête et vida son verre, baissa les yeux d'un air chagrin, marqua une pause et lâcha la question qu'il ruminait depuis des heures :

— Écoute, il y a une seule façon d'être sûr et tu peux m'aider, annonça-t-il avec un sourire soudain, produit de ce qui ressemblait à une illumination subite. Si tu pouvais voir la vidéo d'hier et me dire quelles voitures sont entrées, je compare avec celles qu'elle a chez elle.

Luis savait qu'il n'y avait pas de caméras dans l'hôtel, mais il ne pouvait pas lui avouer qu'il savait qu'on enregistrait les entrées sur le carnet noir.

— Je le ferais avec plaisir, mon vieux, vraiment, mais dans ce foutu hôtel, ils n'ont pas de quoi changer l'ampoule de la guérite, alors les caméras vidéo, ils en sont loin.

— Ce n'est pas possible. Un tel hasard de t'avoir rencontré, et tout ça pour rien !

— Allons, tu ne vas pas déprimer ! Ça te servirait, une liste des voitures qui sont entrées ? J'ai les numéros minéralogiques.

— Quoi ? Mais tu me sauverais la vie. Si elle est innocente, tu me rendras le plus heureux des hommes, parce que je rêve de me marier avec elle ; sinon, je l'envoie au diable une fois pour toutes. C'est un coup de six à zéro.

Luis avait entendu l'expression au club : pour tout partisan de l'Atlas, un match six-zéro est celui que son équipe gagne et que perd l'odieux rival, les Chivas.

— Pour un rouge et noir, je ferais n'importe quoi, dit Quijano. Le patron de l'hôtel est très exigeant et nous oblige à tenir la liste pour ne pas être roulé par le type de la réception : parfois, ce salaud ne note pas les clients pour récupérer le fric. Tu as du pot, mon vieux.

— Écoute, tu m'aides sur ce coup et je t'offre mon t-shirt. C'est le moins que je puisse faire.

Quijano faillit protester, mais il reporta les yeux sur les signatures imprimées et se retint à temps. Il serra son ami dans ses bras.

— D'accord, demain je vais à l'hôtel ; le vieux qui y bosse est toujours content qu'on prenne sa place, ne serait-ce qu'un moment. Tu auras ta liste avant demain soir.

Cette fois, c'est Luis qui serra Quijano dans ses bras. Il était vraiment ému.

Quinze heures plus tard, ils se retrouvèrent, cette fois dans une cafétéria du centre-ville ; Quijano semblait plus petit à la lumière du jour, et peut-être rongé par le remords, parce que son regard fuyait et il semblait vouloir abréger la rencontre. Il avait sûrement mis du temps à transcrire le registre, qui avait une bonne cinquantaine d'entrées. Luis lui sut gré de ses efforts, lui donna le t-shirt et l'assura qu'ils se retrouveraient sur les gradins du stade Jalisco le samedi suivant. Il ne le revit jamais.

Identifier le véhicule fut très simple, une seule voiture était entrée à 12 h 38, quand son GPS enregistrait son arrivée à l'hôtel : une Chrysler bleu foncé avec une plaque de Jalisco. Il imagina la voiture et un frisson lui parcourut le corps en se rappelant le pied de l'homme appuyé sur son cou.

Profitant qu'il fût dans le centre, il alla au café La Fuente, à une cinquantaine de mètres des installations du journal *El Informador*, et utilisa le réseau pour identifier le numéro de la voiture. Le soir tombait et l'endroit était plein de reporters du journal ; si quelqu'un remarquait son investigation dans les archives publiques, il pouvait l'attribuer à un travail journalistique. Il trouva en quelques minutes ; elle appartenait à la police judiciaire de l'État. En peu de temps aussi il trouva la liste des assignations. La Chrysler était attribuée à un certain Armando Soto : une autre recherche lui donna l'image d'un homme jeune au visage carré et à grosse moustache, un visage qui ressemblait davantage à celui d'un apprenti chef qu'à celui d'un homme de main. Découvrir l'identité du chauffeur n'avait pas été très difficile, mais dénicher celle des deux autres passagers risquait d'être plus compliqué et plus dangereux. Luis se frotta les mains nerveusement et commanda une autre bière.

JEUDI 28 NOVEMBRE, 13 HEURES
Tomás

Il demanda à aller aux toilettes uniquement pour vérifier le bruit qui courait dans la rédaction : les reporters et les rédacteurs chuchotaient, avec un mélange de fierté et de réprobation, que dans les bureaux du patron, les robinets des lavabos étaient en or.

Il n'était venu que trois fois dans la salle d'attente de Rosendo Franco, propriétaire d'*El Mundo*, et chaque fois il avait dû attendre un long moment. Tomás s'assit et examina tranquillement les somptueuses installations. Les vieux fauteuils en cuir et les peintures mexicaines classiques avaient été remplacés par une décoration minimaliste aux couleurs neutres, des produits d'importation, lisses et polis. Trois toiles abstraites étaient accrochées aux murs, dont un Basquiat qui devait coûter l'équivalent d'une rotative. C'était plutôt le décor d'un cadre supérieur d'un bureau prospère de fonds d'investissement de Wall Street que celui d'un organe de presse de presque cent ans d'âge. Tomás pensa au contraste entre cette ambiance aseptique et froide et la décoration chargée des toilettes, à ses robinets, effectivement en or, et il supposa que ce lieu était le domaine inexpugnable de doña Edith, épouse de Rosendo et mère de Claudia.

Partout dans le monde, les journaux diffusaient des bouffées agonisantes, résultats de l'asphyxie économique dérivée de l'effondrement des tirages, même si les nouveaux bureaux proclamaient que la crise avait épargné ce journal. Signe indubitable qu'ils traversaient une mauvaise passe, se dit Tomás. Les jeunes ne consultaient plus le journal pour aller au cinéma ;

la mort d'un abonné, c'était l'extinction d'une ressource non renouvelable. L'irruption de Cristóbal Murillo interrompit ses pensées noires sur l'avenir de sa profession.

— Salut, Tomás, ravi de te voir. Le patron est occupé, il en a pour quelques minutes.

— Ne t'inquiète pas, Cristóbal, je ne suis pas pressé, j'appréciais ta nouvelle décoration.

L'homme balaya du regard les meubles et les tableaux et eut un geste de mépris. La chemise à ses initiales, les énormes boutons de manchette et la pochette rouge sur son costume à rayures révélaient qu'il était un fervent admirateur du style qui s'imposait dans les toilettes.

Comme tout homme de pouvoir qui se respecte, Rosendo Franco avait un secrétaire particulier : Cristóbal Murillo. Tomás en avait connu d'autres. En général c'étaient des personnages singuliers, aussi puissants que serviles, responsables des plus grosses ignominies, mais capables aussi de renverser des obstacles infranchissables pour le commun des mortels. Ils pouvaient tirer du lit un gouverneur, obtenir un passeport le dimanche ou engager le groupe Maná pour une fête privée. Ils étaient responsables de l'agenda officiel et de celui qui opérait dans l'ombre. Franco et cinquante autres comme lui prenaient les décisions qui définissaient l'orientation du pays, mais c'étaient les Cristóbal qui les concrétisaient jour après jour, ou plus exactement nuit après nuit, car ils maniaient le côté obscur du pouvoir ; le champ d'action d'une grande partie de la vie réelle dans les domaines politiques et économiques.

Tomás sentit un changement chez Cristóbal, mais il mit du temps à l'identifier. Son visage s'était allongé, cette fois de façon radicale, et une couleur carotte surmontait sa petite taille. Il travaillait depuis plus de trente ans avec le patron du journal et semblait s'acharner à l'imiter jusqu'à devenir une sorte de *mini me* du patron : il copiait ses vêtements, la coupe de sa moustache, et avait fini par adopter ses gestes. Hélas, il n'avait pas les bons gènes de don Rosendo, et il compensait ce manque par des chirurgies de plus en plus téméraires. Son visage semblait tuméfié, mais en réalité, se dit Tomás, il avait acquis une vague ressemblance avec les Franco, comme le parent éloigné d'une lignée impure. C'est alors qu'il se rappela le surnom avisé dont Amelia l'avait affublé : le Déjà-Vu.

Machinalement, Tomás inspecta sa propre tenue ; Cristóbal l'aurait évaluée à trois fois rien. Le secrétaire particulier avait la manie d'estimer le coût des vêtements de ses interlocuteurs et avec le temps il était devenu expert en la matière. Il envoyait souvent des messages à ses amis, signés "Le Ten Grand", car il prétendait ne jamais dépenser moins de dix mille dollars pour s'habiller. Il donnait des surnoms à ses connaissances en fonction de la valeur de leur garde-robe. Le journaliste admit que Cristóbal l'avait renvoyé au dernier décile de l'échelle de ses valeurs.

Ils échangèrent des banalités pendant dix minutes et Cristóbal se retira, en assurant Tomás qu'il allait être reçu immédiatement. Le secrétaire aimait à jauger les visiteurs importants de son patron pour lui rapporter l'état d'esprit du visiteur et tout détail utile pour l'entretien.

Quelques minutes plus tard, Franco le saluait avec de grandes démonstrations d'amitié. Il était à peine une heure de l'après-midi et l'haleine de son amphitryon sentait déjà le whisky ; Tomás pensa aux personnages de la série *Mad Men* et à l'alcoolisme dans les bureaux d'autrefois ; il n'avait jamais vu le patron ivre, pourtant ils s'étaient souvent retrouvés dans des séances de travail ou des réunions dans le beau monde. Son foie avait une résistance légendaire. Après une légère hésitation, lui-même accepta un verre. Tomás ignorait pourquoi on l'avait convoqué au journal, mais il sentait qu'il serait content d'avoir un verre de whisky dans la main lorsqu'il l'apprendrait.

— Mon cher Tomás, tu as bien semé la zizanie dans le poulailler, dit-il quand ils se furent assis dans un vaste salon. Il y a un moment que je ne t'avais pas lu, mais tes deux dernières chroniques ont fait monter les ventes.

— Tant mieux, don Rosendo, répondit prudemment Tomás.

— Salazar m'a félicité pour l'article d'aujourd'hui ; les informations que tu donnes sur le gouverneur de Veracruz sont impeccables. Même lui, qui est du PRI, il a dû le reconnaître.

— Oui, les infos sont solides, c'est pourquoi je n'ai pas hésité à les publier sans omettre aucun détail. J'avais une bonne source.

— Et la source de l'article de lundi, elle était aussi bonne ? C'était la même ?

Tomás comprit pourquoi on l'avait convoqué. Salazar voulait savoir la provenance de la chronique qui l'attaquait, et il avait appelé le directeur du journal pour avoir l'information. Il fut surpris par le franc-parler de Franco ; en général, cet homme n'était pas aussi obséquieux avec le pouvoir politique.

El Mundo n'était pas un journal d'opposition, loin de là, mais il ne pratiquait pas non plus un conformisme rampant. Dans les années 1990, le patron avait flairé à temps l'appétit d'ouverture que traversait la société mexicaine, et orienté la ligne éditoriale dans ce sens ; les lecteurs exigeaient une presse pluraliste et professionnelle, qui observe une distance plus critique à l'égard du pouvoir. Le patron comprit que la rentabilité dépendrait de plus en plus du tirage réel et par voie de conséquence de sa crédibilité, et de moins en moins des budgets de communication gouvernementaux, comme par le passé. Quand le PAN avait accédé à la présidence en 2000 et mis en déroute le vieux parti, *El Mundo* suivait depuis quelques années une ligne relativement indépendante du pouvoir politique qu'il avait servi pendant des décennies.

Les années suivantes, *El Mundo* devint un journal plutôt pluraliste. Franco aimait à dire que le journal parfait devait être de gauche dans le domaine social, du centre pour les questions politiques et de droite dans le domaine économique. La phrase n'était pas de lui, ce qui ne l'empêchait pas de l'appliquer au pied de la lettre. Dans les tribunes libres, on retrouvait des intellectuels et des analystes de toutes tendances et la ligne informative était "critique mais responsable vis-à-vis des institutions", ce qui avait permis au patron d'être considéré comme un membre de fait de la classe politique, jouissant d'une relative autonomie ; il était aimé, craint et respecté. Tout fonctionnaire pouvait être interpellé, mais il pouvait toujours compter sur une rectification ample et opportune de la part du journal.

— Ce sont deux sujets différents, don Rosendo, chaque chronique a sa propre source. Les renseignements que j'ai publiés sur Dosantos n'ont pas été démentis.

— Mouais, pas confirmés non plus, mon cher Tomás. Rien ne permet de situer l'assassinat au domicile de Salazar. Pauvre

Pamela, ajouta-t-il, le regard soudain perdu quelque part sur le mur.

Tomás remarqua la distraction de son interlocuteur et se demanda si le père de Claudia avait aussi été l'amant de l'artiste. Il ne figurait pas sur la liste de Plutarco Gómez, mais le vieux reporter l'avait sans doute protégé. Les journalistes vétérans vénéraient les grands barons de la presse : pour eux, ils étaient l'échelon le plus élevé d'une chaîne alimentaire que se perdait dans les hauteurs du ciel.

— Tu as une idée de qui l'a tuée, Tomás ?

— J'aimerais bien le savoir. Au début, j'étais convaincu qu'il s'agissait d'un crime passionnel, puis j'ai pensé à une affaire politique. C'est encore très confus.

— Comme c'est bizarre, Salazar est du même avis. Et à l'en croire, ta chronique en fait une affaire politique.

— On fait pression sur vous à cause de mon texte, don Rosendo ?

— Bien sûr que oui, répondit-il avec un ricanement sec. Cet enfoiré de Salazar n'y a même pas mis les formes. Ces gens croient qu'on est revenus au pays d'avant.

— On vous a menacé ?

— Je ne suis pas un pantin non plus, personne ne me menace. Non, Tomás. Salazar est un vieux renard et il met des gants, mais il y avait longtemps qu'on ne m'avait pas parlé sur ce ton : la responsabilité de la presse, le respect de l'autorité et du gouvernement, les intérêts impurs qui s'insinuent dans les pages de mon journal…

— On vous a demandé ma tête ?

Tomás ne savait pas pourquoi Franco avait décidé d'être franc avec lui. Cependant, il décida qu'il n'avait rien à perdre non plus à jouer cartes sur table. Il préférait aborder le fond de l'affaire.

— Du calme, Tomás. Le jour où je me rangerai aux ordres de ces salauds sera le jour où j'aurai vendu le journal.

Le journaliste fut rassuré, tout en sachant que dans les années 1980, *El Mundo* avait opéré plusieurs purges dans la rédaction, à la demande de la présidence.

— Il ne va pas non plus nous défier, continua-t-il. Je lui ai dit que j'allais t'en parler, pour voir de quoi il retournait. Je l'ai assuré que ce journal n'a aucunement l'intention de s'en prendre à lui ni au gouvernement. Les choses vont déjà assez mal dans cette affaire pour ne pas avoir à affronter en plus un interdit de publicité officielle.

C'était bien le genre de Rosendo Franco de passer sans inconvénients par les deux extrémités d'un discours bipolaire. Après avoir incarné le paladin irréductible de la presse libre, il affichait maintenant un pragmatisme cynique et conciliant.

— Je vais te parler franchement, Tomás, mais je vais d'abord te dire pourquoi. Je sais que tu as fricoté avec Claudia lors de ce voyage à New York ; je sais aussi qu'elle aurait aimé prolonger cette relation, mais que tu n'as pas voulu. Au début, je désapprouvais que ma fille fréquente un journaliste ; cependant, avec le temps et en voyant le branleur avec qui elle s'est mariée, je me suis demandé si cela n'aurait pas mieux valu pour tout le monde. À qui vais-je laisser tout ça ? Elle s'y intéresse de moins en moins, sans doute qu'avec un mari journaliste les choses auraient été différentes. Je me suis parfois demandé si tu n'aurais pas été capable de diriger *El Mundo*.

Tomás en eut le souffle coupé. Il s'attendait à une conversation entre patron et employé, pas à une réflexion sur les dynasties et les générations, où il serait dans la peau du protagoniste. Mais il devinait le découragement qui transpirait dans les propos de Rosendo : en dépit de ses deux mètres et de sa présence imposante, le vieux n'avait plus la force de s'opposer au présidentialisme qui lui tombait sur le râble. Il aurait sûrement préféré avoir affaire à la génération suivante ; il avait joui de l'énorme influence qu'avaient atteinte les journaux lors de l'alternance au pouvoir de plusieurs partis, et il n'avait aucune envie de retourner au passé, avec une presse aux ordres de la présidence.

— Avec la même honnêteté, je peux vous affirmer que je n'aurais été bon ni comme mari de Claudia ni comme directeur d'*El Mundo*. Et ne vous y méprenez pas, je considère comme un honneur le fait que vous y ayez pensé.

Franco baissa la tête, songeur. Il remplit largement les verres de whisky et poursuivit comme s'il ne l'avait pas écouté.

— Ce temps est fini, Tomás, je me sens comme le patron de la Wells Fargo à l'apparition du chemin de fer : faire de meilleurs journaux, c'est croire que de meilleures diligences vont nous sauver de la concurrence du train. Je suppose que l'avenir, c'est internet et les téléphones portables, mais je n'ai aucune envie de me réinventer. Dans les autres journaux, c'est ce que font les rejetons ; sacrée Claudia, elle s'en est lavé les mains et son imbécile de mari n'a aucune idée de ce que c'est.

— Le moment est peut-être venu de s'appuyer sur des professionnels, don Rosendo. Je n'ai pas l'impression que la génération à venir, les enfants, s'y prenne mieux dans les autres journaux.

— Et pour tout arranger, le nouveau gouvernement nous harcèle. Il rédige de nouvelles lois pour contrôler la presse et les bulletins d'information ; il va foutre la trouille aux gens avec les problèmes d'insécurité pour imposer des limites aux libertés publiques. Il veut durcir les peines pour diffamation, afin que les médias finissent par s'autocensurer. Je te le dis, il va bientôt chercher un bouc émissaire pour semer la peur et mettre au pas les journalistes.

— Mais on ne peut pas rester les bras croisés : ensemble, les médias représentent une force. Les patrons en ont parlé entre eux ? Ils comptent réagir ?

— Une bande de lèche-culs, voilà ce qu'ils sont. Il y a quelques semaines, on s'est réunis à quelques-uns, et on s'est promis de monter une stratégie pour se défendre. Le lendemain, l'un d'eux est allé vendre la mèche au ministère de l'Intérieur : un peu plus tard, on a convoqué mon collègue de la télévision et on lui a dit que sa concession expirait dans deux ans, on lui a flanqué la trouille et il ne répond même plus à mes appels. Un autre collègue a vu doubler le montant de la publicité officielle, et maintenant c'est un intime du nouveau gouvernement. Moi, on m'avait ignoré jusqu'à hier, jusqu'à l'appel de Salazar à propos de ton article ; je crois qu'on me sonde.

— Qu'envisagez-vous ? Je vous offre volontiers ma démission, si elle peut servir à quelque chose.

— Pas question, je ne vais pas leur offrir ce plaisir. D'ailleurs, on ne me l'a pas demandée. Salazar veut des informations, il ne cherche pas à frapper. En tout cas, pas encore.

Le journaliste respira, soulagé ; il n'avait aucune envie de perdre l'espace qui lui avait permis de renaître.

— Voilà ce que nous allons faire, Tomás : je vais simplement lui dire que tu as reçu l'info d'une source à laquelle tu croyais, et que tu n'as pas l'intention de révéler son identité ; je lui garantirai aussi qu'il n'y a pas de croisade personnelle contre lui, et que le journal ne s'y prêterait pas. Je crois que cela suffira. Tu as prévu quelque chose sur Salazar dans les semaines qui viennent ?

— Rien. Je n'ai rien contre le ministre, sauf qu'il est moche comme tout, dit Tomás, cherchant à prendre un ton plus léger.

Franco éclata de rire.

— Si c'était un délit, les prisons déborderaient, répondit-il en se levant pour mettre fin à l'entretien. Au fait, pure curiosité personnelle, veux-tu bien me prévenir si tu as du nouveau sur l'assassinat de Pamela ? Je t'en serais reconnaissant.

Dix minutes plus tard, en rentrant chez lui, Tomás essayait toujours de déchiffrer sa rencontre avec Franco. L'avait-il embobiné pour l'empêcher de s'en prendre à Salazar ?

Hors de la magnétique présence de ce patron de presse, Tomás avait l'impression que sa tirade sur le couple qu'il aurait pu former avec Claudia et sur son avenir de directeur du journal ressemblait à une tentative de manipulation ; il se demandait même comment il avait pu proposer sa démission à la fin de la conversation. À l'évidence, il devait souligner l'autoritarisme du nouveau gouvernement, élever la facture politique de tout acte répressif, et ne pas se débiner de façon volontaire, gratuite et absurde. Il repensa à Rosendo Franco, ce qui raviva le souvenir de Claudia : au-delà des commentaires de son père, qui lui semblaient maintenant démagogiques, Tomás se demanda si une union avec sa fille aurait été possible. Sa jeune peau et l'écho de son rire vivifiant dominèrent la fin de son trajet.

JEUDI 28 NOVEMBRE, 17 H 30
Jaime

— Si tu crois qu'une campagne sur les réussites de ton gouvernement va te sauver, tu te trompes ; tu as dépassé cette limite. Depuis ce matin, la presse et la radio te massacrent à cause de ta richesse scandaleuse, et ils ne vont pas s'arrêter en si bon chemin, dit Jaime.

— Je me suis comporté comme tous les gouverneurs de ce pays : j'ai assuré l'avenir de mes enfants. Tu sais par où il faut passer pour se protéger des vendettas et d'une mise au placard de la part du gouverneur suivant. La seule défense, c'est de s'enrichir.

— Oui, imbécile, mais toi tu as voulu entrer sur la liste de *Forbes* en moins d'un an. Même pour voler, il faut une certaine tenue.

— Un peu de respect, Jaime. Je suis gouverneur constitutionnel de Veracruz.

— Arrête de déconner, Enrique, tu ne t'adresses pas à la presse ; tu es le pire voleur de l'histoire de l'État depuis Santa Anna. Tu as investi plus de dix millions de dollars d'argent sale dans la maison que tu construis à Las Lomas, et je sais que tu as quatre comptes dans les paradis fiscaux : rien que celui des îles Vierges s'élève à cent trente-huit millions de dollars. Alors ne me parle pas de constitution, gouverneur.

Enrique Hidalgo pâlit. Comment Jaime était-il au courant pour ses comptes ? Seuls, le trésorier de l'État, un ami qui jouait les prête-noms, et le responsable financier à l'international étaient au courant de l'opération. C'était sûrement ce dernier, pensa-t-il, un type de Londres spécialisé dans le blanchiment d'argent qui lui avait été recommandé pour sa discrétion.

— Ce ne serait pas toi qui aurais refilé l'info à Tomás Arizmendi ? Où aurait-il pu la trouver, autrement ? Il paraît que c'est ton ami.

— Ne mélange pas tout, l'info vient directement de Salazar. Tu ne comprends donc pas que Tomás essaie de se faire valoir après le sac de nœuds où Dosantos l'a fourré ? C'est sûrement le prix qu'a fixé l'Intérieur pour qu'on le laisse tranquille : s'en prendre à toi.

Jaime observait avec mépris l'expression angoissée du gouverneur, son front dégoulinant de sueur, comme on regarde une fourmi essayer en vain de soulever le cadavre d'un scarabée. Il se demandait s'il devait écraser une fois pour toutes cette fourmi ou simplement l'aider à transporter le scarabée jusqu'à sa fourmilière. Il choisit la dernière solution.

— Ton problème est politique, pas judiciaire ; tu es le bouc émissaire idéal. Celui qui trouble ton eau, c'est la présidence, ou plus exactement Salazar, au ministère de l'Intérieur. Plus vite tu l'auras compris et mieux tu pourras te défendre.

— Mais pourquoi ? Nous sommes tous des priistes ! Je me suis aligné sur Alonso Prida quand sa candidature s'est imposée, et je l'ai soutenu dans sa campagne, même si ce n'était pas mon poulain.

— Justement, il n'était pas ton poulain. Je t'explique : le PRI allait gagner la présidence en 2012, c'était prévisible après douze années de mauvais gouvernement du PAN, le problème était de savoir qui allait se retrouver sur le trône. Prida a pu revenir sur le devant de la scène grâce au soutien d'une douzaine de gouverneurs qui ont vaincu les candidats de l'élite nationale du PRI, conduits par Beltrones, leader du Sénat. Les régions ont ramené le jeu au centre.

— Tout cela, je le sais. Hélas, je n'étais pas au nombre de ces gouverneurs, parce que Merino, mon prédécesseur, ne voulait pas de Prida. Et puisque Merino m'a nommé gouverneur, je n'allais quand même pas m'allier avec son ennemi !

Jaime regarda son interlocuteur avec agacement ; une fourmi qui ne comprenait même pas qu'on déplaçait le scarabée à sa place pour lui rendre service.

— Ce que tu sembles ignorer, c'est que maintenant Prida est enfermé dans une contradiction et que tu es sa porte de sortie.

Pour pouvoir réinstaller le présidentialisme fort qu'il souhaite, il doit réduire le poids énorme qu'ont acquis les gouverneurs ; autrement dit trahir le club qui l'a amené à la présidence. Il n'a pas d'autre solution s'il veut reprendre le contrôle du territoire. Les gouverneurs sont de véritables seigneurs féodaux en ce moment.

— Et pourquoi moi ? Pourquoi ne s'attaque-t-il pas à un paniste ?

Jaime l'ignora et se rappela Diego Merino avec rancœur. Certains gouverneurs s'enrichissaient pour protéger leur avenir ; d'autres s'assuraient l'avenir en laissant le pouvoir à un successeur imberbe et borné. Merino avait fait les deux : il s'était enrichi et avait laissé à sa place cet imbécile d'Enrique Hidalgo.

— La fondation du PRI dans les années 1920 obéissait à cette même logique. Après la Révolution, les caciques régionaux ont continué de s'entretuer, parce que personne n'acceptait un pouvoir central qui les limiterait ; on a finalement créé le PNR, antécédent du PRI, pour mettre en place une constellation d'hommes forts dans les régions, ce qui a porté au pouvoir Elías Calles, et ensuite Cárdenas. Cependant, une fois à la présidence, tous les deux ont été confrontés au même dilemme qu'affronte maintenant Prida : pour gouverner, ils avaient besoin de réduire le pouvoir de ces caciques régionaux qui les avaient portés au Palais national, et ils y sont parvenus. Cinquante ans plus tard, Carlos Salinas a encore destitué dix-sept gouverneurs pendant son sextennat, son contrôle politique sur les pouvoirs régionaux était absolu. À l'évidence, cela s'est perdu avec l'arrivée du PAN et l'affaiblissement de l'institution présidentielle. Maintenant, Prida et Salazar doivent restaurer le centralisme d'antan ou au moins juguler les gouverneurs, s'ils veulent gouverner.

— Tu n'as pas besoin de me donner des leçons d'histoire. Je savais tout cela, ce que je ne sais toujours pas, c'est pourquoi moi.

— Ils ne peuvent s'opposer à un paniste, cela ressemblerait trop à une simple rivalité partisane. Ils veulent la chute d'un priiste pour donner un message clair : ils sont contre les excès des gouverneurs, point final. Et tu es parfait, car tu ne l'as jamais soutenu ; personne ne pourra l'accuser d'être déloyal. Une fois qu'on t'aura fait chuter, je peux t'assurer que les gouverneurs du PRI seront plus malléables et accepteront l'hégémonie de la présidence.

— Ils n'ont qu'à chercher un autre bouc émissaire. Jaime, comment vois-tu la situation ? Comment pourrais-je sortir de là ? Tu peux m'aider ?

— Contre Salazar ? Pas facile. Si tu tentes quelque chose, tu risques de te retrouver en prison, tu en es conscient ?

Jaime le regardait se tortiller sur son siège. Comme beaucoup d'obèses, Hidalgo avait la manie de tirer sur sa chemise pour éviter un pli sur sa panse proéminente : maintenant il le faisait à chaque minute. L'homme était à point : la fourmi avait oublié le scarabée et essayait simplement de se carapater pour sauver sa peau.

— Tu veux de l'argent ? Une bonne affaire à Veracruz ? Je peux te refiler des travaux publics, des concessions, il y a des terrains sur la côte que nous allons développer...

— Trois choses, l'interrompit Jaime : change le procureur de l'État, mets à sa place le notaire Pepe Robles, c'est un type bien ; et à la place du voyou que tu as au ministère de la Sécurité publique, mets Jorge Gutiérrez, il est de Veracruz et a été avec moi pendant quelques années, il te conviendra.

— Tu n'es pas bon marché, dis donc, tu veux contrôler l'appareil judiciaire et les corps de police de l'État. Et la troisième chose ?

— Nomme le député Godínez coordinateur de la députation de Veracruz au Congrès fédéral.

— J'ai dix-sept députés fédéraux, tu veux aussi que je te les donne ? Tu es fou ? Tu ne veux pas ma femme, aussi ? protesta Hidalgo.

— Ces nominations, c'est pour me faciliter ton sauvetage politique, il y a quelques services à rendre. Ton épouse… ? Non merci, je n'aime pas les grosses.

Hidalgo sauta de son siège ; pendant quelques secondes, il ne put articuler un mot. Sa gorge semblait obstruée, ses joues épaisses prirent un ton écarlate. Il lissa sa chemise, proféra un guttural "fils de pute" et se dirigea vers la porte.

Jaime regarda avec dédain la fourmi devenue ridicule, pattes en l'air. Il avait peut-être exagéré avec ce commentaire personnel, mais il méprisait particulièrement Hidalgo, non parce qu'il était corrompu, mais parce que c'était un abruti. La dégradation politique que connaissait le pays était en grande partie due à la promotion d'incapables dans le genre de ce gros ambitieux, se dit Jaime. Un aveugle au royaume des borgnes, sans formation ni culture politique, sans autre mérite que d'être assez stupide pour ne pas représenter une menace pour le gouverneur précédent.

Hidalgo n'arriva pas à la porte. Il resta quelques secondes devant celle-ci, tournant le dos à Jaime, essayant de retrouver son calme.

— Si j'accepte ces changements, tu peux me tirer de là ? Trouver un autre bouc émissaire ?

— C'est très probable.

— Je m'en occupe cette semaine, dit-il sans se retourner.

Il lissa sa chemise, gonfla le torse et sortit.

Jaime prit quelques notes sur son carnet bleu ; il devait appeler les intéressés le jour même, pour bâtir une stratégie et donner des instructions. Puis il le referma, satisfait, le regard sur sa reliure et sur le simple lacet qui le fermait. Il pensa à Amelia, aux amis de son enfance et aux circonstances qui les avaient de nouveau réunis.

La sensation de bien-être qui avait succédé à la désagréable vision de Hidalgo s'évanouit avec le souvenir de son père. Il était au courant de la visite de Tomás à Carlos Lemus et il craignait que l'interférence de ce dernier ne nuise à ses plans. C'était le seul homme que Jaime redoutait encore : après avoir essayé de gagner son admiration et son affection pendant des années, il en avait fait son rival, même si Carlos se comportait comme s'il l'ignorait. Cependant, dans la plupart de ces batailles, réelles ou imaginaires, Jaime avait été vaincu. Il se jura que cette fois ce serait différent.

JEUDI 28 NOVEMBRE, 22 HEURES
Amelia

La classe politique, même corrompue jusqu'à la moelle, ne pouvait être accusée de paresse. Où trouvent-ils toute cette énergie, ces énergumènes ? se demandait Amelia à 10 heures du soir, pendant l'interminable cérémonie d'inauguration du nouveau Centre pour les arts de la ville. Artistes, intellectuels, chefs d'entreprise et surtout politiciens encombraient les salons du spectaculaire palais colonial magnifiquement restauré grâce aux donations d'un entrepreneur du bâtiment.

La leader du PRD était épuisée, après trois événements politiques, un repas interminable de relations publiques et plusieurs réunions de travail. Cependant, s'agissant d'une manifestation de la ville, dirigée par son parti, elle ne pouvait décemment pas être la première à partir. Elle regardait des sénateurs et des leaders syndicaux septuagénaires, des secrétaires d'État et des ministres de la Cour, vingt ans plus âgés qu'elle, et aucun ne semblait avoir le désir de finir la fête : au contraire, ils allaient de groupe en groupe en riant très fort, à grand renfort d'accolades ; les politiciens adoraient se réunir et échanger des vannes et des phrases prétendues mordantes. Tous terminaient leurs conversations par un “il faut qu'on déjeune ensemble et qu'on se parle”.

Le goût du pouvoir est une batterie au lithium, tout ce qui me manque, se dit Amelia. Elle savait que dans l'assistance plusieurs avaient eu une journée aussi lourde qu'elle ou même plus : tout politicien qui se respecte commence très tôt par un petit-déjeuner de travail et finit à minuit après une réception dans le genre de celle où elle était. Certains menaient cette vie depuis plus de quarante ans et continueraient encore quarante années de plus ; elle supposa qu'un bon nombre d'entre eux recouraient aux fortifiants, légaux ou pas.

Amelia prétexta d'aller aux toilettes pour échapper au trésorier de la ville, Jorge Armando Arenas, un jeune homme frais émoulu de la London School of Economics, d'origine aristocratique, qui rêvait d'ajouter cette belle leader de la gauche à son panel de conquêtes personnelles. Une demi-heure de bavardage pseudo-intellectuel sur l'importance politique des réseaux sociaux et sur le monde digital lui donna la nostalgie des conversations cyniques et moqueuses des fonctionnaires qui étaient derrière elle.

Aux toilettes, elle se regarda devant le miroir et se demanda encore une fois ce qu'elle faisait au milieu d'une classe politique qu'elle avait toujours méprisée. Deviendrait-elle comme les gens de cette espèce ? Pire encore, elle était consciente que tous la considéraient comme une des leurs. Elle avait à peine fait huit mois sur les trois ans de présidence du Parti. Ensuite, retournerait-elle à son ONG, à son militantisme d'antan, ou accepterait-elle un autre poste politique ? Croirait-elle encore à la responsabilité et au sens du devoir ? Les autres se tenaient-ils le même discours, ceux qui étaient de l'autre côté de la porte des toilettes ? Le marais te salit-il, ou t'embourbe-t-il peu à peu, jusqu'à ce que l'habitude du pouvoir ait anesthésié tes convictions ?

Amelia se rendit compte qu'elle ne voulait pas sortir des toilettes ni se mêler à la fête, car cela signifiait accepter ce monde qu'elle méprisait. Tomás avait peut-être raison : elle avait toujours pensé qu'en se tenant à l'écart, à distance, son ami avait gâché son talent ; cependant, c'était Amelia qui avait fait une chose qu'elle finissait par détester. Était-ce le danger d'être changée ou séduite qui l'angoissait, ou seulement la répulsion d'une vie qu'elle dédaignait ?

— Comme nous sommes belles ! Ces connards ne nous méritent pas ! déclara une femme à côté d'elle, devant le même miroir.

Amelia reconnut Delia Parnasus, sénatrice de Coahuila et secrétaire générale du PRI, qui la regardait avec un sourire complice en prenant son rouge à lèvres.

— Je me tenais ce genre de discours, dit Amelia sans entrer dans les détails.

Parnasus appartenait à la classe politique par héritage familial et par vocation personnelle : son père avait été l'éternel leader minier et avait fait de sa fille une députée fédérale à vingt-sept ans. La priiste était intelligente et ne manquait pas de sensibilité, mais elle était une femme de pouvoir depuis longtemps, guère différente de ses collègues masculins. Sa taille, sa grosse poitrine et son regard altier sur un visage anguleux situaient ce personnage entre Margaret Thatcher et María Félix.

— Même le mignon technocrate qui te faisait des avances, ma chérie. On m'a dit que son petit pistolet tire des balles à blanc.

Amelia se demanda pourquoi presque toutes les femmes qui entraient en politique se sentaient obligées d'imiter les gorilles alpha pour être respectées et redoutées ; de cette façon, elles sacrifiaient leur féminité et finissaient par être aussi autoritaires et misogynes que leurs collègues masculins.

— Comment vas-tu, Delia ? Que penses-tu de la restauration du palais ?

— Impressionnant, ça a dû coûter une fortune. Je ne savais pas que ton maire avait de si bonnes relations avec les entrepreneurs.

— Ne me dis pas que toi aussi tu vas jouer l'air de c'est la guerre entre la gauche et les entrepreneurs. Ça, ce sont des thèmes de campagne électorale. Delia, nous avons géré México pendant presque vingt ans et la plupart des travaux ont été faits avec la participation de l'initiative privée.

— Ne t'énerve pas, ma chérie. D'ailleurs, il y a des chefs d'entreprise qui soutiennent des projets sans se soucier du parti qui les propose, pourvu qu'ils soient bons et ne leur causent pas de problèmes.

— Dis donc, c'est vrai que Salazar va venir ? Je ne l'ai pas vu. Je trouvais bizarre qu'il vienne à une réception organisée par l'opposition, dit Amelia.

— Alors réveille-toi, on m'a prévenue qu'il ne va pas tarder. Pourquoi crois-tu que je suis venue me refaire une beauté ? Et avec lui, il y aura sûrement des caméras et des journalistes de tous les médias. Il était déjà passablement médiatisé, mais avec l'affaire Dosantos, c'est devenu la nouvelle la plus répandue du moment.

— Que sais-tu là-dessus ? C'est vrai qu'ils sortaient ensemble ? demanda Amelia d'un air indifférent.

— Il se la croque depuis des années. Salazar a très bon goût, répondit la priiste en clignant de l'œil.

Amelia ne sut pas si le commentaire de Parnasus se référait à la beauté de Dosantos, ou à son origine de Cohahuila, laissant entendre qu'elle aussi avait été la maîtresse du ministre.

— Elle va lui manquer. Qui a bien pu faire une chose pareille ? risqua Amelia.

— Va savoir ! Cette fille avait une histoire plus longue que le Carême. Ce qui est clair pour moi, c'est que ce n'est pas Salazar qui l'a envoyée dans l'autre monde, comme le dit la rumeur. Je l'ai vu trois jours après sa mort, et c'était lui qui avait l'air d'un cadavre, je crois qu'il était plus amoureux qu'on ne le croyait. Moi aussi, j'ai été étonnée qu'il ait décidé de venir aujourd'hui ; ces derniers jours, il a annulé presque tous ses rendez-vous.

— Allons voir s'il est arrivé, Cigarillo l'attend depuis un moment, dit Amelia.

— Cigarillo ?

— Mancera, à la tête du gouvernement du district, répondit Amelia, comme si elle disait une évidence. Il ressemble à un cigarillo : petit, maigrelet, les cheveux blancs comme de la cendre.

Parnasus applaudit au surnom et elles sortirent des toilettes ensemble. Salazar était près de l'entrée, entouré de politiciens ; Mancera lui-même s'était approché pour l'accueillir. En sa qualité d'amphitryon, Cigarillo était obligé de recevoir le représentant officiel du président. Si l'on admettait que le pouvoir est aphrodisiaque, Salazar en était la plus belle preuve : personne n'aurait pu dire que c'était un homme séduisant, et pourtant on sentait un changement dans l'atmosphère de la salle. Une bonne douzaine de célébrités papillonnaient autour de lui.

Comme le voulait la tradition, également en vigueur dans les mariages où le premier cercle, les intimes, devait être en tête pour féliciter les jeunes mariés, le reste de la classe politique attendait son tour pendant que Salazar était salué par les plus haut placés : le maire, deux sénateurs, un gouverneur et le président du PRI.

Delia Parnasus, stature imposante et poitrine en quille de bateau, brisa le cercle pour accueillir cet édile de façon ostentatoire ; elle prolongea l'accolade pour souligner son intimité avec le ministre de l'Intérieur pendant que ce dernier tapotait mollement l'épaule de cette femme, espérant vainement abréger cette effusion.

— Augusto, quelle bonne idée d'être venu ; comme toujours, tu as sauvé la réception du naufrage. Je disais justement à Amelia que tous ces gens-là ne nous méritent pas.

— Personne ne te mérite encore, dit le politicien.

Il avait parlé sur un ton que Parnasus ne sut interpréter : était-ce un éloge ou son contraire ?

— Amelia est là ? ajouta-t-il.

— Oui, je viens de la quitter, elle aussi t'a demandé.

— Demande-lui de rester, je veux lui parler. Qu'elle m'accorde quelques minutes, le temps de saluer l'assistance.

Salazar passa de groupe en groupe, applaudissant un bon mot, recevant un conseil à l'oreille ou récupérant discrètement un papier.

Amelia l'attendit près d'une des colonnes de style colonial qui soutenaient le plafond du grand patio central. Le trésorier séducteur était revenu à ses côtés à l'instant où il l'avait vue seule : elle feignait de l'écouter et suivait des yeux Salazar qui se rapprochait.

— Bonsoir, Amelia ; bonsoir, Jorge Armando. Comment allez-vous ? dit le ministre de l'Intérieur.

Le jeune économiste avala de travers. Il n'aurait jamais cru que Salazar se rappellerait son nom, car il ne l'avait vu qu'une fois, dans une réception du même genre. Il n'était pas du tout conscient qu'une des nombreuses qualités d'un bon politicien était d'avoir une bonne mémoire pour se rappeler les visages, les noms et les carrières : bien peu l'exerçaient comme Salazar, mais le plaisir du trésorier de la ville ne dura pas longtemps.

— Prêtez-moi doña Amelia quelques instants, dit-il au jeune homme en la prenant par le bras et en l'emmenant à l'écart.

— Ne vous éloignez pas trop, don Augusto, vous semblez être le centre de la fête, lui suggéra-t-elle.

— Je ne suis pas d'humeur à la fête, ma chère Amelia, je suis venu parce qu'il faut passer le message que le gouvernement n'est pas factieux, qu'il est ouvert à la cohabitation avec les pouvoirs détenus par d'autres partis. C'est justement pour cette raison que je voulais vous voir depuis quelques semaines. Nous avons besoin de prendre un peu de temps pour échanger avec vous nos points de vue sur l'avenir politique du pays.

— Moi aussi, j'aimerais vous faire quelques observations sur l'actualité, il y a beaucoup de signes inquiétants sur vos perspectives d'action.

— Magnifique, dites-moi n'importe quel après-midi de cette semaine et je l'inscris sur mon agenda.

— Ce week-end, cela vous conviendrait ?

— Je préférerais le dimanche, mon secrétariat va contacter le vôtre pour convenir d'une heure. En attendant, méfiez-vous du jeune homme : je ne lui augure pas beaucoup d'avenir à ce poste. Trop orgueilleux. Il n'a pas encore compris que les trésoriers ne sont que des encaisseurs avec un titre ronflant.

Amelia se retira dix minutes plus tard, après avoir décliné l'invitation pressante d'Arenas d'aller prendre un verre ailleurs. Elle constata qu'elle partageait le pronostic de Salazar sur l'économiste.

Elle se demanda s'il n'était pas trop tard pour contacter Tomás. Elle devait lui parler du rendez-vous avec Salazar et préparer une stratégie ; elle pourrait essayer le nouveau téléphone que Jaime leur avait donné pour l'appeler sans courir le risque d'être sur écoute. Soudain, elle dit au chauffeur de la conduire chez le journaliste ; elle n'avait rien à perdre, c'était presque sur son chemin. Quelques minutes plus tard, elle le regretta, Tomás pourrait faussement interpréter une visite-surprise si près de minuit, se dit-elle. Elle poussa un grand soupir et demanda au chauffeur de la ramener chez elle.

VENDREDI 29 NOVEMBRE, 10 HEURES
Mario

Il n'aurait pas dû être là, mais c'était plus fort que lui : c'était beaucoup plus intéressant de creuser le passé de Pamela Dosantos que de donner des cours d'histoire à des étudiants obsédés par l'écran de leur iPhone. Tomás le déposa chez Plutarco Gómez alors qu'ils avaient à peine commencé à regarder le contenu des six cartons d'archives : le journaliste devait participer à plusieurs émissions de radio, après ses révélations sur les comptes personnels du gouverneur de Veracruz.

Mario expédia rapidement les trois premiers, qui contenaient des coupures de journaux et de magazines, tout ce qui avait été publié sur l'actrice pendant presque vingt ans. Le quatrième carton le fascina : il y avait une douzaine de carnets avec des notes du vieil homme sur ses conversations avec une certaine Carmelita Muñoz, couturière de Pamela. Il commença par les plus récents, et remonta dans le temps.

> *12 octobre 2013.* Carmelita m'a montré la robe que Pamela va étrenner à la réception offerte par les gringos pour présenter le nouvel ambassadeur. Elle travaillait sur un mannequin spécial, fabriqué sur mesure pour Pamela. Les hanches sont plus larges que celles d'un mannequin du commerce ; un jour, je vais lui demander de me l'offrir.

C'était le dernier paragraphe du plus récent des carnets, quelques semaines avant la mort de la comédienne. Mario imagina le vieux reporter enlaçant l'imposante silhouette en bois enrobée d'une robe ajustée, comme celle qu'il venait de voir sur une vieille photographie de l'actrice. Il poursuivit sa lecture.

> *6 octobre 2013.* Carmelita dit que Pamela est inquiète, car le Vieux est de plus en plus jaloux, il se croit propriétaire. Elle se demande pourquoi Pamela ne le quitte pas. Elle dit que son amie n'avait jamais eu de problèmes auparavant pour se débarrasser de ses amants.

Mario comprit qu'il avait déniché un truc important. Si "le Vieux" était Salazar, la jalousie de l'un et le mécontentement de l'autre auraient pu précipiter sa mort ; comme elle avait décidé de le quitter, le politicien l'avait assassinée par dépit. À soixante et un ans, Salazar n'était pas si vieux, même si dans certains cercles on lui donnait ce surnom depuis sa jeunesse, à cause de sa façon de froncer les sourcils et de son caractère posé et réfléchi. Mario se plongea dans la lecture ardue de la petite écriture de don Plutarco.

Trois heures plus tard, il avait lu les douze carnets, il en savait maintenant beaucoup plus long sur la confection et avait une idée très claire de la vaste garde-robe de Dosantos ; Plutarco lui-même semblait avoir pris goût à la description des tissus, des coupes et des imprimés. Mais il fut déçu de ne pas trouver beaucoup de noms dans la longue description des amours de l'artiste. Les amants du moment étaient nommés "le Général", "le Gouverneur", "le Sous-Secrétaire", "le Banquier". Il nota que la relation avec "le Vieux" datait de trois ou quatre ans, l'amant qui avait duré le plus longtemps, d'après les notes.

Les autres archives ne donnaient pas grand-chose : descriptions de réceptions, notes personnelles très subjectives de don Plutarco sur la beauté et le talent de l'actrice. Mario comprit que les vraies archives, c'était Carmelita Muñoz en personne, confidente et amie de Pamela Dosantos. Dans les premières lignes du carnet le plus ancien figurait le domicile de la couturière : Dickens 706-1, Polanco. Selon une habitude solidement ancrée chez les journalistes, dans les premières années Plutarco Gómez inscrivait avant chaque note le lieu et le jour, mais les dernières n'étaient plus datées.

Il s'étonna qu'une modeste couturière vive à Polanco, un quartier chic, celui-là même où résidait l'artiste. Il décida de faire sa connaissance.

Il aurait voulu rentrer chez lui, mais il ne le pouvait pas. Il n'avait pas eu le temps de parler avec Vidal pour s'assurer qu'il avait abandonné toute recherche sur internet concernant l'affaire ; son fils avait passé le mercredi avec ses amis développeurs de software et le jeudi ils ne s'étaient pas vus. Il se dit qu'il ne pouvait pas laisser passer un jour de plus sans le prévenir. Mario se consola en pensant que tant qu'il était obsédé par les piranhas, il négligerait l'assassinat de Dosantos. Il se promit de lui parler le soir même.

Il appela Olga pour lui dire qu'il resterait l'après-midi à l'université, inutile de l'attendre pour déjeuner. Il prit congé de Plutarco Gómez et de sa fille et se rendit à Polanco dans un taxi qu'il avait appelé du téléphone fixe des Gómez. Il mangea un sandwich au saumon au Starbucks de Masaryk, commanda un café à emporter et se dirigea vers le parc Lincoln, à deux rues du domicile de Carmelita Muñoz. Il s'assit sur un banc et attendit que sa montre indique 17 heures.

Peu après, il était devant le 706 de la rue Dickens, un vieil immeuble de sept étages, sans doute le moins beau du secteur, mais une demeure très au-dessus des moyens d'une couturière ordinaire. Plutarco lui avait dit qu'elle sortait rarement, car elle avait un fils handicapé, et qu'il l'appellerait pour la convaincre de lui ouvrir. Apparemment, il avait tenu sa promesse, car le mécanisme automatique déclencha l'ouverture de l'entrée dès qu'il eut dit son nom à l'interphone.

Elle l'accueillit à la porte de l'appartement 1, et il comprit pourquoi on l'appelait par son diminutif, Carmelita. Tout en elle rappelait un canari : petite et fine, pâle, les cheveux couleur paille, nez en trompette et bouche menue. Seules ses mains contrastaient avec la sensation de fragilité qui émanait de cette femme : sa poignée de main était vigoureuse, et ses longs doigts noueux.

Ils discutèrent pendant des heures. Carmelita était au bord de l'effondrement, plus qu'une cliente ou une amie, elle semblait avoir perdu une sœur ou une mère ; des cernes accusés sur son visage de porcelaine et un chemisier froissé suggéraient la négligence. Mario promena son regard et remarqua les mêmes signes d'abandon, au moins récents. Il se demanda de quelle pâte était faite la personnalité de Pamela Dosantos pour que sa disparition plonge Plutarco Gómez et Carmelita Muñoz dans un tel chagrin.

Ils parlèrent d'abord de la tragédie, puis de la souffrance de son fils et enfin du travail de confection, un sujet sur lequel Mario se sentait soudain des compétences.

— En tout cas, disait Carmelita, elle n'a jamais voulu qu'on lui paie des robes, et pourtant entre celles que je lui taillais et celles qu'elle achetait, elle dépensait des fortunes.

— Ah, celle-ci, à col ouvert, elle est belle. C'était pour elle ?

— Tout ce que je fais est pour elle. C'est ma seule cliente. C'est une robe d'été pour aller à Buenos Aires le mois prochain.

Il ne manqua pas de remarquer le présent utilisé par la couturière. L'ampleur de son deuil et le choc qu'elle avait subi n'étaient pas étonnants : non seulement elle semblait avoir perdu sa meilleure amie, mais aussi son *modus vivendi*. Mario contempla le fameux mannequin. Il n'avait jamais vu Dosantos en personne, mais en effet la silhouette qui leur tenait compagnie dans cette salle à manger transformée en atelier était impressionnante : on aurait dit une affiche du cinéma italien des années 1950 en trois dimensions.

— Carmelita, ne soyez pas choquée, permettez-moi une question personnelle, motivée par la confiance que m'inspire la sensation que nous pouvons être des amis proches et l'inquiétude que j'ai de votre avenir immédiat. Si elle était votre seule cliente, comment allez-vous faire pour vous maintenir à flot ? Vous allez avoir des problèmes financiers ?

— Non, répondit sèchement la couturière.

— Ne soyez pas choquée ni honteuse. Si vous avez des difficultés, nous sommes plusieurs à pouvoir vous trouver de nouveaux clients, un emploi dans votre domaine de compétence. Je vous le dis de tout cœur.

Mario était ému par ses propres paroles ; il venait de faire sa connaissance, mais pour des raisons qui lui échappaient, il se sentait très proche d'elle.

La femme observa Mario avec attention, comme quelqu'un qui jauge les intentions de son interlocuteur. Mais l'évaluation des intentions de l'homme qui était en face d'elle fut sans doute positive, car elle finit par hocher la tête :

— Pamela a fait de moi une femme riche ; elle a toujours veillé à me laisser dans une bonne situation financière, elle m'a offert cet appartement il y a des années. J'ai enfin eu le courage hier d'ouvrir ce tiroir qu'elle fermait toujours à clé : j'avais promis de ne l'ouvrir que s'il lui arrivait quelque chose.

Le classeur à trois niveaux était au fond du grand salon, à côté d'une table en bois, longue et massive, sur laquelle étaient empilés des rouleaux de tissu.

— Dans le tiroir du haut, j'ai trouvé des liasses de dollars, beaucoup, je ne les ai même pas comptés. Il y a aussi des documents où mon nom figure à côté du sien, comme titulaire d'un compte en banque à New York. Un jour, j'ai signé des papiers, je n'ai jamais su ce que c'était.

— Grâce à Dieu, dit Mario, c'est un soulagement de le savoir, vraiment. Et qu'avez-vous trouvé dans les deux autres tiroirs ?

— Des choses dont je dois me débarrasser, mais je ne sais pas comment.

Le ton angoissé de Carmelita s'accompagnait d'un regard chargé d'espoir, comme si elle attendait de Mario qu'il apporte une solution à son problème ; toutefois, ses traits se détendirent. Il pensa qu'il était sûrement la première personne avec qui elle partageait ce secret. La couturière avait l'air habituée à affronter seule les défis de l'existence ; ce n'était pas la pauvreté qui angoissait Carmelita, mais la perte de la figure dominante et protectrice que Pamela avait représentée dans sa vie. Il se demanda si cela n'expliquait pas l'intimité soudaine surgie entre eux. Tous deux avaient une âme d'écuyer, des existences modestes qui s'animaient au contact des autres. Les Bleus dans son cas, Dosantos dans celui de la couturière. Cette réflexion était douloureuse et il préféra changer de sujet.

— Quelle qu'elle soit, nous trouverons la solution, ne t'inquiète pas, dit-il en la tutoyant pour la première fois.

— Merci. Et maintenant, parle-moi de toi. Pourquoi fais-tu cela ? Qui est ce Tomás qui a écrit sur Pamela ?

Mario passa deux heures à parler des Bleus, de sa vie de famille délicieusement enlisée dans la routine, de la frustration de son travail de professeur d'une université publique, de ses rêves enterrés, de ses projets toujours avortés. Il était près de minuit quand il quitta l'appartement, avec la sensation que pour la première fois il avait été infidèle à Olga, même s'il n'avait pas effleuré le tendre canari qui le raccompagna jusqu'à la porte.

VENDREDI 29 NOVEMBRE, 21 H 30
Tomás et Amelia

Tomás allait chez Amelia, son amie d'enfance, mais en réalité il arrivait à la résidence de la présidente du PRD : trois voitures de patrouille pleines d'agents contrôlaient la rue. Le journaliste prit soudain conscience de la responsabilité qui pesait sur les épaules d'Amelia. La crise personnelle déclenchée par la mort de Pamela et par l'impact de son article avait constitué un tsunami qui avait bouleversé sa vie ; maintenant, il était conscient qu'Amelia affrontait une crise par semaine, de cette ampleur ou pire encore. Comme le gouvernement avait durement malmené l'opposition, elle devait passer de sales moments, crucifiée entre les assauts de la présidence et l'irresponsabilité infantile qui caractérisait les tribus de la gauche. Sa position devait être une des moins enviées par la classe politique actuelle.

Tomás subit deux fouilles avant d'atteindre le salon d'Amelia, où il attendait qu'elle termine un appel dans son bureau. Il connaissait bien la maison, elle n'avait pas changé depuis quinze ans, mais il notait les signes d'ascension politique de son amie : les nombreux tableaux accrochés aux murs étaient signés d'artistes reconnus et des dizaines de bouteilles de bon vin prouvaient qu'elle était la destinataire des innombrables paniers de Noël que politiciens et institutions avaient coutume de s'envoyer les uns les autres.

À part ces détails, la décoration était du plus pur Amelia. S'il y avait eu de la neige derrière les fenêtres, le lieu aurait pu être un vaste appartement de Stockholm. Des meubles en bois blanc, d'une facture simple et élégante, un salon avec de grands coussins de couleur neutre, des rideaux en lin gris clair ; une mise en scène vaguement impersonnelle. Cependant, c'était aussi du pur Amelia, en raison de l'étrange contraste avec un tapis africain aux couleurs criardes, une collection de bouddhas dispersés dans le vaste salon-salle à manger et un énorme bongo aux couleurs électriques dans la cheminée. On aurait pu se croire chez une Suédoise passionnée d'anthropologie, ou plus simplement dans l'appartement d'une personne élégante et discrète qui avait parfois des coups de foudre.

Tomás se demanda s'il verrait sortir du bureau l'Amelia des tons neutres et impersonnels ou celle des coups de foudre. Quand elle apparut, elle n'était aucune des deux.

En réalité, Amelia n'était pas au téléphone. Elle avait décidé de le recevoir en tenue de sport, mais au dernier moment elle avait préféré se changer : le lycra noir qu'elle avait mis était élégant, mais peut-être un peu trop suggestif. Elle enfila un jean et un sweat-shirt violet boutonné, et mit des boucles d'oreilles discrètes, seule concession à l'homme avec qui elle avait fait l'amour deux nuits plus tôt. Amelia regrettait d'avoir invité Tomás si vite : une impulsion déraisonnable. Elle ne voulait pas lui faire du mal et même si elle avait adoré cette rencontre autant que lui, elle savait que son ami était un cœur d'artichaut, parfois irresponsable s'il se laissait aller à ses émotions.

— Salut, Tomás, dit-elle avec chaleur.

Et sans lui laisser le temps de se lever, elle lui donna un bref baiser sur la joue gauche en posant sa main sur sa joue droite.

Un salut parfaitement calculé, se dit Tomás. Suffisamment chaleureux, et sans la moindre trace de passion. Le journaliste décida de suivre la même stratégie.

— Salut Amelia, comment vas-tu ? Tu t'es remise de l'agression dans l'escalier ?

— Au contraire, depuis je me suis découvert deux hématomes de plus dans le dos.

— Avec de tels amis, tu n'as pas besoin d'ennemis.

Tomás se demanda si elle n'attendait pas un geste de tendresse pour s'excuser.

— Tu veux une tequila ?

— Merci, je préfère une bière, répondit-il.

Tomás savait que le foie d'Amelia était capable de vaincre un Irlandais ; dans sa jeunesse, ils s'amusaient dans les bars à mettre à l'épreuve les tables de machos moustachus qui succombaient devant sa capacité d'absorption, mais aujourd'hui plus que jamais le journaliste voulait éviter de se rendre ridicule ou de se ramollir, et de lâcher une déclaration d'amour bâclée.

Une bouffée de désir l'envahit en voyant Amelia s'éloigner pour servir les verres au comptoir qui servait de bar et de cave ; le journaliste s'intéressa au dessin capricieux du tapis du Mozambique, et décida d'aborder le sujet sans autre préambule.

— J'ai eu une longue conversation avec Plutarco Gómez, le reporter des faits divers, tu te souviens de lui ? Il est obsédé par Pamela et il a d'énormes archives sur sa vie, ses pompes et ses œuvres. Aujourd'hui, Mario s'est plongé dedans, on verra ce qu'il nous en dit demain à la réunion des Bleus. On se retrouve aussi à l'Alameda Express, n'est-ce pas ?

— Oui, dit-elle. Dans un petit salon que Jaime a réservé. Quant à ces archives, ce sont sans doute de simples coupures de journaux et des ragots de courrier du cœur, typique d'un fan.

— Tu savais que deux gouverneurs du Nuevo León et un président du PAN ont été ses amants ? Ça ne figure pas dans la presse du cœur.

— Quoi ? C'est don Plutarco qui te l'a dit ? Alors, ces archives sont peut-être une mine. Qui d'autre est passé par son lit ?

— Écoute, je n'ai pas dîné et j'ai le ventre creux : mets quelques amuse-gueules sur la table et on continue de discuter. Une bière, ça ne cale pas.

— J'ai demandé à doña Chole de rester au cas où tu voudrais dîner, je crois qu'elle t'a préparé des *chiles* farcis. Je t'apporte un peu de fromage en attendant et on passe à table. Ça te va ?

Tomás était ravi. Était-ce elle qui s'était rappelé son plat favori, ou doña Chole, qui était déjà une jeune cuisinière chez les parents d'Amelia quand ils étaient adolescents ?

— Et toi, qu'as-tu fait ? demanda Tomás pendant qu'elle posait un plateau de fromages et de viande froide sur la table basse et s'asseyait dans un fauteuil.

— J'ai demandé l'avis de Cigarillo sur l'attaque de vendredi soir, tu sais que j'ai toujours eu de bonnes relations avec

Mancera. Il m'a rappelée il n'y a pas longtemps et m'a dit que d'après les rapports de police de la capitale, il s'agissait d'un commando du cartel de Sinaloa. J'ai dû lui donner nos identités et il en a déduit que l'objectif de l'attaque, c'était Jaime.

— Sans blague, le cartel de Sinaloa? dit Tomás surpris. Jaime m'a dit qu'il s'agissait de narcotrafiquants, mais il ne m'en a pas dit plus.

— Oui, il faut qu'on parle de Kevin.

— Kevin? Tu as baptisé la moitié du monde, mais jamais aucun des Bleus, Amelia.

— C'est juste une expression, quoi qu'il en soit, il faut qu'on parle de Kevin, insista-t-elle.

— J'ai essayé de te le dire après l'attaque : il y a quelque chose de suspect chez Jaime. Il y a toujours quelque chose de louche, même si tu as pris sa défense. Tu m'as même donné l'impression que j'étais un peu ingrat ou traître.

— Oui, c'était avant que j'apprenne que le Chapo était prêt à nous expédier dans l'autre monde en voulant l'assassiner.

Ce roman, *Il faut qu'on parle de Kevin*, il l'avait rangé quelque part chez lui, se rappela Tomás. Il savait vaguement qu'il s'agissait d'un tueur en série et il ne comprenait pas l'insistance d'Amelia à l'associer à Jaime. Je pourrai toujours louer le film, se dit-il avant de revenir dans la conversation.

— Que crois-tu que Jaime doive aux gens du Sinaloa?

— Je ne sais pas, peut-être essaient-ils de transmettre un message aux gringos pour qu'ils les laissent tranquilles. Le Chapo a été toléré par les deux précédents gouverneurs, sous prétexte qu'il était "le caïd civilisé", parce qu'il ne coupait pas les têtes et ne tuait pas les immigrants. Mais cette façon de voir est peut-être en train de changer aux États-Unis, la deuxième administration d'Obama a fait le ménage dans les services de sécurité.

— Et tu crois qu'en tuant Jaime, ça va les faire changer d'idée? Ce serait plutôt le contraire, tu sais que ton Kevin est la prunelle des yeux de la DEA.

— En ce cas, il s'agirait plutôt de représailles sur une opération dans laquelle Jaime est intervenu directement. Ils ne s'en prennent aux hauts fonctionnaires que si c'est vraiment indispensable, dit-elle.

— Mouais… Bon, sans changer de sujet, on pourrait manger en même temps ?

Amelia prit des asperges grillées et une salade, quant à Tomás il fit honneur aux fameux *chiles* farcis. Il accepta un peu de vin et ils trinquèrent deux fois en levant leur verre et en se regardant fixement dans les yeux. Aucune allusion personnelle, mais elle regarda les mains qui pouvaient vagabonder sur son corps, et il remarqua le changement de couleur que le vin provoquait sur l'étrange grain de beauté qu'Amelia avait sur la lèvre inférieure. Ils passèrent l'heure suivante à spéculer sur les raisons de l'attaque et les possibilités d'action de Jaime : quitter le pays pendant un temps, contre-attaquer encore plus violemment ou négocier une trêve directement avec le cartel.

— Jaime a moins d'influence dans le nouveau gouvernement priiste. On a encore besoin de lui, même s'il n'est plus l'ombre toute-puissante qui conseillait le président en matière de sécurité publique. Le cartel lui fait peut-être payer de vieilles dettes, maintenant qu'il a perdu de sa force, dit Amelia.

— Possible, mais pourquoi cette hâte ? On dirait une opération maladroite et disproportionnée. Ou alors ils cherchaient un impact médiatique, ce qui expliquerait le lieu et le scandale que la présidente du PRD est supposée subir, ou bien ils voulaient le tuer sur un coup de tête sans se soucier des risques ni du scandale.

— Tu as raison. La seule façon de le savoir, c'est de le demander à Jaime, on verra ce qu'il nous en dira demain à la réunion.

— Et du côté de Salazar et de Pamela, on bouge ? On ne peut pas laisser le sujet en plan, dit le journaliste.

— Ne t'inquiète pas, l'affaire vole de ses propres ailes sur les réseaux et ne retombera pas avant deux ou trois jours ; à ce moment-là, on lancera la vidéo où Pamela fait son dernier voyage, celle que Mario nous a passée. Cela nous donnera trois ou quatre jours de plus. Ensuite, c'est vrai qu'il nous faudra du neuf contre Salazar, si nous voulons vraiment précipiter sa chute.

— Est-ce bien ce que nous voulons ? Tu crois vraiment que ce scandale peut le couler ? demanda Tomás.

— On ne le saura jamais si on n'essaie pas. Le président est très timoré et il est prêt à tout sacrifier pour ne pas baisser dans les indices de popularité ; Salazar est l'artisan de toute la contre-réforme, mais il n'est pas indispensable, répondit-elle.

— En attendant, hier on a publié mon texte qui parle des comptes bancaires du gouverneur de Veracruz. Ce dernier n'est pas de la même tendance que Salazar, mais c'est un coup dur pour le PRI et donc pour le nouveau gouvernement.

— J'ai vu, c'est excellent. Maintenant, je vais te donner le dossier que je t'ai promis sur les détournements des canalisations de la Pemex, pour un de tes articles de la semaine prochaine ; un autre gouverneur du PRI est compromis, ainsi que des leaders du syndicat. Avec ces deux coups successifs, les gouverneurs vont se mettre à trembler chaque fois qu'ils ouvriront un journal. C'est incroyable, ce que peut faire une bonne plume bien placée !

Tomás eut un sourire inquiet : il y avait des années qu'il n'avait pas reçu un éloge direct de la part de son amie.

— Amelia, je veux te poser une question personnelle, tu viens fumer un cigarillo dans le salon avec moi ?

— Du moment qu'il ne s'agit pas de Mancera ! dit-elle avec un ricanement nerveux.

Amelia se dit que le moment tant redouté était arrivé. Ces deux dernières heures, à plusieurs reprises elle avait voulu interrompre Tomás, le couvrir de baisers et le traîner au lit pour continuer ce qu'ils avaient commencé à l'Alameda Express, mais en l'écoutant elle ne cessait de ruminer le discours préparé sur une relation amicale avec d'éventuels et sporadiques moments amoureux, sans engagements émotionnels ou sentimentaux qui n'avaient pas leur place. Comment expliquer le concept de *fuck buddy* à une personne aussi sensible que Tomás ?

Ils s'installèrent sur le canapé et elle s'apprêta à écouter une angoissante déclaration d'amour.

— Je n'ai pas eu l'occasion de te demander vraiment comment tu vas ; ça doit être très compliqué de diriger un parti aussi divisé, avec une tradition aussi fratricide que le PRD. Comment tiens-tu le coup ? Comment tu mènes la barque ? Tu n'étais même pas au PRD avant d'être députée. Jusqu'à quand resteras-tu à sa tête ?

Peut-être parce qu'elle ne s'attendait pas à cette question, peut-être parce que le ton de Tomás était intime et personnel, comme s'il s'y intéressait vraiment, elle fut vraiment touchée par ses questions. Il n'y avait pas de curiosité politique, simplement un geste de solidarité.

— Je me pose moi-même la question plusieurs fois par semaine. Dans le Parti, les courants, c'est une horreur. Parfois, je m'assieds sur un de ces taureaux mécaniques des bars texans, et je me demande qu'est-ce que je fiche là-dessus et si le choc va être violent quand je tomberai.

— Et tu te réponds quoi ?

— Que je suis ici parce que ça peut être utile à la démocratie, et que c'est le seul choix possible. Je suis convaincue que si nous empêchons ce gouvernement de devenir autoritaire, nous pourrons le battre aux prochaines élections présidentielles.

— Tu n'es pas un peu naïve ? Moi, il y a longtemps que je ne crois plus à la classe politique ; je ne crois plus que les changements peuvent venir d'en haut. La droite a conquis le pouvoir en 2000, mettant fin à soixante-quinze ans de gouvernements priistes. Le PAN est arrivé pour changer le système, mais c'est le système qui a changé le PAN ; en définitive, ça a été pareil ou pire qu'avant. Et même si le PED arrive au pouvoir, je redoute la même chose.

Amelia regarda Tomás, étonnée. Au lieu d'une déclaration d'amour, elle avait droit à un questionnement frontal, presque un reproche, sur son projet de vie actuel.

— Les choses ne sont pas aussi simples, Tomás. Je suis d'accord avec toi, la classe politique ne vit que pour se perpétuer au pouvoir d'une façon ou d'une autre ; les changements ne surviendront que sous la pression de la société elle-même. Mais pour que la société bouge, il faut un contexte favorable, des institutions capables de se ranger aux côtés du citoyen, des lois qui protègent cette participation. Les autorités cèdent et concèdent en raison de la pression de la base, mais c'est différent si l'autorité vient d'Obama ou de Poutine, tu ne crois pas ?

Tomás regretta sa question. Il voulait entrer en contact avec l'âme de son amie, ou ce qui s'en rapprochait, et au lieu de cela il se retrouvait dans une discussion sur les stratégies politiques.

— Possible, reconnut le journaliste, mais tu n'as jamais su avaler des couleuvres, alors comment peux-tu supporter la boue de l'activité politique ?

— C'est toi qui me dis ça ? Avec tout le confort de ceux qui n'ont pas besoin de mettre leurs convictions à l'épreuve parce qu'ils ne se battent jamais pour elles, parce qu'ils désertent toujours le champ de bataille ?

— Que ce soit clair, je ne te juge pas, je demande à l'Amelia que je connais depuis des années quelle est l'ampleur de son sacrifice personnel. Allons, comment te sens-tu ?

Amelia dévisagea Tomás. Son ami semblait angoissé, ses yeux humides lui renvoyaient un regard interrogateur. Elle comprit qu'en effet il voulait vraiment savoir comment elle se sentait.

— Je me sens au bout du rouleau, Tomás, dit-elle et elle vida son verre de vin pour ravaler le gémissement qui remontait dans sa gorge.

Elle n'ajouta pas un mot. De nouveau, il respecta son silence, laissa passer quelques secondes, se leva, s'avança vers elle, tendit le bras et l'aida à se lever ; il la serra longuement dans ses bras, enfouissant les mains dans ses cheveux, la caressant doucement. Quand il sentit qu'enfin elle réagissait, il s'écarta, l'embrassa sur la joue et s'apprêta à lui dire au revoir.

— Quand tu seras prête, tu me raconteras tout ça, tu veux bien ?

Amelia hocha la tête et le regarda se diriger vers la porte. Elle le rejoignit au moment où Tomás franchissait le seuil : elle l'attrapa par le bras et l'obligea à se retourner.

— Tu pourrais au moins m'embrasser, mon salaud !

Ils s'abandonnèrent dans un long lèvres contre lèvres jusqu'à ce qu'il la sente presser son pubis contre son bas-ventre. Il l'enlaça, caressa ses hanches et s'arrêta là. Il lui donna un autre baiser, recula légèrement, lui souffla quelques mots à l'oreille et sortit.

Elle retourna sur le canapé qu'ils occupaient un peu plus tôt, se versa un verre de vin, puis un autre, et repassa les trente dernières années de sa vie.

SAMEDI 30 NOVEMBRE, 8 H 30
Les Bleus

Il y avait longtemps qu'il ne s'était pas levé tôt pour aller à un petit-déjeuner à 8 heures du matin, même si c'était le moindre des changements survenus dans sa vie cette dernière semaine. Tomás se demandait comment se passerait cette réunion des Bleus et il se rappela la fusillade qui avait interrompu la précédente. Il ne put s'empêcher de sourire en se rappelant la descente précipitée des quatre Bleus dans l'escalier ; dans son enfance, débordant d'adrénaline, ils avaient échappé à plus d'une poursuite angoissante, mais jamais sous une pluie de balles.

Il pensa à ses trois amis et s'aperçut que leur vie aussi connaissait un bouleversement : il ne pouvait oublier la voix brisée d'Amelia la veille quand elle parlait de sa carrière politique, ni ignorer l'ennui débordant qui jalonnait la vie de Mario, ni surtout méconnaître le danger de mort que courait Jaime.

C'était justement Jaime qui attendait dans le petit salon qu'il avait réservé à l'hôtel où ils s'étaient réfugiés la nuit après leur fuite ; il avait toujours été le plus matinal. Les odeurs de l'hôtel rappelèrent à Tomás la nuit passée dans les bras d'Amelia ; pour la première fois, il n'avait pas détesté les couleurs criardes et les rayures banales des tapis de cet hôtel pour cadres moyens.

— Dis donc, bravo pour ton article de jeudi. Le gouverneur n'a pas cherché à te joindre ? dit Jaime de prime abord.

— Deux chaînes de radio m'ont interviewé par téléphone et j'en ai refusé une demi-douzaine. Ils veulent que je passe à la télévision ce soir ; j'hésite encore.

— Il faut dire que tes sources sont de première ! dit Jaime avec ironie.

— Oui. Le compte aux Philippines a été confirmé officiellement par la Cour des comptes, grâce au harcèlement des journalistes. Le seul ennui, c'est que la confirmation de mes infos sur Veracruz a poussé certains commentateurs radio à dire que si cela était vrai, ma révélation sur Salazar et sur l'assassinat de Pamela l'était aussi.

— Et alors ? Ne voulions-nous pas qu'on continue de parler de cette affaire ?

— Mais sans que les projecteurs se braquent encore sur moi. Je ne veux pas que Tomás-Salazar-Dosantos soient imprimés dans le même paragraphe ; ce salopard finira par en faire un argument pour me démonter.

— Ne t'inquiète pas, il est beaucoup moins dangereux que le cartel de Sinaloa.

Derrière le ton insouciant de Jaime, Tomás sentit la protestation cachée ; en effet, ils parlaient d'un article politique alors que la vie de son ami était en danger. Au Mexique, personne n'était à l'abri du crime organisé : lors du sextennat précédent, Felipe Calderón avait perdu deux ministres de l'Intérieur dans des accidents aériens, et au moins l'un des deux était l'œuvre des cartels.

— Et toi, comment vas-tu ? Qu'as-tu trouvé là-dessus ? Tu es toujours convaincu que c'est à toi qu'ils en voulaient ?

— Je vais bien, je ne sais pas encore grand-chose à ce sujet, et c'est vraiment à moi qu'ils en voulaient, répondit Jaime dans le bon ordre. Voici Mario et Amelia.

Cinq minutes plus tard, ils se coupaient la parole pour évaluer la situation et échafauder des stratégies. Seul Mario se taisait, trempant les biscuits dans son café, et les autres l'ignoraient superbement ; il se demandait s'il fallait informer ses amis de sa visite chez la couturière, mais il avait l'impression qu'il serait déloyal s'il partageait les secrets de sa nouvelle confidente. Il décida qu'il prendrait une décision après sa prochaine visite à Carmelita, l'après-midi même ; mais cacher une information aux Bleus le mettait mal à l'aise. Il prenait conscience qu'en quelques heures il avait pour la première fois trompé Olga, et ses amis les plus chers.

Jaime n'était pas non plus très explicite sur les raisons du cartel d'en vouloir à sa vie, en dépit des questions réitérées qu'on lui posait ; il n'aimait pas se sentir vulnérable aux yeux de ses amis et préférait éluder le sujet. Il remarqua des regards croisés entre Amelia et Tomás, devina un nouveau courant d'intimité entre eux, qui lui rappelait les pires moments de son adolescence. Il avait hâte de partir : c'était décidément une mauvaise idée de réunir les Bleus à nouveau. Il devait s'occuper du cartel et chaque heure perdue pouvait être fatale.

En revanche, Tomás exultait.

— Salazar, oublie-le, l'essentiel maintenant c'est ta sécurité personnelle ; s'il le faut, nous trouverons un arrangement avec le ministre de l'Intérieur. Si le cartel te cherche, parce qu'il croit que tu peux gêner ses négociations avec le nouveau régime, arrangeons-nous pour que Salazar inclue ton nom dans le paquet de la négociation.

Jaime esquissa un sourire.

— Ça a l'air de te réjouir. Il y a deux jours, tu voulais quitter le pays, et maintenant tu négocies avec le cartel.

— Du calme, Jaime, nous ne sommes pas l'ennemi, dit Amelia.

Jaime vit dans son intervention une façon de prendre la défense de Tomás ; cela ne fit qu'accroître son irritation.

— D'accord, mais vous ne pouvez foutrement rien résoudre non plus. Restez, moi je m'en vais, je dois retourner au bureau. Nous nous reverrons plus tard.

Il reprit son portable qu'il avait posé sur la table, se leva et quitta la salle de réunion.

Tous trois se turent : Tomás abasourdi, Amelia mécontente et Mario coupable, car il pensait que ses informations sur Carmelita auraient pu retenir Jaime.

— Ça lui passera, il est sous pression, commenta le journaliste.

— Ça ne sert à rien de piquer sa crise, on dirait un ado, se plaignit-elle.

— Et maintenant, on fait quoi ? demanda Mario.

— Il est sans doute temps, maintenant, de s'entretenir avec Salazar. Jeudi, je l'ai rencontré dans une réception et nous sommes convenus de nous voir demain, dit Amelia. Je suis curieuse de voir ce qu'il veut et ce qu'il cherche.

— Dimanche ? Je croyais que ses relations avec le PRD étaient très tendues, dit Tomás.

— Ils nous cognent dessus tant qu'ils peuvent sous la table, mais en surface ils sont très civilisés. N'oublie pas qu'ils ont encore besoin de nous : ils ne disposent pas des deux tiers nécessaires à la chambre pour faire imposer leurs réformes constitutionnelles.

— Je croyais que le PAN leur donnait cette majorité.

— Sans doute, mais les panistes vendent cher leur amour, nous sommes donc leur plan B.

— Pas mal. Ça te donne une carte à jouer.

— Tu sais, j'ai des responsabilités politiques : je ne vais pas accepter une réforme constitutionnelle pour sauver Jaime. Je ne le ferais pour personne, et mon parti ne me le permettrait pas. Ce sont les députés qui votent, pas moi.

— Pourtant, le lion croit que tout le monde lui ressemble : pour Salazar, tout est négociable. L'essentiel est qu'il le croie ; tu n'as rien à lui concéder, simplement lui montrer que la sécurité de Jaime t'intéresse.

— Je préférerais apporter du nouveau sur Pamela et lui, que je pourrais glisser dans la conversation, et qui le mettrait en porte-à-faux.

— Alors, revenons au plan d'origine, il faut accélérer les recherches et trouver d'autres infos. Passons en revue ce que nous avons, conclut le journaliste.

Mario se tortilla sur sa chaise, mal à l'aise, Amelia hocha la tête et Tomás vida les poches de sa veste pour trouver stylo et carnet. Dans le feu de l'action, il avait laissé sur la table des lunettes de soleil, une boîte de cigarillos, son portable et les clés de chez lui ; il remarqua le regard moqueur d'Amelia.

— Que veux-tu que j'y fasse ? Vous, vous avez un sac, nous, on a des vestes pour trimbaler notre bazar !

Pendant une demi-heure, ils firent le point sur ce qu'ils connaissaient. Salazar et Pamela avaient été amants pendant plus de trois ans, un record pour cette femme. Plusieurs témoignages confirmaient que le politicien était profondément épris. Elle était accro à la cocaïne et disposait d'une fortune confortable. Son assassinat avait été l'œuvre d'un professionnel et le cadavre avait été déposé près du bureau de Salazar pour provoquer un scandale politique : l'information refilée pour l'article de Tomás le prouvait.

— Là, il y a deux questions : qui l'a assassinée, et pourquoi ? résuma Amelia. La réponse à la deuxième est facile : monter un coup politique contre Salazar. Cela devrait nous conduire aux auteurs. Il faudrait faire une liste des ennemis du ministre de l'Intérieur.

— Ou du président, ajouta Mario, dubitatif.

Les deux autres se tournèrent vers lui, surpris, mais finirent par tomber d'accord.

— L'ennui, c'est que cela représente une liste interminable, se plaignit Tomás : presque tous les pouvoirs de fait, à commencer par les dirigeants syndicaux, les gouverneurs, les chefs d'entreprise et les cartels de la drogue.

Aucun d'entre eux n'était un ennemi déclaré, mais ils déploreraient tous le retour à un présidentialisme impérial.

— C'est bien ce qu'ils voulaient, non ? Le retour à un président fort, dit Mario.

— Oui et non ; tous ces pouvoirs ont grandi à cause du vide produit par la faiblesse présidentielle pendant les douze années de règne du PAN. Nos milliardaires sont entrés sur la liste de *Forbes* et les syndicats n'ont jamais été aussi puissants, sans parler des narcotrafiquants, mais en fin de compte tous étaient un peu fatigués de ne pas avoir un arbitre qui rende les négociations plus efficaces, dit Tomás.

— C'est vrai, reconnut Amelia, les cartels ont besoin d'un accord qui permette le partage des régions et écarte la lutte acharnée pour le contrôle de chaque poste ; ils se sont saignés à mort, car il manquait un pouvoir neutre capable de garantir cet accord. Et les grosses entreprises en ont marre de s'étriper par tribunaux interposés, et d'être paralysées pendant des années par les procédures juridiques de leurs rivales ; avant, les présidents définissaient en discutant avec les parties en présence les domaines de compétence de chaque monopole. L'accueil enthousiaste du retour du PRI est nourri par les attentes de ces pouvoirs effectifs, ce qui explique en partie le succès de Prida.

— Ça ne l'a pas empêché de piétiner les autres. Ils savent qu'ils ont besoin d'un arbitre, mais ils râlent quand ils croient qu'une décision leur est défavorable, ajouta Tomás.

— En ce cas, la moitié du pays pourrait être l'auteur intellectuel, déplora Mario.

Tous trois restèrent silencieux pendant quelques minutes. Tomás alla se verser un café. Amelia consulta son portable et Mario regarda le tissu imprimé de sa robe en se demandant ce que penserait Carmelita des goûts de son amie.

— Il y a trop peu d'informations pour se faire une opinion. Revenons aux lignes d'investigation d'origine, il nous faut d'autres renseignements, dit enfin Tomás.

— Tu ressembles plus à un détective qu'à un journaliste, il ne te manque plus que l'imperméable blanc pour être Colombo, dit Amelia en éclatant de rire.

— Les grandes poches de l'imperméable me conviendraient, il y a longtemps que ma veste a dépassé ses capacités.

Amelia le regarda avec tendresse, comme si elle remarquait pour la première fois la tenue négligée de Tomás, sa chemise blanche au col passé de mode, la veste bleu marine lustrée aux coudes ; il comprit son regard et accepta avec un demi-sourire l'inventaire dont il était l'objet. Mario capta cette complicité et se demanda ce qui se passait.

— Revoyons donc nos lignes de recherche, intervint-il, se rappelant une réplique entendue au cinéma.

La liste qu'ils établirent n'était pas très longue : les archives de don Plutarco, que Mario promit de terminer le lendemain ; le chauffeur et la voiture dans laquelle Pamela avait été vue pour la dernière fois ; les infos que pourrait donner Ordorica, le sbire de Carlos Lemus. Tous trois convinrent que l'avocat Raúl Coronel, qui avait refilé l'info pour l'article de Tomás, était le maillon qui pouvait les conduire à l'identification des assassins. Ils se répartirent les tâches et reconnurent la nécessité d'intégrer Jaime, lui seul avait accès aux services secrets mexicains.

— Je vais le contacter, dit Amelia.

SAMEDI 30 NOVEMBRE, 10 H 30
Jaime

L'inquiétude de Jaime grandissait de minute en minute, il savait qu'il pouvait être la cible d'une agression à tout moment. Il avait survécu à la dernière attaque grâce à sa bonne étoile, mais il n'était pas du genre à confier au hasard une question de vie et de mort, et se fier à la chance face au cartel de Sinaloa, c'était aller à l'encontre de toute prudence. Les douze gardes du corps armés qui l'entouraient pendant qu'il se dirigeait vers l'ambassade des États-Unis, après sa réunion frustrante avec les Bleus, ne lui donnaient aucun sentiment de sécurité.

L'attaque du vendredi précédent à l'hôtel Reina Victoria avait très vraisemblablement été menée grâce à la complicité de quelqu'un de son équipe et cela le mettait de mauvaise humeur. "Il n'y a pas de défense contre la trahison", aimait à dire Santiago Vasconcelos, surnommé le "tsar antidrogues" durant les sextennats du PAN, qui était le plus souvent entouré d'une vingtaine de gardes qu'il changeait tous les quatre ou cinq jours ; sa méfiance était telle qu'il préférait une escorte d'inconnus qui n'avaient pas le temps de prévoir ses habitudes et ne restaient pas assez longtemps pour s'associer à un complot contre lui. Pourtant, Vasconcelos avait été victime de son propre adage : il mourut en novembre 2008 dans l'étrange accident aérien qui ôta la vie à Camilo Mouriño, le bras droit de Calderón. Ce jour-là, vingt gardes du corps l'attendirent inutilement à l'aéroport de México, où il n'atterrit jamais.

Jaime se dit qu'il devait absolument se débarrasser de la menace du cartel, découvrir qui avait mis sa tête à prix et éliminer le responsable ou négocier un pardon quelconque.

L'exécuteur étant Benigno Avendaño, cela signifiait que le Chapo Guzmán en personne était derrière cette sentence de mort.

Joaquín Guzmán était la version mexicaine de Pablo Escobar, le légendaire narcotrafiquant de Colombie. Il avait pris le contrôle du cartel le plus ancien et le plus puissant du pays au début des années 1990 : son hégémonie pendant vingt ans constituait un record dans un métier qui était le plus souvent éphémère et risqué. Ses rivaux avaient été assassinés ou bien ils croupissaient dans une prison américaine ou mexicaine. Le magazine *Forbes* le classait parmi les soixante personnes les plus puissantes de la planète et une des plus riches.

Jaime savait que la longévité du Chapo Guzmán n'était pas seulement due à sa chance extraordinaire, même si la dernière opération contre lui, en mars 2012, avait échoué grâce à la menstruation imprévue d'une femme, c'est du moins ce que croyait l'opinion publique. Ses assistants avaient arrangé un week-end pour lui dans une maison de Los Cabos, dans le Sud de la Basse-Californie, en compagnie d'une amante occasionnelle, et la DEA l'avait appris trois jours auparavant ; Jaime était le responsable de cette opération côté mexicain, pour laquelle il avait mobilisé quarante agents d'élite. Personne d'autre au Mexique n'en était informé. L'opération avait pour but d'assassiner le Chapo ; les Américains ne voulaient pas courir le risque qu'il s'évade une fois de plus d'une prison mexicaine, comme c'était déjà arrivé en 2001.

Or, si le Chapo s'en était tiré, dans le Sud de la Basse-Californie, ce n'était pas dû au décalage des règles d'une maîtresse, mais à l'intervention de Jaime en personne ; la veille de l'opération, il l'avait prévenu de façon anonyme sur un des sites internet gérés par le cartel. Jaime arriva à Los Cabos avec ses hommes, accompagné de deux conseillers de la DEA qui témoigneraient de la mort du caïd, bien que ces deux étrangers aient interdiction d'être en première ligne de feu. Il n'était pas sûr que son avertissement avait été reçu, il prépara simplement l'opération soigneusement. Quand ils arrivèrent sur les lieux de la prétendue idylle, ils ne trouvèrent qu'une femme, qui leur dit que le rendez-vous avait été annulé jusqu'à nouvel ordre. En dépit de la discrétion de l'opération, la base militaire locale, sans doute alertée par le cartel lui-même, remarqua le mouvement des agents fédéraux dans la zone et porta plainte pour ingérence sur leur territoire. C'était devenu une pratique courante de tenir les militaires à l'écart des opérations importantes : nul n'ignorait que les narcotrafiquants avaient infiltré la hiérarchie militaire d'une grande partie du pays.

Sachant que le secret pouvait être divulgué à tout moment, Jaime avait informé le gouvernement fédéral de l'échec de l'opération. Les agents de la DEA invoquèrent les douleurs menstruelles d'une amante pour éviter un dommage irréparable dans leur carrière ; Jaime utilisa le même prétexte quand les militaires découvrirent l'échec des agents fédéraux sur les réseaux sociaux. Le gouvernement décida à contrecœur de donner cette version à l'opinion publique et aux médias, qui ne furent pas avares de moqueries et de plaisanteries. La présidence exigea des mises à pied brutales au CISEN, le Centre d'investigation et de sécurité national.

Alerter le cartel n'avait pas été un acte de corruption de la part de Jaime, mais un geste de patriotisme, c'était du moins son avis. Comme beaucoup d'autorités au Mexique et aux États-Unis, il considérait le cartel de Sinaloa comme "le bon cartel" : c'étaient des professionnels qui, depuis les années 1970, se consacraient au trafic de drogue, possédaient des codes d'honneur importés de la mafia italo-américaine et jouissaient d'une solide réputation sociale dans les zones où ils opéraient. Au contraire, d'autres cartels surgis sur la côte du golfe du Mexique, en particulier les terribles Zetas, se caractérisaient par leur barbarie, leurs opérations incluant des délits comme l'enlèvement et l'extorsion, et leur cruauté envers la population civile.

Éliminer le Chapo aurait provoqué une énorme déstabilisation du cartel de Sinaloa, qui ne pouvait bénéficier qu'à ses grands rivaux, les Zetas. Huit ans plus tôt, Jaime avait été un des négociateurs missionnés par le gouvernement mexicain, avec le plein accord des services américains, d'un pacte de paix avec la bande du Sinaloa. Les autorités voulaient concentrer la guerre sur les narcotrafiquants de Ciudad Juárez et sur les

Zetas de Tamaulipas, “les méchants de l’histoire”, aussi avaient-ils conclu une trêve avec le Chapo.

Pour Jaime, les conditions n’avaient pas changé, même si les nouveaux cadres de la DEA étaient pressés de progresser dans leur carrière avec une arrestation spectaculaire, et personne n’était plus célèbre que le Chapo. Jaime avait considéré qu’il était plus important de maintenir la tranquillité sur de vastes parties du pays que de favoriser la carrière de fonctionnaires médiocres ; il ne regrettait pas d’avoir empêché l’élimination du narcotrafiquant du Sinaloa.

Le problème, pour lui, était que le Chapo n’avait jamais su l’identité de son bienfaiteur. Tôt ou tard, la DEA intercepterait une conversation des narcos et son intervention serait révélée, un risque qu’il ne pouvait pas s’offrir, même s’il avait reçu l’approbation de certains dirigeants à Washington.

Huit mois plus tard, il était victime d’une ironie tragique : le Chapo voulait l’assassiner. Jaime savait que la seule façon d’empêcher sa propre exécution passait par l’ouverture de négociations stratégiques avec le cartel de Sinaloa : ils pouvaient être passionnels, mais ils étaient avant tout des chefs d’entreprise qui veillaient à leurs intérêts, et Jaime avait quelque chose d’irrésistible à leur offrir, sauf qu’il ne pouvait le faire à l’insu des Américains.

En attendant d’être reçu par Robert Cansino dans les bureaux de l’ambassade, il revoyait les arguments qu’il allait exposer. Bien qu’il ait toute l’estime de son collègue, celui-ci détecterait la moindre contradiction et Jaime trouvait que l’histoire qu’il allait lui servir n’était pas assez vraisemblable.

— Bonjour, Jaime, entre, lui dit Cansino.

L’agent travaillait sur une immense table de réunion, avec des piles de dossiers soigneusement rangés : Jaime repéra des noms d’oiseaux sur certains d’entre eux : *Crow, Duck, Raven, Sparrow*. Il y avait quelque chose d’infantile dans la façon qu’avaient les agents secrets américains de baptiser leurs missions et leurs opérations, se dit Jaime, mais aujourd’hui il n’était pas là pour se moquer de Cansino ou des manies de la DEA.

— Pourquoi le Sinaloa te poursuit-il ? lança-t-il au Mexicain dès que celui-ci fut assis.

— Tu as oublié l'affaire de Los Cabos ? Nous nous sommes approchés trop près cette fois-là ; le Chapo a dû être furieux que ses sources habituelles ne l'aient pas prévenu. Le fait que j'aie dirigé cette opération a fait de moi une menace pour sa sécurité.

— Et pourquoi maintenant que le gouvernement a changé ? Tu n'es plus à la tête du CISEN. *No offense mean, but you are not a threat anymore.*

— C'est sans doute du ressentiment.

— Si longtemps après ? Avec Avendaño en personne et en plein hôtel Reina Victoria ? répondit Cansino en écartant les mains et en haussant les sourcils.

— Tu as une autre idée ? Pourquoi voudrait-il me tuer ?

Jaime connaissait le penchant de Cansino à toujours avancer sa propre hypothèse. Comme tous ceux qui passent beaucoup de temps dans les services secrets, il s'était habitué à disposer de plus d'informations et de réponses que ses interlocuteurs ; si Jaime ne trouvait pas une bonne explication, il laisserait Cansino en trouver une.

— Ou bien tu lui as fait quelque chose dont je ne suis pas encore informé, ou bien il craint que tu ne sois un empêchement pour conclure un pacte de paix avec le nouveau gouvernement.

— C'est un peu ça. Il y a des années, je l'ai aidé à négocier une trêve avec le PAN, mais il me voit maintenant comme une menace, sans doute à cause de l'opération de Los Cabos. Il doit être convaincu que c'est moi qui encourage Salazar et Prida à traquer le cartel de Sinaloa.

— C'est possible, mais tu n'as plus cette influence auprès du nouveau gouvernement.

— J'en ai plus que tu ne crois. Je ne reviendrai pas dans le premier cercle, parce qu'on se méfie de moi, j'ai en effet dirigé les services d'espionnage des panistes ; mais ils n'ont pas de cadres ayant mon expérience et mes contacts, surtout dans le domaine international et dans l'espionnage cybernétique. Ils me consultent beaucoup plus qu'ils ne le souhaiteraient ; c'est sûrement ce que redoute le Chapo.

— Sans doute…

Cansino doutait encore.

— Quoi qu'il en soit, je suis bien obligé de neutraliser la menace avant qu'Avendaño exécute les ordres de son patron.

— Tu veux quitter le pays un moment ? Nous essayons de monter un réseau d'infiltration dans le gouvernement de Rajoy, maintenant qu'il a laissé entrer la DEA en Espagne. Ça te dit ?

— Pas question. On ne se débarrasse pas de Gaff aussi facilement, Sebastian, répliqua Jaime, faisant allusion à leurs surnoms extraits de *Blade Runner*.

— Alors dis-moi ton idée, tu en as sûrement une derrière la tête.

— Je peux donner Veracruz au Chapo, dit Jaime, et il expliqua son plan.

L'État de Veracruz était devenu une des régions les plus ensanglantées du pays, à cause de la guerre ouverte que se livraient les Zetas et le cartel Nueva Generación, une branche venue de Guadalajara du cartel de Sinaloa. Le récent contrôle qu'avait pris Jaime sur les dispositifs de sécurité du gouvernement de cet État lui permettrait de faire pencher la balance en faveur des alliés du Chapo.

Cansino et Jaime savaient que la conquête d'un territoire par un cartel dépendait de qui contrôlait l'encadrement policier local. C'étaient eux qui accordaient protection à la revente de drogue, eux qui faisaient échouer les enquêtes fédérales et eux qui révélaient aux membres d'un cartel les mouvements de leurs rivaux, et parfois même qui aidaient à les éliminer.

Jaime plaida pour son plan. La prépondérance du Chapo sur Veracruz réduirait de moitié le territoire des Zetas, qui s'étendait sur tout le golfe jusqu'à la péninsule du Yucatán, et, plus important encore, elle pacifierait le port de Veracruz, où les massacres avaient attiré l'attention internationale. Tout le monde gagnerait, même la DEA, à voir diminuer l'avalanche de faits divers dans la presse mondiale.

— Et que demanderais-tu en échange de Veracruz ?

— Au Chapo, la suspension de ma condamnation, mais nous pourrions apporter quelques atouts au gouvernement de Prida ; il serait le premier bénéficiaire d'un accord avec les trafiquants. Je sais qu'ils y travaillent, mais cela lui donnerait une meilleure carte pour négocier.

— Les conversations sont au point mort, dit Cansino. Le cartel se méfie encore de la capacité du gouvernement à obliger certains gouverneurs à respecter le pacte ; plusieurs d'entre eux émargent auprès des Zetas, tu sais ? En outre, le Chapo veut des garanties de la DEA comme quoi l'aventure de Los Cabos ne va pas se renouveler.

Cette dernière phrase confirma à Jaime ce qu'il avait imaginé : les Américains avaient un rôle actif à la table des négociations que le gouvernement avait ouvertes avec le Chapo. Cela faciliterait les choses.

— C'est Salazar qui mène la danse, non ? demanda Jaime.

— Bien sûr, par l'intermédiaire de Zendejas, l'ex-gouverneur du Sinaloa.

— Tu peux m'introduire pour que je lui présente mon histoire ? Avec votre appui, ce sera plus facile.

— Oui, mais donne-moi de quoi négocier avec mes chefs. Tu partagerais les renseignements qui sortiraient de Veracruz avec nous et avec la marine ? demanda Cansino.

Jaime sourit et accepta. La marine était devenue le bras agissant des Américains, qui n'avait plus confiance dans les chefs de l'armée depuis des années. Les corps d'élite de la navale mexicaine n'avaient pas encore été entièrement infiltrés par les trafiquants de drogue.

Quelques heures plus tard, Cansino lui annonça que le rendez-vous avec "Moineau" (Zendejas) était fixé au dimanche soir chez un certain Roberto Hurías, un politicien qu'ils connaissaient tous les deux. Jaime sourit de nouveau.

SAMEDI 30 NOVEMBRE, 17 HEURES
Mario et Carmelita

L'amélioration de Carmelita était visible depuis la veille : sur son visage, on lisait les effets d'une bonne nuit réparatrice, la première depuis l'assassinat de Pamela Dosantos. Bien que discrets, le maquillage et le rouge à lèvres contrastaient avec le visage blafard de la veille. Une élégante robe noire remplaçait le jean et le chemisier froissé, et elle accentuait la blondeur des cheveux, rassemblés en couettes juvéniles. Mario se sentit flatté par ce soin, en dépit du signal d'alarme qui retentit au fond de lui quand son hôtesse l'accueillit d'un baiser sur la joue.

On voyait aussi que la salle de couture venait d'être rangée : les rouleaux de tissu avaient été relégués dans un angle et les rideaux ouverts montraient tout l'espace de la pièce. Ils s'assirent à l'immense table qui servait de plan de travail aux créations de Carmelita.

— Tu veux du thé ? proposa-t-elle sur un ton anodin, comme s'ils avaient l'habitude d'en prendre tous les jours.

Il trouva la proposition si chaleureuse qu'il accepta avec un sourire, mais il aurait préféré un café serré.

— J'ai repensé à ce que nous avons dit hier, Carmelita, dit Mario après avoir bu une gorgée. Je suis sûr que personne n'a connu Pamela aussi bien que toi.

— Je n'étais pas la seule, répondit-elle, il y avait sa cuisinière, la servante et le chauffeur. C'est vrai qu'elle en changeait assez fréquemment ; elle avait du tempérament, tu sais.

— Tu es sans doute la seule à avoir les clés pour comprendre pourquoi… elle n'est plus parmi nous, aventura Mario après une hésitation.

— À quoi bon chercher à savoir ? Cela ne la fera pas revenir, et cela pourrait nous mettre en danger, dit-elle avec un brin d'inquiétude sur le visage.

Mario faillit lui expliquer l'importance de trouver l'assassin et de le dénoncer publiquement, mais il se rendit compte que ces arguments avaient un sens pour les Bleus, pas pour Carmelita. Que dire ? se demanda-t-il intérieurement. Qu'au début ils avaient voulu protéger Tomás des représailles de Salazar, et que maintenant ils voulaient porter un coup politique au régime ? Ces raisons ne semblaient plus très convaincantes aux oreilles de Mario.

— Tu as peut-être raison, c'est pourquoi il faudrait évaluer le risque que nous courons avec le contenu du tiroir, dit-il enfin, ravi de trouver une porte de sortie qui concilie les préoccupations de Carmelita et sa propre mission auprès des Bleus.

De son côté, Carmelita fut émue par le recours au "nous", à propos du danger que pouvaient représenter ces documents.

Elle le regarda de nouveau, se leva et se dirigea vers le rideau qui encadrait la fenêtre ; elle se baissa, ouvrit l'ourlet du bas d'un coup de ciseaux et en tira une clé. Cachette de couturière, se dit Mario. Quelques minutes plus tard, ils avaient étalé sur la table le contenu de deux tiroirs.

Il y avait trente-sept enveloppes à soufflet, fermées par un cordon, scrupuleusement intitulées à la main. Mario se mit à lire les étiquettes à haute voix : "Le Cheval blanc", "Le Sept Mers", "Quatre Chemins", "Chien noir", "La Dernière Gorgée"... Il lança un regard embarrassé à Carmelita, qui souriait de toutes ses dents.

— Des chansons de José Alfredo Jiménez, dit-elle.

— C'est sans doute un code, répondit-il.

— Elle adorait José Alfredo.

Quelques enveloppes étaient épaisses, d'autres minces. Mario en ouvrit une au hasard, "Un monde bizarre" : elle contenait deux DVD et une demi-douzaine de cassettes audio.

— Tu as un lecteur ? demanda-t-il.

Sans répondre, elle alla dans sa chambre et en rapporta un vieux Sony qu'elle posa sur la table ; il le brancha et introduisit une cassette. Carmelita frissonna quand elle entendit, après un court raclement de gorge, la voix chaude de Pamela, déformée par la mauvaise qualité de l'appareil.

> "*Novembre 2007.* Le Bizarre est chargé de l'achat de trois hélicoptères pour la police fédérale. Au début, il faisait des mystères, mais il n'a pas tardé à se vanter : il dit qu'il a distribué deux cent vingt mille dollars au sous-procureur et au sénateur Gustavo Ramírez pour s'assurer de l'opération, et qu'avec ce qu'il va toucher il achètera le *penthouse* de ses rêves à Miami ; que nous y irons le week-end dès qu'il aura empoché la commission. Je lui ai demandé si les hélicoptères étaient bons, s'ils ne risquaient pas de tomber, et il m'a dit qu'ils étaient excellents, que de toute façon il n'avait pas le choix, et qu'il n'était pas question de laisser échapper une commission de plusieurs millions en provenance des gringos. « Dans ce pays, tout gros achat engendre des frais, le tout est de savoir agir comme un pro », dit-il.
>
> "Il rencontre beaucoup l'avocat Pepe Gómez, celui qui s'occupe de l'affaire Corcuera, l'ex-maire de Monterrey qu'on a arrêté parce qu'il s'en était mis plein les poches, je crois qu'ils sont amis. Il est allé aux putes avec le gouverneur de San Luis Potosí, ce paniste qui joue les dévots ; ensuite, il s'est rendu deux fois dans la capitale de cet État.
>
> "Il est très bizarre côté lit. Il est impuissant quand il est réveillé ; il ne peut que lorsque la femme le caresse pendant son sommeil, alors il continue de faire semblant de dormir. Autrement dit, la femme doit s'occuper de tout ; il dissimule même les bruits de l'orgasme derrière des ronflements pour entretenir l'illusion qu'il dort."

Voyant la gêne grandissante de Carmelita, Mario arrêta la cassette, mais il avait déjà la question sur les lèvres :

— Qui est le Bizarre ?

— Je l'avais oublié, celui-là. Elle est sortie avec lui il y a quelques années et elle le surnommait ainsi : "Je vais à Valle de Bravo avec le Bizarre." Ou bien : "Ah, la femme du Bizarre est une sorcière !"

— C'est un fonctionnaire ?

— Je crois qu'il était chef de cabinet au ministère de la Sécurité publique. Elle l'a quitté parce qu'il devenait de plus en plus grossier et présomptueux.

— Elle était restée longtemps avec lui ?

— Je ne m'en souviens pas, ça ne date pas d'hier. Quelques mois, je pense, guère plus.

— Y a-t-il une liste avec les codes des pseudonymes ?

— Comment cela ?

— Les équivalences de la liste de chansons.

— Aucune idée, peut-être dans un de ces dossiers, dit-elle, et elle ajouta, après un moment d'hésitation : Mais je ne veux pas que tu en ouvres d'autres. J'ai peur de découvrir les cochonneries de ces messieurs.

Mario allait lui demander si elle avait un graveur-enregistreur de DVD pour voir les images, mais il se rangea à son avis : le visage juvénile qu'elle avait une demi-heure plus tôt quand elle l'avait accueilli s'était envolé ; les pommettes semblaient s'être creusées et imprimaient à son visage un air déchiré, dramatique. Et ce n'était qu'un début, pensa Mario, Dieu sait ce qu'ils trouveraient sur ces vidéos.

Mais il n'avait pas non plus l'intention de les perdre. Après le fragment d'enregistrement écouté, il lui semblait évident que dans ces archives ils trouveraient des clés qui expliqueraient les raisons de l'assassinat de Pamela Dosantos, et même de quoi clouer au mur le gouvernement de Prida.

— Je crois que tu as raison, ils sont trop dangereux pour les garder à la maison.

— On n'a qu'à les détruire, et ainsi personne ne saura que Pamela a fait ces enregistrements.

— Calme-toi, pas de précipitation : elle devait avoir une raison pour laisser ces enregistrements dans ces tiroirs, pour te remettre une clé et te demander de l'utiliser si elle disparaissait. Dans le premier tiroir, il y avait tout ce qu'il fallait pour assurer ton avenir ; pourtant, elle a aussi voulu que survive ce que nous avons devant nous. Elle s'est donné beaucoup de mal pour enregistrer cela en cachette et le stocker ici au fil des années. Gardons tout cela, c'est le moins que l'on puisse faire pour elle, tu ne crois pas ?

Carmelita lança à Mario un regard triste, sans doute contrit, mais pas du tout effrayé.

— C'est vrai, je lui dois au moins cela. Mais je ne peux pas garder ça ici, c'est dangereux, et dégoûtant.

Mario se dit qu'en réalité il connaissait à peine la couturière ; maintenant, elle avait un air puéril, moraliste, elle était peut-être une religieuse fanatique. Elle parut deviner ses craintes.

— Ne te méprends pas, Mario : j'aimais Pamela, c'était ma meilleure amie, une vraie sœur. Je sais ce qu'elle faisait, j'étais au courant de ses pratiques amoureuses. Je ne l'ai jamais jugée, elle était heureuse à sa façon, avec cette frivolité joyeuse et un cœur énorme, et je lui en serai toujours reconnaissante. Je ne sais pas pourquoi elle a fait tous ces enregistrements et tu as raison, je n'ai pas le droit de les détruire. Je suppose que ma mission était de les conserver, maintenant c'est à un autre de voir comment les utiliser.

— Ne t'inquiète pas, je m'en charge, affirma-t-il, et il ne résista pas à la tentation d'ajouter : C'était providentiel qu'on se rencontre justement maintenant.

— Oui, dit-elle en posant la main sur la sienne.

Pendant une demi-heure, ils spéculèrent sur les raisons qui avaient amené Pamela à prendre des risques pour archiver tant de confidences sur ses amants. Ils n'avancèrent guère, les commentaires de Carmelita étaient aussi hypothétiques que ceux de Mario.

Ils essayèrent de mettre les dossiers dans de grands sacs noirs comme ceux qu'on utilise pour les poubelles, mais ils se déchiraient sous le poids. Finalement, elle sortit deux grandes valises d'un placard, qu'ils remplirent et qu'ils eurent du mal à fermer. Carmelita appela un taxi et il y monta comme on embarque avec ses bagages pour un long exil.

Peu après, le taxi roulait dans le paseo de la Reforma, en direction du quartier de la Condesa. Mario avait donné son adresse au chauffeur, mais en chemin il comprit son erreur. Une seule valise était entrée dans le coffre, il tenait l'autre contre lui, sur la banquette arrière. Il savait qu'Olga ne manquerait pas de les remarquer et, pire encore, il pressentait la menace qu'elles représenteraient pour la sécurité de sa famille. Il avait délivré Carmelita de ce lourd fardeau, et maintenant c'était lui qui l'endossait, avec des conséquences imprévisibles.

Il pensa à l'ampleur des délits et des infamies que pouvaient contenir ces dossiers : ses pensées ne firent que semer le trouble dans son esprit. Un coup de volant du taxi augmenta la pression de la valise sur son bras gauche et ce simple contact lui causa une oppression étouffante ; il se dit qu'il devait trouver d'urgence une destination sûre pour ces bagages.

Précisément, la veille il avait passé une demi-heure avec Vidal pour lui expliquer la nécessité de rester en marge de cette affaire. Le jeune homme rechignait, répétant sans cesse que ses recherches ne présentaient aucun danger, et qu'il pouvait être très utile dans cette enquête ; il avait soutenu, à juste titre, que jusqu'alors sa découverte des images du transfert de Pamela en voiture était ce que les Bleus avaient de mieux, mais il ne fit aucune allusion à l'intervention de Luis. Finalement l'insistance du père avait eu raison des objections du fils, c'est du moins ce que pensa Mario : Vidal lui assura, à contrecœur, qu'il renonçait. Mario fut soulagé.

Cependant, quelques heures plus tard, c'était lui qui mettait sa famille en péril avec le chargement d'explosifs qu'il transportait. Il était à dix minutes de chez lui et savait qu'il ne pouvait pas promener tout ce matériau à travers la ville : il se sentait exposé et vulnérable. Mario envisagea de recourir aux Bleus et finit par écarter cette idée : Jaime était menacé de mort, Tomás était déjà sous surveillance et Amelia était un personnage public. Sans plus hésiter, il donna au chauffeur une autre destination et se sentit plus rassuré.

Cinq minutes plus tard, il était euphorique. Il pensa à la surprise de Tomás et d'Amelia ; voilà que soudain il avait entre les mains un butin politique d'une valeur incalculable. Il ne voyait pas comment l'exploiter, mais il savait que ses amis avaient plus d'expérience et de contacts pour évaluer les informations et en tirer profit. Pour la première fois, le pion devenait la pièce la plus importante de la partie d'échecs qu'ils livraient depuis quelques jours.

Tout à sa joie, il pensa à Jaime et son cœur se serra. Les images de son ami et de la couturière lui rappelèrent le chat et le canari. Titi et Grosminet. Il ne pouvait pas exposer Carmelita aux jeux indéchiffrables de Jaime. Il l'aimait et le respectait, mais c'était aussi un fonctionnaire de l'État, un homme qui se fiait trop à lui-même et à ses capacités pour contrôler le destin des autres. Avec de tels jeux, il pouvait nuire à la couturière, même sans le vouloir.

Quand il arriva chez Raúl, le cousin d'Olga, il avait pris sa décision : il en parlerait à Amelia et à Tomás avant de faire toute allusion à ces archives au quatrième membre des Bleus.

SAMEDI 30 NOVEMBRE, 12 HEURES
Luis

Le penchant d'Armando Soto pour la pornographie avait tout facilité. En deux heures, Luis l'avait retrouvé dans une base de données, et il était apparu aussi comme membre platinum d'un établissement dénommé Princesa's Club, qui n'était autre qu'un club de striptease haut de gamme. Son adhésion donnait au policier des réductions sur la maison mère située à Miami et dans vingt-deux succursales, y compris à Guadalajara, outre l'accès gratuit à la section premium du site internet. Luis consulta les services que proposait le portail de cette entreprise et reconnut la qualité de son marketing : les usagers étaient bombardés de billets d'entrée et de promotions pour se rendre dans leurs établissements, et ils offraient des vidéos “inédites” sur le web. Luis décida de faire à Soto une proposition irrésistible.

Il releva le courrier électronique de l'entreprise, prinsexxa@club.com, et en créa un semblable en ajoutant un *x*. Il copia le portail du site internet de l'entreprise et ajouta un bouton pour obtenir une entrée valable pour une nuit de rêve avec la danseuse de son choix au Princesa's Club de Guadalajara. Il rédigea un message qu'il envoya sous l'adresse prinsexxxa@club.com, adressé personnellement à Soto, lui disant qu'il était le gagnant de la promotion du mois : l'heureux bénéficiaire n'avait qu'à ouvrir le lien pour entrer dans le site et charger le billet avec l'offre promise. En réalité, il importerait un logiciel parasite qui permettrait à Luis de rafler tout le contenu de l'ordinateur du policier.

Le jeune homme quitta son bureau, une maisonnette située au fond du jardin, et alla se préparer des sandwichs à la cuisine pour ce qui serait une longue journée solitaire. Son père était parti passer le week-end à son appartement de Puerto Vallarta. Luis retourna à son bureau et regarda le match Barcelone-Séville qui s'était déroulé quelques heures plus tôt ; il avait décidé de l'enregistrer après les éloges enflammés que l'orchestre d'Atlas avait dédiés au "meilleur football du monde". Il observa avec curiosité les chorégraphies que les passes rapides et incessantes dessinaient sur le terrain et il y prit plaisir. Messi venait de mettre son deuxième but quand sonna l'alerte programmée : Soto avait ouvert son message.

À 18 h 06, le policier avait chargé le logiciel posé par Luis. Le jeune homme avait ajouté cette légende : "Le chargement des photos peut prendre quelques minutes", pour que le policier laisse agir le logiciel. Par chance pour le hacker, le goût de Soto pour les films pornographiques l'avait poussé à choisir un pack internet haut débit ; les photos des danseuses n'apparurent jamais sur l'écran, mais quarante-cinq minutes plus tard Luis avait sur son disque dur un miroir de l'ordinateur de l'autre.

Le jeune homme parcourut les courriers électroniques de Soto des trois derniers mois ; il ne trouva rien qui révèle l'identité de ceux qui l'avaient engagé. À l'évidence, ses activités marginales ne passaient pas par les mails. Le policier semblait mener une vie solitaire, ce qui se voyait à la multitude de messages érotiques avec des femmes apparemment contactées sur le web. Il était originaire de Torreón, où habitaient sa femme et ses deux enfants, qu'il semblait ne pas avoir vus depuis des années. L'épouse envoyait périodiquement des messages pour réclamer une aide financière, qui restaient le plus souvent sans réponse. Au Noël précédent, Soto avait écrit à sa famille un long courrier ému où il demandait pardon et tirait des plans sur un avenir commun ; l'épouse avait répondu sur un ton prudent mais intéressé. Le policier n'avait pas donné suite.

Luis commençait à trouver ennuyeuse la vie de Soto quand il détecta la notification bancaire, envoyée par courrier électronique, selon laquelle son compte avait reçu un dépôt en liquide de cinquante mille pesos : la date correspondait au lendemain de son enlèvement. L'opération bancaire provenait d'une succursale de México. Voilà qui avait un sens pour Luis : l'accent de l'homme qui l'avait interrogé était bien celui de cette ville, en tout cas rien à voir avec la cadence de Guadalajara ou du Nord du pays. Le parcours de la vie professionnelle et personnelle de Soto révélait qu'il avait travaillé plusieurs années à la SIEDO (organisme spécialisé dans les enquêtes sur la délinquance organisée), dans la capitale. Luis constatait que les opérations parallèles que le policier proposait à des collègues de México étaient basées sur une confiance qui sous-entendait une fréquentation longue ou assidue.

Le jeune homme se concentra sur l'hypothèse que Soto avait dû connaître les agents de la capitale pendant son passage à la SIEDO. Il ne mit pas longtemps à accéder à la base de données des membres de la police fédérale. En 2009, après l'enlèvement et l'assassinat du fils d'Alejandro Martí, un des patrons les plus charismatiques du pays, auquel participèrent des agents de la police judiciaire, la pression publique obligea le gouvernement à dresser une liste de tout le personnel des organismes de sécurité publique. Ce qui facilita les choses.

Sur la liste, il sélectionna uniquement ceux qui avaient travaillé à la SIEDO entre 2005 et 2009, la période où Soto y avait travaillé, et il ne retint que ceux qui avaient un rang supérieur à l'agent de Torreón. Il restait quarante-huit noms. Luis écarta cinq femmes et tous ceux qui avaient plus de soixante ans, parce que ni la voix de son interrogateur ni la force de celui qui l'avait frappé ne semblaient appartenir à un homme âgé. Il ne resta que trente-deux noms sur la liste.

Le jeune homme relut plusieurs fois cette dernière liste, comme s'il pouvait associer à un nom les sensations d'angoisse, de peur et de colère qu'il éprouvait encore. Il comprit qu'il n'y aurait pas de surlignage automatique, même s'il regardait ces noms jour et nuit ; il réfléchit et se pencha sur les bases de données des passagers aériens.

Presque toutes les compagnies intérieures assuraient la liaison entre Guadalajara et México, plus de quatre-vingts vols quotidiens. Luis décida de s'intéresser uniquement aux retours du mercredi 27 novembre à partir de 15 heures : il supposait que les agents du District fédéral auraient quitté Jalisco le jour même. Vingt-trois vols remplissaient cette condition. Il travailla encore deux heures avant d'accéder à la liste des passagers de chacun de ces vols. Et il se retrouva avec sept cent vingt-deux personnes, dont cinq cent dix étaient des hommes.

Il introduisit les trente-deux noms qu'il avait obtenus à la SIEDO et deux minutes plus tard le programme de recherche montra une coïncidence : Efraín Restrepo. Luis salua cette trouvaille avec plus d'enthousiasme que Quijano devant un but de l'Atlas.

Il lui fallut un gros effort de volonté pour résister à la tentation de mettre à nu Efraín Restrepo dans le cyberespace. Jusqu'alors, il était peu probable qu'il ait déclenché une alarme sur les murs digitaux que Restrepo avait sûrement construits pour détecter toute tentative de recherche sur sa personne, mais il se dit que désormais il devrait avancer prudemment : un faux pas en explorant le nom de son bourreau et il finirait dans le fossé de Zapopan qu'on lui avait promis.

Luis pensa qu'il devait passer par Anonymous pour ses recherches. Il n'appartenait pas vraiment à l'organisation, mais lors d'un voyage en Espagne, à une réunion informelle de hackers, il avait rencontré deux Américains qui en étaient des membres actifs. Ayant remarqué les talents de Luis, ils avaient essayé de le recruter, mais en vain ; le Mexicain préférait rester un navigateur solitaire. Malgré tout, il avait proposé deux fois son aide pour ouvrir une base de données particulièrement résistante.

Anonymous était l'idéal pour son projet : une organisation sans directoire ni domicile connu, composée de hackers du monde entier, qui se consacrait à dénoncer des comportements criminels et autoritaires sur le web. Elle agissait sous la devise *Nous sommes Anonymous, nous sommes légion. Nous ne pardonnons pas. Nous n'oublions pas. Redoutez-nous*. En octobre 2010, elle avait publié une liste de 1 589 adeptes de pornographie enfantine qu'elle était parvenue à détecter dans le “web obscur” ; les mois suivants, elle réalisa des coups importants de ce genre, surtout en Espagne et aux États-Unis.

Luis savait que pour atteindre Restrepo sans être détecté, ses collègues d'Anonymous devraient avoir recours au web obscur, autrement appelé Darknet : il s'agissait d'un univers parallèle qui utilisait des portails d'accès sur le web presque impossibles à détecter quand ils se partageaient des données. Il existait des communautés qui avaient leur propre système, comme le logiciel Tor, et leur propre réseau, comme Freenet, et qui se consacraient à toutes sortes d'activités, les unes innocentes, d'autres criminelles. Parmi ces dernières, on trouvait une grande partie des informations échangées sur les trafics de drogue, les armes et la pornographie hard ; il existait même des sites clandestins genre eBay où on pouvait engager un homme de main ou un hacker pour une opération illégale. Luis trouvait assez ironique que le réseau Tor ait été développé par la marine des États-Unis.

Seuls quelques membres d'Anonymous connaissaient les clés cryptées, à l'intérieur du web obscur, qui permettaient de communiquer entre eux. Luis avait reçu l'accès à une petite fenêtre, une sorte de boîte aux lettres où il pouvait déposer un message ou réclamer une information. Il se rendit sur un réseau public et décrivit dans un courrier le recrutement forcé de hackers de Restrepo, et la violence de ses méthodes. Son envoi passerait par des douzaines de réseaux en Afrique, dans le Sud-Est asiatique et en Europe orientale d'avant d'arriver à destination : ainsi, son identité ne serait jamais révélée. Il ne demandait pas des actions contre Restrepo dans l'immédiat (Anonymous était capable de bloquer des comptes bancaires, d'annuler des cartes de crédit, de faire de vous un criminel dans les bases de données du FBI, entre autres choses), mais toutes les informations qu'on pouvait réunir sur le policier.

Luis savait qu'il prenait un gros risque ; tôt ou tard, Restrepo découvrirait qu'il était l'objet d'une recherche, sans savoir d'où elle venait. Pour éviter de devenir le premier suspect, il décida de lâcher une recherche qui les induirait à croire que l'intérêt avait pour origine Mérida, dans le Yucatán, précisément l'endroit où était mort Spaghetti, sans doute exécuté par les sbires de la police ; le jeune homme était sûr que Restrepo attribuerait cette curiosité à la vengeance d'un hacker concitoyen et ami de Spaghetti. Il mit tout en place et effaça ses traces, sauf quelques empreintes légères qui permettraient à un expert de remonter jusqu'à un cybercafé du paseo Montejo, à Mérida.

Quand enfin sa main lâcha la souris, il était presque minuit. Il était satisfait, mais inquiet : pourvu qu'il n'ait pas fait de fausses manœuvres. Incapable de trouver le sommeil, il décida de se plonger dans une séance passionnée de PlayStation.

DIMANCHE 1er DÉCEMBRE, 10 HEURES
Tomás et Jimena

Pour la troisième fois, il vérifia le contenu de l'enveloppe déposée sur son bureau. Le journaliste savait que les infos étaient fiables, mais il ne se décidait pas à taper son article. Jaime avait remis entre ses mains des chiffres jusqu'alors inconnus de la portée des délits et du *modus operandi* des deux principaux cartels de la drogue au Mexique : celui du Sinaloa sur le Pacifique et celui des Zetas sur le golfe. L'enveloppe remise le matin même par l'envoyé personnel de son ami incluait des tableaux, des cartes et la description détaillée des opérations clandestines. Elle répondait à toutes les attentes nées de ses récents articles : ce serait un texte que d'autres médias et chroniqueurs citeraient dans les prochains jours.

Pourtant, quelque chose le gênait dans ce matériau, trop manichéen au goût de Tomás ; les Zetas étaient les méchants et ceux du Sinaloa presque des héros de la société. D'après les notes, les premiers rackettaient déjà des commerces de Masaryk, la rue la plus glamour de la consommation à México, dans le quartier chic de Polanco. Ils avaient commencé par exiger des boîtes de la zone une somme hebdomadaire fixe pour leur protection, comme auparavant à Playa del Carmen ou à Acapulco ; ils continuèrent avec des restaurants et récemment ils avaient abordé d'autres commerces de vêtements et des boutiques de marque. Le fait était inquiétant, car pendant des années les élites de la ville de México s'étaient crues à l'abri de la vague de violence qui secouait le pays. Normalement, la capitale, siège des pouvoirs fédéraux, devait inspirer crainte et respect aux cartels de la drogue, mais le matériau sur son bureau transformait en légende urbaine cette croyance rassurante.

D'après Jaime, les Zetas avaient même posté un "comptable" dans les rues de Polanco, un homme qui allait de restaurant en restaurant pour compter les clients de chaque établissement jour après jour. Le comptable calculait *grosso modo* les recettes estimées de chacun des établissements pour empêcher les patrons de faire croire à l'encaisseur qu'ils avaient eu une mauvaise semaine.

Les documents citaient deux cas qui en leur temps avaient été largement couverts par la presse, un incendie et une fusillade, qui avaient obligé deux restaurants à fermer ; ce qu'on n'avait jamais su, c'est qu'il s'agissait d'une vengeance des Zetas contre des propriétaires qui avaient refusé leur chantage.

Au contraire, le cartel de Sinaloa était resté à l'écart du racket des commerçants et de l'enlèvement des patrons ; les documents fournis par Jaime expliquaient comment le blanchiment d'argent, par le truchement des moyens et petits commerces, maintenait une grande partie de la zone pacifique à l'abri de la crise. Le Chapo et ses lieutenants contribuaient largement aux travaux publics dans une quantité de fermes et de villages ; le jour de l'Enfant ou la fête des Mères étaient prétexte à d'immenses fêtes et à des cadeaux touchant des centaines de familles dans le Sinaloa et le Sonora.

Tomás avait quelques doutes sur un traitement si indulgent des gens du Sinaloa, mais il n'avait pas le choix, n'ayant pu creuser le détournement clandestin de pétrole sur les canalisations de la Pemex, parce que Amelia ne lui avait pas encore envoyé les documents dont elle lui avait parlé à ce sujet. Le souvenir de son amie l'égara quelques instants : les petits caractères japonais qu'elle s'était tatoués sur la colonne chatouillèrent la pointe de ses doigts qui les avait caressés. Il la verrait peut-être plus tard, en prétextant des renseignements pour son article ; il pensa lui envoyer un message à double sens sur ce qu'il attendait d'elle, mais il pensa que la plaisanterie serait un peu lourde.

Le journaliste se força à s'intéresser à son travail et en soupirant il se concentra sur le matériau qui, comme disait Jaime, était trop bon pour être gaspillé. Le souvenir de cette phrase ranima une inquiétude, qu'il écarta aussitôt.

Une heure et demie plus tard, il avait bouclé un texte fort et documenté qui révélait les façons contrastées d'opérer des deux cartels. Presque à contrecœur, il conclut par une phrase qui préconisait de laisser de côté la guerre contre le Chapo pour orienter les batteries sur les abominables Zetas. Quand enfin il cliqua pour envoyer son texte à la rédaction d'*El Mundo*, il eut l'impression d'être une pièce d'échecs entre les mains de Jaime. Il se consola en pensant que le texte serait un succès, non pas à cause de ses conclusions, partagées par une grande partie de l'opinion publique, mais à cause des informations inquiétantes de la pénétration des Zetas dans la capitale.

Libéré de la tâche principale du jour, il en aborda une autre, beaucoup plus incertaine : trouver l'avocat Raúl Coronel. Tomás le cherchait depuis le lundi précédent, mais son portable était toujours éteint ou hors service. Il avait appelé son bureau tous les jours et chaque fois une secrétaire l'avait informé que l'avocat n'était pas en ville, mais qu'on l'attendait d'un moment à l'autre. Il rappela encore, bien qu'on soit dimanche, mais il dut se contenter du répondeur. Il laissa un message en précisant que c'était urgent, demandant que Coronel le contacte dès qu'il serait à son bureau.

Il se lava en pensant au rendez-vous à déjeuner qu'il avait avec Jimena, sa fille unique. Il lui demanderait ensuite d'aller acheter avec lui quelques vêtements pour renouveler sa garde-robe déficiente. Malgré ses seize ans, Jimena avait plus de notions esthétiques que lui à quarante-deux ; en tout cas, se dit-il, elle était plus au fait de la mode que lui ; et elle rêvait de remettre son père dans le droit chemin, même s'il s'agissait seulement d'améliorer son apparence physique.

Il achevait de se raser quand il entendit le téléphone sonner. Il caressa l'idée que c'était la secrétaire de Coronel, qui lui passerait enfin l'avocat ; il avait hâte de connaître l'origine de l'information qui avait localisé le cadavre de Dosantos aux abords des bureaux de Salazar. Mais c'était Mario, au radiotéléphone.

— Tomás, j'ai besoin de te voir seul à seul. C'est urgent, tu es encore chez toi ?

— Je vais déjeuner avec Jimena et ensuite on fera quelques courses.

— Tu te rappelles chez qui tu m'as déposé lundi matin ? J'en ai tiré des choses intéressantes. Il faut que tu voies ça.

Tomás supposa que les archives de don Plutarco avaient enfin donné un résultat. Mario exagérait son importance dans son désir de se rendre utile ; néanmoins, les recherches des quatre étaient au point mort et aucun élément nouveau n'était à dédaigner.

— On se voit chez le glacier préféré de Jimena vers les 5 heures. Ça te va ? Ainsi, tu auras l'occasion de la saluer et de voir comme elle est devenue jolie.

Mario essaya de se souvenir de l'époque où ils promenaient ensemble Vidal et Jimena le samedi matin, dans les années qui avaient suivi le divorce de Tomás ; immédiatement lui vint à l'esprit le glacier Roxy, sur l'avenue Alfonso Reyes, où ils finissaient souvent la journée après être allés au cinéma ou au parc México. Mario approuva et raccrocha.

Tomás mit sa plus belle chemise blanche, un jean un peu trop serré à la taille et des mocassins qui faciliteraient les essayages dans une cabine. Une veste noire se chargerait cette fois de transporter ses affaires. À la dernière minute, il décida de ne pas prendre l'iPad auquel il était devenu accro ; de toute façon, il n'aurait pas le temps de consulter livres et magazines qui s'entassaient sur le petit écran. Depuis que Pamela Dosantos avait croisé son chemin, les habitudes qu'il avait encore une semaine plus tôt semblaient être des souvenirs d'une autre vie. Il appela le taxi de luxe qu'il avait utilisé ces derniers jours et une demi-heure plus tard il était installé au Contramar, le restaurant favori de Jimena, dans la rue de Durango, près de la fontaine de la Cibeles mexicaine, réplique de celle de Madrid.

L'établissement était bondé, comme toujours, il était à peine 14 h 30 et Tomás craignait qu'il n'y ait pas de place, mais Jimena s'était déjà installée à une table et buvait une citronnade.

— On n'a pas voulu me servir une bière, dit-elle en manière de bonjour.

— Je vais en commander une et je te la passe, répondit-il en éclatant de rire.

Il avait toujours été un père permissif ; pour le reste, Jimena était une petite adulte depuis l'âge de dix ans, bénéficiant de l'autodiscipline qui avait manqué à ses parents.

Il y avait deux semaines qu'ils ne s'étaient pas vus, mais Tomás trouva que pendant cette période sa fille avait brûlé les étapes, ou alors c'était le rimmel qui soulignait ses cils et une petite ombre obscure au-dessus des paupières. Très bien assortie à ses grands yeux sombres, estima Tomás ; avec ses cheveux noirs et frisés, elle devait causer des ravages parmi ses camarades de classe, se dit-il avec une fierté toute paternelle.

Ils firent le point sur la vie familiale et scolaire de Jimena, les cours d'allemand et l'évolution de ses séries télé préférées, *The Big Bang Theory* et *American Horror Story*. Aucun des deux ne mentionna la récente célébrité acquise par Tomás. Il ignorait si sa fille était au courant de l'impact de ses articles et de ses nombreuses interviews : en général, les réussites journalistiques de Tomás la laissaient sceptique, et elle critiquait durement son mode de vie. Elle l'aimait, mais dénonçait souvent ses pratiques alimentaires douteuses et le désordre de son appartement de célibataire, comme s'il était un jeune homme irresponsable. Il l'écoutait, amusé de la voir devenir si affirmée et résolue.

Comme il s'en était douté, elle fut enchantée à la perspective de l'aider à choisir une nouvelle garde-robe. Ils passèrent deux heures au Palacio de Hierro de la même rue, à cent mètres du restaurant, et ressortirent chargés de grands sacs plutôt légers qu'ils déposèrent dans le coffre du taxi de luxe qui les attendait. Mario les guettait devant le glacier en se massant la hanche.

Mario donna des nouvelles de Vidal à Jimena, puis le taxi la remmena chez elle ; comme toujours, Tomás la vit repartir avec un étrange mélange de fierté et de tristesse, à l'idée de la vie qu'elle devait mener en marge de la sienne.

Les deux amis firent quelques pas et s'installèrent à une table du restaurant Los Primos. Pendant une bonne demi-heure, Mario révéla à Tomás la découverte des journaux de don Plutarco, l'existence de Carmelita et ses deux visites chez la couturière ; le journaliste l'écouta avec plus d'intérêt pour l'enthousiasme inépuisable que Mario manifestait en parlant de ses recherches, que pour leur résultat ; il perdit même le fil de la conversation jusqu'au moment où son ami décrivit le mannequin aux hanches prolifiques qui reproduisait le corps de l'artiste ; pour la première fois depuis sa mort, Tomás eut une image érotique de Dosantos.

Toute sa distraction s'évapora quand Mario mentionna les archives secrètes que l'actrice avait entreposées chez la couturière. Tomás cessa de contempler les passants et dévisagea son ami à partir de l'instant où ce dernier se mit à décrire le contenu de l'enregistrement entendu ; il ne réagit que lorsque Mario expliqua qu'il avait emporté les deux grandes valises et où il les avait déposées.

Tomás poussa un long soupir encadré par un demi-sourire. Mario ne sut dire s'il traduisait sa nervosité ou une sensation d'angoisse. L'éclat dans les yeux de son ami dissipa tous les doutes : la bête journalistique qui sommeillait en lui se mettait à saliver à l'idée de découvrir les secrets renfermés dans les archives de Pamela.

— Je ne sais pas si les cassettes sont pleines, mais il y en a plus d'une centaine, précisa Mario, ce qui ravit son auditeur.

Le journaliste faillit dire quelque chose, mais il se retint. Il comprenait que c'était l'heure de gloire de Mario ; il le regarda avec affection, se leva et lui fit signe de l'imiter. Il le serra dans ses bras longuement, l'embrassa sur la joue et murmura un bref "merci, mon vieux" ; en se rasseyant, ils avaient tous les deux les yeux humides.

— Bon, maintenant on arrête nos conneries, nous sommes à la Condesa ; il ne faudrait pas que les sbires de Salazar nous prennent en photo en train de nous bécoter, dit Tomás pour couper court à un moment d'intimité qui était devenu gênant – la Condesa, quartier bohème, était devenue le refuge des homosexuels d'avant-garde, au point qu'on disait avec ironie que c'était une zone *hetero-friendly*. Il faudra sortir les valises de chez Raúl, reprit-il. Pour écouter tout cela, on devra se rendre chez lui et tôt ou tard quelqu'un nous prendra en filature. On ne peut pas mettre sa famille en danger.

— Je le sais, j'ai tout mis là-bas en attendant de vous en parler.

— Je n'ai pas d'endroit sûr, peut-être Amelia ou Jaime.

— Justement, je voulais t'en parler, dit Mario. Tu crois que ce serait une bonne idée d'en parler à Jaime ? Nous ne savons pas encore ce qu'il y a sur ces enregistrements ; en outre, je veux laisser Carmelita en marge de toute cette histoire.

Tomás considéra Mario avec respect. Il prenait conscience qu'au cours de toutes ces années tous les deux étaient aussi un sous-groupe des Bleus, unis par une alliance inconditionnelle, sans doute née de l'accident de Mario, vingt-cinq ans en arrière.

— Tu as raison. Amelia a peut-être une meilleure cachette pour ces archives, un endroit sûr où nous pouvons entrer et sortir sans éveiller les soupçons. Je suppose que nous allons passer des heures à écouter toutes ces cassettes.

— Il y a aussi des vidéos, ajouta Mario, tout fier.

— Je vais essayer de la voir ce soir, je t'appelle demain. De toute façon, ne retourne pas chez Raúl et ne mentionne pas ces dossiers au téléphone : écarter ces valises du radar, c'est pour le moment leur meilleure protection. Note-moi l'adresse de ton beau-frère.

Tomás demanda l'addition pendant que Mario écrivait l'adresse. À cet instant s'approcha de leur table un homme qui venait de la rue ; en le repérant du coin de l'œil, Tomás s'aperçut que c'était un des vendeurs ambulants qui les avaient déjà abordés depuis leur arrivée. Cependant, en voyant son visage, le journaliste eut un mouvement de recul effrayé. Avant d'avoir pu réagir, l'inconnu prit la parole :

— Don Tomás, pardon de vous avoir surpris, telle n'était pas mon intention. Le patron m'a demandé de vous remettre ce billet et d'attendre la réponse.

Ces paroles ne le rassurèrent pas entièrement : la première et seule fois où il avait vu ce visage, il se trouvait dans le mannequin du Dr Simi, où il avait éprouvé la peur de sa vie.

Le "commandant" allongea le bras et posa une enveloppe blanche sur la table. À l'intérieur, le journaliste trouva une carte :

Don Tomás, je vous serais infiniment reconnaissant d'accepter de prendre un café avec moi. Mardi à 18 heures au Palm, cela vous conviendrait-il? Veuillez accepter mes salutations cordiales.

A. Salazar

Tomás hésita quelques instants sur la convenance de parler avec ce puissant ministre. Il se rappela qu'Amelia devait aussi le voir, et il se dit que les deux rendez-vous pouvaient être complémentaires : ils disposeraient de deux angles d'approche sur le ministre, ce qui les aiderait peut-être à détecter un point faible chez lui. Il inclina la tête en guise d'acceptation, le "commandant" leur souhaita un bon après-midi et s'en alla.

— Sacré Jaime, dit-il quand ils se retrouvèrent seuls, tout s'est passé exactement comme il l'avait prédit.

Peu après, il envoya un message à Amelia par radiotéléphone : *Je dois absolument te voir aujourd'hui, des nouvelles importantes. À 21 heures chez toi ?* Une minute plus tard, il reçut la réponse : *Je t'y attends si j'ai survécu à la rue Bucareli.*

DIMANCHE 1er DÉCEMBRE, 12 HEURES
Amelia et Salazar

Amelia repéra le fameux téléphone rouge sur le bureau d'Augusto Salazar, la ligne directe avec le président. Ce n'était pas le seul ministre d'État à en avoir un, mais il s'agissait très certainement du seul appareil légendaire dans l'histoire politique du pays. Pour on ne sait quelle raison, aucun des ministres de l'ère moderne n'avait changé ce vieux téléphone, encore à cadran. Certains symboles de l'État sont au-dessus de toute alternance, se dit Amelia. C'est par cette voie que le président Díaz Ordaz avait ordonné à son ministre, Luis Echeverría, d'étouffer la manifestation de Tlatelolco, le 2 octobre 1968, ce qui laissa des centaines de morts au pied des ruines préhispaniques. La présidente du PRD se demanda quelles autres infamies avaient été transmises par cet appareil, installé au plus profond du bunker de la rue Bucareli.

Salazar fit irruption dans la pièce et s'approcha du canapé où était assise Amelia ; il lui serra la main et l'humidité fraîche de la paume du ministre lui laissa penser qu'il arrivait tout droit des toilettes. Elle ne put décider si c'était une bonne ou une mauvaise nouvelle en matière d'hygiène. Prenant conscience de ses propres pensées, elle s'obligea à se concentrer sur la conversation qui l'attendait : elle savait que dans les moments de tension elle avait tendance à se perdre dans les détails. C'était une habitude parfois salutaire, quand on n'avait pas devant soi un expert en escrime verbale.

— Doña Amelia, si les gens savaient ce que les politiciens font le dimanche, ils cesseraient de nous critiquer, dit le ministre, en l'invitant à prendre place dans un fauteuil en cuir du petit salon voisin.

— Allons, ce n'est pas de paresse qu'ils nous accusent, monsieur.

— Vous avez raison ; pas de cela, mais de presque tous les autres péchés. Nous avons eu tort de reporter cette conversation, dit le ministre pour entrer en matière, elle aurait dû avoir lieu il y a des mois, doña Amelia.

— Nous n'avons rien reporté. J'ai attendu en vain pendant des mois que le gouvernement veuille bien dialoguer avec l'opposition.

Elle avait opté pour le dialogue direct : elle n'était pas très portée sur le badinage lourd de sous-entendus si prisé par les politiciens professionnels. Mais surtout, elle ne voulait pas fraterniser avec une personne dont elle redoutait les méthodes et méprisait les idées.

— Voilà ce qui me plaît en vous, doña Amelia, vous ne tournez jamais autour du pot.

Amelia ignora le commentaire, mais lui rendit hommage dans sa réponse :

— Les paragraphes en petits caractères de vos réformes m'inquiètent, monsieur Salazar. En apparence, elles sont démocratiques et en faveur de la société, mais dans la pratique, beaucoup d'entre elles représentent un pas en arrière. Comités citoyens pour ceci ou cela, mais en vous arrangeant pour toujours en désigner les têtes. Vous voulez imiter les panistes avec leur Commission nationale des droits de l'homme : sur le papier, une des plus grandes avancées du monde ; dans la pratique, une institution sur mesure pour le gouvernement. Cela me rappelle les arbitres de la lutte libre, beaucoup d'agitation pour pas grand-chose.

— Je ne vois pas de quoi vous parlez. Dès le début, loin de retourner à un PRI autoritaire, le gouvernement a donné des gages d'ouverture et de sensibilité. Nous avons par exemple des réformes pour éradiquer la corruption, ou la relance des droits de l'homme en matière de respect de la justice. N'êtes-vous pas un peu sévère ?

— La lutte contre la corruption ? Par pitié ! Où sont les procès contre les gros poissons ? Vous avez choisi des leaders syndicaux qui incarnent la pourriture du pays pour en faire des députés et des sénateurs. Vous avez chassé Elba Esther Gordillo du syndicat des maîtres, non parce qu'elle était plus corrompue que les autres, mais parce qu'elle avait trahi le PRI. Et ce gouvernement pourra toujours se gargariser de commissions anticorruption, mais tant que votre frénésie sera hors contrôle, tant que vous n'aurez pas de budget pour passer à l'action, elles seront aussi inutiles qu'une cravate sur une plage.

— Allons, doña Amelia, ce que vous prenez pour de l'autoritarisme, c'est tout le contraire : nous donnons au pouvoir exécutif une plus grande marge de manœuvre pour impulser les changements en profondeur qui bâtiront un pays plus moderne et plus démocratique.

— Pourquoi ne faites-vous pas le ménage dans le syndicat du pétrole, à cause de lui, la Pemex est devenue l'entreprise la plus inefficace du monde dans cette branche ?

— Elba Esther Gordillo a été la première mais pas la dernière, vous verrez. Pour autant, nous n'allons pas déstabiliser le navire : le pays ne pourrait affronter une mobilisation simultanée des maîtres et des travailleurs du pétrole. L'opération politique est plus complexe qu'un agenda romantique de revendications. D'abord, assainir le domaine de l'enseignement, et quand le terrain sera consolidé, nous passerons à la corporation suivante. La corruption de dizaines d'années ne se balaie pas du jour au lendemain.

— Assainir ? Vous avez laissé au syndicat des maîtres un dirigeant aussi corrompu que la précédente, mais encore plus docile à la présidence. Vous voulez faire passer pour des mesures démocratiques ce qui ne sont en définitive que des prises de contrôle.

— "Plus docile", dites-vous. Peut-être, mais c'est la seule façon de mener une réforme de fond de l'éducation.

— Ah, maintenant vous allez me dire qu'il faut faire deux pas en arrière pour prendre de l'élan.

— La politique réelle est une succession d'approximations, doña Amelia. En tant que pouvoir exécutif, nous proposons ; mais ce qui en résultera sera le produit de l'action de toutes les forces politiques, y compris celle que vous présidez. Le PRD fait partie de l'État dans la mesure où il est une fraction importante du Congrès, ne l'oubliez pas.

— Si je suis là, c'est bien parce que je ne l'oublie pas. Je n'ignore pas non plus que pendant des mois vous avez essayé de négocier directement avec d'autres membres du PRD, tant au Congrès qu'à la municipalité, pour essayer de vous débarrasser de moi ; je suppose que je suis ici parce que ça coinçait avec les interlocuteurs que vous avez approchés à l'intérieur de mon parti.

Salazar soupira ; le dialogue prenait une tournure qu'il n'avait pas prévue. C'est l'ennui, quand on discute avec des militants qui se mêlent de politique, se dit le ministre, ils manquent de métier et d'entregent. Et le fait qu'il ait affaire à une femme n'arrangeait rien : elle n'acceptait pas les galanteries et refusait camaraderies et complicités masculines, pourtant si utiles pour briser la glace quand il y avait des points de vue différents.

— Je suggérerais de mieux faire connaissance avant de refuser un dialogue fructueux entre nous, doña Amelia. Pour le meilleur et pour le pire, nous sommes dans le même bateau jusqu'à la fin de votre mandat ; il vaut mieux, pour le bien du pays, qu'il existe des canaux francs entre le gouvernement et l'opposition, vous ne croyez pas ?

— Là, je suis d'accord, mais il faudrait d'abord cesser ces petits jeux et respecter ses adversaires. Vous conviendrez avec moi qu'entamer la première conversation un an après votre prise de pouvoir ne plaide pas en faveur du dialogue côté gouvernement, n'est-ce pas ?

— Vous avez entièrement raison. Et laissez-moi y remédier : réunissons-nous une fois par mois dans ces bureaux. Je vous expose les plans du gouvernement et vous me présentez vos objections et les contrepropositions de votre parti. Qu'en pensez-vous ?

— Correct, reconnut-elle, tout en se sentant piégée.

— Merci. Ce sera un plaisir de travailler avec vous. Je vous suis très reconnaissant d'être venue.

Salazar se leva, signifiant que l'entrevue était terminée, mais elle resta assise.

— Autre chose, monsieur. Mardi dernier, nous avons été victimes d'un attentat. Vous êtes sûrement au courant, même si la version des faits dans les médias parle d'une fusillade entre ivrognes dans une chambre d'hôtel.

— Je suis au courant, dit-il prudemment.

— Un agent de renseignements, un journaliste gênant pour le pouvoir et la leader de la principale force d'opposition ont failli être assassinés. Ne pensez-vous pas que cela relève du domaine de la sécurité de l'État. Je croyais que nous allions en parler.

— Une enquête est en cours, je vous assure. Mais comme vous le savez très certainement, tout montre qu'il s'agit d'une attaque des narcotrafiquants. En ce qui concerne vos amis, je ne sais pas, mais je suppose que vous n'êtes pas mêlée à ce genre d'histoires ?

Vieille canaille, se dit Amelia, il profite de l'occasion pour s'affranchir des accusations que je lui ai lancées sur son autoritarisme.

— D'où que ça vienne, si l'opération avait abouti, on aurait eu un scandale de portée nationale et internationale : la première grande tache du sextennat. Vous ne croyez pas que cela exige une enquête plus résolue de votre part ? Ceux qui étaient présents n'ont même pas été interrogés.

— Vous n'avez pas porté plainte auprès des autorités et les médias n'en ont pas parlé ; j'ai compris que vous ne vouliez pas être mêlés à une enquête. Vous avez sans doute des raisons personnelles pour qu'on ne sache pas qu'un cartel a cherché à vous attaquer, je me suis contenté de respecter votre désir de ne pas l'étaler au grand jour, ce qui ne veut pas dire que nous ne menons pas d'enquête.

De nouveau, le vieux politicien se défilait et sa réponse bâillonnait Amelia. Elle fit une dernière tentative.

— Le problème, c'est que les scandales d'insécurité s'accumulent. Par exemple l'assassinat de Pamela Dosantos. Une affaire n'est pas encore résolue qu'il en arrive une autre.

Salazar accusa le coup : il lui lança un regard dur et dont l'intensité exprimait toute la profondeur de la douleur, mais aussi la rancœur provoquée par la mort de son amante. Il l'aimait vraiment, se dit-elle. Cet homme est dangereux, il a le pouvoir et il est blessé.

Il maintint son lourd regard silencieux et elle s'agita avec inquiétude sur son siège. Elle réprima un mouvement de panique soudaine en se rappelant les nombreuses histoires du passé noir de ces bureaux de la rue Bucareli, où tant de membres de l'opposition étaient entrés et n'en étaient jamais ressortis. Amelia se dit que cela remontait à plus de trente ans et elle soutint le regard de Salazar. Finalement, elle lut un profond chagrin sur le visage du ministre ; cette fois, c'est elle qui se leva et tendit la main. Le tremblement manifeste dans la main de Salazar la poussa à prononcer des mots qu'elle n'avait pas préparés :

— Je suis désolée pour ce que vous avez perdu, don Augusto, dit-elle sincèrement et à voix basse, utilisant pour la première fois le prénom du ministre.

Il plongea de nouveau dans ses yeux, cette fois pour détecter d'éventuels sous-entendus dans sa réaction.

— Merci, répondit-il.

Il prit dans les siennes les mains d'Amelia et ferma les yeux un instant, puis il pivota sur ses talons et quitta la pièce. Elle flaira une odeur de barrique de chêne vinaigrée. Elle respira encore une fois et corrigea : c'était une odeur de bouchon de vin vieux.

Neuf heures plus tard, Amelia tentait d'expliquer à Tomás les sensations contradictoires qui l'avaient traversée dans le bureau du ministre.

— Honnêtement, Salazar semblait très atteint, souligna-t-elle en voyant le scepticisme de Tomás.

— "Honnêtement" et "Salazar" ne peuvent cohabiter dans la même phrase, Amelia. Il regrette sûrement sa maîtresse, mais tu ne crois pas qu'il a fait une mise en scène pour t'attendrir ?

Elle réfléchit un instant et se rappela les cernes profonds du ministre de l'Intérieur, le cendrier débordant, le regard égaré à la fin de l'entrevue.

— Je ne sais pas, je ne crois pas. En tout cas, l'amour n'efface pas la fourberie.

— Ils sont habiles, même en pilotage automatique. Je me rappelle les obsèques de l'épouse d'un gouverneur du Jalisco : l'homme pleurait, inconsolable, avachi dans un fauteuil du salon funéraire, mais chaque fois qu'on apportait une couronne de fleurs de quelqu'un d'important, il s'assurait du coin de l'œil qu'on la plaçait en respectant la hiérarchie politique.

— Possible, dit Amelia. Voyons quelle impression te fait le Bouchon. Tu le vois quand ?

— Le Bouchon ? dit Tomás en riant et en secouant la tête. Mardi à 18 heures, je te raconterai. Auparavant, j'ai quelque chose de plus important à te dire, si tu me donnes d'abord une tequila.

— Sers-toi, pour moi ce sera un whisky, un Chivas. Je vais me débarrasser de ma tenue de présidente du PRD.

— Un Chivas, d'accord. Si tu ne bois plus de tequila du Jalisco, c'est le moins que tu puisses prendre, dit-il, mais elle ne l'entendait plus.

Tomás remplit deux verres, l'esprit occupé par la scène qui se déroulait sans doute dans la chambre d'Amelia. Il eut envie de lui emboîter le pas, de la surprendre à demi vêtue et de finir sur le tapis, au pied du lit ; cependant, il connaissait suffisamment son amie pour savoir qu'elle n'aimait pas les situations qu'on lui imposait. Il se retint en pensant aux nouvelles qu'il voulait lui annoncer.

Elle entendit le tintement des glaçons tombant dans un verre, suivi d'une longue pause. Un instant, elle espéra que Tomás ferait irruption dans la chambre et qu'ils feraient l'amour debout contre le mur. Elle choisit un pantalon confortable et ample, et un haut à bretelles, sans soutien-gorge ; ce n'était pas une tenue pour séduire, mais pas davantage un pyjama pudique. En revenant, elle préféra s'asseoir dans un fauteuil, bien qu'il se soit installé sur le grand canapé trois places. Tomás se demanda si le choix des vêtements promettait une invitation à rester ou une soirée asexuée, mais le journaliste conclut, à contrecœur, qu'il devait mettre la libido de côté et se concentrer sur les secrets révélés par Pamela Dosantos.

Il consacra un quart d'heure à rapporter le récit de Mario qui avait duré quarante minutes, passa rapidement sur la couturière et se concentra sur la description des archives et sur l'extrait de cassette écouté par son ami ; quand il eut fini, chacun avait vidé son verre. C'est elle qui se leva pour servir une deuxième tournée.

— C'est raide, ce que tu me dis. Je ne sais si je dois admirer ou mépriser ce que faisait Dosantos, mais je ne peux nier que c'est extraordinaire. Nous tenons peut-être une bombe, Tomás.

— C'est ce que j'ai dit à Mario. Mais il faut d'abord passer en revue tout le contenu : il ne faudrait pas qu'on fasse chou blanc et qu'on ne trouve sur les autres bandes que ses versions karaoké de José Alfredo Jiménez. Dans une chronique nécrologique, j'ai lu qu'elle avait voulu chanter dans certains de ses films, mais qu'on l'en avait toujours dissuadée.

— D'accord. Le problème est de savoir où planquer tout ça pour pouvoir l'étudier sans éveiller les soupçons. Apparemment, personne ne connaît l'existence de ces archives ; sinon, on serait déjà à leur recherche. Mais nous pourrions perdre cet avantage si nous attirons l'attention en allant les consulter.

— Elles ne seraient en sécurité dans aucune de nos maisons, et on ne peut les planquer dans un lieu que nous ne fréquentons pas. Nos allées et venues nous dénonceraient.

— Mon bureau, proposa Amelia. Au Parti, j'ai un coffre-fort dont j'ai changé la combinaison quand j'y ai mis les pieds la première fois. Vous pouvez venir sans trop éveiller les soupçons, car vous êtes des amis personnels, et dans la journée je peux demander à une personne de confiance de transcrire les bandes audio.

— Il y a deux valises, tu crois que tout peut tenir ?

— Ne t'inquiète pas, le coffre-fort est énorme. Autant que je sache, il servait à entasser les donations en liquide pour les campagnes électorales, ajouta-t-elle en dessinant des guillemets du bout des doigts pour prononcer le mot "donations".

— Et tu as quelqu'un de confiance ? Le matériau est sans doute explosif ou de mauvais goût, voire dangereux pour celui qui l'écoute.

— Alicia est avec moi depuis quinze ans ; elle est loyale et incorruptible, ne t'inquiète pas. Elle peut y travailler dans mon bureau, avec des écouteurs : en la voyant, on pensera qu'elle transcrit mes notes ou prépare un projet.

— Ça me va. On peut débarquer dans ton bureau le soir pour évaluer ce qu'on a trouvé ; et si on nous surveille, on croira qu'on a recommencé à se voir.

— Donne-moi l'adresse de Raúl et un mot de ta part pour lui dire qu'on récupère les valises sur instructions de Mario.

Mon chauffeur, Alejandro, peut aller les chercher demain de bonne heure.

— Et on ne trouvera pas bizarre que tu apportes deux valises taille transatlantique dans ton bureau ?

— Alejandro peut mettre une partie des dossiers dans le carton d'une grosse imprimante que je viens d'acheter pour la maison ; le reste, on peut s'en charger, Alejandro, Alicia et moi, en faisant des allers-retours entre le coffre de la voiture et mon bureau sous des prétextes quelconques. Nous sortons avec des dossiers vides et rentrons avec des dossiers pleins. Pas de problème.

La méthode décrite par Amelia les satisfit. Ils s'intéressèrent alors avec plus d'enthousiasme à ces archives et à l'éventuelle utilisation politique de leur contenu. Mais ils en savaient trop peu pour déterminer si les rapports de Pamela étaient destinés à quelqu'un en particulier ou si elle les enregistrait pour son propre compte, dans un but d'autoprotection ou par une manie de greffier. Avait-elle espionné sur les indications de Salazar ? Sans doute pas, les événements décrits dans les premières archives examinées, les achats frauduleux d'hélicoptères, correspondaient à une période antérieure à ses amours avec le ministre actuel. Par ailleurs, Salazar n'aurait sûrement pas accepté qu'elle soit la maîtresse d'autres hommes, même pour soutirer des secrets à ses rivaux ou à ses collègues.

Ils n'avancèrent pas davantage sur la question de l'exploitation politique des scandales que pouvaient contenir les archives de Dosantos : ils fantasmèrent sur la possibilité que plusieurs membres du cabinet soient compromis dans ces cassettes et sur le tsunami qui pourrait menacer l'avenir politique du pays. Ils en étaient à leur troisième verre et tous deux étaient très excités par cette conversation : il y avait des années que Tomás s'était désintéressé de la politique ; pourtant, il se prenait maintenant pour un personnage clé, capable d'ébranler le système par un flot de révélations qui purgerait les égouts du pouvoir des élites ; dans certains cas, il pourrait même en parler dans ses propres articles.

Amelia aussi s'échauffait. Bien utilisées, certaines de ces révélations pouvaient devenir des moyens de pression qui donneraient une impulsion plus favorable aux causes qu'elle défendait, celles qui l'avaient poussée à s'engager dans la vie publique.

Tomás sentit une érection ; après tout, au cours de cette conversation la libido ne l'avait jamais quitté. Elle non plus, à en juger par la pointe des mamelons qu'il voyait à travers le haut blanc à bretelles ; elle n'avait pas de gros seins, mais ils étaient bien formés et se terminaient par une aréole très foncée. Il se leva, s'avança vers son fauteuil et se pencha pour l'embrasser. Ils n'arrivèrent pas jusqu'à la chambre ; ils finirent par multiplier les positions sur le tapis du salon.

Deux heures plus tard, Tomás était étendu sur son propre lit, se demandant où le mèneraient ces rencontres fortuites avec Amelia, qu'ils feignaient tous deux de voir arriver par surprise. Était-ce dû à la complicité du moment et à une poussée d'adrénaline en raison des risques qu'ils couraient ? Y avait-il quelque chose de profond dans tout cela, ou était-ce une conjoncture propice pour s'épauler l'un l'autre momentanément ? Ou était-ce le prélude à une relation de couple pressentie depuis l'enfance, et qui se confirmait maintenant ? Plongé dans ses réflexions, Tomás tarda à trouver le sommeil ; pendant ce temps, Amelia dormait d'un sommeil profond, comme elle n'en avait pas connu depuis des mois. Mais l'état d'hypnose dans lequel elle était plongée fut interrompu peu après 2 heures du matin par un appel désespéré de Mario.

DIMANCHE 1er DÉCEMBRE, 21 HEURES
Vidal

Les *enfrijoladas* de Micaela, la cuisinière de la résidence des Alcántara, étaient légendaires. Peu importait combien de fois il en avait mangé ces derniers mois, il ne pouvait les oublier ; Marina non plus, la sœur de son copain, une jeune fille beaucoup plus mûre et décontractée que ses vingt et un ans ne le laissaient supposer. Olga n'était pas ravie que son fils passe la nuit chez quelqu'un d'autre, mais Vidal avait insisté sur le fait qu'ils avaient besoin d'une dernière séance-marathon pour boucler la première version de *Piraraign*ées.

À 9 heures du soir, les trois amis échangeaient le résultat de leurs recherches sur Pamela Dosantos. Un CD de Led Zeppelin tonnait dans les puissantes enceintes que Nicolás avait disposées sur la terrasse qui servait de studio de travail ; Vidal les avait initiés au rock classique, qui avait sévi vingt ans avant leur propre naissance.

Les jours derniers, ils avaient écumé toutes les archives, tous les sites internet susceptibles de contenir des informations sur les familles Serrano-Plascencia et leurs ramifications. La liste de cinq parents liés au trafic de drogue avait été ramenée à deux, non qu'ils aient écarté les autres, mais leurs opérations avaient peu d'importance. Nicolás était obsédé par Joaquín Plascencia Figueroa, cousin germain de Pamela, brillant restaurateur et hôtelier. Les deux derniers jours, le jeune homme avait consacré de longues heures à traquer toute trace digitale de l'existence de ce patron, il était fasciné par sa discrétion et son ascension vertigineuse. Ses affaires n'étaient ni prestigieuses ni brillantes : chaînes de franchises de restauration rapide, teintureries, cafétérias, glaciers, boutiques de peintures, quincailleries, hôtels douteux et plus récemment petits centres commerciaux dans diverses banlieues. Rien de spectaculaire, mais il avait des douzaines d'établissements dans tout le pays.

Nicolás nota la présence croissante de Joaquín Plascencia dans les comités directeurs de diverses associations de crédit, dans les dernières années. Le jeune homme interrogea sa sœur, qui faisait des études administratives à l'ITAM, sur le rôle de ces établissements bancaires populaires, et en conclut que l'homme n'avait pas seulement réussi à blanchir d'énormes sommes d'argent, mais qu'il récidivait avec succès sur le marché du crédit. Marina lui expliqua que la pénétration de la banque commerciale dans la société mexicaine était une des plus faibles du monde occidental, avec à peine vingt-deux pour cent. Cela signifiait que la population et la petite entreprise avaient peu d'accès au crédit à la consommation et à l'investissement ; pour combler ce vide, on assistait depuis quelques années à la prolifération d'institutions dédiées au microcrédit, en général des établissements qui exigeaient moins de garanties et pratiquaient des taux d'intérêt très élevés. Joaquín Plascencia avait réussi à convertir l'argent sale de la drogue en crédit populaire pour des centaines de milliers de Mexicains.

Nicolás essayait de transmettre à ses amis ce que ses maigres connaissances en économie et les explications de sa sœur lui permettaient de comprendre ; il devinait que le cousin de Pamela était un homme plus important qu'il ne le paraissait. Vidal, deux ans plus âgé, comprit que cet homme était une pièce importante, peut-être vitale, dans le montage financier du cartel de Sinaloa. Tous les trois fêtèrent la qualité de l'information récoltée : à l'excitation de cette découverte s'ajoutait un chatouillement agréable à l'idée d'être les détenteurs d'une information interdite et dangereuse.

— Je crois qu'on a bien gagné ces *enfrijoladas*, vous ne croyez pas ? demanda Vidal.

— T'es fou, j'ai pas encore digéré les pizzas, répondit Nicolás. Je vais voir si on va bientôt passer à table. Mon père aime bien dîner tôt, mais je crois que Marina n'est pas encore arrivée, je vais dire à Micaela de nous servir.

— T'occupe, mon vieux, on peut attendre, dit Vidal, qui préférait différer son plat favori à condition de le partager avec la sœur de son copain.

Nicolás baissa la musique avant d'ouvrir sa porte. Vidal et Manuel profitèrent de son départ pour partager les informations qu'ils avaient sur Marina, pas grand-chose, Manuel avait le même âge que Vidal, vingt ans, et il n'était pas non plus indifférent à la beauté de la jeune fille. Dans le dos de leur copain, ils le surnommaient “le beau-frère”.

Quand Nicolás les vit, une arme était braquée sur lui ; il avait descendu l'escalier, absorbé dans ses pensées, mais il s'arrêta net en voyant un pistolero lui donner l'ordre de s'arrêter. La scène qui se déroulait dans le salon de sa maison était dramatique : son père était debout, devant deux autres pistoleros, et il avait une arcade sourcilière en sang ; sa mère était recroquevillée sur le tapis, contre le canapé. Il entrevit le gros corps de Micaela désarticulé, dans le couloir qui menait à la cuisine ; il n'y avait pas de sang autour d'elle, mais elle ne bougeait plus.

— Quelle bonne idée de descendre, mon gars, j'allais te chercher, dit l'homme qui le braquait. Approche.

Nicolás s'approcha du groupe et, obéissant à un ordre de l'homme de haute taille qui pointait son arme sur son père, il s'assit sur le canapé contre lequel sa mère s'était adossée, recroquevillée par terre.

— Il y a quelqu'un d'autre dans la maison? demanda le grand à Nicolás.

Ce dernier secoua la tête, incapable de prononcer un mot. La pâleur de son visage accentuait ses traits d'adolescent, il paraissait plus jeune que ses dix-huit ans. L'homme comprit le geste, mais d'un hochement de tête il indiqua au premier pistolero de fouiller les chambres de l'étage. Puis il se tourna vers le père de Nicolás.

— Je te pose la question encore une fois, pourquoi fais-tu des recherches sur Joaquín Plascencia? dit-il sur un ton impatient et péremptoire.

L'accent du Nord et les vêtements sport de marque laissaient peu de doute sur son origine, au moins pour Nicolás, qui soudain comprit la raison de leur présence.

— Je ne vois pas de qui vous me parlez. Je n'avais jamais entendu ce nom, monsieur, il doit s'agir d'une confusion, répondit Eliseo Alcántara.

Le père de Nicolás, un quinquagénaire, était l'incarnation même du comptable : chauve, hâve, le regard fuyant derrière ses grosses lunettes d'écaille. Il s'était enrichi grâce au prestigieux cabinet d'audit qu'il avait fondé vingt-cinq ans plus tôt, et dont il avait fait une des principales firmes du pays.

— Ne joue pas au con, on sait très bien ce que tu fiches. C'est pour qui, ces recherches ? Pourquoi tu les fais ici et pas à ton bureau ? Pour qui tu travailles ?

— Ici ? répondit Alcántara véritablement ahuri.

L'homme qui l'interrogeait poussa un soupir rageur. Il se tourna vers la femme qui gisait par terre, puis vers Nicolás ; ce dernier se demandait ce qui se passerait s'il intervenait pour éclaircir les choses. Il se décida, pensant qu'en réalité ce qu'ils avaient découvert se trouvait dans des bases de données disponibles, ou presque ; il leur dirait simplement qu'il était un fan de Pamela Dosantos.

Nicolás reçut la première balle dans la pommette droite, la seconde juste sous l'œil gauche. Sa tête fut projetée en arrière sous l'impact et son corps se convulsa : il mourut avant que s'éteigne le cri de sa mère.

— Juste pour te montrer qu'on ne rigole pas. Ta femme, on va l'écorcher vive tant que tu ne nous auras pas dit ce que nous voulons : à toi la parole, comptable de mes deux.

En entendant les détonations, l'homme qui fouillait les chambres du premier se précipita dans le couloir pour voir si on avait besoin de lui ; il prévint son chef de l'existence d'une chambre de femme et il fit demi-tour pour poursuivre son exploration.

Au deuxième étage, malgré la musique que crachaient les haut-parleurs, Vidal et Manuel entendirent les coups de feu. Vidal s'approcha de la porte que Nicolás avait laissée ouverte et repéra à l'étage en dessous un homme, pistolet au poing, qui criait quelque chose à ceux qui étaient restés en bas ; il se cacha vivement avant que l'individu tourne la tête dans sa direction.

Vidal posa l'index sur ses lèvres pour imposer silence à Manuel et s'approcha de lui sur la pointe des pieds ; la guitare expansive de Led Zeppelin couvrait les bruits de pas, mais elle l'empêchait de détecter si l'homme au pistolet montait à leur étage.

Il expliqua brièvement à l'oreille de Manuel ce qu'il avait vu et l'entraîna vers la seule fenêtre de la pièce. La construction de type anglais, avec toiture à deux versants, leur permit d'y grimper ; la surface inclinée ne facilitait pas le déplacement des deux jeunes gens qui tentaient de s'éloigner de la fenêtre. Abasourdi, Manuel suivit son ami, tandis que ce dernier agitait la main, comme s'il dribblait un ballon imaginaire, pour qu'il avance sur le toit sans faire de bruit. Vidal n'avait d'yeux que pour la robuste cheminée qui se dressait au-dessus d'eux, seul élément capable de les cacher de leur poursuivant ou des regards de la rue : il avait remarqué un 4×4 gris à l'extérieur de la propriété et la faible lueur d'une cigarette allumée.

Pendant ce temps, l'homme avait fini d'explorer le premier étage et il montait au deuxième. Il entra dans le studio et éteignit la chaîne. Vidal se figea et immobilisa son compagnon : il savait que le moindre dérapage sur le toit serait entendu par le type qui se trouvait deux mètres en dessous. Ils étaient pétrifiés à quelques pas de la cheminée et Vidal avait peur que le type qui gardait le 4×4 ne lève la tête et ne les découvre.

Trente secondes s'écoulèrent qui parurent éternelles à Vidal, jusqu'à ce qu'il entende une voix lointaine et tranchante. Il ne put en discerner le sens, mais on avait remis la musique : ceux d'en bas avaient sûrement ordonné de remettre Led Zeppelin, et il préféra ne pas imaginer quels bruits ils avaient besoin de couvrir au rez-de-chaussée. Mais grâce à cela, les deux jeunes atteignirent la cheminée avant qu'en effet Vidal aperçoive l'ombre d'une tête se profiler sur les étoiles, en se tordant exagérément. Le jeune homme remercia les astres qu'il s'agisse d'une nuit de lune décroissante, car le promontoire de la cheminée ne suffisait pas à cacher les deux corps, même si la lumière du réverbère de la rue éclairait à peine la toiture à deux versants et si la complicité des grands arbres de la rue rendait les deux garçons invisibles aux regards.

Pendant ce temps, les deux sbires du rez-de-chaussée avaient presque fini leur travail. La mère de Nicolás gisait, inerte et à demi nue, au milieu d'une flaque de sang coulant des blessures multiples, comme autant d'entailles qui lui sillonnaient le corps ; son bâillon semblait inutile. Eliseo Alcántara était à genoux et posait ses yeux exorbités sur les membres de sa famille : il y avait longtemps qu'il avait cessé de comprendre ou d'entendre les questions de son tortionnaire.

— Cet enfoiré ne sait rien de rien, dit le chef, et il lui logea une balle dans la tempe.

Le corps d'Alcántara s'affaissa sans une plainte.

— Et si ce n'est pas lui, qui navigue sur internet ici? demanda l'acolyte de l'assassin. Un voisin qui aurait piraté sa connexion?

— Laisse-moi voir, dit l'autre, et il pianota sur le clavier de son portable pour essayer le wifi de la maison. Je ne crois pas, on me demande un mot de passe pour me brancher.

— Et si c'était la fille?

— Dis à Alfredo de fouiller sa chambre et d'allumer son ordinateur. C'est lui le spécialiste.

L'homme s'avança vers l'escalier pour exécuter l'ordre, mais le troisième compère était déjà en train de descendre.

— Je t'ai entendu, dit-il en contemplant les trois cadavres dispersés dans le salon. Je crois que tu t'es trompé de cible. Le gamin que tu as dégommé en pleine tête a trois écrans de haute technologie en service là-haut ; sur l'un d'eux, il y a une longue liste qui recense les propriétés de Plascencia. Dans la chambre de la frangine, je n'ai trouvé que ce portable, je ne crois pas qu'il y ait grand-chose dedans.

— Putain de merde. On s'est plantés, dit le chef.

Alfredo haussa un sourcil. Il ne semblait pas partager cette affirmation ; en tout cas, il ne voulait pas s'inclure dans le "on" que l'autre avait utilisé. Il vint quand même à son secours.

— On n'a plus qu'à embarquer le matériel de là-haut et à éplucher les courriers électroniques et les archives, on trouvera bien pour qui ou avec qui ce morveux travaillait.

— Vous ne voulez pas qu'on attende la fille? proposa le troisième en regardant d'un œil salace une photo encadrée de Marina.

— On s'en va, on a assez foutu le bordel comme ça, ordonna le chef. Allez chercher le matériel.

D'où ils se trouvaient, Vidal et Manuel virent partir le 4×4, mais ils attendirent encore quarante minutes avant de se décider à descendre et à passer la tête par la fenêtre. Ils auraient aimé prévenir la police, mais ils avaient tous les deux laissé leur portable dans le studio de Nicolás : celui de Manuel à côté d'un clavier, celui de Vidal sur le canapé-lit où ils comptaient dormir.

Ils virent immédiatement que les trois gros ordinateurs et le téléphone de Manuel avaient disparu ; Vidal retrouva le sien sous les deux lourds coussins du canapé. Tous les deux sursautèrent quand la longue liste d'enregistrements de rock classique sur l'iPod arriva à la fin et instaura un silence étrange : Vidal s'affola et immobilisa Manuel dans ses bras pour qu'il ne bouge plus. Ils attendirent plusieurs minutes, attentifs et silencieux, essayant de distinguer tout bruit en provenance des étages inférieurs. Ils finirent par se convaincre qu'ils étaient seuls.

Vidal appela son père sur son portable et fut surpris de le trouver réveillé ; il lui dit que la maison de son ami avait été attaquée et qu'ils avaient entendu des coups de feu au rez-de-chaussée. Mario lui posa quelques questions angoissées et brèves sur l'identité des agresseurs et l'ampleur de leur attaque. Mais Vidal cessa de l'écouter : un hurlement déchirant terrifia les jeunes gens. Sans réfléchir, Vidal dévala l'escalier jusqu'au rez-de-chaussée : sur le seuil de la porte d'entrée grande ouverte, Marina contemplait le salon de sa maison.

LUNDI 2 DÉCEMBRE, 7 H 14
Vidal et Jaime

Pour la deuxième fois, Olga demanda à Tomás et à Amelia s'ils avaient des détails sur la tragédie qui avait eu lieu quelques heures plus tôt chez les Alcántara. De nouveau ils répondirent par la négative, mais leur façon de plonger le regard dans leur bol de café éveilla ses doutes.

Il était 7 h 14 du matin et tous les trois étaient assis attablés dans la cuisine des Crespo, attendant que Mario et Jaime reviennent du bureau du procureur avec Vidal. Quand elle était arrivée sur les lieux du massacre, la police judiciaire avait emmené le garçon pour recueillir sa déposition ; une demi-heure auparavant, Mario avait appelé chez lui pour annoncer qu'ils étaient sur le point de finir les premières constatations et qu'ils n'allaient pas tarder à rentrer. Jaime semblait avoir fait accélérer les choses grâce à ses contacts avec les fonctionnaires de l'institution.

— Les premiers indices laissent supposer qu'il s'agit d'une sorte de vengeance contre le père de Nicolás, dit Amelia. S'il en est ainsi, Olga, la présence de Vidal est simplement accidentelle et il ne court aucun danger.

À 6 h 20, ce matin-là, Amelia avait parlé au procureur, membre de son parti, et lui avait demandé de la tenir informée. Quelques minutes plus tard, le directeur de la police métropolitaine l'appela pour lui faire un premier rapport. Mario avait parlé à Tomás deux fois, après l'appel pour le réveiller, et lui avait transmis quelques détails de la scène qu'il avait vue chez les Alcántara.

Mario avait reçu l'appel au secours de Vidal à 23 h 55, la veille. Il avait alors demandé à son fils de sortir de la maison de

Nicolás, mais le garçon refusait d'abandonner Marina, qui se trouvait en état de choc, aussi décida-t-il d'utiliser sa propre voiture pour se rendre au domicile que lui avait indiqué Vidal. Le trajet depuis la Condesa, à cette heure, lui prit douze minutes, qu'il mit à profit en appelant d'abord la police, puis Jaime.

Il trouva Vidal étonnamment calme, sans doute parce qu'il serrait Marina dans ses bras et lui soufflait des paroles de réconfort à l'oreille. Les deux jeunes étaient accroupis par terre, à côté de la porte d'entrée, contre le mur. La jeune fille avait son rimmel qui coulait et elle fixait la photo de sa famille, sur l'écran de son portable qu'elle tenait à deux mains.

Mario les aida à se relever et les conduisit à ce qu'il pensait être la porte de la cuisine ; à peine étaient-ils assis autour de la table où on prenait le petit-déjeuner qu'ils entendirent la sirène d'une patrouille qui arrivait. Suivant les instructions transmises au téléphone par Jaime, il dit à Vidal de témoigner qu'il n'avait rien vu rien entendu. Le plus pratique aurait été de dire à la police que tous les deux, la jeune fille et son propre fils, venaient d'arriver dans la maison ; cependant, vu l'état émotionnel de la fille, elle serait sans doute incapable de suivre une instruction quelconque. Vidal acquiesça, le regard accroché sur Marina.

Quand la porte de la cuisine s'ouvrit, Mario se leva, s'attendant à voir un policier en uniforme, mais c'était Jaime, suivi de deux de ses hommes ; il se rappela que Jaime vivait à Las Lomas, à quelques centaines de mètres de là. Son ami répéta ses instructions à Vidal, s'assura que le jeune l'avait bien entendu et se retourna ensuite pour accueillir les policiers.

En réalité, il y avait trois patrouilles. Las Lomas est le quartier préféré de la haute société de la capitale, siège d'ambassades et de grosses résidences aux façades aristocratiques. La police du District fédéral avait un dispositif de réponse rapide dans cette zone, ce qui expliquait la présence des hommes en uniforme à peine huit minutes après avoir validé l'appel au secours de Mario.

Jaime eut un court entretien avec le plus haut gradé, mais quelques minutes plus tard surgit un officier du secteur, avec qui il discuta un bon moment. Jaime voulait s'assurer que les patrouilles ne préviendraient pas les journalistes et ne transmettraient par radio aucune information sur les assassinats, en tout cas pas avant de savoir si l'affaire était liée au crime organisé, et il ne voulait pas que le nom de Vidal figure dans l'enquête judiciaire. Jaime était largement connu des cadres de la police, car lors du sextennat précédent il avait été pendant deux ans directeur du CISEN, l'organisme responsable du renseignement du gouvernement mexicain, et pendant deux autres années il avait dirigé la SIEDO, le service spécialisé dans la lutte contre le crime organisé. Les policiers ne savaient pas très bien la nature de l'autorité qu'ils avaient devant eux, mais ils comprenaient qu'il était dans les hautes sphères de la hiérarchie policière.

L'inspecteur chargé de l'opération s'avéra être un dur à cuire. Il accepta la demande de Jaime de mettre les médias à l'écart, mais tous deux savaient que dès que les médecins légistes arriveraient sur la scène du crime, sans parler des ambulances qui emporteraient les cadavres, ce serait la fin du black-out sur l'information. Cette catégorie de personnel complétait ses revenus en empochant des commissions contre des informations aux journalistes spécialisés. Le simple appel par radio alertant les forces de l'ordre serait détecté par les journalistes, qui maniaient les ondes plus aisément que beaucoup de policiers, et une adresse à Las Lomas était beaucoup trop tentante pour passer inaperçue.

Néanmoins, l'inspecteur accepta d'attendre une demi-heure avant de prévenir ses collègues. Mais il ne voulait pas différer l'interrogatoire des personnes qui se trouvaient dans la cuisine : il savait que les premiers instants étaient décisifs pour enregistrer les témoignages. Il reconnaissait l'autorité de Jaime, mais savait qu'il jouait sa carrière si le mort avait des amis haut placés. Et qui n'en avait pas à Las Lomas ?

— Qui est dans cette pièce ? demanda l'inspecteur en indiquant la porte de la cuisine. Si vous ne jouez pas franc jeu avec moi, je ne peux collaborer avec vous.

L'homme regardait avec méfiance les deux gardes que Jaime avait postés devant la porte.

— La fille de la maison, un jeune ami à elle et le père du garçon, qui vient d'arriver.

— Je dois parler à ces jeunes. Savez-vous s'ils étaient présents lors des faits ?

Jaime aurait souhaité lui dire que Vidal et Marina venaient d'arriver, mais il ne connaissait pas les détails et il ne pouvait s'appuyer sur le témoignage de la jeune fille.

Finalement, il le convainquit de commencer les interrogatoires dans le 4×4 noir de Jaime. Un chemin gravillonné entourait la grosse demeure et permettait aux véhicules d'y accéder ; son chauffeur la gara à l'arrière de la maison et on fit sortir les deux jeunes par la porte de service de la cuisine. L'inspecteur et Jaime s'installèrent sur les sièges avant, les deux jeunes à l'arrière. Jaime s'assura que personne d'autre n'avait détecté la présence de Vidal.

Elle se mit à parler, sans s'arrêter. Elle sortait du choc initial et entrait dans une phase de stress post-traumatique.

— Je dois boire de l'eau sucrée, je sens que la pression est retombée ; comme c'est bien que tu sois venu, je ne sais pas ce que je serais devenue si j'avais été seule. Tu crois que Micaela peut me préparer un thé chaud ? Je suis gelée.

Marina s'adressait à Vidal et semblait ignorer que Micaela gisait dans le couloir, étranglée.

Heureusement pour Vidal, la logorrhée de la jeune fille encouragea l'inspecteur à commencer les interrogatoires par elle.

— Je vais demander une couverture pour toi. Quel est ton nom, ma petite ?

— Marina, monsieur ; Marina Alcántara. Il fait vraiment froid, n'est-ce pas ? Ou c'est moi ?

— Moi aussi, j'ai froid, Marina ; je vais mettre le chauffage. Dans l'après-midi, on transpirait, je n'imaginais pas que la nuit serait aussi fraîche. Tu n'as pas eu chaud, cet après-midi, Marina ?

— Si, c'est vrai, il y avait beaucoup de soleil, dit-elle distraitement.

— Dans mon bureau, ça cogne dur après déjeuner. Et toi, où étais-tu cet après-midi ?

— Chez une amie, je préparais un contrôle. Ensuite on a mis de la musique, mais dans sa chambre il ne faisait pas chaud.

— Et tu n'as pas eu froid en sortant de chez elle ? Il était tard ?

Jaime apprécia le travail de l'inspecteur. La jeune fille s'était réfugiée dans le bavardage inconsistant et le policier s'en servait pour capter son attention ; peu à peu il l'attirait vers le théâtre des événements.

— Non, il était à peine 10 heures quand j'ai quitté la maison de Susana, mais c'est vrai, j'ai eu froid parce que je n'étais pas couverte. Dans ma voiture aussi, j'ai le chauffage.

— C'est une bénédiction, n'est-ce pas ? Tiens, on sent déjà un peu la chaleur. Tu la sens, toi aussi ?

— Oui, dit-elle en se frottant les bras.

— Et quand tu es arrivée chez toi, tu as rencontré quelqu'un ?

— Non, tout était très silencieux. Je suis revenue en courant pour dîner avec eux, et… Marina marqua une pause, un rictus de douleur déforma son visage, elle ravala sa salive et essaya de se dominer : Ensuite je me suis assise et l'ami de Nicolás est entré et m'a serrée dans ses bras.

Le nom de Nicolás évoquait l'image du frère mort. Marina enfouit son visage dans ses mains, éclata en sanglots et se recroquevilla au point que sa tête touchait ses genoux. Elle pleura pendant plusieurs minutes. Vidal lui massait le dos. L'inspecteur regarda Jaime et ce dernier secoua la tête pour lui confirmer que c'était inutile de poursuivre l'interrogatoire. L'inspecteur ne s'avoua pas vaincu.

— Et toi, comment t'appelles-tu ?

Le ton sur lequel il s'adressait à Vidal contrastait avec l'attitude calme et affectueuse qu'il avait utilisée avec la jeune fille. Jaime sentit que le policier voulait susciter la peur chez le garçon.

— Je m'appelle Vidal Crespo.

— Et que faisais-tu là ? Comment as-tu échappé à la fusillade ? lança l'inspecteur, qui semblait lui reprocher de ne pas être mort.

— Je suis un copain de Nicolás. J'étais chez moi et nous discutions au téléphone quand il m'a dit qu'il avait entendu des bruits bizarres au rez-de-chaussée, il m'a dit qu'il me rappellerait et il a raccroché. Comme il tardait, je l'ai appelé deux fois sur son portable et ensuite sur son fixe.

— Pourquoi dis-tu qu'il était en haut ? Comment le sais-tu ?

— Parce qu'il m'a demandé d'écouter au téléphone un air de Led Zeppelin, il a des baffles incroyables dans son studio.

— Tu viens souvent ici ?

— Le samedi, presque toujours, on a des jeux sur l'ordi, vous voyez le genre.

— Et pourquoi es-tu venu ce soir ici ? Un dimanche ?

— Comme il ne répondait pas, je me suis inquiété et j'ai décidé de jeter un œil. Quand je suis arrivé, la porte était ouverte et j'ai vu Marina pleurer, je l'ai prise dans mes bras et j'ai cru qu'il lui était arrivé quelque chose, mais en relevant la tête j'ai vu le spectacle du salon.

— Comment cela ? Tu es venu de chez toi uniquement parce que tu étais inquiet ? Où habites-tu ?

— Dans le quartier de la Condesa ; je me suis dit qu'un tour à vélo ne me ferait pas de mal et j'en ai profité pour voir ce que voulait Nicolás. Il est là, sous le porche.

— De si loin ?

— Il faut dire que les *enfrijoladas* de Micaela sont un régal.

Jaime ne put s'empêcher de sourire. Il ne savait pas si Vidal disait la vérité, mais il admirait l'aplomb du jeune homme.

— Montre-moi ton portable.

— Je ne l'ai pas pris, j'étais si retourné que je l'ai oublié à la maison.

L'inspecteur était dubitatif : il avait la preuve formelle, avec ses enfants, que les jeunes oublieraient leurs chaussures plutôt que leur portable quand ils sortaient. Il essaya de distinguer dans l'obscurité une forme suggestive dans les poches du pantalon de Vidal, mais la lumière du réverbère permettait tout juste de distinguer les jambes du garçon.

— Sors du véhicule, dit-il sur un ton péremptoire.

Jaime décida qu'il était temps d'intervenir.

— Ça suffit. Les deux jeunes gens ont fait le maximum et ils sont mineurs – Jaime savait que c'était faux, mais il trouvait que c'était un bon argument –, laissons-les souffler ; la jeune fille a besoin d'un peu de calme. Il faudrait voir ce que donne un premier examen de la scène, voir si les chambres des étages ont été cambriolées.

L'inspecteur hésitait encore ; finalement, il acquiesça. Jaime demanda à Vidal de ne pas quitter le véhicule. Mario attendait à l'extérieur en se massant la hanche ; son ami lui fit un clin d'œil rassurant au passage.

Jaime retint l'inspecteur avant que celui ne rentre dans la maison par la porte de service.

— Ne mêlons pas Vidal à cette affaire. Les responsables sont des professionnels : les blessures de la mère sont de celles qui exacerbent la douleur sans être mortelles, pour prolonger la torture. Si ces bandits redoutent une indiscrétion, ils risquent de s'en prendre au garçon uniquement pour s'assurer de son silence, même si le pauvre ne sait rien. Citer Marina, c'est inévitable, parce qu'elle vit ici, mais il est évident qu'elle est arrivée sur les lieux quand tout était fini. À quoi bon exposer quelqu'un d'autre.

— Je ne sais pas, il y a un truc qui ne cadre pas dans sa version des faits.

— Sa version me paraît parfaitement logique. Au contraire, n'importe quel jeune de son âge aurait pété de trouille et t'aurait servi un témoignage farci d'incongruités.

— L'ennui, c'est que la déclaration de la fille mentionnera le fait que Vidal est arrivé chez elle.

— Elle n'a aucune idée des heures, elle ne sait même pas clairement si Vidal est arrivé avec son père ou s'ils sont arrivés avant la police. Laisse-moi m'en occuper.

— Voici ce qu'on va faire : on emmène la fille chez le procureur, avec le garçon et son père qui l'accompagnent, et toi et moi nous convainquons mon chef. Je t'appuierai.

— Qui est ton chef?

— Ricardo Trejo.

— Et le chef de ton chef?

— Samuel Morfín.

— Sammy? dit Jaime avec un sourire. Je m'en charge. On y va quand tu voudras.

LUNDI 2 DÉCEMBRE, 8 H 30
Les Bleus

Ni Jaime ni Mario ne purent tirer Vidal de son hébétude pendant le trajet du retour à la maison ; le manque de sommeil et le soleil matinal plongèrent le jeune homme dans un état presque catatonique. Tandis qu'il regardait les rues défiler sans les voir, son esprit était hanté par des séquences décousues des graphiques sanguinolents de l'application *Piraraignées*, par le corps de Nicolás sur le canapé, par la silhouette de l'homme qui les avait cherchés sur le toit. Il avait répondu par monosyllabes aux questions de son père et de Jaime, et ces derniers décidèrent de lui accorder un peu de repos.

À la maison, Olga les embrassa sans dire un mot. Quelques secondes plus tard, le jeune homme se mit à sangloter, le visage plongé dans la poitrine de sa mère ; les Bleus contemplaient la scène en silence. Les sanglots de Vidal finirent par cesser, il releva la tête, regarda les amis de son père et s'assit à la table de la cuisine. Il se mit à parler.

D'abord sur un rythme haché, puis un peu plus fluide, il expliqua la portée de leurs recherches sur Pamela Dosantos, la séance de la veille au soir, la découverte de Joaquín Plascencia, les bruits qu'ils avaient entendus, la vision de l'homme armé et leur fuite sur le toit. À la fin, un long silence s'instaura dans la cuisine des Crespo. Olga ébouriffa les cheveux de son fils.

— Je t'avais demandé de laisser tomber ce sujet, dit Mario, mais Jaime l'interrompit d'un geste.

— Tu as fait ce qu'il fallait, Vidal. En te cachant et en ne mentionnant pas la présence de Manuel, ça simplifie les choses, dit Jaime.

— Mais ces salauds ont emporté les ordinateurs, ils pourront remonter jusqu'à cette maison, non ? demanda Mario, à mi-chemin entre la colère et la peur.

— Ils ont embarqué les siens, répondit Vidal. Comme j'étais à vélo, j'ai préféré laisser mon portable. De toute façon, les appareils de Nicolás sont plus rapides.

— Mais les mails de Nicolás pourront montrer avec qui il travaillait sur ces sujets, non ? insista Mario.

— Ça, on ne le sait pas encore. Mais il faut agir vite. Avez-vous échangé des messages ou des fichiers concernant Pamela ? demanda Jaime en s'adressant à Vidal.

Le jeune homme réfléchit longuement et finit par répondre.

— Je ne crois pas, dit-il en hésitant. Je crois que tout s'est passé par clé USB ou par Torrentz, il faudra que je vérifie sur mon ordi.

— Laisse tomber. On va mettre un expert sur le coup, je vais l'appeler, dit Jaime.

— Tu as besoin de repos, Vidal, interrompit Olga. Va t'étendre un moment dans ma chambre, c'est plus calme.

Le jeune acquiesça et, d'un pas fatigué, se dirigea vers l'escalier. La voix de sa mère le rattrapa.

— Je vais monter te donner un cachet pour te détendre, et, furieuse, elle lança aux autres : J'espère que vous allez résoudre ce foutoir dans lequel vous l'avez fourré.

Jaime pianota un message sur son portable et dit qu'une équipe de techniciens était en route pour examiner l'ordinateur de Vidal. Mario précisa qu'il s'agissait de deux équipements, un portable et un ordinateur de bureau.

— D'après la description de Vidal, tout indique qu'il s'agit d'hommes de main, pas de gangsters. Ils n'ont emporté que les ordinateurs, n'est-ce pas ? dit Amelia en se tournant vers Jaime, qui confirma d'un hochement de tête.

— Est-ce en rapport avec tes affaires ? Deux agressions en moins d'une semaine, sans doute du cartel de Sinaloa. Ça fait beaucoup trop de coïncidences, affirma Tomás.

— C'est impossible qu'elles soient liées. Mes affaires, c'est de l'histoire ancienne ; leur attaque est une riposte directe aux recherches sur Joaquín Plascencia, qui semble bien être un gros bonnet du blanchiment de l'organisation. Ils ont des alarmes pour repérer les curieux qui rôdent autour des dossiers et des personnes sensibles.

— Tu crois que Nicolás a parlé de Vidal avant qu'on l'assassine ? demanda Mario.

— Je ne crois pas ; les tueurs n'auraient pas quitté la maison sans les avoir retrouvés. Tout indique que jamais ils n'ont repéré leur présence. Vidal affirme que les deux premiers coups de feu entendus ont eu lieu immédiatement après que Nicolás est descendu au rez-de-chaussée. Cela signifie qu'ils n'ont pas pris le temps de l'interroger.

— C'est logique, dit Tomás. Tu dis que le père de Nicolás dirigeait un bureau d'expert-comptable ; ils ont sans doute cru qu'il enquêtait sur les finances de Plascencia à la demande d'un tiers.

— Vous croyez qu'il y a un lien entre Joaquín Plascencia et Pamela Dosantos ? Je veux dire, en dehors du fait qu'ils étaient cousins germains, demanda Mario, se rappelant soudain les archives cachées dans les deux valises.

À peine avait-il parlé qu'il vit le regard de censure de Tomás, et il se rappela leur résolution de ne pas parler à Jaime de l'existence de ces dossiers.

— Je ne vois pas comment, intervint Amelia. Ils semblaient vivre dans deux sphères totalement étrangères l'une à l'autre.

L'arrivée des techniciens interrompit la conversation ; un homme d'âge moyen, en costume élégant, et un jeune en jean et t-shirt du groupe Oasis se présentèrent devant Jaime. Ils avaient tous les deux des lunettes, de luxe, transparentes pour le premier, à grosse monture pour le second ; ce dernier portait un gros sac à dos. L'ensemble donnait une impression d'efficacité et de compétence. Jaime leur transmit ses instructions et Mario les mena dans la chambre de Vidal.

Hors de la présence des membres de la famille Crespo, Tomás, Jaime et Amelia se détendirent. Ils se regardaient, se demandant ce qui pourrait arriver de pire. Une semaine plus tôt, l'inquiétude de la réaction à l'article de Tomás les avait réunis ; aujourd'hui, une telle inquiétude leur paraissait mineure. Depuis, tous les quatre avaient échappé à une tentative d'assassinat et Vidal était encore en vie par miracle.

— Heureusement que tu as pu enlever Vidal du dossier, avec toutes les oreilles que les narcotrafiquants ont dans la police, ils sauraient déjà que l'un d'eux leur avait échappé, dit Tomás en regardant Jaime.

— N'oublions pas qu'ils étaient deux, rappela Amelia. Quelqu'un doit voir l'autre garçon, il ne faudrait pas qu'il se mette à bavarder à tort et à travers et fiche tout en l'air.

— Tu as raison, répondit Jaime. Je me charge de le contacter.

— Et la famille ? Elle est à l'abri ? dit Amelia, levant les yeux vers les chambres des étages.

— Mes hommes vont descendre. Si Nicolás et Vidal n'ont pas échangé de fichiers sur Joaquín Plascencia, ils ne risquent rien ; sinon, les autres vont chercher à les coincer. Nous devrions les mettre tous à l'abri aujourd'hui même.

— Merde, qui va le dire à Olga, dit Tomás.

Tous trois se regardèrent et éclatèrent de rire machinalement.

— Pas moi, dit Tomás. Je préfère dévaler l'escalier du Reina Victoria, poursuivi par les pistoleros.

Les techniciens appelèrent Jaime et tous les trois chuchotèrent pendant quelques minutes ; Tomás et Amelia suivaient la conversation de loin en essayant de capter des mots et de deviner le verdict. Finalement, Jaime revint avec ses amis.

— Tout va bien, assura-t-il. Il y a beaucoup d'échanges sur un projet de jeu électronique, *Piraraignées*, avec des ébauches de programmation, mais rien sur Pamela ni sur Joaquín Plascencia. Vidal a raison, pour leurs discussions, ils sont passés par une clé USB.

— Ils ont les ordinateurs de Nicolás : ils verront l'étroitesse de ses liens avec Vidal et l'autre garçon. Ne vont-ils pas leur courir après pour leur tirer les vers du nez ? demanda Amelia.

— Apparemment, Nicolás était un obsédé, il communiquait toute la journée avec une douzaine d'amis sur d'autres sujets. Les projecteurs ne seront pas braqués sur Vidal, ne vous inquiétez pas. Le pire qui puisse arriver, c'est que leurs experts surveillent leur IP pendant quelques jours, à tout hasard, dit Jaime.

— Il faudrait nous assurer que Vidal et son ami continuent d'échanger comme si de rien n'était ; un silence soudain pourrait éveiller les soupçons, vous ne croyez pas ? suggéra Tomás.

— C'est possible, répondit Amelia, mais il serait normal qu'ils réagissent d'une façon ou d'une autre à l'assassinat de leur ami.

— Laissons Vidal se remettre. Ce soir, il enverra un e-mail anodin à Nicolás et à l'autre garçon, comme s'il n'était au courant de rien, suggéra Jaime.

— Et après ? Où en es-tu avec les menaces, tu es toujours en danger ? dit Tomás à Jaime.

— J'y travaille, je pense que tout sera résolu dans quelques heures, répondit-il, et il ajouta, avec la volonté délibérée de changer de sujet : J'ai de mauvaises nouvelles pour toi, Tomás.

— Encore ?

— On a retrouvé le cadavre de l'avocat Coronel, dans la banlieue de Pachuca. Le corps était dans un état avancé de décomposition, peut-être une semaine, et on lui avait peint sur la poitrine les mots "trop bavard". On ne saura jamais qui lui a refilé le tuyau sur le terrain vague où Pamela a été retrouvée, ni pourquoi tu as été choisi pour le diffuser.

Tomás frémit. Il se rappela le repas partagé quelques jours plus tôt, l'attitude triomphaliste de l'avocat, ses chemises sur mesure et ses chaussures italiennes, le ton impératif pour admonester les serveurs. Il eut du mal à l'imaginer à demi nu dans un champ de maïs, donné en pâture aux fourmis et aux vers.

— Il y a déjà trop de morts dans cette histoire, l'écheveau se complique, dit Mario, qui s'était joint à la conversation.

— Beaucoup trop, renchérit Amelia. La mort de Coronel est peut-être l'œuvre des hommes de Salazar. Le ministre voulait savoir qui cherchait à l'impliquer dans l'assassinat de Pamela ; il ne faut pas oublier que quelqu'un a demandé à Coronel de rencontrer Tomás pour déclencher le scandale. Salazar avait plus que d'autres intérêt à interroger l'avocat.

— Il a pu être assassiné par ceux qui lui ont ordonné de me rencontrer, pour s'assurer de son silence, aventura Tomás.

Le journaliste imagina le visage grimaçant du "commandant", qu'il avait entrevu à travers le déguisement du Dr Simi, en train de torturer sauvagement le colonel. Il se demanda s'il aurait fini comme lui, le jour où on avait failli l'enlever.

— Les deux hypothèses sont envisageables. Une chose est sûre, nos axes de recherche nous conduisent dans une impasse, dit Jaime.

— C'est un euphémisme. Je dirais qu'on les assassine, répondit Amelia.

Tomás et Mario échangèrent de nouveau un regard, pensant tous les deux aux perspectives qu'offraient les archives secrètes de Pamela. Tomás, convaincu qu'ils avaient encore un as dans la manche ; Mario, préoccupé par Carmelita et se demandant si on n'assassinerait pas aussi cet axe de recherche. Puis il se rappela que c'étaient désormais Amelia et lui qui détenaient les dossiers, et qui risquaient d'être liquidés comme les autres pistes.

Comme s'il pressentait quelque chose, Jaime demanda où en était l'examen des dossiers de Plutarco. Mario assura qu'il n'était pas fini, mais que jusqu'à présent rien d'intéressant n'avait été trouvé. Amelia proposa de laisser les Crespo se reposer et d'échanger leurs infos le soir par radiotéléphone. Jaime s'éclipsa et les trois amis en profitèrent pour discuter des dossiers.

— Alicia va s'attaquer à la transcription des audios aujourd'hui même. Si vous voulez, on se revoit ce soir à mon bureau pour faire le point, dit Amelia.

— Bonne idée, mais tu devrais rester aujourd'hui avec ta famille. Dis à Vidal d'envoyer des messages comme si de rien n'était, conseilla Tomás.

— D'accord, répondit Mario, très abattu par le souvenir de Vidal et de la scène chez les Alcántara.

Il savait aussi qu'il allait avoir une discussion tendue avec Olga. Il prit congé de ses amis sur le seuil ; Amelia monta dans son 4×4, et Tomás était conscient d'avoir déposé son baiser d'au revoir à la commissure de ses lèvres, en la tenant par ses hanches.

LUNDI 2 DÉCEMBRE, 21 HEURES
Jaime

L'ex-gouverneur du Sinaloa ne ressemblait en rien à celui de Veracruz, regretta Jaime. Une version de Pedro Armendáriz au regard sévère et aux moustaches massives le regardait du haut d'une stature invraisemblable chez un Mexicain ; la voix forte et grave d'Agustín Zendejas n'avait rien non plus de rassurant.

Ils étaient chez Roberto Hurías, un avocat connu pour défendre de grandes causes controversées. Ce dernier avait proposé d'organiser cette rencontre en terrain neutre et discret, mais Jaime avait des raisons d'être nerveux. Cansino l'avait appelé le matin même pour le prévenir que l'entrevue avait été acceptée par Zendejas, et annulée après qu'il eut consulté ses contacts du cartel ; l'Américain expliqua à Jaime que les amis de l'ex-gouverneur, à Culiacán, étaient contre cette entrevue. Finalement, il avait pu les convaincre en recourant à toute son autorité, comme responsable de la DEA au Mexique. À contrecœur, Zendejas avait accepté au moins d'écouter ce que Jaime avait à dire.

Le Mexicain avait compris que la rencontre avait été organisée par déférence pour Cansino, et parce qu'ils voulaient que la DEA renonce à ses tentatives de capturer ou d'assassiner le Chapo ; Jaime s'estimait bien heureux qu'on n'ait pas profité de ce rendez-vous pour le liquider.

Zendejas alla droit au but : il refusa le verre que lui offrait Hurías et, quand celui-ci se fut retiré pour les laisser seuls, il lança à Jaime :

— Qu'avez-vous donc à me dire de si urgent ?

— Avant tout, merci d'avoir accepté de me recevoir, gouverneur.

— J'ai un autre engagement, pourrions-nous abréger ?

La grosse voix de cet homme était intimidante, son regard féroce. Zendejas ne s'était même pas assis, ce qui les obligeait à se parler debout ; la différence de taille accentuait la fragilité de Jaime.

— Ces messieurs de Culiacán essaient de me tuer, je n'en connais pas les raisons. Il doit y avoir une erreur.

— Je ne sais pas ce qu'ils veulent faire de vous, je sais seulement qu'ils ne vous aiment pas. J'en ignore les raisons et elles ne sont pas de mon ressort.

— J'ai un truc important à leur proposer, pour qu'ils cessent de me détester. Je ne veux pas non plus qu'ils m'aiment, je me contenterais qu'ils suspendent l'ordre d'exécution.

— Je vous écoute.

— Je contrôle Veracruz. Mes hommes occupent des postes clés dans la sécurité publique de l'État, y compris à la direction de la police d'État. Avec mon soutien, le cartel peut déloger les Zetas de la zone. Je sais qu'ils y travaillent depuis longtemps, car ils veulent casser les reins de leurs rivaux dans le golfe ; je sais aussi qu'ils n'y sont pas parvenus.

Jaime remarqua que sa proposition ne le laissait pas indifférent. Les gens du Sinaloa avaient perdu des cadres importants en se battant sans succès pour prendre le contrôle de Veracruz. Le port avait été le cadre de plusieurs fusillades qui avaient fait des dizaines de morts des deux côtés, mais les Zetas contrôlaient toujours la place. Le Chapo cherchait un débouché sur le golfe depuis plusieurs années, pour accéder à la cocaïne qui circulait entre la Colombie et les Caraïbes : n'ayant pu réussir cette percée, il avait dû descendre jusqu'au Guatemala, rendant le trafic de la drogue plus long et plus aléatoire. Veracruz lui donnait un accès direct et une position stratégique pour atteindre Pueblo et le centre du pays.

Zendejas le savait, et comprenait toute l'importance qu'il prendrait en devenant le messager et le négociateur d'un trophée si précieux. Pour la première fois depuis le début de la conversation, ses sourcils se détendirent et il s'assit enfin dans le vaste salon de l'avocat Hurías.

— Voyons, expliquez-moi ça plus lentement. Jusqu'à présent, les autorités locales ont protégé ceux du golfe. Pourquoi devraient-elles changer de camp, et combien ça coûterait ?

— Le gouverneur va procéder aux changements d'ici demain ; je contrôlerai les postes de procureur, de sécurité publique de l'État et de chef de la police. Naturellement, ces hommes exigeront les commissions de rigueur, mais ils aideront ceux du Sinaloa à se débarrasser des chefaillons rivaux et ils protégeront leurs opérations.

— Il te faudrait combien de temps pour lancer l'opération ? Comment comptes-tu démarrer ?

— Toutes les négociations seraient menées avec Jorge Gutiérrez, le nouveau ministre de la Sécurité publique ; on règle avec lui les commissions et le dispositif pour garder le contact. Le premier rendez-vous pourrait avoir lieu ici, à México, je pense que cette maison serait idéale pour la prochaine rencontre.

— Quand ?

— Dans quatre ou cinq jours ; mais il faut suspendre l'ordre d'exécution aujourd'hui même.

— Je ne peux rien te garantir, mais je sais que d'entrée ils pourraient trouver ça intéressant, dit Zendejas sur un ton conciliant. Mais enfin, mon pauvre Jaime, qu'est-ce que tu as bien pu leur faire pour qu'ils soient tellement en rogne ?

— Va savoir ! répondit Jaime, qui tutoyait Zendejas pour la première fois. Je n'y vois pas encore très clair, mais si j'ai bien compris, ils veulent ma peau.

— Bon, cette fois c'est le moment d'accepter une tequila de ce brave Hurías, tu ne crois pas ?

Zendejas se montrait enfin expansif et même optimiste. Jaime imagina les cadeaux ou les prébendes que l'ex-gouverneur pourrait obtenir du cartel, uniquement parce qu'il avait été l'intermédiaire de la négociation.

Une bouteille de tequila plus tard, tous trois riaient à gorge déployée et évoquaient avec nostalgie l'époque où les affaires de drogue étaient traitées entre gentlemen, où les places étaient respectées et où la population ne se rendait même pas compte du trafic ; à l'occasion, un excès de zèle côté police ou un malentendu finissait dans la rubrique des faits divers. Avant, les gens acceptaient de vivre à côté d'un narco, patrons et commerçants acceptaient leur argent avec reconnaissance. Et aujourd'hui, tout le monde avait peur d'eux.

Jaime buvait rarement plus d'un verre ; toutefois, il sentait que la circonstance le méritait. Il prenait conscience de la tension dans laquelle il avait vécu ces derniers jours en se sachant, littéralement, condamné à mort.

Ils se quittèrent vers minuit. Hurías supportait mal l'alcool et se mit à délirer, à aucun prix il ne voulait les laisser partir. Il avait envoyé sa famille chez son beau-frère pour la soirée et quel que soit l'objet de la négociation, estimait-il, il fallait l'arroser.

— Je vais commander des gonzesses, dit-il, pensant que c'était un argument imparable pour retenir ses amis.

— Nous partons, mon vieux, mais nous aurons encore besoin de ton hospitalité dans quelques jours ; alors là, on arrosera ça avec des filles, d'accord ? dit Zendejas. Et maintenant, accorde-moi une minute pour prendre congé de mon ami.

Hurías s'éloigna et les deux autres échangèrent quelques mots discrètement.

— Si cet accord leur convient, je t'envoie un message pour vider encore des bouteilles de cette tequila qui t'a tant plu et je te dis l'heure, décida Zendejas après une pause. S'il ne leur convient pas, c'est vraiment du gâchis, parce que c'est vachement bien de picoler avec toi, Jaime.

Zendejas lui donna l'accolade, à laquelle Jaime répondit avec reconnaissance.

— Il y aura beaucoup d'autres rencontres de ce genre, répondit Jaime, en touchant le bois de la porte en manière de conjuration.

— Dis donc, Jaime, ne me prends pas pour une andouille ; tu ne m'as pas demandé pourquoi le Sinaloa veut ta peau, alors ne me dis pas que tu n'en as pas une petite idée, dit Zendejas sur un ton réjoui.

Et sur ces bonnes paroles, il s'en alla.

LUNDI 2 DÉCEMBRE, 21 H 30
Amelia et Tomás

Amelia avait hâte de se débarrasser de l'homme assis en face d'elle, à son bureau, au siège du Parti : Tomás allait arriver d'un moment à l'autre pour examiner les transcriptions par Alicia des dossiers secrets de Pamela Dosantos.

Mais Juan José Mujica, secrétaire général du PRD, n'avait pas l'air pressé. La façon décontractée qu'il avait de répandre sur son siège ses cent dix kilos, trente de trop, indiquait qu'il n'envisageait pas de partir. Sa demande d'une seconde tasse de café accentua l'agacement d'Amelia, mais elle ne pouvait abréger la conversation. Mujica appartenait à la fraction modérée qui avait dominé le PRD ces dernières années. S'il n'avait pu, avec ses coreligionnaires, garder le contrôle sur la direction du Parti, c'était à cause d'Andrés Manuel López Obrador, le leader radical de la gauche mexicaine, qui avait bloqué la manœuvre à la dernière minute.

Amelia n'appartenait à aucun courant du PRD. Elle avait adhéré au Parti trois ans auparavant, quand elle avait accepté de devenir députée fédérale, espérant atteindre les objectifs qu'elle avait défendus pendant des décennies dans ses livres et dans son militantisme social : droits de l'homme, féminisme, participation citoyenne. Ses interventions enflammées à la tribune et sa bonne image publique lui donnèrent très vite une place de premier plan dans le cadre de l'institution politique ; aux élections internes, huit mois auparavant, en raison de l'équilibre des forces entre les différentes tribus, on l'avait sollicitée, car elle était la seule personne charismatique qui ne suscitait de veto chez aucun des clans.

Mais depuis que López Obrador avait quitté le Parti pour en créer un autre autour du MORENA, socialement très implanté, qui avait attiré les radicaux, les modérés se croyaient assez forts pour récupérer la présidence du PRD. Ils guettaient patiemment le bon moment pour écarter Amelia : ils connaissaient la militante de réputation et ne voulaient pas payer la facture politique d'une rupture traumatisante.

Amelia savait tout cela et elle aurait volontiers rendu la présidence pour reprendre ses activités antérieures, mais elle ne voulait pas le faire dans des circonstances néfastes pour elle et son Parti. Elle maintenait le calme plat entre Mujica et elle, en attendant la tempête prévisible.

— Et que fait-on avec le MORENA ? demanda-t-il, la sortant de ses pensées.

— Je me demanderais plutôt ce que le MORENA compte faire avec nous. En ce moment, beaucoup de gens sont convaincus que ce parti sera plus important que le PRD, répondit-elle.

— Peut-être ailleurs sur le territoire national, mais nous avons beaucoup de forces à México même, et c'est l'implantation la plus importante de la gauche dans le pays.

— Espérons ! La présidence est obsédée par la volonté de récupérer à tout prix la capitale aux élections de 2018, et elle consacre toutes ses ressources financières et politiques à se forger une clientèle. Elle va nous coincer entre deux feux : le PRI côté centre, et le MORENA côté gauche radicale. On va nous faire maigrir par les deux bouts, dit Amelia, ravie de lancer cette allusion à la masse qu'elle avait sous les yeux.

— Je m'attends à une désillusion de la population avec le retour du PRI : ils ont promis plus de choses qu'ils ne peuvent en tenir, les gens ne sont pas idiots. Par ailleurs, les nouveaux scandales de corruption et d'abus dont ils sont coutumiers ne vont pas tarder à éclater au grand jour.

Amelia se dit qu'ils disposaient déjà, sans doute, de documents sur ces scandales, dans les archives rangées derrière son dos, mais pour qu'elle y jette un coup d'œil, il fallait que Mujica arrête de parler et la laisse seule.

L'homme allait ajouter quelque chose quand un appel de la réception l'avertit de l'arrivée de Tomás ; Amelia mentionna le nom de son ami en demandant qu'il patiente quelques minutes. À son grand étonnement, Mujica se leva avec une agilité surprenante et déclara qu'il allait les laisser, mais qu'il serait ravi d'être présenté au journaliste, signe que l'étoile de Tomás brillait de plus en plus haut depuis quelques jours.

Les présentations durèrent encore une dizaine de minutes, avant qu'Amelia et Tomás se retrouvent enfin seuls.

— On voit que le PRD a les masses avec lui, dit Tomás en voyant l'énorme silhouette de Mujica s'éloigner dans le couloir.

— Ne sois pas méchant, dit Amelia après un bref éclat de rire, je crois qu'il a un problème de thyroïde.

— L'avantage de cette collaboration avec Mujica c'est que tu as l'air d'un super-modèle sur toutes les photos officielles où on vous voit tous les deux.

— Je me demande si c'est un compliment ou une vacherie déguisée.

— Allons dans ton bureau et je vais te montrer ce que c'est, dit-il en la prenant par le bras.

Nouvel éclat de rire d'Amelia ; elle préférait cette facette légère et coquette de Tomás, aux humeurs lourdes et taciturnes qu'il affichait parfois devant elle. Mais après s'être assis sur le canapé, à côté de la table de travail, ils concentrèrent toute leur attention sur les archives de Pamela.

Un dossier constitué d'une douzaine de pages imprimées, sans interligne, qu'Alicia avait transcrites directement des cassettes, était posé sur la table basse. Amelia se mit à lire à haute voix.

— "Du dossier « Pas de menaces » : Les trois premiers mois avec le sénateur Godínez, de Michoacán, étaient une perte de temps, c'est pourquoi je n'ai pas envoyé le rapport. Mais il y a quinze jours, nous avons passé une semaine dans son ranch de Coahuyana, entre Colima et Michoacán, dans la montagne près de la plage, et des choses intéressantes sont apparues : nous avons pris un vol direct dans son avion personnel, car il a sa propre piste d'atterrissage. Cet homme est un vrai cacique. Auparavant, il a été ministre de l'Intérieur du gouvernement de Michoacán. Comme il ne vient pas souvent, il a donné rendez-vous ici à des gens et des fonctionnaires, et il a consacré la semaine à ses affaires. On a eu la visite de plusieurs Français qui vont construire un immense complexe sur la plage, dans une zone vierge, et Godínez va leur procurer quatre-vingts hectares de terrain ; on va lui verser cinq millions de dollars, en échange il doit leur construire une route. Son contremaître sévit depuis six mois, terrorisant les uns et achetant à d'autres pour requalifier les terres cultivables. Le lendemain, sont arrivés des bureaucrates de Morelia et il leur a versé cent vingt-cinq mille dollars pour leur garantir que le gouvernement de l'État fera le pavage des huit kilomètres de chaussée pour relier la plage à la route nationale.

"Le maire de Coahuyana, à une demi-heure du ranch, est venu, lui aussi. Ils partagent le monopole des marchés dans plusieurs municipalités de la côte et de la montagne, et on ne s'approvisionne qu'à l'élevage de Godínez ; il a des milliers de bêtes. Un de ses métayers m'a dit qu'avant il avait sa propre ferme d'élevage, mais comme il n'y avait pas moyen de placer la viande de ses bêtes sur le marché, il a préféré tout revendre au patron. D'après Godínez, ils sont plus heureux en travaillant pour lui qu'en se battant dans leur coin.

"Le sénateur est un ivrogne invétéré, un fêtard. Il a mis les Français dans un bel état ; même moi, j'ai fini par chanter avec un mariachi de Tecomán. Ils devaient repartir le lendemain mais ils ont dû rester un jour de plus pour cuver leur cuite. Deux des étrangers étaient accros à la marihuana et ça n'a pas raté, ils ont demandé s'il n'y avait pas un peu d'herbe pour célébrer la chose : Godínez a claqué des doigts et on a apporté un sac plein, il a dit que ça venait de là-haut dans la sierra. Inquiète, je lui ai demandé s'il était mêlé à ces histoires. Il m'a dit que les gens d'Aquila, du cartel de La Famille de Michoacán, avaient rendu visite à tous les ranchs. Il a assuré que ça l'avait même arrangé, parce que beaucoup avaient préféré vendre leurs terres et qu'il les avait achetées à bas prix. Je lui ai demandé si on ne l'avait pas menacé et il m'a dit qu'entre associés il n'y avait pas de menaces. Ensuite il s'est vanté que l'herbe fumée par les Français était de sa production et qu'il allait demander une appellation d'origine car elle était excellente. De retour à México, j'ai décidé de le quitter, parce qu'il devient brutal quand il a trop bu ; il m'a déjà frappée deux ou trois fois. Mais je crois que c'est le plus important de ses trafics cachés. Ah, c'est aussi le rival du maire de Morelia, parce que tous les deux veulent prendre le pouvoir dans deux ans. Fin de cassette."

Amelia sourit et secoua la tête.

— Je n'en reviens pas. C'est une mine. J'adore sa capacité d'observation et le ton qu'elle adopte pour raconter, on voit que le sujet l'amusait. Quel dommage qu'on n'ait jamais pu traiter avec Pamela.

— Si nous l'avions connue, nous aurions peut-être fini dans un rapport de ce genre, dit Tomás.

— Toi peut-être, mais sûrement pas moi. D'après ce que j'ai compris jusqu'à présent, elle n'allait qu'avec des hommes, n'est-ce pas ?

— Venant de Pamela, rien ne m'étonnerait. En tout cas, nous le saurons à la fin des cassettes.

— Tu sais, cette histoire avec Godínez remonte à un bout de temps, parce qu'il n'est jamais devenu maire : je crois qu'il a été deux ans sous-secrétaire au Tourisme. Il a dû magouiller avec les hôteliers de toute la côte du Pacifique, dit Amelia.

— Je me souviens que son rival à la mairie a été tué dans un restaurant d'Uruapan, un certain Martínez. Tu crois qu'on l'aurait effacé pour laisser le champ libre à Godínez ?

— C'est très probable, s'il travaillait avec le cartel de La Famille. Heureusement qu'il n'est pas arrivé au pouvoir à Morelia ; je me demande ce qui lui a barré la route.

— Il est question d'un rapport au début de la transcription, tu peux vérifier ? demanda Tomás.

— "C'est pourquoi je n'ai pas envoyé le rapport", lut Amelia, et elle regarda son ami avec étonnement. Comment avons-nous pu ignorer cela ! Nous étions tellement concentrés sur cette histoire que nous n'avons pas entendu l'essentiel : elle faisait ces enregistrements pour un tiers !

— Bien sûr, ce n'étaient pas des indiscrétions destinées à la presse ou au public, car ces affaires troubles de Godínez n'ont jamais été connues. Tu crois que c'était adressé à un politicien ? À Salazar lui-même, avant qu'ils soient amants ou qu'on sache qu'ils l'étaient ? aventura Tomás.

— On a un précédent, dans les années 1960, avec la grande Irma Serrano, la Tigresse, qui avoua des années plus tard qu'elle avait été la maîtresse du président Díaz Ordaz, et qui se vantait d'avoir recueilli plus de confidences que sa police secrète. Tu t'en souviens ?

— Comment l'oublier : tous les adolescents de mon âge faisaient des rêves *non sanctos* sur ses photos. Il y avait une statue d'elle, nue et en pied, dans le hall du théâtre de la Ville, je ne sais pas si elle existe encore ; je me rappelle que la première fois que je l'ai vue, j'ai attendu la troisième sonnerie pour rester seul et pouvoir la toucher.

— Je préfère ne pas savoir les détails, dit Amelia un peu distraite, et elle ajouta : Et si tout cela s'adressait à sa famille ?

— Au cartel de Sinaloa ? Déconne pas, on le retrouve jusque dans nos assiettes. On ne serait pas un peu obsédés par le sujet ?

— Tu n'as qu'à regarder le mal qu'ils se sont donné pour interrompre les recherches des jeunes sur ce Joaquín Plascencia. Un beau jour, ils ont décidé d'exécuter leur informatrice après je ne sais quel différend. Cela expliquerait son assassinat.

— Ce n'est pas si évident, Pamela était une parente. Mais il est vrai que ces dernières années leurs règles ont changé ; avant, ils ne touchaient ni aux femmes ni aux membres de la famille. Je vais dire à Mario de demander à Carmelita si elle a détecté un contact de Pamela avec ses compatriotes du Sinaloa, dit Tomás. Tu vois autre chose ?

— D'après les sauts de page, il semble qu'il n'y a ici que trois autres affaires, à part Godínez. À l'évidence, ces cassettes n'étaient pas pleines, dit Amelia après avoir jeté un coup d'œil sur les feuillets ; puis elle reprit sa lecture : "Du dossier « Quatre Verres » : J'ai mis longtemps à trouver un bon informateur chez les banquiers, ou ils sont trop vieux, ou ils se croient cousus d'or, mais je suis sortie pendant trois mois avec Raúl Richter, un vice-président de la banque Credex. Ces gens ne sont pas comme les politiciens, qui lâchent la sauce au moindre gratouillis, et le comble c'est que Raúl se contrôle en permanence. Mais il a fini par se montrer sous son vrai visage ; je me doutais déjà de quelque chose, car s'il adorait sortir avec moi, le sexe ne l'intéressait pratiquement pas. Je croyais qu'il était fier de me montrer, mais j'ai fini par comprendre qu'il aimait m'avoir sous la main : il veut être comme moi. Il adore mes affaires, les toilettes, le maquillage, la lingerie.

“Au début, j'ai cru que c'était une sorte de fétichisme : il s'intéressait plus aux objets qu'aux choses de la chair. Mais un week-end on est allés à New York, et un après-midi je suis partie faire des courses. En rentrant à l'hôtel, plus tôt que prévu, je l'ai trouvé en train d'essuyer son rimmel, il avait encore des traces de rouge à lèvres sur les joues, comme s'il s'était dépêché de les effacer ; plus tard, j'ai trouvé ma lingerie tachée de sperme. Aussi, le lendemain, j'ai levé tous les doutes ; comme je ne me sépare jamais de mon petit matériel, j'ai joué le rôle de l'homme au lit et ce pauvre type s'est enfin révélé. C'était il y a trois semaines. Maintenant, il a tous les dessous qu'il faut, je compare son 85A à mon 90C et je lui dis qu'à deux on a mis les petits plats dans les grands.

“Depuis que je suis sa complice dévouée, il me raconte tout. Il me dit que la vraie vocation de sa banque est de blanchir l'argent et d'accorder aux associés des prêts déguisés, que la banque ne récupère pas toujours. Cette entreprise a beau être régionale, elle brasse beaucoup de fric. Il dit qu'il y a deux sortes de blanchiment, celui des délinquants et celui des gens bien. Pour les premiers, vous voyez de qui je veux parler ; quant aux seconds, il s'agit de patrons et de politiciens qui ne veulent pas déclarer leurs gains et leurs transferts au fisc. Le travail de Richter consiste à transformer les billets en dépôts légaux. Pour ce genre d'activités, il s'associe à des organismes de prêt et à deux agences de change. Je ne comprends pas bien le mécanisme.

“Une fois, en confiance, il m'a dit que son rêve était de coucher avec un beau Noir, aussi irons-nous à Miami, et j'irai lui en chercher un que je ramènerai à l'hôtel. Si tout se passe bien, je compte enregistrer une vidéo à son insu ; après cela, il ne restera plus qu'à me barrer, car ce type n'aura plus besoin de moi. Fin de cassette. Note : le dossier « Quatre Verres » inclut un DVD.”

— Ce DVD, je n'ai pas l'intention de le regarder, dit Amelia.

— Pas celui-ci, mais je suis curieux de voir les autres, Mario m'a dit qu'il y a trois ou quatre dossiers qui ont aussi un disque.

Tu as un lecteur ? demanda Tomás en montrant l'écran de télévision encastré dans le mur.

Amelia soupira avec une grimace qui montrait qu'elle n'était pas enchantée de voir les images compromettantes de politiciens à poil, mais sa curiosité était éveillée.

— Lisons le rapport complet, dit-elle, ensuite on regardera un ou deux disques.

Un quart d'heure plus tard, ils échangeaient des regards perplexes, plus impressionnés par l'identité des incriminés que par la gravité des délits décrits dans les pages restantes. L'un d'eux, le dossier "Raconte-moi tes chagrins", était un des référents moraux de la gauche ; l'autre, "Je t'ai lâché la bride", une des gloires de la littérature mexicaine.

— Il est clair que les hormones ne respectent ni les choix idéologiques ni le coefficient intellectuel. Apparemment, Pamela était irrésistible sur tous les codes postaux, dit Tomás en riant.

— Là, maintenant, j'ai envie de voir ces DVD, répondit-elle. Va savoir qui nous allons trouver et si nous n'allons pas le regretter. Ah, foutue curiosité !

Amelia ouvrit le coffre-fort et fouilla dans les dossiers pour trouver ceux qui contenaient un disque ; elle en prit trois et les posa sur le bureau. Elle en choisit un au hasard, retira le DVD et le passa à Tomás.

— Mets le son très bas, il ne faudrait pas que les femmes de ménage s'imaginent que nous sommes en pleine orgie dans mon bureau, ajouta-t-elle.

Tomás inséra le disque, manipula les commandes de la télévision et du lecteur, et s'appuya sur un angle du bureau ; Amelia vint à côté de lui. Tous les deux étaient à un mètre et demi du téléviseur. Une image de fleurs envahit la scène ; quelques secondes plus tard, elles s'éloignèrent de la caméra et devinrent la robe de Pamela, qui regardait l'objectif. Elle tenait une télécommande avec laquelle elle faisait des essais de cadrage : derrière elle, un grand lit avec des coussins énormes. L'artiste sembla satisfaite, car soudain l'écran s'obscurcit. Deux secondes plus tard, l'image de deux corps nus qui s'affalaient sur le lit envahit l'écran ; de grosses fesses velues occupèrent le premier plan. Amelia regarda Tomás d'un air agacé, regrettant sa décision. Lui, il était fasciné par les images.

Après quelques minutes d'efforts, qui ressemblaient à une tentative infructueuse de pénétration, la femme inversa les positions, se plaça sur lui et pivota pour se mettre en position de 69 ; son visage et le pénis remplirent l'écran. Il s'agissait de Pamela, sans aucun doute, même si un ruban lui masquait les yeux. Les bruits qu'on entendait laissaient supposer que l'homme s'affairait, la bouche sur le sexe de l'actrice. Amelia et Tomás comprirent l'intention de Pamela quand celle-ci se tourna vers la caméra et mit deux doigts en équerre pour mesurer le sexe de son amant : il était plus petit que son index. Ses grands seins, appuyés sur les chevilles de l'homme, raccourcissaient encore plus les parties génitales de l'homme. Main et bouche travaillèrent un moment le membre viril, puis elle reprit des mesures, avec le même résultat. Son argument était évident. Le couple changea plusieurs fois de position, mais il fallut attendre la fin de la vidéo pour qu'un cadrage favorable permette de reconnaître l'individu : visage et pénis appartenaient au général de division Fulgencio Varela, sous-secrétaire à la Défense, un des membres les plus puissants de l'armée mexicaine.

— Encore un matériau explosif, mais pour des raisons différentes, dit Tomás en s'agitant avec inquiétude sur le bureau ; les images de Pamela lui avaient coupé le souffle et provoqué une érection involontaire.

Amelia ne répondit pas ; mettant le pouce et l'index en équerre, elle avança la main vers le bas-ventre de Tomás, sur son pantalon ; tous deux éclatèrent de rire et s'embrassèrent, se dépouillèrent fébrilement d'une partie de leurs vêtements et se traînèrent vers le canapé. Dix minutes plus tard, Amelia se rendit compte qu'ils imitaient certaines séquences de ce qu'ils venaient de voir dans la vidéo ; ce qui la fit hésiter quelques instants, et elle faillit interrompre son étreinte. Mais elle chercha le visage de Tomás et son regard liquide, et une vague de tendresse l'envahit. Elle continua de faire l'amour, avec plus d'emphase dans les baisers que dans les parties génitales, avec de longs échanges de regards.

Elle se demanda ensuite si son ressenti signifiait qu'elle était amoureuse ; quant à lui, il se dit que cet orgasme changeait son *top ten* historique, et le responsable du ménage, qui avait d'abord entendu des bruits divers et variés, fut persuadé que dans ce bureau avait eu lieu une orgie.

LUNDI 2 DÉCEMBRE, 18 H 45
Luis

Le week-end lui avait paru interminable, ni les jeux sur l'ordinateur ni les heures de gymnastique n'avaient pu calmer le rat qui bouillonnait dans sa cervelle. C'était une impatience inconnue chez lui, nourrie par les expectatives nées de ses recherches sur Restrepo, et les risques évidents qu'il courait, mais comment faire autrement ? Tout plutôt que de se courber devant des policiers, même d'élite.

Sept fois dans la journée il entra dans la boîte d'Anonymous, sans résultat. À la huitième incursion, la chance lui sourit : il était 18 h 45, on était lundi et enfin il put télécharger un gros fichier.

Le texte était précédé d'un code d'alarme qui précisait qu'il s'agissait d'un contenu délicat. Une note clarificatrice affirmait que les IP explorées et les individus mentionnés étaient des ennemis d'Anonymous, en raison de leurs délits contre des membres de l'organisation. Le texte décrivait, sans mentionner le nom de Luis, la méthode violente de recrutement de hackers de ces individus. Il situait les coupables dans des organismes para-étatiques du renseignement au Mexique, mais précisait qu'ils n'appartenaient à aucune organisation officielle du gouvernement.

La rédaction du rapport était informe, constituée de paragraphes et d'informations puisés à différentes sources : une quantité de copies de diplômes universitaires et de premiers emplois. Beaucoup de ces informations étaient redondantes et certaines photos étaient trop floues ; cependant, à la fin de la lecture, Luis avait une idée assez précise de l'identité de l'homme qui l'avait interrogé.

Efraín Restrepo avait fait des études de sciences de la communication à l'université Iberoamericana, une institution jésuite pour classes moyennes et supérieures, après une maîtrise en psychologie sociale à l'université de Miami et enfin un diplôme en sciences politiques à la Sorbonne. Après son séjour en France, à vingt-neuf ans, il avait été recruté par le ministère de l'Intérieur comme analyste politique ; trois ans plus tard, en 2000, il rejoignait les rangs du CISEN. En 2005, il fut nommé sous-directeur du contre-espionnage de cette institution. Au début du gouvernement de Felipe Calderón, en 2007, il prit la direction de l'Unité spécialisée dans les enquêtes sur les enlèvements de la SIEDO. Dans le courant de l'année 2012, peu avant les élections où le PAN perdrait le pouvoir, il avait quitté le gouvernement fédéral.

Là, on perdait sa trace. Pourtant, d'après ces informations, il avait été marié de 2003 à 2006 avec une certaine Leonora Sifuentes. En 2005, ils avaient eu un fils, Leonardo, sûrement en l'honneur de sa mère. Actuellement, l'enfant devait avoir dans les huit ans et être inscrit dans une école, se dit Luis. Restrepo avait peut-être disparu, mais pas sa famille.

La masse d'informations établissait la liste d'une douzaine de cours d'espionnage que le fonctionnaire avait suivis dans plusieurs pays, dont quatre sur des sujets cybernétiques, aux États-Unis. La photo la plus récente et la seule de ces dernières années datait de mai 2012. C'était une image publiée dans la presse à l'occasion de l'invitation au palais présidentiel de Los Pinos du chef d'entreprise Juan Elías Nahum, qui avait été retrouvé vivant, après un long et pénible enlèvement. Ce qui devait être une visite confidentielle au président, Calderón en avait fait, à la surprise générale, une conférence de presse pour souligner la victoire policière, une des rares bonnes nouvelles que son gouvernement pouvait diffuser à la veille des élections. La convocation inattendue des médias avait sûrement empêché Restrepo de se soustraire à la photographie, contrairement à ses habitudes.

L'image que Restrepo donnait à quarante-quatre ans était celle d'un Italien prospère de New York : cheveux gominés et costume de marque sur mesure. Il était le seul à ne pas porter de cravate parmi les cinq hommes de la photo, mais son attitude fière, ses lunettes à la mode et son sourire à la dentition parfaite le distinguaient du groupe : Luis avait du mal à imaginer ce fonctionnaire le soumettant à un interrogatoire impitoyable dans une chambre d'hôtel de Guadalajara. Pourtant, le curriculum de Restrepo ne laissait pas de place au doute. Le ton professionnel et contrôlé dont il avait fait preuve à cette occasion cadrait parfaitement avec l'entraînement sophistiqué que le policier avait reçu.

Il imprima la photo, les renseignements sur le fils et l'ex-épouse et mit toutes ces informations sur une clé USB. Luis décida de prévenir Vidal du gros bonnet qui les surveillait ; il avait compris que son enlèvement était une étape d'un processus de recrutement, mais pour son ami c'était peut-être différent. Il ignorait pourquoi Vidal s'était lancé dans des recherches sur Pamela Dosantos, mais à l'évidence cela avait attiré l'attention de Restrepo ; une attention qui au mieux pouvait mener à la torture, comme cela lui était arrivé quand l'autre avait voulu le recruter dans son équipe, et au pire à la disparition de son ami. Il décida de se rendre le soir même à México. Il faillit ouvrir un site d'achat de billet d'avion sur internet, mais il se ravisa. Il préféra l'autocar, beaucoup plus long et fatigant, mais prudemment anonyme.

À 8 h 15, le lendemain, il prenait son petit-déjeuner au café-librairie El Péndulo, dans le quartier de la Condesa, à quelques rues de chez Vidal ; bien qu'il ait voyagé une bonne partie de la nuit, il se sentait en forme après quelques heures de sommeil et une bonne platée d'œufs fermière. De sa table, il voyait par la fenêtre les allées et venues des habitants de ce quartier bohème, et il remarqua que le plus actif de tous était un jeune brun qui brandissait son chiffon de flanelle rouge en courant en tous sens, montrant aux automobilistes un endroit libre où garer leur véhicule. À cause de cette flanelle, *franela*, on les surnommait les *franeleros* ; ils monopolisaient la voie publique en posant des bidons aux places libres et en réservant les rampes d'accès aux garages à ceux qui payaient une obole. Le *franelero* sifflait les chauffeurs, leur montrait une place disponible, les aidait avec leur "ça passe, ça passe" quand ils reculaient, et encaissait un pourboire. Luis remarqua que le jeune *franelero* régnait sur deux pâtés de maisons entiers. L'observation tombait à pic.

Il paya la note, se dirigea vers la maison de son ami et s'arrêta au carrefour précédent. Il trouva ce qu'il cherchait quelques secondes plus tard : le *franelero* de la rue du domicile de Vidal.

Cinq minutes après, Olga ouvrit la porte et se trouva face à face avec le placeur, un papier plié dans la main.

— C'est pour cette maison. Ici c'est marqué pour qui, dit le jeune homme sur un ton méfiant.

La mission ne lui plaisait pas ; cependant, les cinquante pesos de pourboire de Luis avaient vaincu ses réserves. Cet homme lui avait dit qu'il devait voir son ami, mais que ses parents ne voulaient pas ; le jeune homme devait remettre ce message à Vidal en personne, mais le *franelero* avait été intimidé par l'air sévère et revêche de la dame, sur le seuil. Il était reparti avant qu'Olga ait eu le temps de réagir.

La mère vit le nom de son fils sur le papier et décida de lire le contenu ; elle redoutait qu'il soit lié aux événements du dimanche soir. *Viens où on s'est vus la première fois. J'y suis déjà. Urgent. Vegas2232.* Olga était embarrassée, elle craignait que ce message laconique et péremptoire, remis de façon si étrange, ne soit un piège. Elle appela Mario, qui n'était pas encore parti, et lui montra le papier : sa première réaction ressemblait à celle de son épouse. Ces dernières heures, il avait vécu entre l'angoisse et la dépression ; il était conscient que son lien avec les Bleus et sa façon désespérée de vouloir se rendre utile avaient failli coûter la vie à son fils. Il ne savait pas encore si Vidal ou eux-mêmes étaient hors de danger. L'image des cadavres de Nicolás et de sa mère sur le canapé du salon, ressassée au cours de sa dernière insomnie, continuait de le hanter. Si l'endroit où se réunissaient les jeunes avait été sa propre maison, ce sont les Crespo et non les Alcántara qui auraient été assassinés. Toutefois, il se demandait qui pouvait bien être Vegas2232 : seul son fils le saurait.

— Il faut cacher ce papier, dit Olga. Vidal a assez de soucis. Cela ne me plaît pas du tout.

— Nous ne savons pas de qui il s'agit, c'est peut-être Manuel : ce garçon doit être épouvanté, ou pire, parce qu'il n'a aucune information qui l'éclaire sur ce qui s'est passé. Il s'est enfui de la maison des Alcántara dès qu'ils sont redescendus du studio de Nicolás ; Vidal assure qu'il l'a supplié plusieurs fois de rester, mais il n'a pas voulu.

— Non, Crespo, regarde la situation. Il faut envoyer Vidal chez ses cousins à Querétaro, le sortir de toute cette affaire.

— Nous ne pouvons pas le traiter comme s'il était mineur, il ne nous le pardonnera jamais si nous lui cachons cette note et que c'est important. Laisse-moi lui parler et identifier avec lui ce Vegas2232, et nous déciderons ensemble de la marche à suivre. Vidal doit comprendre qu'après ce qui s'est passé chez les Alcántara, on doit prendre les décisions en famille, dit Mario, et sans attendre de réponse il monta l'escalier.

Vidal écrivait sur l'ordinateur, selon les instructions de Jaime. Il essayait de se rappeler quel genre de courriers ou de tweets il pouvait envoyer un jour normal en début de matinée, mais la normalité semblait appartenir à un passé lointain.

Mario lui montra le message, lui expliqua comment il était arrivé, et les craintes fondées qu'il leur inspirait, à Olga et lui. Vidal avait compris de qui il s'agissait. Il parla de Luis, comment il l'avait connu, et du programme qu'ils avaient développé ensemble pour un client de Las Vegas ; il lui expliqua qu'il était urgent de l'alerter du danger où il se trouvait pour avoir craqué des sujets liés à la famille de Pamela. Olga, sur le seuil, et Mario, à côté du bureau, écoutaient.

— C'est sûrement El Péndulo, au carrefour des rues Tamaulipas et Michoacán, dit Vidal. C'est là qu'on s'est donné rendez-vous la première fois qu'il est venu à México, après avoir échangé des courriers et des collaborations, il y a un an de cela. Je dois y aller.

— Voici ce qu'on va faire, dit Mario : décris-moi Luis et je vais jeter un coup d'œil dans la librairie. Si je le repère, je te préviens. Tu es sûr qu'il est fiable ?

— Fiable ou pas, je n'aime pas cette idée de s'éloigner de la maison, même de trois cents mètres. C'est trop t'exposer, intervint Olga.

— C'est le moins que je puisse faire. Je l'ai fourré dans cette histoire, je ne peux pas le laisser tomber maintenant, répondit

Vidal. D'ailleurs, personne ne s'attend à ce que je m'enferme. Cela éveillerait encore plus les soupçons, non ?

Au lieu de répondre, Mario alla chercher sa veste dans la penderie de sa chambre et sortit ; devant la librairie, il regarda à droite et à gauche, pour voir si quelqu'un de suspect l'avait pris en filature. Il trouva Luis à l'étage, feuilletant des livres sur les étagères qui tapissaient les murs de l'établissement, il prit un siège quelques tables plus loin, et observa la clientèle. Dix minutes après, il se convainquit que personne ne surveillait le jeune homme, qui était passé au rayon des films. Mario se leva, regarda les DVD sur une étagère voisine et s'approcha de Luis : sans quitter des yeux le DVD qu'il tenait dans la main, il s'adressa à lui.

— Luis, pas un mot ; je suis Mario, le père de Vidal. Il va arriver dans quelques minutes, dit-il à voix basse.

L'autre acquiesça dans un murmure.

De retour à la maison, Mario insista pour accompagner Vidal à son rendez-vous avec Luis, mais son fils dit que sa présence gênerait son ami. Il expliqua qu'il l'informerait simplement des événements et de la nécessité d'effacer toute trace de son rôle dans l'affaire Dosantos ; il l'assura qu'il serait de retour dans moins d'une demi-heure. Mario et Olga finirent par accepter, mais le père préféra conduire le fils en voiture jusqu'à la librairie. Là, ils se quitteraient et chacun repartirait de son côté.

Contre toute attente, Mario avait accepté la mission que Tomás lui avait proposée par radiotéléphone : aller voir Carmelita une fois de plus pour savoir si Dosantos avait reçu la visite de membres de sa famille du Sinaloa. Bien que Mario soit décidé à couper tout lien avec cette affaire, il accepta parce qu'il considérait de son devoir d'alerter la couturière des risques auxquels elle était exposée : si le cartel voulait effacer toute trace de Pamela Dosantos, tôt ou tard il s'intéresserait à sa meilleure amie. Il fallait qu'il la voie, ne serait-ce qu'une dernière fois, pour lui demander de quitter momentanément la ville. Il se dirigea vers Polanco dès qu'il eut déposé son fils, qui lui demanda cinq cents pesos pour acheter des films et rendre vraisemblable sa visite dans cette boutique.

Vidal choisit un canapé relativement caché entre des étagères, c'était le lieu le plus discret de la librairie. Il passa devant Luis, toussa pour attirer son attention et s'installa après avoir commandé un café au garçon qu'il croisa en chemin.

— C'est une bonne idée d'être si prudent, mon vieux, dit Luis en s'asseyant. Je suis venu de Guadalajara pour t'expliquer que tes recherches sont une source d'emmerdes.

— Oublie tout ça, laisse-moi te raconter ce qui s'est passé ce week-end.

Dans l'heure qui suivit, ils échangèrent le récit des agressions qu'ils avaient subies : Vidal de façon compulsive et émotionnelle, encore sous le choc de la tragédie dont il avait été témoin, et Luis de façon méticuleuse. Le premier se défoula en essayant de conjurer les démons et les craintes qui le harcelaient ; le second approfondit, cherchant des explications à ce qui leur arrivait.

Ils finirent par conclure que l'origine de ces attaques était différente. On n'avait pas demandé à Luis de cesser ses recherches sur Pamela Dosantos, juste de les partager, alors que dans le cas de Vidal les agresseurs avaient cherché à les supprimer. L'accent nordique que Vidal avait reconnu chez les sbires et les vêtements de l'homme qu'il avait entrevu dans l'escalier ne cadraient pas avec les comportements professionnels du technicien qui avait interrogé Luis.

Ce dernier montra à son ami le dossier qu'il avait rassemblé sur Efraín Restrepo, il lui demanda de bien regarder la photo de l'ex-dirigeant de la SIEDO et de le fuir s'il le voyait.

— Même si ce ne sont pas les mêmes fils de pute qui ont tué ton ami et sa famille, Restrepo et son gorille peuvent aussi te courir après pour t'utiliser. De plus, ils t'ont déjà sur leur radar, mon vieux, parce qu'il m'a dit que je ne devais rien t'envoyer de ce que je pouvais trouver sur Dosantos, souligna Luis.

— Et toi, que vas-tu faire ?

— Je vais pister l'épouse et le fils de ce salopard : d'une façon ou d'une autre, sa famille me conduira à lui. Je veux savoir pour qui il travaille et dans quel merdier il nous a fourrés. Il y a aussi les caméras qui ont filmé l'assassin et Pamela peu avant sa mort.

— Cette piste est morte, dit Vidal. Si mon oncle n'a rien déniché de ce côté, c'est que ça ne mène à rien.

— C'est qui, ton oncle ?

— Jaime Lemus, dit-il avec fierté. Il a été directeur du CISEN et c'est un expert dans toute cette merde. Mais tu es sûr de vouloir continuer ? Mes parents veulent qu'on prenne des vacances forcées dans le ranch d'un parent. Ne vaudrait-il pas mieux que tu disparaisses, toi aussi ?

— Sans doute, mais auparavant je voudrais explorer une dernière piste. Je vais rester à México deux ou trois jours, je te propose qu'on se revoie ici demain en fin d'après-midi ; là, on fera le point, vieux. Depuis un bout de temps, mon père m'invite à faire un voyage en Europe avec lui, je le prendrai peut-être au mot après tout ça. Ça te va ?

— Je préfère le Starbucks de la rue Tamaulipas, c'est à deux pas et leur wifi est plus réactif, répondit Vidal.

La chaîne américaine représentait pour sa génération ce qu'avaient représenté les restaurants Sanborns pour leurs parents : un lieu de rencontre, un point de référence, au moins dans la journée.

Les deux amis se quittèrent avec effusion, oubliant la prudence qui avait présidé à leur rencontre. Vidal repartit avec son dossier sous le bras, mais cinquante mètres plus loin, il le glissa sous sa chemise ; il ne voulait pas partager avec sa mère tout ce que Luis avait raconté. Il attendrait son père pour leur annoncer l'existence de Restrepo et de son tueur.

MARDI 3 DÉCEMBRE, 10 H 30
Mario et Carmelita

Il ne savait s'il devait le traiter comme un adulte ou comme un enfant, pas facile d'admettre qu'il avait dix-neuf ans, ce gros corps informe et ce visage aplati des victimes du syndrome de Down. C'était la première fois qu'il voyait Agustín, le fils de Carmelita ; elle lui expliqua que l'après-midi il avait un cours spécial de physiothérapie et qu'il restait parfois chez sa tante, la sœur de Carmelita, voilà pourquoi Mario ne l'avait pas rencontré lors de ses deux visites antérieures. La couturière parlait à son fils avec une affection dépourvue de condescendance et il répondait de façon articulée, mais en bégayant. Mario imita le ton qu'elle avait adopté et bientôt il discutait ardemment foot avec le garçon. Agustín confondait parfois le Barcelona avec le Real Madrid, et quand Mario insista pour dire qu'Iniesta appartenait à l'équipe catalane et pas au Real, le jeune homme lui répondit que cela lui était égal : voir jouer ces deux équipes le rendait heureux.

Il réfléchit à la pureté de ce commentaire. L'enfant pouvait ignorer les joueurs, mais son goût pour le football semblait plus authentique que le militantisme absurde et hostile que professaient les fanatiques de ce sport. Le fils de Carmelita avait une candeur encore intacte, qui désarmait Mario ; quand soudain Agustín décida d'aller dans sa chambre, il prit congé avec une accolade chaleureuse, posant la tête contre la poitrine de Mario pendant ce qui lui parut être un long moment.

— C'est un amour, n'est-ce pas ? dit Carmelita en regardant son fils s'éloigner dans le couloir.

— Il m'a enchanté, dit Mario. Tu dois te sentir très fière.

— Merci, répondit-elle en souriant. Les archives, ça avance ? Non, attends, ne me dis rien. Parle-moi d'autre chose.

— Franchement, même si je le voulais, je ne pourrais rien te dire ; nous en sommes encore à la transcription, je ne les ai pas encore vues. Mais oui, je voulais te dire quelque chose d'important.

Et Mario lui expliqua le risque qu'ils couraient. Il n'entra pas dans les détails des événements survenus chez les Alcántara, mais il assura que trois personnes avaient été assassinées, apparemment par des sbires du Nord du pays. Il dit que ses amis avaient la certitude que quelqu'un voulait effacer tout ce qu'on savait ou tout ce qu'on pourrait trouver sur Pamela Dosantos. Il lui expliqua les raisons pour lesquelles elle devait quitter le pays le plus vite possible : la piste qu'il avait suivie pour la retrouver serait sans doute aussi repérée par les agresseurs et elle pouvait être attaquée à tout moment.

À mesure qu'il parlait, Carmelita pâlissait. Aucun mot ne sortait de sa bouche ; son visage se contracta comme si elle allait éternuer, mais Mario comprit que c'était une expression de surprise et de douleur. Elle franchit les deux mètres qui les séparaient et se blottit contre lui. Mario lui ouvrit les bras en silence et posa ses lèvres sur son front : il avait l'impression d'embrasser un lavabo, sa peau blafarde accentuait la sensation de froid qui émanait de son corps. Une fois de plus, il sentit que Carmelita était une batterie presque à plat.

— Je ne sais où aller, ma vie est ici, dit-elle à voix basse, la bouche contre la chemise de Mario.

— Ta vie est en danger si tu restes, tu dois penser à ton fils. Tu n'auras pas de problèmes grâce à l'argent que Pamela t'a laissé. Tu peux aller aux États-Unis, ou en Espagne si tu ne parles pas anglais ; il y a sûrement de meilleures cliniques pour Agustín dans ces pays. Profites-en pour prendre un long repos. À la longue, les choses se calmeront et tu pourras revenir.

— Mais toi, tu restes ici, dit-elle, et cette fois c'est Mario qui resta sans voix.

Il la tint enlacée et la berça doucement, la fragilité physique et émotionnelle de Carmelita éveillait en lui des vagues de tendresse et un instinct protecteur. De nouveau il l'embrassa sur le front ; sa peau irradiait maintenant une chaleur nouvelle. D'un geste rapide elle redressa la tête et capta les lèvres de Mario entre les siennes : de façon machinale, sans y penser, il répondit à l'ardeur de ce contact. Sa langue avait une saveur sucrée. Sa main descendit et ses doigts écartés entourèrent sa fesse gauche, plus grosse qu'il ne le croyait et étonnamment ferme. Carmelita haletait à son oreille. Il déplaça la main pour enrober sa fesse droite ; sa courte taille permettait de l'entourer d'un seul bras. Une chose qu'il ne pourrait faire avec Olga, se dit Mario, et cette pensée mit un terme à tout.

Il saisit Carmelita par les épaules, secoua la tête et la recula de quelques centimètres, et il crut voir un abîme se creuser entre eux. Le visage déconcerté de Carmelita lui donna presque des regrets : il voulait la protéger, pas la blesser. Mais il se domina.

— Si nous passons à autre chose, ce sera pire au moment de nous séparer, petite, dit-il.

— Nous ne sommes pas obligés de nous séparer, viens avec nous, fuyons ensemble.

— Je ne peux pas. Ce serait facile de t'aimer, mais j'ai déjà une vie.

Mario comprit la dureté de ses propos. Il tenta de les expliquer :

— Parfois, je crois que ma seule vertu est la loyauté. Quand je voyais les talents de mes amis fleurir à l'adolescence, je me demandais quels seraient les miens, quand ils viendraient. Je cessai de m'interroger quand je compris que depuis toujours j'avais une chose qui leur manquait : la fidélité à ce que j'aime. Si je perds cela, je n'ai plus rien. Tu comprends ?

Il parlait en marquant des pauses, presque autant pour elle que pour lui.

Carmelita hocha la tête tandis que des larmes brodaient des points d'exclamation sur ses joues ; Mario aussi se mit à pleurer en silence et il l'attira de nouveau contre sa poitrine.

Elle finit par rompre l'étreinte et lui proposa une tasse de café. De nouveau il la pressa de prendre le jour même une chambre à l'hôtel, tout l'argent qu'elle pouvait, et de laisser le reste à sa sœur. Carmelita lui dit qu'ils avaient les passeports en règle, car plus d'une fois elle avait assisté à des séances de tournage à Porto Rico et à Miami pour aider Pamela ; la mention de Porto Rico et des amitiés laissées là-bas lui donnèrent l'idée d'un séjour dans l'île et elle promit de partir le lendemain.

Mario allait s'en aller quand il se rappela la demande de Tomás.

— Une question qui peut être importante, et excuse-moi, ce sera la dernière : Pamela a-t-elle mentionné un jour la visite de quelqu'un du Sinaloa ?

— Jamais, autant qu'il me souvienne.

— Elle n'avait aucune relation avec les gens de son passé, de sa famille ?

— Ses parents étaient morts et elle était fille unique. À part Joaquín, je n'ai jamais rencontré les membres de sa famille.

— Joaquín ? Joaquín Plascencia ? s'étonna Mario.

— Oui, bien sûr ; il venait à México deux ou trois fois par an et ils se voyaient ici, dans mon appartement. À vrai dire, je ne comprenais pas très bien pourquoi ; si je me rappelle bien, elle m'a dit que son compagnon du moment ne croirait jamais qu'il s'agissait de son cousin, voilà pourquoi elle préférait le voir chez moi.

— Mais tu m'as dit que personne n'était jamais venu du Sinaloa.

— Il faut dire que Joaquín vit dans le Bajío, je crois. Il y a longtemps qu'il a quitté le Sinaloa, il n'a même plus l'accent.

— Et que faisaient-ils quand ils se voyaient ?

— Ce qu'ils faisaient ? Mais ils bavardaient, ils se donnaient les dernières nouvelles. Je les laissais seuls. C'est la seule famille qu'elle avait, tu sais ?

Mario était songeur ; la présence de Joaquín dans cette maison donnait une cohérence à tous les événements. Il ne savait comment, mais il devinait que l'attentat contre Jaime à l'hôtel Reina Victoria, la mort de Pamela et l'assassinat des Alcántara étaient liés. Cette réflexion ne fit qu'accroître son inquiétude.

— Je dois m'en aller, dit-il à contrecœur.

Il lui donna son numéro de radiotéléphone et lui demanda de l'appeler dès qu'elle aurait quitté le pays ; il l'assura qu'il irait la voir dès que possible. Son regard s'éclaira et elle le serra contre elle. Mario, le cœur serré, se dit qu'il ne la reverrait sans doute jamais ; tous deux se remirent à pleurer.

— Nous sommes deux canaris, dit-il.

Il l'embrassa sur la bouche et prit congé, la saveur de ses larmes sur ses lèvres.

Il était garé devant l'immeuble de Carmelita. Il ouvrit la portière et avant de se glisser à l'intérieur il releva la tête pour voir le balcon du premier étage. Elle l'observait, le bras gauche croisé sur la poitrine et l'autre tenant un mouchoir jetable contre son visage. Les yeux encore humides, il démarra en pensant que l'image qu'ils offraient tous les deux ressemblait à s'y méprendre à une scène de film.

L'automobile ne démarrait pas. Il refit plusieurs tentatives et vit soudain Carmelita dans le rétroviseur : elle lui faisait signe d'avancer. Sans un mot, il descendit et tous les deux poussèrent la voiture vers le bas de la côte, lui devant, à sa portière, elle à l'arrière ; tous deux étaient silencieux, haletant sous l'effort. Il se dit que cette scène n'appartenait pas à Hollywood. Au bout d'une cinquantaine de mètres, il sauta derrière le volant et démarra. Il vit le visage de Carmelita, noyé de larmes, disparaître peu à peu dans le rétroviseur.

MARDI 3 DÉCEMBRE, 18 HEURES
Tomás et Salazar

Il y a des restaurants politiques et des restaurants d'entreprise. Le Palm, dans le quartier Polanco, était sans doute le seul restaurant qui pouvait se vanter d'être les deux : dans ses couloirs défilaient des cadres supérieurs des entreprises phares du pays et des ministres du gouvernement. Tomás se dit qu'autour de ces tables on négociait plus de lois et de réformes, plus d'alliances politiques et plus d'investissements que dans les salons du pouvoir législatif.

Le journaliste attendait le ministre de l'Intérieur dans un salon privé du restaurant, assis à une table pour six personnes. Il commanda une tequila, et se rappela que Salazar ne buvait pas d'alcool ; finalement, il en demanda une double. Il se promit de vérifier si la sobriété du fonctionnaire était une pratique normale ou le résultat d'un alcoolisme repenti. En pensant au passé du ministre, il considéra que c'était dommage d'avoir accepté cette rencontre sans avoir exploré toutes les archives de Pamela : une fiche de l'artiste sur les péchés de son commensal serait tombée à pic avant la conversation qui l'attendait.

Un homme entra et le salua respectueusement. Il se présenta : M. Gamudio, secrétaire particulier de Salazar ; il dit qu'il lui tiendrait compagnie quelques instants, en attendant que "le patron" arrive, ce qui ne saurait tarder. Les codes non écrits de la culture politique mexicaine étaient complexes et les rencontres officielles étaient un aspect fondamental de cette culture. Les grands personnages avaient coutume d'envoyer quelqu'un avec la double intention d'indiquer à leur invité que sa présence était importante et, en même temps, de lui montrer que cette rencontre n'était pas à égalité : le ministre arriverait plus tard. En général, la hiérarchie de l'émissaire et les minutes de retard établissaient l'importance de celui qui attendait, et de tels critères étaient le reflet fidèle de sa cote sur le marché politique.

Quoi qu'il en soit, se dit Tomás avec ironie, il n'avait pas à se plaindre : Gamudio était le bras droit de Salazar, célèbre pour son ascension vertigineuse grâce à sa capacité de travail qui frôlait la névrose. Ce jeune homme ne semblait pas dépasser les trente-cinq ans, impeccablement habillé, l'air éveillé ; Tomás l'aurait trouvé sympathique si ce Gamudio n'avait eu une attitude aussi obséquieuse dans ses propos comme dans son langage corporel. Il se demanda si sa coiffure, qui imitait fidèlement celle du nouveau président, était une acquisition récente ou une heureuse coïncidence. Et il se rappela Cristóbal Murillo, le secrétaire particulier de Rosendo Franco, propriétaire d'*El Mundo*, qui cherchait toujours à copier son patron. Il en conclut que Salazar aurait dû s'inquiéter : son secrétaire particulier ne copiait pas son chef, mais le chef de son chef.

L'arrivée du ministre interrompit ses réflexions. Tomás salua le nouveau venu et Gamudio prit congé. Sans laisser à Salazar le temps de s'asseoir, un serveur déposa sur la table un verre et une bouteille de Perrier.

— Merci d'avoir accepté mon invitation, don Tomás. Il était important de se voir.

— Je serais venu dès le premier instant sans y être forcé, comme c'était votre intention il y a quelques jours.

Le journaliste avait décidé de s'affranchir du cauchemar qu'il avait connu dans le gros mannequin d'une pharmacie d'un quartier inconnu ; il n'allait pas se priver de remettre Salazar à sa place.

— Vous avez entièrement raison et je vous présente mes excuses. C'était un malentendu de la part du personnel : ces gens croient toujours vivre dans le même pays qu'il y a vingt ans. Laissez-moi vous raconter une anecdote que je tiens d'un de mes prédécesseurs de l'époque, elle va vous plaire. Lorsque Javier García Paniagua était sous-secrétaire, vers 1978, il reçut la mission de convoquer un gouverneur à un rendez-vous avec le ministre de l'Intérieur. Ce dirigeant, de San Luis Potosí si je me rappelle bien, avait pris à la légère cet ordre de se présenter dans le bureau du ministre ; il avait répondu quelque chose du genre "Quand j'irai à México, j'y passerai avec plaisir". Cela rendit García Paniagua furieux : il sauta dans un avion avec vingt-cinq agents de la police fédérale, arriva au bureau du gouverneur à San Luis et se planta devant lui. Ce dernier se leva pour protester contre cette irruption : García Paniagua le gifla et lui dit : "Taisez-vous, imbécile, quand on vous dit de venir, vous venez." Et aussi sec il le sortit du bureau et le poussa dans l'avion. Rappelez-vous, Tomás, les cent vingt kilos de Paniagua et sa grosse voix. Deux heures plus tard, le gouverneur était dans l'antichambre du ministre, attendant d'être reçu. C'est véridique.

— Si vous m'avez raconté cela pour me rassurer, vous avez obtenu le résultat contraire. À en croire cette anecdote, je devrais vous remercier de ne pas avoir été giflé.

— Mais non, pas du tout, je vous raconte cela pour vous montrer que ces commandants croient encore que nous vivons à cette époque-là. Naturellement, ce n'étaient pas du tout mes instructions. Mais nous sommes ici, c'est l'essentiel, et nous pouvons parler en personnes adultes et responsables.

— Alors, allons-y.

Les deux hommes se mesurèrent du regard : Tomás plissa les yeux d'un air de défi, persuadé qu'il était une pâle caricature du type dur qu'il n'avait jamais été ; Salazar prit l'air de l'amateur qui soupèse un avocat en se demandant s'il est arrivé à maturité. Finalement, il prit la parole.

— Je l'aimais, Tomás, insinuer que j'ai une responsabilité dans la mort de Pamela est une double bassesse. Quelqu'un me l'a prise, et non content de cela, il essaie de me couler politiquement en me collant un assassinat que je n'ai pas commis.

Tomás ne réagit pas au ton sincère et complice que Salazar avait utilisé. Il se contenta de hocher la tête, pour l'encourager à continuer.

— On l'a jetée à côté de mon bureau pour m'impliquer ; par chance, mes services ont réussi à éliminer des dossiers et des médias toute allusion au lieu où le corps a été retrouvé. Et je dis “mes services”, car à ce moment-là j’étais loin de penser à une implication politique. C’est votre article dans *El Mundo* qui a brisé ce silence. Salazar avait prononcé ces derniers mots sans acrimonie, avec l’aplomb du témoin qui rapporte un fait indéniable. Et il poursuivit : On a épluché votre texte, étudié votre profil, vos collaborations précédentes, votre carrière, et on a compris que ce détail avait été ébruité et que vous en étiez l’organe de transmission involontaire. Dans l’après-midi du jour où votre article a été publié, je savais déjà que c’était l’avocat Coronel qui vous avait refilé l’info. Le problème, c’est qu’il était déjà mort, mais je ne l’ai su que le lendemain.

— Et comment avez-vous su que c’était Coronel ? Nous avons déjeuné en toute discrétion et je n’ai dit à personne l’identité de la source qui m’avait donné ce tuyau, dit Tomás, surpris, pensant qu’à part Jaime personne d’autre ne le savait à ce moment-là.

— Comme preuve de confiance, je vais vous révéler un moyen dont nous disposons, mais que cela reste entre nous. Les maîtres d’hôtel des vingt principaux restaurants de la ville donnent tous les jours des informations à l’Intérieur sur les repas entre personnalités politiques : qui était avec qui, et, quand c’est possible, les sujets abordés. Quand il y a une table particulièrement intéressante, ils envoient un serveur de confiance plus souvent que nécessaire pour saisir des bribes de conversation. Bien sûr, ils sont grassement payés pour leurs informations. Les plus hardis dissimulent un micro sous notre contrôle ; mais la plupart n’osent pas, car ils opèrent en cachette de leur patron. Vous seriez surpris de l’intérêt de ces informations, quand nous les croisons avec d’autres sources.

En effet, Tomás fut surpris ; machinalement, son regard balaya la salle, bien qu’il n’y ait pas de serveur près d’eux. Mais il comprit l’efficacité du procédé. Ils n’avaient cessé de parler, pendant que les garçons versaient les boissons et posaient les plats au milieu de la table.

— Ne vous inquiétez pas, cette salle n’a pas de micros, je peux vous l’assurer, dit Salazar comme s’il avait deviné sa pensée.

— Voilà donc comment vous avez su de quoi Coronel et moi avons parlé ce jour-là ?

— Quand votre article a été publié, quand nous avons compris que vous n'aviez été qu'un instrument, nous avons vérifié l'origine et le destinataire de vos appels téléphoniques et nous avons reconstitué vos déplacements des jours précédents. Je dois dire que votre emploi du temps ne se caractérise pas par un agenda mondain très surchargé, du moins jusqu'à ces derniers jours, le seul rendez-vous digne d'intérêt est votre rencontre avec Coronel au Marva, un des restaurants que nous avons sous contrôle. En effet, le rapport des serveurs mentionnait une conversation où le nom de Pamela revenait avec insistance. À la différence de vous, la carrière de Coronel le rend suspect d'être l'intermédiaire d'intérêts puissants, capables de monter un piège de cette ampleur.

— Mais Coronel est mort! dit Tomás presque pour lui-même.

— Coronel est mort, et son assassin est aussi celui de Pamela. Laissez-moi vous dire que je ne prendrai pas un instant de repos avant d'avoir découvert le nom de celui qui est derrière tout cela.

Tomás se dit que Salazar ignorait l'existence des archives secrètes que Pamela avait constituées à son insu ; mais il tint à s'en assurer.

— Dites-moi, vous ne pensez pas que la mort de Mme Dosantos aurait pu avoir un autre motif, en liaison avec son passé?

— Sûrement pas, c'était un esprit enjoué, qui n'avait rien de belliqueux. Elle ne cherchait même pas à critiquer les autres femmes, ce qui est déjà beaucoup. Elle avait sûrement plus d'un petit ami qui rêvait encore d'elle, mais pas plus. Notre relation remontait à plusieurs années et elle était très stable. Je veux dire qu'il n'y avait pas d'amant éconduit dans le paysage.

Salazar le dit avec une telle conviction que Tomás se demanda si le ministre de l'Intérieur n'avait pas aussi surveillé son amante. C'était probable, ce qui l'amena à rendre un hommage *post mortem* au talent de Pamela à mener ses tâches d'espionnage sans être remarquée par le policier professionnel qu'était Salazar.

— Pourquoi vouliez-vous me voir, don Augusto? Si je comprends bien, vous connaissez déjà tout ce que je pourrais vous dire ; et parfois même mieux que moi.

— Deux raisons, mon cher Tomás. D'abord, vous présenter mes excuses pour l'attitude de mes subordonnés le jour de la poursuite en taxi, j'ai déjà sanctionné cette faute inadmissible. Et la seconde, vous demander si vous connaissez d'autres détails sur Coronel qui puissent nous aider à identifier l'origine de ce piège. D'après nos recherches, cet avocat était mêlé à de nombreuses affaires et à beaucoup de gens, il est difficile de savoir pour qui il travaillait au moment où il vous a refilé ce renseignement. Un détail dans votre conversation d'alors qui puisse nous être utile ?

— Rien dont je me souvienne, nous avons discuté de mille choses et le nom de Pamela est arrivé tout naturellement, parce que c'était le scandale du jour. C'est là qu'il m'a parlé du terrain où le corps avait été réellement trouvé, un renseignement que peu de gens connaissaient. Si mes souvenirs sont bons, j'ai réagi en disant que cette précision pouvait être utile, je pensais à mon article, et il a ajouté que c'était juste un détail, mais trop bon pour être gaspillé.

Une fois de plus, Tomás sursauta en s'entendant prononcer cette dernière phrase : elle éveillait un écho agaçant dans la mémoire du journaliste. Il décida d'en explorer le sens plus tard ; pour le moment, sa conversation avec Salazar était plus importante.

— Vous avez dit tout à l'heure qu'on essayait de vous couler politiquement. Vous croyez vraiment que le scandale pourrait ébranler votre position ?

— Le président Prida essaie d'élargir ses marges de gouvernance pour sortir le pays de la paralysie dans laquelle il est plongé, et pour y parvenir, il a besoin du plus grand consensus possible. Il ne peut courir le risque d'exposer son gouvernement à un scandale aussi révoltant, même s'il est monté de toutes pièces. Je serais le premier à m'écarter si je sentais que ma présence lui cause du tort.

— Ce que vous appelez des "marges de gouvernance" est souvent considéré comme un retour au présidentialisme vertical. J'ai l'impression que Prida recherche la popularité pour court-circuiter les rouages démocratiques qui existent, même sous forme embryonnaire, répondit Tomás.

— L'ennui, c'est que vous êtes du genre à regarder les taureaux derrière la barrière, sauf votre respect. Pour gouverner en démocratie, il faut des démocrates, et croyez-moi, ils ne courent pas les rues dans ce pays. Si le président veut s'imposer à un leader syndical puissant et indéboulonnable, à un gouverneur despotique et violent ou à un chef d'entreprise qui se croit propriétaire de tout, il doit montrer les dents et prouver qu'il peut mordre à tout moment. Et pour ça, il faut une liberté de mouvement et un appui populaire.

— "Liberté de mouvement et appui populaire", répéta Tomás en caressant la phrase. Ça ressemble à agir hors des lois et sans contrepoids. N'est-ce pas le chemin pris par Poutine en Russie, et si je veux aller jusqu'au bout de mon raisonnement, la formule de tout régime populaire fasciste ?

— La réalité est plus complexe que les étiquettes, Tomás, évitez les simplifications. Les contrepoids n'ont servi qu'à paralyser le pays et à permettre aux pouvoirs effectifs de faire main basse sur l'intérêt public. S'il n'y a pas un centre à même de s'imposer à tous les acteurs, on retourne au bon vieux Far West, où règne la loi du plus fort. Il y a beaucoup de pouvoirs qui échappent à tout contrôle, y compris le trafic de drogue. On ne peut piloter un navire de façon démocratique quand chacun veut prendre une direction différente et que personne n'a l'intention de céder.

— Vous plaidez en faveur d'un despotisme éclairé : c'est une voie que le Mexique a déjà explorée avec le pouvoir présidentiel absolu, et ça n'a pas fonctionné.

— Vous exagérez encore. Tout ce que nous voulons, c'est doter le tableau de bord du navire de boutons et de leviers qui permettent de piloter le pays. En ce moment, nous manquons d'outils pour éviter les excès et les abus des puissants ; tout le Mexique est victime d'une mise aux enchères effrénée. Moi non plus, je n'aime pas Poutine, mais il pourrait nous donner quelques leçons : vous êtes bien obligé de reconnaître que l'économie russe progresse, qu'elle se porte mieux qu'au temps du chaos déclenché par les milliardaires incontrôlables qui sévissaient dans la pseudo-démocratie d'il y a quelques années.

— Maintenant, c'est vous qui ignorez la réalité, cher monsieur : Prida est arrivé au pouvoir grâce au soutien de ces pouvoirs effectifs. Démonter les contrepoids, neutraliser la presse critique, asphyxier l'opposition, c'est ce que vous voulez dire par doter le tableau de bord de leviers et de boutons. Et qui nous dit que ces leviers ne finiront pas par servir les intérêts de ceux qui ont porté votre président au pouvoir ?

— Vous ne connaissez pas Prida. Ce n'est ni Poutine ni Berlusconi : il veut laisser un pays bien orienté et moderne. C'est tout ce que je peux vous dire.

— Je ne sais pas si Prida est une bonne ou mauvaise personne, je ne sais qu'une chose, c'est que s'il parvient à une société participative, il sera un meilleur président.

— Jolie phrase, Tomás, mais laissez-moi vous dire quelque chose : une société plus participative ne rend pas le pays plus efficient. La démocratie est surévaluée. Pendant des années, on a cru que ce système politique correspondait à la maturité du capitalisme. Mais c'est faux : les indices de croissance de Singapour, de Chine, de Corée du Sud ou de Russie prouvent que les capitaux internationaux priment les pays capables de prendre des décisions rapides : un barrage ou un programme de remodelage des terres, par exemple. En revanche, la démocratie paralyse et ralentit la prise de décision, car le pouvoir est très fragmenté. Un pouvoir vertical bienveillant réagit immédiatement aux besoins de l'investissement.

— Possible, mais la démocratie est la seule chose qui oblige le système à donner la priorité aux poumons des gens plutôt qu'aux usines et à la pollution, comme c'est le cas à Pékin. À quoi bon produire davantage si personne ne se soucie de l'air irrespirable qu'on inflige à la population ?

Tomás attendit la réponse du ministre, mais ce dernier s'était complètement désintéressé de la discussion.

Il était trop fatigué et déprimé pour avoir une conversation sur le pays, alors que la seule chose qui l'intéressait, c'était de terrasser le rival politique qui lui avait pris Pamela et l'avait menacé personnellement. Pour y parvenir, il devait d'abord savoir qui était cet adversaire et il était clair que Tomás n'avait pas de pistes à lui offrir.

Ils se quittèrent peu après. Salazar était déçu de constater qu'une piste de plus menait à une impasse. Tomás se dit que maintenant qu'il l'avait rencontré, il avait du mal à le voir comme l'éminence grise, machiavélique et perverse à l'ombre du trône. Et que, comme dans les bons romans, il vaut mieux ne pas connaître l'homme : il n'est jamais à la hauteur de sa renommée.

MARDI 3 DÉCEMBRE, 17 H 30
Mario et Vidal

À peine rentré chez lui, Mario appela Olga, qui dépoussiérait les valises dans le réduit qui servait de cave ; il traversa la petite cour arrière et la vit, un foulard noué sur la tête et un chiffon à la main, s'acharnant sur les bagages, sourcils froncés. Il regardait toujours avec émotion la concentration absolue de sa femme sur les tâches qu'elle entreprenait, car alors rien de plus important au monde ne semblait exister : l'image parfaite du "ici et maintenant". Dans ces cas-là, Mario enviait l'attitude zen de son épouse, qui trouvait ce genre de notions proprement ridicules. Il avait beau essayer de l'imiter, jamais il n'avait pu s'empêcher de douter face aux petites comme aux grandes décisions de la vie ; invariablement, il finissait par boycotter les certitudes à coups de plans B et d'opinions de rechange.

Il la serra dans ses bras longtemps, comme s'il voulait conjurer le souvenir de Carmelita et se convaincre que cette fois il avait fait ce qu'il fallait. Contre son habitude. Olga accepta ce mouvement de tendresse prolongée, l'attribuant au besoin d'affection de Mario après les événements de ces dernières heures ; elle-même sentait que son petit monde avait été secoué.

— Nous n'aurons pas assez de sept valises, dit-elle en s'écartant.

— Mais il ne s'agit pas d'un déménagement. Nous serons absents quelques jours, pas plus. Et Querétaro est à moins de deux heures d'ici : s'il manque quelque chose, je peux revenir à tout moment.

— Nous dirons à ma sœur et à son mari que Vidal avait de mauvaises fréquentations et que la seule solution était de quitter la ville, ils savent qu'à cet âge, les enfants n'obéissent plus. Qu'en penses-tu ?

— Parfait. Au fond, c'est en partie vrai.

— On boucle les valises ce soir et on s'en va demain de bonne heure.

— Plutôt dans l'après-midi, je dois encaisser un chèque de l'université dans la matinée, et nous aurons besoin de liquide dans les prochains jours, mentit Mario.

En réalité, il voulait gagner du temps pour expliquer aux Bleus sa décision de prendre le large. Il savait qu'ils le comprendraient après ce qui était arrivé aux Alcántara, mais c'était plus fort que lui, il avait l'impression d'être un déserteur de la cause. Le soir même, il devait retrouver Amelia et Tomás, et le lendemain matin passer voir Jaime pour lui parler en tête à tête. Il était l'obligé de son ami, après tout ce qu'il avait fait pour Vidal le jour de la tragédie.

— Où est Vidal ? demanda Mario. Tu sais comment ça s'est passé avec son ami Luis ?

— Très bien, d'après lui, mais il n'a pas voulu me donner de détails. Je le trouve soucieux et perdu, ça ne me plaît pas. Raison de plus pour partir le plus tôt possible.

Vidal était soucieux et perdu. Mais ce que les parents ignoraient, c'est que par-dessus le marché il était amoureux. Marina, la survivante des Alcántara, l'avait appelé trois fois dans la matinée ; elle trouvait un certain réconfort chez le camarade qui l'avait serrée dans ses bras lors de ces premières heures de la tragédie où elle avait perdu sa famille. Peut-être lui rappelait-il le frère disparu pour toujours, ou il était plus simplement le compagnon des derniers instants que la jeune fille avait passés dans la maison où elle avait vécu toute sa vie. Quelle que soit la raison, Marina, qui habitait provisoirement chez son oncle et sa tante, s'accrochait à Vidal et l'appelait avec insistance.

Vidal était plus jeune, mais il jouait auprès d'elle le rôle d'adulte protecteur et affectueux. Il la consolait en lui parlant de ce que Nicolás aurait souhaité pour elle, et ils projetaient d'aller ensemble découvrir les pyramides de Teotihuacán, un lieu où elle n'était jamais allée. Marina était obnubilée par le sujet ; son frère lui avait raconté un jour qu'il avait trouvé des documents sur la pyramide du Soleil et qu'il voulait aller la voir. Elle demanda à Vidal de l'accompagner.

Mario frappa à la porte close de Vidal et attendit que le garçon lui ouvre. Il s'attendait à voir la chambre plongée dans une semi-obscurité, lugubre et en désordre, mais il constata avec soulagement que la lumière et l'air entraient à flots par les fenêtres ouvertes et illuminait un ordre immaculé.

Il s'assit au bord du lit et Vidal, à son bureau, lui raconta en détail les problèmes de Luis à Guadalajara, l'enlèvement dont il avait été victime et le groupe, apparemment policier, qui l'avait recruté de force. Le récit de Vidal confirma ce que Mario soupçonnait : ils étaient mêlés à un truc énorme, pourri et pervers, des puissances sinistres qui surpassaient de loin les siennes et celles de ses amis.

Jusqu'alors, Mario avait agi comme si les Bleus étaient les Quatre Fantastiques ou l'équivalent, un cercle de pouvoir capable de s'imposer en toutes circonstances pourvu qu'il reste uni. Comme cela avait été le cas dans le passé, quand ils surmontaient des risques en tout genre et de sales moments grâce à l'esprit et à la solidité du groupe. Il avait cru qu'une fois encore ils pourraient neutraliser toute tentative d'agression sur Tomás après son article téméraire, mais apparemment ils avaient égratigné la peau d'un monstre d'une cruauté inépuisable.

La décision de quitter México quelques jours ou quelques semaines fut pour lui un énorme soulagement. Il faudrait qu'il s'organise avec sa collègue, Toño del Potro : en cas de nécessité, ils permuteraient leurs cours d'histoire et de sociologie à l'université.

Puis il pensa à l'ami de son fils. Ils allaient se mettre à l'abri, mais Luis ne semblait pas se rendre compte du terrain miné sur lequel il avançait.

— Il faut prévenir Luis, il ne sait pas où il a mis les pieds. Faire des recherches sur la famille d'un membre de la police cybernétique, un psychopathe par surcroît, ça peut être mortel, dit Mario.

— Je l'ai prévenu, mais il ne m'écoute pas. Je ne sais pas où le joindre. Je n'ai jamais eu son numéro de téléphone, on communique par internet. De plus, il ne veut pas qu'on le contacte, car on lui a interdit de me dire que j'étais sous surveillance. Il est venu à México en cachette de ses ravisseurs, je le verrai demain au Starbucks de la rue Tamaulipas.

— Si ce type a travaillé à la SIEDO, Jaime sait sûrement qui c'est. Avec un peu de chance, il pourrait même le convaincre de les laisser tranquilles, dit le père en se levant. Voyons, passe-moi le dossier, laisse-moi voir sa fiche.

Mario lut le curriculum de Restrepo que Luis avait remis à son fils. Vidal le regardait en silence ; quand son père vit la photo de l'individu, il se raidit, interloqué.

— C'est lui ? demanda-t-il en posant le doigt sur le visage souriant de l'homme aux cheveux gominés ; son fils acquiesça et alluma sa lampe de bureau.

Mario se figea, la bouche entrouverte. La photo lui rappelait quelque chose ou quelqu'un : il l'approcha du faisceau de lumière qui éclairait la moitié de la table. Soudain, le souvenir fouetta ses neurones et un masque d'angoisse déforma ses traits.

— C'est l'expert que Jaime a amené hier à la maison ! dit-il.

Père et fils examinèrent les conséquences de ce qu'ils venaient de découvrir. Restrepo travaillait sûrement avec Jaime : les dates du passage de l'un et l'autre au CISEN et à la SIEDO coïncidaient en tout point. Tout indiquait que Jaime l'avait emmené avec lui dans ses différents postes, y compris quand ils avaient quitté presque en même temps le service public. Mario se rappelait que Tomás et lui avaient spéculé sur les raisons qu'avait Jaime de s'être retiré de l'administration de Calderón deux mois avant la fin du sextennat, à la même date que Restrepo, voyait-il maintenant.

Cette fois-là, Tomás et Mario avaient cru que Jaime se lançait dans des affaires plus lucratives : vendre ses compétences en matière de sécurité et d'intelligence aux gouvernements des États, aux organismes publics et aux groupements d'entreprises : tous les acteurs politiques et sociaux importants voulaient espionner, détecter les ennemis, améliorer leur protection physique et cybernétique, et ils dépensaient des fortunes pour y parvenir. Jaime avait sûrement choisi les meilleurs experts des officines publiques qu'il avait dirigées, pour se lancer dans cette nouvelle aventure. Sans aucun doute, Restrepo était un de ses lieutenants.

Néanmoins, père et fils refusaient de croire que Jaime était derrière l'enlèvement de Luis : Restrepo travaillait très certainement pour son compte, dans le dos de son chef. Finalement, cette découverte était une bonne nouvelle : l'autorité que Jaime exerçait sur le policier était le meilleur garant de la sécurité de Vidal et de Luis.

Mario consulta sa montre. La lumière qui, quelques heures auparavant, entrait par la fenêtre, s'était éteinte. Un frisson le secoua, et il pensa que son corps réagissait plus aux mauvais présages, en dépit des arguments rassurants, qu'à la baisse soudaine de la température. Il dit à son fils qu'il parlerait de leur découverte à Tomás et à Amelia. Ils décidèrent tous les deux de maintenir Olga à l'écart de ces nouvelles révélations et Mario fit promettre à Vidal qu'il ne prendrait aucune initiative avant de lui en parler.

MARDI 3 DÉCEMBRE, 21 HEURES
Amelia et Tomás

Impersonnel et banal, se dit Tomás. Rien n'accrochait le regard ou la curiosité dans le bureau d'Amelia, se dit-il en attendant que son amie ait fini sa réunion dans la salle contiguë. Tout indiquait qu'Amelia occupait les lieux comme si chaque soir était le dernier, elle n'aurait qu'à prendre son sac et une photo encadrée de ses parents avant de quitter les lieux définitivement. Tomás sourit à l'idée que les convictions idéologiques de gauche et le bon goût semblaient en conflit, ou alors il fallait croire que tout président du PRD se savait provisoire, vu les soubresauts de la vie interne du Parti.

Le journaliste aurait aimé lire la transcription qu'Alicia avait déjà faite des archives de Pamela, mais il n'osait fouiller le bureau de son amie. D'ailleurs, elle l'avait sûrement rangée dans le coffre-fort avec les autres documents.

La texture et la couleur du canapé en cuir où il était assis lui rappelèrent la veille au soir. Tomás caressa la surface cannelle et molletonnée comme si elle était une extension des cuisses d'Amelia ; ils s'étaient débarrassés de leurs vêtements sur le canapé, mais l'excitation avait poussé les corps par terre. Un épisode moins romantique et plus animal que les rencontres précédentes, sans doute parce qu'ils avaient dépassé la surprise initiale, ou parce que le récit des perversions sexuelles filmées sur la cassette avait réveillé les leurs. Tomás regardait le sol et ne comprenait pas comment ils avaient pu se retrouver à l'autre bout de la pièce ; il se rappelait seulement que, l'un contre l'autre, les poussées désespérées et syncopées les avaient traînés par terre jusqu'à la porte du bureau. Il passa la main sur le bleu douloureux de sa hanche, résultat de leur rencontre ; Amelia avait sans doute été plus malmenée.

Il faudrait bien, se dit-il, qu'ils parlent de leur relation un jour ou l'autre. En était-ce une ? Chacune des étreintes amoureuses avait commencé et fini de façon spontanée ; ils démarraient avec une fébrilité qui se passait de mots et finissaient emmêlés dans leurs dessous respectifs qui, comme des cordons dans une boîte, se nouaient en masse amoureuse soumise à sa propre passion. Victoria's Secret et Calvin Klein semblaient supporter la situation aussi bien et même mieux qu'eux.

Mais ce soir-là, pas d'échanges de fluide ou de lingerie intime : Mario les rejoindrait et la soirée se terminerait autrement. Le souvenir de son ami lui rappela un message étrange. Une demiheure plus tôt, ce dernier l'avait contacté par radiotéléphone pour lui dire qu'il avait une information très délicate qu'il ne pouvait leur communiquer qu'en tête à tête ; pour on ne sait quelle raison, il voulait s'assurer qu'il n'y aurait qu'eux trois dans le bureau d'Amelia. Une semaine auparavant, Tomás aurait sous-estimé les inquiétudes de son ami, mais plus maintenant. Sachant comment il avait obtenu les dossiers de Pamela par le biais de la couturière, Tomás prenait ses jugements plus au sérieux.

Suivant son conseil, il avait appelé Amelia quelques minutes plus tôt pour s'assurer que Jaime n'avait pas été invité à cette réunion, et elle lui avait rappelé que c'était ce qui avait été convenu, et qu'il n'y avait pas à revenir là-dessus. Elle eut aussi une remarque étrange, elle lui dit que, curieusement, Alicia avait suggéré la même chose. En se rappelant cet échange, il ne put s'empêcher de regarder le coffre-fort. De nouveau, il se demanda quels secrets Pamela allait révéler ce soir.

— À jeun et habillé, bravo, dit Amelia en manière de bonsoir.

Tomás sourit, ravi du sens de l'humour de son amie. Ses commentaires acides avaient la vertu de démonter de façon radicale les élucubrations qu'il avait échafaudées en solitaire pendant des heures.

— Il est encore tôt, dit-il, ne me sous-estime pas.

— Ah zut ! Les problèmes s'accumulent ! dit-elle en faisant un geste en direction de la salle de réunion qu'elle venait de quitter. Les services de Salazar mitonnent une loi pour destituer tous les membres de l'IFAI : ils vont donner plus de pouvoir à l'institut, mais contrôler la majorité du plénum. Ils veulent nommer des conseillers aux ordres.

— Exactement comme à la Cour des comptes, à la Commission fédérale de la concurrence ou à la Commission des droits de l'homme. Davantage de pouvoir aux organismes décentralisés qui contrôlent la classe politique, pourvu qu'il reste entre leurs mains.

— Exact. Ils renforcent le tissu institutionnel, et en même temps ils s'assurent que ce tissu leur appartient.

— Les institutions démocratiques contre la démocratie. C'était le sujet de ma conversation d'aujourd'hui avec Salazar ; ce type est convaincu qu'ils agissent pour sauver le pays du chaos. Il a même fait l'éloge de Poutine et de la transformation de la Russie, dit Tomás.

— Ah oui ! se rappela-t-elle. Tu as vu le Bouchon aujourd'hui. Et comment s'est finie la rencontre ?

— C'est un sacré personnage. Les deux heures que j'ai passées avec lui me confirment mes pires craintes : c'est un homme dangereux qui utilisera son pouvoir jusqu'au bout. Malgré tout, une partie du bonhomme est émouvante. C'est difficile à expliquer. Il a un fond de tristesse et d'épuisement. Je ne sais pas, comme si après Pamela il n'avait plus d'autre raison de vivre que de mener à bien ce qu'il croit être son destin ou sa responsabilité patriotique.

— Pinochet pensait la même chose au Chili, Franco en Espagne ou Videla en Argentine. Ces patriotes sont toujours les plus dangereux.

— Tu as nommé des militaires, dit Tomás, songeur.

— Lui, dans le fond, c'est un policier, ne l'oublie pas, répondit-elle.

Ils restèrent silencieux un moment, plongés dans leurs réflexions. Inexorablement, leurs regards se posèrent sur le coffre-fort, et ils décidèrent de commencer sans attendre Mario ; mais à ce moment-là Alicia annonça par l'interphone l'arrivée de leur ami.

— Tu arrives à point nommé, nous allions commencer, dit Tomás, tandis qu'Amelia ouvrait le coffre et sortait les transcriptions.

— Attendez, dit Mario, j'ai d'abord un truc urgent à vous dire.

Les deux autres échangèrent un regard contrarié, ils étaient impatients de commencer la lecture des archives ; cependant, le ton angoissé et le visage en sueur du nouvel arrivant n'admettaient pas de réplique.

Mario prit son temps pour rapporter tout ce que Vidal lui avait raconté sur Luis, le talent singulier de ce garçon, son rôle dans l'enquête sur Pamela et l'enlèvement et le recrutement forcé dont il avait été victime. Il termina par la nouvelle de son arrivée à México et sa découverte de l'identité de Restrepo.

Tomás et Amelia essayèrent de se rappeler les détails de la visite de Restrepo et du jeune qui l'accompagnait, le matin précédent, quand les deux hommes convoqués par Jaime étaient arrivés au foyer des Crespo pour explorer l'ordinateur de Vidal.

— Tu es sûr que c'est lui ? Vidal aussi l'a reconnu sur la photo ? demanda Amelia.

— Il ne l'a jamais vu. Il était allé s'étendre dans notre chambre, vous vous rappelez ? C'est moi qui suis monté dans la chambre de Vidal pour montrer le matériel à Restrepo. J'ai passé un moment avec lui : c'est le même que sur la photo – en disant cela, Mario se rappela qu'il avait apporté la photo que Luis avait fournie ; il sortit la reproduction du journal de sa veste et la montra à ses amis.

Amelia et Tomás la regardèrent attentivement et tous deux se rappelèrent parfaitement l'homme élégant et efficient qu'ils avaient vu la veille.

— Sacré Jaime, dit Tomás, dans quoi s'est-il fourré ?

— Attends, coupa Mario, Vidal et moi, nous croyons que Restrepo agit pour son propre compte. Il a sûrement des instructions de Jaime pour recruter les meilleurs hackers, mais ses méthodes doivent être la contribution personnelle de ce salaud. Je ne crois pas que Jaime soit au courant de l'existence de Luis, encore moins de l'amitié qui le lie à Vidal. Sinon, on ne l'aurait jamais touché.

— Je n'en suis pas si sûr, dit Tomás.

— Tu n'as pas vu la véhémence avec laquelle il a défendu Vidal face aux policiers chez les Alcántara. On aurait dit le père de mon fils, s'indigna Mario, vexé.

— En tout cas, quand nous aurons parlé à Jaime, il empêchera Restrepo d'être une menace pour les jeunes ; je crois qu'on peut en être sûrs, dit Amelia sur un ton conciliant.

À ce moment-là, elle se rappela la suggestion d'Alicia de ne pas convoquer le quartet au grand complet à la réunion de ce soir, et se demanda si Jaime ne leur réservait pas d'autres surprises avant la fin de la soirée.

— Je propose qu'on regarde les dossiers. On verra ensuite quelles peuvent être les étapes suivantes. J'ai demandé à Alicia d'auditionner un peu de chaque cassette et de s'intéresser aux hommes les plus connus, surtout s'ils sont directement liés à Salazar.

— Si tu veux, je vais lire, cette fois, proposa Tomás, et il prit la liasse de pages dactylographiées des mains de son amie.

Il parcourut l'écrit, cherchant le nom de Salazar, mais il tomba sur celui de Lemus. S'il y avait encore un secret de Jaime, il voulait le savoir tout de suite.

— Il y a quelque chose sur Lemus, les prévint Tomás.

Amelia prit un air soucieux, mais elle pencha la tête pour l'inviter à commencer sa lecture. Le corps de Mario se contracta, en prévision de ce qu'il pourrait entendre : "Du dossier « La Distance énorme » : ces derniers mois, j'ai beaucoup vu Lemus. C'est un homme très prudent et il n'a pas été facile de l'approcher, mais j'ai pensé que cela en valait la peine, car il est mêlé à de grosses affaires. Il n'a pas l'air très porté sur le sexe, mais il trouve ma conversation amusante."

Tomás s'interrompit et regarda ses deux amis, pour voir si l'un d'eux s'opposait à ce qu'il poursuive sa lecture. Tous trois avaient l'impression de commettre une sorte de profanation en plongeant dans les confessions de Pamela sur leur ami : Jaime n'avait jamais partagé avec eux des confidences de nature sexuelle. Cependant, la curiosité l'emportait sur tous les scrupules. Le journaliste poursuivit donc.

"Lemus n'aime pas qu'on nous voie ensemble, c'est pourquoi on a passé un week-end sur les plages solitaires du Costa Rica. J'ai dû lui raconter les secrets de certains de ses collègues pour qu'il me confie quelque chose d'intéressant ; il en sait long et il m'a lâché peu à peu quelques perles. Pour le provoquer, j'ai inventé des trucs salaces : je lui ai proposé que le dîner soit gratuit pour celui qui citerait le plus grand nombre d'homosexuels dans la classe politique ; ma foi, on dirait que c'est une condition pour grimper les échelons. Il en a nommé vingt-deux, et moi à peine seize. Par cabinets, celui de Zedillo a gagné ; il a eu cinq ministres gay dans son gouvernement, contre quatre pour Fox et trois pour Calderón.

"Ensuite, on a parié pour voir qui pourrait élaborer le *top ten* des politiciens les plus corrompus dans le domaine de l'accumulation du patrimoine. J'ai contesté quatre de ses noms pour qu'il donne des arguments précis. Les plus riches ne sont pas les ex-gouverneurs ou les leaders syndicaux, car ils sont obligés de redistribuer de façon pyramidale, mais quelques-uns, comme celui du Chiapas, s'en sont mis plein les poches. Les plus riches, ce sont les politiciens qui organisent de grands marchés pour leurs amis et qui récupèrent une partie des actions. Il m'a dit que celui qui défalque trente millions de dollars des deniers publics est un âne, le risque est immense ; les vrais milliardaires sont ceux qui obtiennent la concession de la gestion d'aéroports sur vingt ans et empochent dix ou quinze pour cent des actions de l'entreprise grâce à des prête-noms. Ceux-là, m'a dit Lemus, engrangent des fortunes tout au long de plusieurs sextennats. Concessions minières, monopole de la distribution de l'eau dans les grandes villes, acheminement du pétrole, fournitures à long terme à l'armée ou à la Commission fédérale d'électricité, terrains en plein développement urbain ou touristique. Hank González, ex-gouverneur de la ville, est un modèle du genre, même si c'est le président Miguel Alemán qui a commencé, dans les années 1950, avec les concessions de la télévision mexicaine.

"J'apprends beaucoup à Lemus, même si je le vois peu. Dans quinze jours, nous allons à Punta del Este. J'espère alors enrichir ce rapport."

Le journaliste reprit son souffle, releva la tête et ne vit que de l'attente dans les regards de ses amis ; il reprit sa lecture.

"Il est idiot, ce Lemus, je crois qu'il en pince pour moi. Au fond, il a un cœur d'artichaut, mais il le cache bien. Je me rends compte aussi que, comme moi, il essaie de m'embobiner : il a bien vu que je suis un puits de secrets politiques, et on dirait même qu'il voudrait me recruter. Je lui ai dit en plaisantant qu'il rêverait d'être mon mac, mon proxénète, pour échanger mon corps contre des secrets, mais il n'a pas ri, il s'est senti offensé. C'était il y a trois semaines, et nous ne nous sommes pas revus."

— Ça ressemble bien à Jaime, dit Tomás en regardant ses amis.

— Je n'aurais jamais cru qu'il était un cœur d'artichaut, intervint Amelia, mais le reste est un portrait complet.

— Je ne trouve là aucune révélation compromettante, dit Mario avec soulagement. Je dirais même qu'on pourrait l'envier.

— Il y a autre chose ? demanda Amelia.

— Une note finale, dit Tomás en retournant la feuille : "Hier, nous nous sommes revus à la fête des Camil, il m'a saluée de loin mais nous n'avons pas pu nous parler. Nous avons passé la soirée à échanger des regards en coin ; je crois que nous étions tous les deux un peu accros. Pourtant, aucun de nous ne fera un pas en avant et c'est bien dommage, malgré la différence d'âge."

— Elle ne parle pas de Jaime.

Il y eut un silence gêné. Personne n'osait regarder les autres dans les yeux. Finalement, Amelia dit l'évidence :

— Il s'agit de Carlos !

— Il cachait bien son jeu, ce monsieur, dit Tomás, sans pouvoir dissimuler une satisfaction perverse en voyant la frustration sur le visage d'Amelia.

— Ça remonte à quand ? demanda Mario.

— Ce n'est pas clair, un peu avant qu'elle fréquente Salazar, je pense, car il y a une allusion au cabinet de Calderón. Son sextennat a commencé en décembre 2006 et elle est devenue la maîtresse de Salazar en 2009. Je situerais cet enregistrement autour de 2008, dit Tomás en regardant Amelia du coin de l'œil.

Mais Amelia ne l'écoutait pas ; elle percevait leurs voix lointaines et déformées, comme si elle se trouvait au fond d'une piscine, pétrifiée par la douleur qui lui transperçait la poitrine. Elle n'avait jamais été jalouse, mais elle était furieuse de découvrir que le grand amour de sa jeunesse figurait dans le catalogue d'amants d'une star du cinéma. Elle ne voyait pas Carlos sur ce genre de terrains, elle le croyait loin des politiciens corrompus et dépravés. Partager son amant avec Pamela la liait à ces corps pourris, d'une luxure et d'une immoralité répugnantes, à ces individus qu'elle méprisait profondément. Elle eut soudain envie de se plonger dans une baignoire et de se débarrasser de la couche nauséabonde qu'elle sentait grouiller sur son corps.

Mario et Tomás respectèrent son long silence. Tomás l'entoura de ses bras ; Mario les regarda, angoissé, ne sachant comment réagir. Peu à peu, Amelia émergea de sa léthargie ; et elle les aida à sortir de l'impasse qui envahissait la pièce.

— D'autres histoires ? Le passage sur Carlos ne sert pas à grand-chose, dit-elle sur le ton le plus neutre qu'elle put trouver, en s'écartant de Tomás.

Ce dernier retourna à ses papiers et aborda le cas suivant : il lut sans s'arrêter jusqu'au bout tout le texte qu'il avait sous les yeux.

À la fin, les trois amis avaient appris les assassinats commandités par un gouverneur de l'Oaxaca, le réseau de lupanars et de trafics de personnes auquel était lié le directeur de l'Institut de migration, les rapports d'un archevêque avec le blanchiment d'argent en provenance de Tijuana, l'échange de fillettes et de garçonnets à des fins sexuelles auquel procédaient entre eux un ex-président de la Commission nationale des droits de l'homme et un leader très connu du PRI au congrès.

Après la lecture, les trois amis éprouvèrent une sensation de malaise, différent selon chacun. Mario se dit que la politique était encore plus pourrie qu'il ne le croyait, et il se félicita d'avoir mené une carrière à l'écart de ce milieu. Tomás se dit qu'il avait assez de matière pour une douzaine d'articles explosifs, mais impubliables parce qu'il ne disposait pas de sources crédibles. Et Amelia sentit que ses nausées revenaient à la seule idée d'imaginer Pamela dans le lit de chacun des monstres qu'elle venait de découvrir. C'est elle qui réagit la première.

— Je ne comprends pas comment elle pouvait avoir assez de cran pour se vautrer avec ces types qu'elle n'hésitait pas à qualifier de canailles.

— Reconnaissons que dans l'affaire des enfants abusés, elle a décidé d'en informer le procureur et de lui demander d'intervenir, nuança Mario.

— Encore un avec qui elle avait sûrement couché, ajouta Amelia.

— Dites, et si c'étaient ses propres parents qui l'avaient tuée, gênés par cette promiscuité ? Voyons, Pamela parle explicitement des perversions sexuelles auxquelles elle participait, elle les filmait même en vidéo. À Culiacán, ils en ont peut-être eu honte ? dit Mario.

— Tu plaisantes. Des narcotrafiquants pudiques ? Ça serait nouveau, répondit Tomás.

— On ne peut pas l'écarter, dit Amelia. Elle est arrivée à México et s'est introduite dans des milieux plus libéraux, si on peut dire ; mais pas sa famille. Ils ont beau être des tueurs, dans le fond ils restent très provinciaux. Si je suis choquée par l'impudeur de Pamela qui s'exhibe comme une pute de luxe, sa famille a pu s'en offusquer.

— On tourne autour du pot, trancha Tomás. Entre ce que nous avons lu hier et aujourd'hui, il y a au moins une douzaine de politiciens influents qui auraient eu de bonnes raisons de l'éliminer s'ils avaient connu l'existence des rapports qu'elle envoyait. Nous ne savons pas ce qu'ils faisaient de ces informations, à Culiacán, mais si elles ont été utilisées pour du chantage, un certain nombre d'entre eux ont pu soupçonner Pamela d'être à l'origine de ces fuites.

— Ce qui rend encore plus difficile l'identification de l'assassin de Dosantos, dit Mario.

— Nous ne sommes pas policiers, objecta Amelia. Si nous voulions le savoir, c'était parce qu'au début nous croyions que Salazar pouvait être responsable de sa mort : une révélation dont l'impact politique aurait mis son gouvernement en échec et neutralisé ses tendances autoritaires. Mais aujourd'hui, il est évident que le Bouchon n'était pas l'assassin. Et on se retrouve les mains vides. Fin de l'histoire.

— Mais les rapports que nous avons lus représentent quelque chose, non ? Certains sont vraiment scandaleux, soutint Mario, peu disposé à renoncer à la valeur des dossiers retrouvés.

— On n'a encore trouvé personne du premier cercle de Prida. C'est toute la classe politique qui paierait la facture : il y a des priistes mouillés, mais d'autres partis aussi, répondit Tomás, déçu.

— Attends ! pourquoi n'y a-t-il pas de rapport sur Salazar ? Pamela en a fait sur tous ses amants, pourtant, protesta Mario.

— Tu as raison, répondit Tomás. Ou bien Alicia ne l'a pas encore trouvé, ou Pamela s'est entichée du Vieux et l'a exclu de ses rapports.

— Et tu crois que le cartel se serait contenté de son silence ? Salazar était la plus grosse prise de Pamela ; le cartel n'allait pas renoncer à avoir une oreille au cœur même du gouvernement de Prida, affirma Amelia.

— Et si Pamela avait refusé de le dénoncer, ce qui aurait entraîné sa mort ? avança Mario.

— Pamela, faire un sacrifice par amour ? dit Amelia. Devant tout ça, j'ai du mal à le croire. J'ai l'impression qu'elle avait une véritable passion pour ses tâches d'espionnage ; les enregistrements montrent avec quelle satisfaction elle décrit chaque infamie révélée. Salazar était la pièce majeure de sa collection ; il doit exister un rapport, mais nous ne l'avons pas encore trouvé, conclut-elle.

— Je suis d'accord, dit Tomás, pensif. Dis à Alicia d'arrêter les transcriptions et d'écouter toutes les cassettes jusqu'à ce qu'elle ait trouvé quelque chose sur Salazar.

— Bonne idée, dit Amelia. Revoyons-nous demain soir ici même, nous verrons ce qu'elle aura trouvé.

Tomás se leva pour marquer la fin de cette longue réunion. Il ressentait la fatigue de deux jours sans sommeil, le stress accumulé et, surtout, la sensation frustrante qu'ils exploraient du terrain, mais n'avançaient pas, comme s'ils nageaient vigoureusement à contre-courant, uniquement pour ne pas reculer. Beaucoup de choses s'étaient passées depuis deux semaines, et ils avaient toujours les mains vides. Il ne rêvait plus que d'une chose, s'affaler sur son lit et se débrancher de la vie. Mario le rebrancha.

— Il manque une dernière chose, dit-il. Que faisons-nous avec Jaime ?

— Tu veux parler de Restrepo, des archives de Pamela, ou de ce que son père a fait avec elle ? demanda Amelia d'une voix rauque.

— Le problème Restrepo est urgent, répondit Mario, mais il faudra aussi prendre position pour le reste. Quand lui parlerons-nous de ces dossiers ? Il serait furieux qu'on l'ait maintenu à l'écart, vous ne croyez pas ?

Maintenant que Carmelita avait quitté le pays, plus rien n'empêchait Mario d'informer Jaime de l'existence des enregistrements. Au contraire, il se sentait en dette vis-à-vis de lui, parce qu'il avait pris la défense de Vidal face aux policiers. Depuis qu'il avait trouvé les archives, il se sentait coupable de n'en avoir parlé qu'à Tomás et à Amelia.

— Mario a raison, reconnut Amelia en se tournant vers Tomás. Qui parle à Jaime ?

— Vas-y, toi, il vaut mieux. Si c'est moi, on finira par se crier dessus, dit Tomás.

— D'accord, je m'en occupe, mais je ne sais pas où cela va nous mener, dit-elle.

Les trois amis prirent congé ; Amelia aussi était fatiguée, mais elle décida de rester encore un peu au bureau. Elle voulait mettre à l'abri les dossiers et les transcriptions d'Alicia. À un moment donné, pendant la réunion, elle avait été gagnée par le pessimisme de Tomás, mais maintenant, dans le silence anonyme de son bureau, elle sentait la proximité des archives, comme si elles étaient une entité vive et palpitante. Bien qu'elle ait refermé le coffre, la voix de Pamela insistait pour lui parler. Les bandes où on entendait son souffle et où on voyait sa peau laiteuse refusaient de s'éclipser cette nuit, comme un gâteau au chocolat qui, derrière la porte du placard, lance un appel irrésistible.

Les halètements et les gémissements de l'actrice, les secrets d'État qu'elle avait découverts, les infamies des puissants, la centaine d'heures enregistrées, le sperme répandu… Une tâche remarquable, digne d'une meilleure cause, se dit Amelia en se rappelant les caïds du narcotrafic, véritables bénéficiaires de ces informations.

C'est alors qu'elle comprit : le combat était fini. Il suffisait de publier que la maîtresse de Salazar avait été pendant des années l'espionne du cartel de Sinaloa pour faire du ministre le plus puissant du pays un cadavre politique. Cela pouvait arriver de façon brutale ou à la fin d'un long processus : tout dépendait de Pamela. Existait-il un dossier sur Salazar, ou avait-elle protégé son amant ?

Elle ne le saurait pas avant le lendemain, mais cette nuit-là, elle dormit avec un calme qu'elle n'avait pas connu depuis des mois.

MERCREDI 4 DÉCEMBRE, 8 H 30
Carlos et Salazar

Sur les terrasses où était servi le petit-déjeuner, au Four Seasons, on voyait la clientèle habituelle de politiciens et de patrons, constata Lemus en balayant les tables du regard. Les premiers se distinguaient des seconds, car invariablement ils choisissaient d'être face à la porte d'entrée ; les chefs d'entreprise, en revanche, s'asseyaient au hasard ou, au-delà d'un certain âge, à l'endroit le moins exposé aux courants d'air en provenance du jardin. Les politiciens avaient pour règle de s'installer contre un mur, ne jamais tourner le dos à la rue. C'était un vieux réflexe des temps révolutionnaires, quand ils avaient tous un pistolet et des comptes à régler, quand la différence entre vivre et mourir dans une gargote dépendait plus de la répartition des sièges que de la répartition des torts. Un réflexe qui obéissait aussi au besoin de tout politique de voir et d'être vu, conformément à la logique selon laquelle un bon restaurant est toujours une passerelle.

Suivant les usages, Carlos salua les commensaux de quelques tables et arriva au fond de la salle, où l'attendait Augusto Salazar. Ils se connaissaient depuis longtemps, mais Lemus avait atteint les hautes sphères beaucoup plus vite que son collègue. Pour la première fois dans le chapelet de leurs rencontres, le vieux était au-dessus dans la hiérarchie et il le lui fit remarquer en saluant Carlos sans quitter son siège, tendant le bras pour une brève poignée de main molle, la voix éteinte. Lemus ne se vexa pas : c'était sûrement une vengeance enfantine pour cause d'anciens affronts involontaires de Lemus, quand la hiérarchie était inversée.

Ils commandèrent un café, des fruits et des œufs brouillés sans jaune ; ils refusèrent les jus de fruits tous les deux. Les politiciens actuels allaient chez le nutritionniste, évitaient les farines et contrôlaient leur cholestérol : Lemus et Salazar ne faisaient pas exception.

— Comment vas-tu, Augusto ? Désolé pour Pamela, dit Carlos après sa première gorgée de café.

— Que veux-tu que je te dise ? C'est la merde. Ce n'est pas à toi que je vais le cacher.

— J'imagine. Pamela est irremplaçable, dit Carlos, solidaire.

À ces mots, Salazar releva la tête et le dévisagea. Lemus resta de marbre, il ne voulait pas compliquer une conversation déjà gênante en soi en laissant le ministre soupçonner qu'il aurait été, lui aussi, l'amant de l'actrice. Toutefois, sa remarque était sincère : Carlos avait eu du mal à oublier Pamela, même s'ils ne s'étaient fréquentés que quelques mois. Il pouvait imaginer le désespoir de celui qui avait été son amant pendant plusieurs années.

— Des nouvelles sur les responsables ? ajouta l'avocat quand il estima que la pause avait assez duré.

— Sur ce point, j'espérais que tu pourrais m'aider. Tu connaissais bien Coronel, l'avocat qui a refilé le tuyau à Tomás Arizmendi pour son article. Tu sais qui il voyait, ces derniers temps ? Quels dossiers il traitait ?

— De ce côté, il va être difficile de trouver une piste. Coronel en brassait beaucoup et n'avait pas de clientèle fixe ; j'imagine que son cabinet doit tenir son agenda à jour.

— On a déjà examiné tout ça. Hélas, il était de ces avocats qui se méfient des papiers et des assistants, les plus grosses affaires, il s'en occupait personnellement et il planquait sûrement ses documents, car ils sont introuvables. Il a été torturé avant sa mort ; ses tortionnaires ont peut-être mis la main sur ses archives. On ne trouve rien chez lui non plus.

— Et la liste des appels sur son portable ? demanda Lemus.

— Son secrétariat affirme qu'il en utilisait trois, mais l'officiel, celui qui était à son nom, n'est d'aucune utilité ; uniquement des appels chez lui et à son bureau, rien d'intéressant. Les deux autres téléphones ont disparu et nous ne connaissons même pas leur numéro, répondit Salazar avec une irritation croissante : maintenant c'était lui qui répondait aux questions au lieu de les poser.

Carlos réfléchit et estima qu'il avait au moins un des deux numéros inconnus de Coronel. Il se rappelait que l'avocat assassiné l'avait parfois consulté sur des sujets délicats, et pour plus de sûreté il utilisait son téléphone confidentiel. Un détail qu'il n'allait pas révéler à Salazar.

— Tu crois que Jaime sait quelque chose ? Je sais qu'il le connaissait très bien, demanda Salazar.

— Aucune idée. Tu sais bien que nous ne nous parlons plus, répondit Carlos.

La distance entre père et fils remontait à plus d'une décennie et était connue de toute la classe politique. Carlos considéra que la question visait à le gêner ou renfermait une menace voilée ; il se demanda si Jaime était dans la ligne de mire du ministre.

— Ce que personne n'a jamais su, c'est la raison de votre rupture, attaqua Salazar, plantant un regard de défi sur Lemus.

À l'évidence, il le provoquait. Lemus se dit qu'après tout il était peut-être au courant de son idylle avec Pamela, ou bien il était si désespéré qu'il posait des questions énervantes pour essayer de pêcher quelque chose.

— Et pourquoi je te la donnerais ? dit-il en se renversant sur le dossier de sa chaise.

— Tu as raison, ce sont des problèmes familiaux. Tu vois à quel point cette affaire me fait dérailler, Carlos, reconnut Salazar sur un ton conciliant.

L'avocat but une nouvelle gorgée de café, il n'allait pas perdre les pédales. Une des maximes de Salazar était justement celle-ci : "Je fonce et j'enfonce, et quand je repère un imbécile, je vais dans son sens", aimait-il à dire. Carlos n'avait pas l'intention d'être l'imbécile de service. Si Salazar voulait pêcher à l'aveugle, lui aussi pouvait lancer ses lignes.

— Tu es peut-être obsédé par les hypothèses politiques. L'assassinat n'a peut-être rien à voir avec toi. Tu t'es interrogé sur la quantité d'amants dépités qu'a eus Pamela dans le passé, sur les personnages de pouvoir dont elle avait percé les secrets ?

Il avait tapé dans le mille : cette fois, c'est le ministre qui maintint sa tasse de café un peu trop longtemps devant ses lèvres, mais l'effet du commentaire de Carlos était perceptible au tintement de la tasse quand il la reposa sur sa soucoupe d'une main tremblante. Salazar préférait ignorer le passé de Dosantos, comme s'il avait instauré un avant et un après, à compter du jour où ils s'étaient mis ensemble. Mais Lemus avait insinué que sa liaison était simplement le dernier maillon d'un chapelet d'amants.

— Bien sûr que Pamela suscitait les passions ; mais personne n'aurait osé s'en prendre à moi pour une histoire d'amour : il aurait risqué sa vie. Non, celui qui l'a fait a balancé le tuyau à Arizmendi pour essayer de m'anéantir politiquement. Foutu journaliste, il est si bête qu'il mériterait qu'on le descende, s'emporta Salazar.

C'était sans doute ce que tu projetais, le jour où tu as essayé de l'enlever, se dit Carlos. Il se rendait compte que dans l'état où était Salazar, Tomás n'était pas hors de danger. Il le préviendrait. En outre, vu la vitesse avec laquelle le journaliste se faisait des ennemis politiques avec ses articles explosifs, Salazar pourrait le liquider et laisser courir la rumeur que le responsable avait d'autres origines. Le dernier texte de Tomás, demandant une main implacable contre les Zetas, offrait un alibi parfait pour attribuer son exécution à un sbire du narcotrafic.

— Une affaire délicate : le premier crime politique sous le régime de Prida. Ce serait un scandale, dit Carlos pour opposer un contre-argument.

— Au Mexique, l'assassinat d'un journaliste n'émeut plus personne, même pas les médias. Il y en a eu plus de soixante-dix en huit ans, affirma Salazar sur un ton catégorique.

— Mais pas des journalistes de cette ampleur, on se rappelle encore celui de Manuel Buendía, en 1984. Je ne pense pas que Prida aimerait avoir un martyre de la presse pendant son sextennat, n'est-ce pas ?

Maintenant, c'était Carlos qui lançait une menace voilée, une sorte d'avertissement : toutes représailles contre Tomás devraient avoir l'aval du palais présidentiel.

— Tu ne comprends donc pas qu'en voulant m'incriminer dans l'assassinat de Pamela, on s'en prend au gouvernement de Prida lui-même ? Tu crois que le président ne le sait pas ?

— Tu as peut-être raison, mais dans cette équation le rôle d'Arizmendi est secondaire. Tuer le messager ne résout rien, ça ne fait qu'empirer les choses.

Salazar soupira, mal à l'aise, frustré. Mais rien dans son attitude ne montrait qu'il avait perdu les pédales, la phrase suivante ne laissait pas place au doute :

— Sais-tu, Lemus, pourquoi tu m'as toujours déplu ? demanda-t-il sur un ton sec, et sans attendre de réponse, il enchaîna : Parce que tu as toujours été un hypocrite. Nous, dans la tranchée, on n'est pas parfaits, mais on sait qu'il faut se mouiller. Tu prétends survoler la politique sans te salir, alors qu'en réalité tu la régentes. Tu t'es enrichi en défendant avec succès des corrompus et des corrupteurs grâce au trafic d'influences. Tu donnes des cours d'analyse politique dans tes dîners, tu juges les fonctionnaires et tu échanges des faveurs avec ceux que tu critiques, et pour finir tu peaufines des factures de milliardaire. Tu me rappelles ces vendeurs d'armes qui sont horrifiés de la violence des guerres.

Il avait haussé le ton, attirant l'attention des tables voisines ; c'était inhabituel de voir le ministre hors de ses gonds. Carlos l'écoutait sans sourciller, comprenant que Salazar devait être à bout ; mais il n'était pas homme à recevoir des coups sans les rendre.

— Je vais te dire pourquoi je suis sorti de la tranchée, comme tu dis : pour ne pas avoir à travailler avec des types comme toi. Je ne sais pas si ton allégorie sur le vendeur d'armes est vraie, mais en ce cas, alors tu es le général nazi et belliqueux qui va s'en servir pour anéantir tous les soldats qui l'entourent, qu'ils soient avec ou contre lui. Tu vois la politique comme un patrimoine qui appartient aux politiciens, sa *cosa nostra* ; moi, je la vois comme le point de rencontre entre les besoins du collectif et les professionnels qui la conduisent. Je ne sais pas si Prida a la trempe d'un bon ou d'un mauvais président, mais je sais que tant que tu lui parleras de contrôle, de gouvernance et de manipulation, la régression du PRI sera un pas en arrière dans la modernisation du pays. Tu te prends pour un artiste de la politique, mais en réalité tu es un dinosaure détraqué, dangereux et anachronique.

Carlos aussi avait haussé le ton : toutes les tables autour d'eux avaient suspendu leurs conversations et écoutaient avec attention ce dialogue enflammé. L'avocat les vit du coin de l'œil et décida qu'il aurait le dernier mot. Il posa sa serviette sur la table, se leva, grommela un "Bonne journée, Augusto" et sortit du restaurant.

En montant dans sa voiture, il était livide. Machinalement, il prit un journal sur la pile que le chauffeur avait posée sur la banquette arrière et essaya de lire, mais les pages tremblaient dans ses mains et il était incapable de se concentrer sur les titres. Il se mit à réfléchir : il avait pris des risques. Non seulement il avait insulté Salazar, mais il l'avait fait en public. Dans des conditions normales, cela aurait entraîné une mise à l'écart de sa personne et un gel de ses intérêts, par le régime et par une grande partie des cercles politiques, avec tous les risques que cela impliquait : audits inopinés et implacables des autorités judiciaires, plaintes de clients ou d'ex-employés sous des prétextes absurdes, juges complaisants, dénigrement dans les médias de son image professionnelle. Dans des conditions normales ! Mais Salazar, dans la situation limite où il était, pouvait pousser sa vengeance encore plus loin.

Il décida d'employer un moyen auquel il s'était promis de ne jamais recourir. Il sortit de sa poche intérieure un petit téléphone, qu'il utilisait rarement et qui n'avait que dix numéros préenregistrés ; il pressa une touche et attendit. Une voix masculine prit la communication. Carlos se borna à dire :

— Le président Carlos Salinas, s'il vous plaît. De la part de l'avocat Carlos Lemus.

Il entendit une voix familière, que tous les Mexicains connaissaient.

— Ça alors, mon homonyme, comment vas-tu ? Par quel miracle... !

— Tout va bien, merci. J'appelle bien à ton numéro privé ?

— Oui, répondit Salinas. Parle sans crainte.

— Je sors d'un petit-déjeuner avec Salazar.

— Et que dit ce brave Augusto ?

— Il dit beaucoup de choses et pas toujours convenables pour l'image du gouvernement. J'ai jugé sage de prévenir le président Prida que son ministre de l'Intérieur est sur le point de perdre tout contrôle sur lui-même.

Il y eut un long silence.

— Tu es sûr de toi ?

— Tellement sûr que je n'oserais le répéter à personne d'autre.

Carlos Lemus pensa que ce n'était pas un bon argument, même si c'était flatteur pour celui qui l'écoutait.

— Parfait. Personne d'autre ne doit être au courant. Je m'en occupe, dit l'ex-président, qui raccrocha.

Carlos mesura l'ampleur de ce qu'il venait de faire. En dix secondes, il avait doublé la mise : avec cette accusation, il pouvait tout perdre ou gagner la partie contre Salazar. Carlos Salinas était une des rares personnes dans le pays à être reçue sur-le-champ par le nouveau président, mais auparavant Salinas enquêterait sur l'état d'esprit de Salazar et si sa version était confirmée il irait à Los Pinos, le palais présidentiel, et mettrait Prida au courant. S'il ne trouvait rien à reprocher au ministre de l'Intérieur, il voudrait sûrement se rendre utile et révéler à Salazar la tentative de Lemus de le crucifier. En ce cas, tous deux, Salinas et Salazar, discuteraient avec le président du sort de cet avocat gênant qui voulait déstabiliser l'équipe gouvernementale ; et Lemus serait condamné.

L'avocat se demanda s'il n'avait pas un peu trop poussé les enchères. Salazar avait-il vraiment perdu la tête ou était-ce seulement un délire consécutif à l'échange agressif qu'ils venaient d'avoir ? De la réponse dépendrait leur sort à tous les deux.

Lemus se dit qu'il ne pouvait pas s'en remettre au hasard. Si le ministre n'avait pas perdu la tête, il pourrait donner un coup de pouce en ce sens. Il composa un autre des dix numéros préenregistrés sur son portable.

— Salut Carlos, répondit Amelia.

MERCREDI 4 DÉCEMBRE, 10 H 15
Amelia et les Lemus

L'odeur qui émanait du corps de Carlos Lemus n'évoquait plus les dattes, se dit Amelia, mais au moment de se dire bonjour, elle ne put en préciser la nature. Elle avait dû annuler un rendez-vous matinal pour attendre l'avocat chez elle, après son appel pressant. Elle n'avait jamais vu Lemus aussi tendu ; pour la première fois depuis qu'elle le connaissait, elle trouvait qu'il était comme tous les mortels : angoissé.

Elle le reçut au salon, avec un café, mais Lemus lui demanda une tequila. Amelia redoubla d'inquiétude : il ne buvait jamais avant le déjeuner. L'avocat n'avait même pas remarqué la froideur du baiser dans le vide d'Amelia quand elle l'avait accueilli.

Lemus prit la parole presque aussitôt. Il rapporta à grands traits sa conversation avec Salazar et son coup de fil à Salinas ; il lui confia son sentiment sur l'état émotionnel du ministre de l'Intérieur.

— Je l'ai rencontré il y a trois jours, dit-elle. Je l'ai trouvé triste, mais il était loin d'avoir perdu la tête.

— Il me donne l'impression de ne plus supporter la succession des jours sans connaître l'identité de l'assassin. Il a toujours été un *control freak*, sauf que maintenant qu'il est persuadé d'être la victime d'un complot, sa parano s'est déchaînée.

— Et tu crois qu'il peut commettre une folie ?

— En premier lieu, je crains pour Tomás, dans la conversation il s'est demandé s'il ne faudrait pas liquider ton ami. Le Salazar normal, le professionnel, aurait pu le penser mais il ne l'aurait jamais dit, surtout pas à quelqu'un comme moi, qui n'a pas sa confiance. Et auparavant, il a insinué que Jaime pourrait être derrière ce complot dirigé contre lui.

— Il a peut-être cherché à te provoquer. Avec moi, il a tenté un truc de ce genre, mais sans aller trop loin.

— Non, c'était beaucoup plus que ça. Il m'a attaqué de front, comme s'il brûlait ses vaisseaux, sans possibilité de retour. S'il avait eu toute sa tête, Salazar n'aurait pas agi de la sorte.

— Et tu crois qu'il peut passer à l'acte? Je pense à Tomás, et peut-être à Jaime.

— Difficile à dire, mais ce n'est pas un risque à prendre.

— Et que suggères-tu?

— En appelant Salinas, j'ai pris la mesure qui peut le neutraliser, mais il faut s'assurer que Salazar débloque vraiment, sinon, la bombe se retournera contre moi. Demain jeudi, c'est le jour de la publication de l'article de Tomás ; un texte consacré à Salazar et à son linge sale lui donnerait l'estocade.

— À qui? À lui ou à Tomás? Si le Bouchon croit à un complot, il aura compris qu'il est vraiment la cible. S'il écrit un texte comme tu le suggères, c'est comme s'il se passait la corde autour du cou.

— Il y a des moments dans la vie où il faut lancer les dés et prendre des risques. Je suis convaincu qu'avec un tel coup de pouce, Salazar va perdre les pédales, Salinas fera son travail et la présidence sacrifiera le ministre. Prida a agi de cette façon chaque fois qu'un homme de son cercle s'est trouvé compromis face à l'opinion publique. Il suffirait de cacher Tomás quelques heures, quelques jours tout au plus.

— Ou pour toujours, si tu te trompes.

— Je l'ai reçu il y a une semaine, comme tu me l'as demandé. Dans la conversation, il m'a assuré qu'il était prêt à aller jusqu'au bout, pourvu que cela entraîne un changement politique, et il m'a paru sincère. Alors, voilà sa chance : la chute de Salazar mettrait le gouvernement de Prida sur la défensive, il perdrait la force dont il se gargarise, sur laquelle il s'appuie pour prendre le contrôle de la vie nationale. N'est-ce pas ce que tu voulais?

— Et toi, qu'est-ce que tu veux? N'aurais-tu pas ruminé un peu trop une rancune de macho? dit-elle avec un rien de ressentiment.

Lemus la dévisagea ; c'était la première fois qu'elle lui parlait avec une telle irritation. Il se demanda, pour la deuxième fois de la journée, combien étaient au courant de son idylle avec Pamela. Il préféra ne pas creuser le sujet, l'amour n'était pas à l'ordre du jour.

— Au moins, tu transmettras ma proposition à Tomás ?

— Et sur quoi porterait son article ? répondit-elle, hésitante.

— En venant, j'ai rassemblé quelques notes, dit-il en sortant une feuille de la poche latérale de sa veste. Ce sont des affaires que Salazar a réalisées grâce aux fonctions qu'il a occupées, propriétés attribuées à des prête-noms, avec des profits souvent scandaleux. Dans la journée, tu recevras une enveloppe avec les données chiffrées correspondantes.

Ils n'ajoutèrent pas grand-chose. Elle serra la main de Lemus en posant la sienne sur son avant-bras, pour l'empêcher de l'embrasser, comme elle l'avait déjà fait avec d'innombrables politiciens tout au long de sa vie ; il ne s'en rendit même pas compte.

Peu après, Amelia sentit l'odeur sur ses doigts de Lemus : celle d'un pauvre type grillé par le soleil.

En allant à son bureau pour rencontrer Jaime, elle essaya d'appeler Tomás, mais son radiotéléphone n'était pas connecté. Elle avait hâte de lui dire ce qui s'était passé dans la matinée entre Salazar et Carlos, et les nouvelles menaces qui pesaient sur lui. Le souvenir de Carlos l'énerva de nouveau : elle persistait à penser que l'inquiétude de l'avocat pour Tomás, et même pour Jaime, était un prétexte pour livrer une bataille de gorilles alpha contre Salazar. Elle ne savait pas si leur hostilité provenait d'un conflit politique ou d'une rivalité dont Pamela était l'enjeu ; quoi qu'il en soit, la vision presque épique qu'elle avait toujours eue de Carlos Lemus volait en éclats. À ses yeux, il était devenu un politicien comme les autres, prêt à jouer avec la vie des individus et avec l'intérêt public, à les mettre au service de ses passions et de ses intérêts personnels. Était-il déjà ainsi, au temps où ils étaient amants ? Avait-elle été incapable de le voir, ou l'âge l'avait-il rongé de l'intérieur ? En tout cas, se dit-elle, il venait de ternir une partie de son passé en montrant un présent minable et étriqué.

Au PRD, Jaime l'attendait déjà dans son bureau. Avant de le voir, Amelia donna à Alicia le radiotéléphone pour qu'elle appelle Tomás tous les quarts d'heure et lui dise de venir au plus vite. Et elle lui demanda si elle avait trouvé un rapport sur Salazar dans les archives de Pamela : Alicia répondit par la négative ; mais elle avait encore huit bandes à écouter. Il lui suffisait d'écouter une cassette cinq minutes pour identifier le politicien sur la sellette ; lorsque Amelia aurait fini sa réunion avec Jaime, Alicia saurait si Pamela avait fait un rapport sur Salazar.

Amelia entra dans son bureau pour affronter Jaime, l'estomac noué. Deux Lemus dans la même matinée, c'était trop, se dit-elle.

— Quelle est l'urgence ? J'ai dû différer la signature d'une collaboration de sécurité cybernétique avec le gouvernement péruvien, on m'attend à leur ambassade dans une heure, dit Jaime en se levant du canapé en cuir.

Amelia avait prévu de lui expliquer d'abord l'histoire des archives de Pamela et de trouver un prétexte pour s'excuser de ne pas l'avoir alerté plus tôt, mais en ce cas elle se serait mise sur la défensive ; le ton impératif de Jaime la décida à commencer par une récrimination.

— Ce sont justement tes histoires de sécurité cybernétique qui nous préoccupent. Efraín Restrepo, que tu as amené chez Mario, a torturé Luis, un ami de Vidal, à Guadalajara, sous prétexte de le recruter pour ton équipe. Il l'a menacé de mort, et avec les audaces auxquelles il se livre, ce jeune homme pourrait bien se retrouver à la morgue. Tu as créé un monstre, Jaime.

Cette révélation le prit de court. Comment avaient-ils pu découvrir l'identité de Restrepo ? Son collaborateur lui avait assuré que le garçon n'avait jamais vu son visage, ni le véhicule dans lequel il avait été transporté. Il mit plus d'une minute à répondre.

— Restrepo suivait mes instructions, Amelia, dit Jaime, revenu de sa surprise. On a simplement effrayé Luis pour le convaincre de travailler pour une bonne cause.

— Tu joues les cyniques, ou tu me prends pour une idiote ?

— Je suis honnête avec toi. J'aurais pu te dire que Restrepo avait agi de son propre chef, ajouter que j'allais m'occuper de lui et que cela ne se reproduirait pas, un point c'est tout. Mais ce n'est pas mon genre.

— Alors explique-moi qui tu es, parce que l'ami avec qui j'ai grandi n'aurait pas torturé de jeunes innocents.

— L'ami avec lequel tu as grandi a passé sa vie à mettre ses talents au service de la construction d'un pays plus sûr. Tomás écrit des articles pour exercer une influence, c'était du moins son idée quand il a débuté ; mon père fait des magouilles sur et sous la table pour assurer des accords ; toi, tu cherches à organiser une opposition responsable qui oblige le gouvernement à rendre des comptes et à pratiquer la transparence. Bon, moi je fais tout cela et beaucoup plus. L'avenir est à l'information digitale, Amelia. La capacité d'influer directement sur la vie publique a déserté les médias traditionnels et passe maintenant par les réseaux sociaux. Tu n'as pas idée des moyens que je mobilise pour présenter un problème, y compris pour provoquer un sentiment dans l'opinion publique. En matière de chasse à l'information, c'est fou ce que peut donner un bon espionnage digital. Une douzaine d'experts comme Luis, bien dirigés, peuvent dessiner une carte de la corruption comme il n'y en a jamais eu dans le pays. Et ce n'est qu'un début.

— En ce qui concerne Luis et Vidal, il faut que cela cesse. Et en ce qui concerne ta bonne cause, qui t'a autorisé à jouer les Big Brother, capable d'espionner toute la société et de la manipuler ? Qui t'a choisi pour jouer à être Dieu ? Il me semble que ta soif de pouvoir se déguise simplement de prétendues bonnes intentions qui cachent des objectifs abjects. Voyons, Jaime, asphyxier des jeunes pour les obliger à se mettre à ton service ? Et s'ils refusent, que se passe-t-il ? On les assassine ?

— Ne t'inquiète pas, il n'arrivera rien à Luis. C'était de la poudre aux yeux pour nous assurer sa coopération, il n'a jamais couru aucun risque ; et Vidal encore moins, d'ailleurs il n'aurait jamais dû être au courant. Bien plus, d'une certaine façon je cherchais à le protéger. On a interdit à Luis d'envoyer à Vidal des renseignements sur Pamela pour que les cartels ne puissent le détecter, comme c'est arrivé chez les Alcántara.

— Alors assure-toi de bien tenir en laisse ton molosse, parce que Luis mène son enquête et nous savons de quoi est capable ce jeune. Ce que je ne sais pas, c'est de quoi serait capable Restrepo.

— Ça, c'est sous contrôle.

— Je n'en suis pas si sûre. Tu as peut-être raison quand tu dis que le pouvoir appartiendra au monde digital et à ceux qui le contrôlent ; pour cette raison, c'est à la société de décider ce qui doit être accessible. Tu as ouvert en douce une boîte de Pandore qui déborde. Luis a déjà mis en échec tes tentatives et Restrepo m'a l'air d'être un électron libre.

— Rien que je ne puisse résoudre. Applique tes méthodes, Amelia, et moi j'applique les miennes. Mais quelque chose me dit que je devrai venir au secours de quelques-unes de tes causes ou de celles de Tomás, quand vos idéaux s'écraseront contre le monde réel.

Loin de l'apaiser, les propos de Jaime augmentèrent son irritation. Ils traduisaient une suffisance qui frisait l'orgueil.

— J'ai toujours pensé que tu étais un renard rusé et malin, qui essayait désespérément de survivre, silencieux et solitaire. Je me trompais. En réalité, tu es un loup cruel qui jouit de son pouvoir pour dispenser la mort et la vie.

Le sourire ironique qui affleura aux lèvres de Jaime l'induisit à penser que l'allégorie du loup n'avait pas déplu à son interlocuteur. Ce qui acheva de mettre Amelia en fureur.

Jaime se leva, avança le bras et du dos de la main caressa un instant la joue de son amie, fit demi-tour et sortit. Amelia eut juste le temps de lui lancer :

— Neutralise Restrepo.

Elle mit un moment à se calmer. Elle n'avait jamais cru aux signes du zodiaque, mais elle se demandait maintenant si une conjonction d'astres ne l'obligeait pas à consacrer cette journée à exhumer son passé : ni l'ami avec lequel elle avait grandi, ni l'amant qui l'avait tant marquée, n'était ce qu'elle avait toujours cru. Si nous sommes tous le produit d'une biographie, et si celle-ci subit des changements aussi violents, elle avait intérêt à se demander si elle était encore la personne que sa propre chronique avait façonnée au fil des années.

Sa relation avec Carlos l'inquiétait moins : elle allait vers un détachement croissant, né du mépris qu'il lui inspirait maintenant. L'élégance intellectuelle et la désinvolture seigneuriale qui avaient caractérisé tous ses actes n'étaient plus à ses yeux qu'une façade pour cet homme qui toujours avait vécu sur la crête de la vague et assouvi tous ses appétits, magicien qui avait toujours confondu ses principes avec ses désirs.

Il y avait longtemps que la relation entre Amelia et Carlos s'était réfugiée dans les limbes, certes agréables, entretenus par le mirage romantique des années partagées. Mais il lui fallait maintenant redéfinir le passé et mettre dans des archives à part, obscures et poussiéreuses, les souvenirs qu'elle gardait de lui.

En revanche, le cas de Jaime l'atteignait dans sa chair. Elle l'aimait comme un frère et rien n'y changerait ; elle pouvait lui en vouloir, mais comme à un parent proche, à la longue on finit toujours par se réconcilier. C'était une âme tourmentée qui avait eu du mal à trouver une place dans l'ombre d'un père idolâtré. En le voyant sous cet angle, elle imaginait sans mal l'adolescent emprunté qui voulait à tout prix imiter son géniteur, et qui se retrouvait immanquablement un pas derrière Tomás et elle ; il s'était forgé un refuge pour ses talents et s'était offert un billet pour le seul wagon de première classe auquel il pouvait accéder.

Amelia soupçonnait Jaime d'être amoureux d'elle depuis l'enfance, mais comme ce sentiment n'était pas partagé, il ne s'était pas déclaré. Il avait souffert des complicités et des coquetteries qui la liaient à Tomás, et sa longue relation amoureuse avec Carlos avait dû être traumatisante pour lui. Même si elle en ignorait les détails, elle savait qu'en rejetant Carlos, son père, il obéissait à sa propre rancœur, libérée par ce qu'il prenait pour une déloyauté abominable : son amitié avec Amelia et son introduction dans la famille Lemus étaient les seuls succès dont il pouvait se vanter dans une maison où tout était un monument à la réussite du père, mais par on ne savait quel caprice ce dernier avait décidé d'accaparer aussi l'amour impossible du fils. Un acte qu'à coup sûr Jaime avait trouvé cruel et impardonnable.

Elle se demanda comment il prendrait cette nouvelle relation qui se nouait avec Tomás. Mais ce qui se passait entre eux était si insaisissable et flou que cela n'avait aucun sens d'y réfléchir maintenant.

Comme si elle l'avait invoqué, Alicia annonça l'arrivée du journaliste à ce moment-là.

Tomás posa un baiser furtif au coin de ses lèvres, mais il la serra fort dans ses bras. En effet, "insaisissable et flou", se répéta Amelia. Il faillit lancer un "salut, mon cœur", mais se contenta d'un "bonjour, présidente", son titre dans le Parti. Puis il se laissa tomber sur une chaise devant le bureau :

— Alicia a trouvé quelque chose sur Salazar ?

— Nous allons voir, répondit Amelia, et elle appela son assistante.

Alicia leur annonça qu'en effet deux cassettes étaient consacrées au ministre de l'Intérieur ; l'une contenait plusieurs rapports qui dataient des premières années de leur relation et l'autre, entièrement consacrée à ses activités au ministère de l'Intérieur, couvrait la dernière année. Elle leur dit qu'elle avait écouté quelques passages au hasard, au début de longs développements, et qu'elle avait à peine commencé la transcription.

— Au bout du compte, Pamela ne nous a pas déçus, dit Amelia.

— Ces rapports sont la véritable bombe, affirma Tomás. Je crève de curiosité de connaître les cadavres que Salazar a mis dans son placard.

— S'il y en a, la chute sera définitive, mais le fait même que l'amante l'ait espionné au bénéfice du cartel, mis à part la gravité des péchés dénoncés, place le Bouchon dans une position insoutenable. À ce propos, reprit-elle après une pause, Carlos Lemus affirme qu'il n'est plus très solide sur ses jambes ; il a pris un petit-déjeuner avec lui ce matin au Four Seasons et ça s'est terminé par des cris. Il pense que si tu écris un dernier article sur quelques magouilles de Salazar, il finira par tomber.

— Je ne suis pas certain qu'un texte de moi ait le pouvoir de le faire tomber.

— Il y a aussi un coup de fil, ajouta-t-elle.

Et elle lui parla de l'intervention de Carlos auprès de l'ex-président Salinas.

— Alors, maintenant, nous jouons dans la même équipe que Salinas ?

— Et comment crois-tu que j'ai réagi ? Foutu Carlos, finalement, il ne vaut pas mieux que les autres politiciens. Des types qui nous traitent comme des pions au service de leurs petits jeux de pouvoir. D'ailleurs, il m'a laissé ces quelques notes sur les affaires occultes de Salazar, pour étoffer ton article. Il m'a dit qu'il allait m'envoyer des données chiffrées sous pli fermé.

— Je te suggère de lui renvoyer l'enveloppe sans l'ouvrir. Ce qui arrivera doit être le fruit de nos efforts, je ne veux rien qui vienne d'eux.

— J'en suis ravie. D'ailleurs, tout ce qu'il m'enverra ne vaudra sûrement jamais ce que nous allons trouver sur Salazar dans les archives de Pamela.

En guise de réponse, il leva la main pour un *high five* qu'elle trouva infantile, mais auquel elle répondit quand même. Amelia s'inquiétait du risque que courrait Tomás s'il portait le coup mortel qui mettrait un terme à la carrière de Salazar ; qu'il tombe ou non, il pouvait devenir un ennemi dangereux, qu'il soit au pouvoir ou pas. Elle n'avait pas encore parlé à son ami des menaces explicites formulées par le ministre au cours de ce petit-déjeuner.

De son côté, Tomás était euphorique et d'humeur festive : ils allaient frapper le gouvernement sous la ligne de flottaison. Avec Amelia, ils constituaient une équipe puissante et, dos contre dos, ils pouvaient affronter n'importe quoi. Soudain pris de remords, il pensa que le mérite en revenait aussi à ce brave Mario, et pourquoi pas, à Jaime lui-même. Décidément, les Bleus étaient de nouveau une entité vivante, à la hauteur des défis.

— Au fait, dit-il, tu as pu parler à Jaime des agissements de Restrepo ?

— Ça, c'est la mauvaise nouvelle, dit-elle.

Elle lui rapporta leur conversation, l'aveu de sa responsabilité dans la torture et le recrutement de Luis, et la discussion politique qu'ils avaient eue.

— Je n'en crois pas mes oreilles. Ah merde, à quel moment l'avons-nous perdu ? dit-il en secouant la tête, abasourdi.

— Le pire, c'est qu'il est convaincu du bien-fondé de ses actes. Il nous considère tous les deux comme des romantiques rêveurs, des naïfs que tôt ou tard la politique dévorera. Il a ajouté qu'à ce moment-là, il viendra nous sauver.

— J'espère seulement que ce ne sera pas Restrepo qui s'en chargera, répondit Tomás sur un ton ironique. Il réfléchit et reprit : Donc, nous sommes seuls, toi et moi. On ne peut plus se fier à Jaime et Mario s'en va à Querétaro et il a bien raison.

— Toi et moi, et les archives de Pamela. Voyons ce qu'Alicia nous a transcrit, dit Amelia en souriant.

MERCREDI 4 DÉCEMBRE, 13 HEURES
Luis et Vidal

D'après son permis de conduire, Leonora Sifuentes habitait depuis deux ans rue de Las Águilas, dans un lotissement pour classes moyennes à l'ouest de México, mais au registre foncier la maison était enregistrée au nom d'Efraín Restrepo. Sa femme s'occupait de la vente de biens. La fiche de son permis précisait qu'elle avait trente-trois ans, taille 1,71 mètre, vision 10 sur 10. Sur la photo, elle avait la peau très blanche, des cheveux noirs, des traits agréables. Elle acceptait de donner tous ses organes en cas d'accident mortel.

Elle n'avait pas de compte sur Facebook ni sur Twitter, sans doute sur les conseils de celui qui était encore son mari, mais elle était très active par mail, surtout dans le domaine professionnel. Parmi ses destinataires, pas de Restrepo, mais il dénicha un certain goliat336 sur Yahoo! avec qui elle fixait les dates pour prendre et déposer l'enfant à l'école ; leur relation s'apparentait à une froide politesse. Leonora échangeait aussi des courriers avec Dora Bolaños, l'institutrice de son fils.

Leonardo Restrepo Sifuentes était en CE2 à l'école Patria. D'après son dossier scolaire, il avait des facilités pour les sports et l'arithmétique, et des problèmes en grammaire et en civisme. La fiche donnait un numéro de téléphone où on pouvait joindre le père en cas d'accident.

L'adresse et le numéro fournis par Restrepo correspondaient à un lieu du quartier Del Valle. Les vues sur Google montraient des entrepôts reconvertis en bureaux, avec une façade surmontée d'un panneau au nom de l'entreprise : Lemlock. D'après le site www.lemlock.mx, l'entreprise était spécialisée dans les problèmes de sécurité : consultations, mise en forme de projets, équipements électroniques, conseil en récupération d'enlèvements, surveillance et formation. La firme se présentait comme une entreprise de pointe en Amérique latine, avec des bureaux à Buenos Aires, San José (Costa Rica), Miami et Madrid.

Une rapide recherche sur Lemlock livra d'autres informations. Trois mois auparavant, le directeur de l'entreprise, Jaime Lemus, avait signé un contrat avec le maire de Buenos Aires pour installer un système de vidéosurveillance et une intervention rapide dans les rues de la ville, pour quinze millions de dollars. La brève du journal *La Nación* d'Argentine n'avait pas de photo, elle indiquait seulement que Lemus était ex-directeur du Centre national de renseignements.

Avec cette référence au CISEN, Luis comprit que ce Lemus était celui dont Vidal avait parlé. Il ne se rappelait pas si le nom de baptême de l'oncle de son ami était Jorge ou Jaime, mais il était certain que son nom était bien Lemus et qu'il avait dirigé le CISEN. Ce n'était pas une coïncidence.

Luis analysa cette nouvelle révélation ; il n'en revenait pas. Qui était ce type et pourquoi ses hommes s'en étaient-ils pris à lui ? Détail étrange, Restrepo était au courant de ses liens avec Vidal, ce qui ne l'avait pas empêché de l'agresser.

Luis se trouvait dans une cafétéria du paseo de La Reforma, à côté du journal *Excélsior*, sur le réseau wifi où il avait mené toutes ses recherches ces dernières heures. Il avait encore une demi-heure avant son rendez-vous au Starbucks de la rue Tamaulipas, dans le quartier de la Condesa ; ils avaient beaucoup de choses à clarifier. Il décida de parcourir à pied la longue distance qui le séparait de sa destination pour réfléchir au meilleur moyen de saboter Lemlock, un projet auquel ses amis d'Anonymous seraient ravis de collaborer.

Un quart d'heure plus tard, Vidal sortait de chez lui pour se rendre à la cafétéria. Il se demandait ce qu'avait trouvé Luis sur Restrepo. Mais l'essentiel était de rassurer son ami ; maintenant qu'ils avaient découvert pour qui travaillait ce sbire, son oncle saurait le mettre au pas. Toutefois, l'esprit de Vidal était ailleurs : dans l'après-midi il partirait avec sa famille à Querétaro et il devrait se séparer de Marina quelques jours. Certes, leur attachement était né de la tragédie, il était peut-être passager, mais Vidal se sentait éperdument amoureux. Il se dit qu'après son rendez-vous avec Luis, il passerait chez son oncle qui l'hébergeait pour lui expliquer la raison de son absence momentanée.

Au dernier carrefour avant la cafétéria, il entendit quelqu'un crier son nom ; une voiture grise s'approchait du trottoir et le chauffeur lui faisait signe par la fenêtre ouverte.

— Vidal, don Jaime Lemus m'a envoyé te chercher, il y a une nouvelle menace, monte dans la voiture. Grouille, il t'attend ! dit un homme corpulent en ouvrant la portière arrière.

Vidal hésita. Cependant, le ton péremptoire, le nom de son oncle, les vêtements noirs de l'individu, son air de policier qui ne ressemblait en rien à celui des sbires du narcotrafic, et la portière ouverte le convainquirent : et avant d'avoir pu réaliser ce qui lui arrivait, il était installé sur la banquette arrière de la voiture. Il voulut se pencher pour parler au chauffeur et lui demander la nature de cette menace, mais une vitre épaisse l'isolait des sièges avant, comme dans les véhicules de patrouille. Vidal frappa du poing à la vitre pour attirer l'attention de l'homme en noir ; ce dernier se contenta d'actionner un bouton qui verrouilla les portières de l'arrière. Le jeune homme, désespéré, comprit qu'il était tombé dans un piège. Il essaya d'alerter les passants, mais les vitres fumées rendaient ses gestes et ses cris inutiles.

Quelques centaines de mètres plus loin, la voiture s'arrêta devant une maison du quartier Escandón, pas loin de la Condesa ; le chauffeur actionna le contrôle automatique et le portail métallique d'un garage couvert s'ouvrit. L'homme en noir ordonna au jeune homme de sortir ; Vidal dévisagea ce gros type patibulaire et refusa de quitter le véhicule. Ce dernier poussa un soupir désapprobateur et frappa à une porte qui donnait sur l'intérieur de la maison. Quelques instants plus tard, Restrepo franchit le seuil et s'adressa à Vidal.

— Excuse la méthode, Vidal, mais n'aie pas peur ; si je t'avais invité, tu ne serais pas venu, et franchement il est urgent que je vous parle à tous les deux.

— Où est mon oncle ? Mettez-moi en rapport avec lui, dit le jeune homme en se tassant au fond de la voiture.

— C'est promis, mais auparavant nous devons avoir une petite conversation. Si tu préfères, on peut rester dans la voiture, dit Restrepo en se glissant sur la banquette à côté de Vidal. Regarde, poursuivit-il, il est évident que vous savez déjà que je travaille pour don Jaime. Le recrutement de Luis, je l'ai fait en cachette de ton oncle et j'ai sans doute un peu forcé la dose, mais je ne veux pas perdre mon job, ou pire encore, si M. Lemus l'apprend. Voilà pourquoi je veux passer un accord avec vous, on a tous à y gagner.

— Quel genre d'accord ?

— Financier, bien sûr, ici il n'y a rien à cacher. Je recrute de jeunes hackers dans votre genre pour le cabinet de consultation de ton oncle, Lemlock. Nous fabriquons des pare-feux de sécurité pour les entreprises, nous mesurons leur fiabilité en essayant de les craquer. Luis et toi, vous pourriez travailler avec nous pour un bon salaire : plus que ne gagne ton père, et sur ton ordinateur.

— Pourquoi n'avez-vous pas fait cette proposition à Luis dès le début ?

— Ton ami n'est pas très intéressé ; pour commencer, son père est riche. Mais comme je ne voulais pas me priver de son talent, j'ai un peu serré la vis ; je suis parfois rattrapé par mon ancien boulot de policier. Je comprends maintenant que c'était exagéré et je veux vous présenter mes excuses.

— Excuses acceptées, et maintenant laissez-moi partir.

— Auparavant, promettez-moi de ne jamais parler à don Jaime de l'enlèvement de Luis à Guadalajara, il ne s'agissait que d'un entretien. D'accord ?

— Très bien. Ouvrez-moi la porte, dit Vidal en montrant du regard le portail en métal qui le séparait de la rue.

— Nous devons d'abord parler à Luis. Je dois faire la paix avec lui, tu ne crois pas ?

— Viens à la cafétéria, j'avais rendez-vous avec lui à une heure ; il doit m'attendre. On discutera là-bas.

— Tu es fou ? Dès qu'il me verra, il prendra ses jambes à son cou. J'ai su qu'il avait mené sa petite enquête sur moi et je ne lui en veux pas.

— Et qu'attends-tu de moi ?

— Que tu l'abordes d'abord, toi, que tu lui expliques tout, après j'arrive, et je lui présente ma proposition qui l'intéressera sûrement, soit par son côté financier, soit par son côté défi professionnel. D'accord ?

Vidal accepta aussitôt ; il était prêt à tout pour quitter ce lieu. Cette perspective le rassurait.

— Il y a presque vingt minutes que vous aviez rendez-vous, dit Restrepo. Demande-lui s'il est arrivé et s'il est encore là. De quelle cafétéria s'agit-il ?

Après réflexion, le jeune homme lui dit le lieu, sortit son portable de sa poche et recourut à l'application qu'il avait utilisée ces derniers jours pour échanger de brefs messages ; elle fonctionnait comme WhatsApp mais effaçait le message sans laisser de traces, dès que son destinataire l'avait lu.

Tu es arrivé ? Vegas2232, pianota Vidal, et il appuya sur "envoyer". Restrepo lui prit le portable des mains pour voir le message.

— Voyou, je savais bien que tu utilisais un petit programme de ce genre, mais je ne connaissais pas son code, dit le policier en sortant de la voiture, et, s'adressant au mastodonte, il ajouta : Amène-le dans la pièce du fond.

Quelques secondes plus tard, le téléphone de Vidal clignota : *Je suis là Vegas2232.* Restrepo répondit aussitôt : *Il y a du nouveau. Cet endroit n'est pas sûr, chez un ami, à huit rues de là. Vegas2232.* Il envoya ce message puis un autre : *Rue Agricultura 187. Vegas2232.*

Plusieurs minutes s'écoulèrent sans réponse. Restrepo supposa que le jeune homme se méfiait. En effet, le téléphone de Vidal reçut ce message : *Ta clé perso sur le projet ? Vegas2232.*

Restrepo sourit. Le disque dur externe branché au portable posé sur la table, seul meuble de la pièce, contenait la copie de tous les dossiers de l'ordinateur de Vidal ; le policier avait pris cette précaution le jour où ils étaient allés chez les Crespo examiner le matériel du jeune homme. Trois minutes plus tard, il envoyait la clé demandée : *Croupier.* Il eut aussitôt la réponse attendue : *J'arrive Vegas2232.*

Dans des conditions normales, Luis aurait exploré sur Google et dans des registres publics la nature de la maison qui se trouvait au 187 de la rue Agricultura ; mais cette fois il se contenta de la localiser sur la carte de son portable avant de partir. Il était impatient de parler avec Vidal. Arrivé à destination, ne voyant pas de raison de se méfier, il sonna. La porte s'ouvrit violemment et un bras puissant le happa.

Il fut propulsé dans une pièce plongée dans la pénombre et bouscula une personne qui l'attendait, immobile ; Restrepo stoppa son élan en lui flanquant une gifle qui le projeta par terre.

— Enfoiré, dit le policier, tu as osé espionner ma femme et mon fils.

L'accusation stupéfia Luis. Malgré la douleur sur sa joue gauche, il se demanda comment diable Restrepo l'avait découvert : sauf l'incursion dans le courrier électronique de son épouse, toutes les archives qu'il avait explorées étaient publiques. Restrepo avait sans doute piraté l'e-mail de sa femme et les archives de l'école, et par ce canal il avait détecté sa présence.

— Attends ! cria Vidal dans la chambre du fond.

Il surgit dans cette sorte de salon ; avant qu'il ait pu venir en aide à Luis, qui essayait de se relever malgré son nez en sang, un bras énorme le saisit par le cou et le retint.

— Je t'avais prévenu de me foutre la paix, dit Restrepo en s'adressant à Luis.

Si ces deux individus étaient à visage découvert, se dit-il, cela ne présageait rien de bon.

— Nous pouvons négocier, nous travaillerons pour vous ; mon oncle ne saura jamais ce qui s'est passé, proposa Vidal.

— Sur ce point, tu as entièrement raison : il ne le saura jamais, répondit Restrepo. On imputera votre mort au cartel, après ce qui est arrivé chez les Alcántara.

— Ce n'est pas nécessaire d'en arriver là, supplia Vidal, il ne s'est encore rien passé de grave. Pourquoi gaspiller le talent de Luis ?

— Ton ami ne sert à rien, il n'est pas fiable. Et celui qui fourre son nez dans ma vie privée est un homme mort.

Restrepo avait prononcé ces derniers mots en s'adressant à Vidal. Le gros avait relâché la pression de son bras sur le cou du jeune homme, mais il ne le quittait pas d'une semelle.

Toujours à terre, Luis remarqua que les deux hommes ne le regardaient plus. Il évalua la distance qui le séparait de la porte d'entrée ; il pouvait y arriver avant eux. Sans plus réfléchir, il s'élança de toutes ses forces, les yeux fixés sur la poignée ; sa main l'atteignit et l'actionna. Son geste fut interrompu par une détonation qui retentit dans la pièce et une brûlure aiguë qui lui transperça le mollet. Son corps pivota et il se retrouva assis, adossé à la porte, le bras encore accroché à la poignée. Le Gros braquait un pistolet sur lui, attendant les instructions.

Vidal se tâta l'oreille gauche et se tourna pour regarder avec surprise le pistolet qui avait explosé à quarante centimètres de son oreille.

— La balle suivante, dans ta cervelle, dit Restrepo. Maintenant, je vais vous dire ce qui va se passer, et ça ne va pas vous plaire : nous allons vous balancer dans un fossé avec une pancarte qui prouvera que c'est un règlement de comptes entre narcotrafiquants, mais auparavant nous devons vous préparer, selon le procédé adéquat. Il faut que ce soit vraisemblable, n'est-ce pas ?

— Je préfère une balle dans la cervelle, dit Luis en regardant la flaque de sang qui grandissait autour de sa jambe.

— Je retire ma proposition, répliqua Restrepo. À ceux qui parlent trop, les narcos leur coupent la langue ; si vous piratiez en pianotant sur le clavier de l'ordinateur, il est logique de vous couper les doigts. Mais nous perdrions toute crédibilité si nous vous amputons après vous avoir collé une balle dans la tête ; le médecin légiste s'en apercevrait. L'ordre des facteurs altère le produit, donc nous allons commencer par les doigts, la balle viendra ensuite. Qui veut commencer ?

— Jaime et mon père n'avaleront jamais cette histoire de narcos, intervint Vidal avec désespoir.

— Merci, je n'arrivais pas à me décider. Nous allons commencer par toi, dit le policier, et il fit un signe de tête à l'homme en noir en indiquant la chambre du fond.

Le type prit Luis par le bras encore accroché à la poignée et le traîna comme un sac de sable. Luis contempla passivement la trace de sang qu'il laissait sur le plancher ; elle lui rappelait une peinture abstraite suspendue au mur du bureau de son père.

À trois mille cent mètres de là, Mario inspectait le Starbucks. Quelques minutes plus tôt, Olga et lui s'étaient affolés : ils avaient décidé d'avancer leur départ pour Querétaro et de déjeuner en chemin plutôt qu'à la maison. Mario voulait abréger le rendez-vous de Vidal et Luis, qui risquait de durer des heures ; en outre, il voulait discuter avec le jeune homme de Guadalajara, le convaincre d'abandonner ses recherches et de trouver un refuge pendant quelques jours.

Il parcourut l'établissement à deux reprises avant de comprendre que les jeunes n'étaient plus là ; ce qui lui fit craindre le pire. Vidal n'aurait pas changé le lieu de rendez-vous sans le prévenir, surtout maintenant qu'il connaissait la gravité de la situation. Une pensée lui redonna de l'espoir : il appela Olga et lui demanda où on pouvait joindre Marina Alcántara. Le portable coincé entre l'oreille et l'épaule, Mario écrivit le numéro sur sa paume gauche. Deux minutes plus tard, il savait que Vidal n'était pas non plus chez l'oncle de la jeune fille.

Il poussa un grand soupir et appela Jaime au radiotéléphone. En hurlant presque il lui expliqua ce qui se passait : Vidal et Luis avaient disparu. Jaime essaya de le calmer, lui demanda dix minutes pour y voir clair et promit de le rappeler dès que possible.

Jaime avait reçu l'appel alors qu'il était à son bureau. Il raccrocha et ouvrit une fenêtre sur son écran pour dérouler une liste de noms. Il en choisit deux, cliqua et une carte de México apparut devant ses yeux ; deux points rouges clignotèrent quelque part dans le quartier Escandón. Il amena le curseur sur le lieu et une légende apparut : *Maison de sécurité. Agricultura, 187.* Il prit son téléphone et envoya un message, puis il s'étira. Un rail se dessina entre ses sourcils.

Restrepo tenait le petit doigt de Vidal comme une cigarette qu'on s'apprête à fumer ; il regardait l'extrémité sanguinolente avec l'air de se demander si le tabac avait été allumé. Il le posa sur la table et approcha une bouteille de tequila sous le nez du jeune homme. Vidal avait perdu connaissance quelques minutes plus tôt, mais l'odeur de l'alcool lui fit redresser la tête. Son buste était plaqué sur la table, l'homme en noir pesait de tout son poids contre son dos et d'une main étirait le bras de Vidal sur lequel Restrepo venait de s'affairer.

Restrepo se dit que trancher un doigt était plus compliqué qu'il n'y paraissait, ou alors il n'avait pas la bonne technique. Le front en sueur, il vit Tony Soprano du coin de l'œil et nota un regard de mépris, celui d'un professionnel qui réprouverait un travail bâclé. Il avait voulu punir personnellement les deux jeunes ; cependant, il sentit que trancher encore neuf doigts au couteau lui prendrait trop de temps, et il ne voulait pas se couvrir de ridicule devant le Gros.

— Ce couteau ne va pas, dit-il. Vas-y, toi, finis, je le tiendrai.

L'homme en noir se déplaçait vers l'autre côté de la table pour inverser les positions quand il sentit une vibration dans sa poche : il sortit son portable, lut quelque chose sur l'écran et ignora l'appel. De la main droite, il sortit d'une gaine latérale en cuir une dague allemande et de la main gauche il saisit fermement le poignet de Vidal, l'obligeant à aplatir la main sur la table ; c'était maintenant Restrepo qui s'appuyait sur le dos du garçon et se penchait pour exercer une pression sur son bras.

— Coupe les quatre doigts en même temps, dit Restrepo, pressé d'en finir.

La fatigue remplaçait la colère initiale.

L'homme en noir essaya d'aligner les quatre doigts restants, mais le pouce était beaucoup trop court. Avec la logique du coupeur d'asperges, il décida de s'attaquer d'abord aux trois doigts les plus longs.

Il amena la lame un centimètre au-dessus des jointures et la souleva pour prendre de l'élan, mais au moment de l'abaisser, son poignet pivota, redressa la pointe et la projeta en avant. La lame pénétra dans la gorge de Restrepo et heurta quelque chose de dur ; Vidal entendit un bruit sec dans l'oreille droite et un liquide tiède inonda son dos.

Restrepo se redressa et eut le temps de saisir la poignée du couteau ; il regarda l'homme en noir avec haine et comprit que l'aversion était réciproque. Il voulut parler, mais un bouillonnement de sang jaillit de sa bouche. Il s'effondra. Aucun des trois ne put entendre le "salaud de Gros" qu'il aurait voulu prononcer.

L'homme en noir sortit son portable et envoya un message, et rapporta de la pièce voisine un drap qu'il déchira en bandelettes : avec l'une d'elles, il improvisa un garrot sur la jambe de Luis, et avec une autre un bandage sur la main de Vidal. Il traîna le cadavre de Restrepo dans le garage, ouvrit le coffre de la voiture et l'y jeta.

— Montez. Je vais vous déposer à l'hôpital.

Et il ne prononça plus un mot.

MERCREDI 4 DÉCEMBRE, 19 H 30
Tomás

Dans les dix minutes à venir, il allait devoir prendre la décision la plus délicate qui soit : elle déciderait des vies et sans doute des morts, y compris de la sienne. Il venait d'appeler le responsable de service aux pages d'opinion du journal *El Mundo* pour lui dire que cette fois il rendrait son article plus tard que d'habitude ; le jeune sous-directeur lui dit qu'il pouvait attendre jusqu'à 22 h 30.

Tomás savait qu'il avait le temps, mais il n'était pas sûr d'avoir le cran. Écrire sur l'espionnage que le cartel avait exercé sur le bras politique du gouvernement constituerait un missile au sein de la vie politique du pays ; l'ennui, c'est que la déflagration risquait de provoquer beaucoup d'effets collatéraux. Le journaliste se demanda s'il lançait vraiment un missile : il avait plutôt l'impression d'enfiler une ceinture explosive. Qui serait le plus irrité par sa dénonciation, le cartel qui avait perdu sa source d'information, ou Salazar, tourné en ridicule devant la nation ? D'où pourraient venir les représailles, du premier ou du second ? Des deux ?

Tomás avait passé l'après-midi à l'hôpital del Carmen, dans le quartier Roma, pendant qu'on opérait Vidal et Luis de leurs blessures. Les docteurs avaient greffé le doigt de Vidal sur sa main, mais il était encore trop tôt pour savoir si l'opération réussirait. Quant à Luis, la balle avait en partie brisé le tibia, ce qui lui vaudrait une légère claudication jusqu'à la fin de sa vie. Ses jours de marathonien étaient finis.

Jaime, Mario et Olga furent les premiers à arriver : Jaime s'était chargé d'édifier les jeunes gens et de parler au personnel des urgences pour s'assurer que l'incident serait enregistré comme un vol de voyous ; le policier qui attendait pour recueillir la déposition des jeunes avait plus envie de finir sa journée que de s'informer sur ce qui s'était vraiment passé.

Tomás et Amelia avaient rejoint le groupe, dans la salle d'attente. Les Bleus, Mario compris, essayaient d'écarter Olga, qui lançait des regards furibonds en arpentant la salle avec la régularité d'un prisonnier. Jaime convainquit Mario d'aller avec Olga dans la chambre où Vidal serait ramené en sortant de la salle d'opération.

Après le départ des Crespo, Amelia demanda à Jaime le numéro de la maison de Luis pour prévenir sa famille à Guadalajara. Il prétendait l'ignorer, mais un regard inquisiteur d'Amelia l'obligea à appeler son bureau, qui le lui fournit immédiatement. Amelia s'entretint avec l'architecte Corcuera, le père de Luis, qui lui dit qu'il arriverait le soir même à l'hôpital.

Tous trois évitèrent de se faire des reproches. Jaime se contenta d'expliquer qu'il avait transmis un message au portable du sbire qui accompagnait Restrepo : *Ne faire aucun mal aux jeunes. Neutraliser Restrepo.*

Amelia fit un commentaire ironique sur la marge d'appréciation du tueur quand il interpréterait ce "neutraliser". Néanmoins, tous trois admirent que ce dénouement était le meilleur possible pour la future tranquillité de Luis et de Vidal. Ni Amelia ni Tomás ne dirent à Jaime qu'il parlait de Restrepo comme s'il n'avait jamais eu aucun rapport avec lui.

Pourtant, aucun d'eux n'avait envie de protester ; la santé de Vidal et l'angoisse de Mario et Olga les inquiétaient beaucoup trop. Ils se détendirent lorsqu'un docteur leur annonça que les deux jeunes étaient hors de danger, même s'ils devaient rester encore plusieurs jours à l'hôpital. Tomás décida d'aller écrire son article, Amelia et Jaime restèrent, espérant pouvoir parler avec Vidal un peu plus tard, quand il sortirait de l'anesthésie.

Plus tard, chez lui, Tomás, indécis, affrontait l'écran blanc du moniteur. Il savait que son clavier lui donnait le pouvoir d'en finir avec Salazar ; un pouvoir enivrant. Raymond Chandler, le père du roman noir, avait dit un jour que la plupart des écrivains ont l'ego des vedettes de cinéma, sans leur beauté physique ni leur charme. Tomás se demanda si sa témérité n'était pas dictée par son désir de parader plutôt que par sa conscience, et il ne put trouver de réponse ; mais le souvenir de la chaleur et de la complicité des regards d'Amelia depuis quelques jours finit par le décider. Il se mit à écrire.

MATA HARI À BUCARELI

Il y a six semaines, Alonso Prida a organisé au palais présidentiel de Los Pinos une réunion secrète au plus haut niveau. Il n'avait convoqué que quatre personnes : les ministres de la Défense, de l'Intérieur, de la Marine et le directeur du CISEN. Le président a exposé à cette équipe les changements envisagés dans la lutte contre les narcotrafiquants, changements proposés par son conseiller colombien au bout de trois mois d'analyses. Un à un, les ministres ont donné leur point de vue et finalement ont approuvé à l'unanimité les nouvelles mesures. Le chef a réparti les tâches et demandé aux présents une discrétion absolue, avant les actions qui devront avoir lieu à partir du 1er janvier prochain.

Deux jours plus tard, le cartel de Sinaloa avait la liste précise de chacune des résolutions prises lors de cette réunion secrète. La fuite : le lit d'Augusto Salazar, ministre de l'Intérieur.

Pamela Dosantos avait beaucoup de cordes à son arc : actrice, vedette, chanteuse, maîtresse des grands de ce monde. Mais nous découvrons seulement aujourd'hui son véritable talent, sa vocation secrète : l'espionnage politique. Pendant presque une décennie elle a transmis au cartel de Sinaloa des informations confidentielles sur une vingtaine de politiciens de haut rang : des gouverneurs, des généraux, des ministres et des secrétaires d'État, des juges, des procureurs et des ambassadeurs. Les révélations qu'elle transmettait étaient précises et véridiques ; vices, perversions sexuelles, corruptions et secrets politiques. Il est impossible d'évaluer le mal causé par les chantages des narcotrafiquants dont les amants de Dosantos furent les victimes.

Ce qui est hors de doute, c'est que l'espionnage le plus néfaste fut exercé sur Salazar, homme politique de premier plan dans le pays. Au cours de ces trois dernières années, l'artiste a enregistré des cassettes entières – qui sont entre les mains de l'auteur de ces lignes –, où sont décrites les activités en tout genre, philies et phobies, les plans et les stratégies de Salazar et du président lui-même, confiés à l'actrice par le ministre.

Tomás s'interrompit. Il avait fini par apprécier Pamela et sentait que les paragraphes rédigés la jugeaient sévèrement ; il éprouva un pincement au cœur en imaginant la douleur de don Plutarco, le vieux journaliste qui idolâtrait encore l'actrice. Mais il était convaincu d'agir avec justesse. La transcription d'Alicia concernant Salazar était terrible. Il n'était plus question d'histoires divertissantes de politiciens corrompus filmés dans des situations ridicules : Pamela avait peaufiné ses objectifs à mesure que son amant grimpait les échelons de la hiérarchie politique jusqu'au dernier. Maintenant, il s'agissait de secrets d'État : opérations militaires prévues, négociations confidentielles avec les États-Unis, tactiques et stratégies émanant de la salle de réunion de Prida.

Le journaliste soupira, contrarié, et reprit son écriture. Trois paragraphes plus tard, il rédigea la conclusion.

Dans ses archives, Pamela étiquetait chacun de ses amants avec une chanson de José Alfredo Jiménez : “Quatre Verres”, “Le Cheval Blanc”, “Le Sept Mers”. Nous ne saurons jamais pourquoi elle a choisi “Décembre, le moment de te barrer”, pour désigner Augusto Salazar. Elle n'est plus là pour nous le dire, mais peut-être va-t-elle rendre son départ possible. Nous entrons dans la première semaine de décembre. Salazar tiendra-t-il jusqu'en janvier ?

Tomás imprima le texte et le laissa décanter. Il alla respirer l'air frais de la nuit sur le balcon, mais il se dit qu'il ne devrait pas s'exposer ainsi, debout face à la rue. Il ne manquerait plus qu'on le descende avant la publication ! Cela lui rappela les obstacles qui l'attendaient encore au journal.

Le directeur interdirait la publication de son article dès qu'il en aurait lu le contenu. Il était 21 h 30, il avait encore une heure pour parer à cette éventualité. Il envisagea d'appeler

Claudia, la fille du patron, mais elle était trop loin de la vie du journal pour imposer la publication d'un texte polémique. L'affaire remonterait jusqu'au père, et Tomás savait que cela signifierait sa défaite.

Il devait d'abord s'assurer un soutien international. Il appela le correspondant du *New York Times*, un vétéran, célibataire, très porté sur la bouteille. Par chance il était chez lui, l'esprit clair ; après tout on n'était encore que mercredi, pensa Tomás. Il vivait dans le quartier de Polanco, à moins de vingt minutes de là. Tomás lui annonça qu'il était sur son canapé avec deux copines, des correspondantes qui voulaient une fête intime ; l'une d'elles était la Brésilienne d'*O Globo*, pour laquelle son ami Peter Dell avait un faible. Lequel Pete mit dix-huit minutes pour arriver.

Tomás lui mit un whisky *on the rocks* entre les mains et lui expliqua pourquoi il l'avait attiré dans ce piège. La colère de son ami ne dura que quelques secondes : le temps de lire l'article écrit par Tomás. Le Mexicain lui offrit deux pages de la transcription de l'enregistrement sur Salazar réalisée par Alicia ; c'étaient des confidences sur la personnalité de l'ambassadeur des États-Unis au Mexique, que Salazar avait partagées avec sa maîtresse, et sur des affaires liées à la DEA.

— Je peux écouter les cassettes ? demanda Dell, encore méfiant.

— Bientôt. Demain je peux t'envoyer l'audio avec la voix de Pamela des extraits que je t'ai passés. Vous pourriez les mettre sur votre site.

— Et comment puis-je assurer à mes chefs que ces enregistrements sont d'elle ?

— Voici ce qu'on va faire : tu fais un mot pour ton journal sur mon article. Tu dis qu'un journaliste mexicain, un tel, a révélé dans un article envoyé à *El Mundo* que le cartel a espionné le ministre de l'Intérieur par le truchement de sa maîtresse ; ce n'est pas toi qui l'affirmes, mais moi. Et utilise les infos sur l'ambassadeur pour donner un peu de piment.

— Tu es sûr qu'on va te le publier ?

— Je vais m'arranger, mais je ne pourrai te le confirmer qu'après minuit. En attendant, tu écris ta note et, si tout va bien, tu l'envoies à une heure du matin pour qu'elle soit mise très tôt sur le site web du *Times* ; ce sera une bombe au Mexique et à Washington. Fais cela et je te promets que tu auras la priorité dans la répartition des audios que nous ferons dans les prochains jours.

— Comment as-tu mis la main sur ces archives ?

— Elles sont absolument authentiques, tu peux me croire. Si je révèle la source, elle est morte.

— Je peux aussi emporter ton article ?

Peter vida son verre de whisky, le reposa sur la table basse, prit les deux feuillets et se dirigea vers la porte.

— Si tout va bien, c'était finalement mieux que se taper la Brésilienne, dit-il avant de disparaître.

Tomás enfila son manteau pour sortir, mais la sonnette l'immobilisa. Il vit par le judas que c'était encore l'Américain. Celui-ci avait son portable à la main.

— Je peux te prendre en photo ? Ça pourrait être la dernière, tu sais ?

— Foutu gringo, dit Tomás en éclatant de rire.

Et il accepta.

À 22 h 20, Tomás était à la cafétéria de l'hôtel Mirador, en face du *Mundo*. Une minute plus tôt, il avait appelé Emiliano Reyna, le sous-directeur des pages d'opinion, de permanence ce jour-là. Emiliano était un des rares amis personnels qu'il avait à la rédaction : pendant des années, il avait envoyé ses deux articles hebdomadaires et peu à peu la familiarité s'était établie tout naturellement entre eux. Trois ans plus tôt, Emiliano l'avait invité à donner deux conférences dans le cadre des cours de journalisme d'opinion qu'il dispensait à l'université Iberoamericana, et chaque fois ils étaient allés déjeuner ensemble après son intervention. Depuis lors, le jeune éditeur le traitait avec amabilité et déférence ; aujourd'hui, Tomás allait le mettre à l'épreuve.

— Ça peut me coûter ma place, dit Emiliano en entendant la proposition du chroniqueur.

— Je comprendrais que le directeur et le patron gèlent l'article maintenant, mais dans un jour ou deux, après la chute de Salazar, don Rosendo sera fier qu'un article de son journal ait été à l'origine de tout ça. On aura même droit à la reconnaissance du président, qui pourra colmater les fuites de son cabinet.

— Qu'est-ce qui te fait croire que Salazar ne tiendra pas le choc ?

— Impossible, c'est publié demain dans le *New York Times*. Tu ne vois pas que c'est l'événement journalistique du sextennat ?

— Si je comprends bien, tu me demandes de revoir les pages éditoriales avec le directeur, avec un vide à l'emplacement de ton article ?

— Ah, ce ne serait pas la première fois ! Le directeur les vérifie avec toi vers 23 heures. Normalement, il s'en va tout de suite après, n'est-ce pas ? Dis-lui que je t'ai déjà appelé deux fois et que tu vas le recevoir d'un moment à l'autre. Précise-lui que je t'ai expliqué qu'il était consacré au problème israélo-palestinien : personne ne va passer une nuit blanche pour relire un truc pareil. Demain, s'il te reproche quoi que ce soit, tu n'auras qu'à lui dire que j'ai changé de sujet au dernier moment.

— Demain, je t'envoie mon CV, dit Emiliano avec un sourire bancal.

Tomás lui donna une clé USB avec le dossier contenant son article, lui demanda de l'appeler quand on passerait les pages éditoriales à la photocomposition et lui dit au revoir.

Il rentra chez lui, épuisé, il savait qu'il ne pourrait fermer l'œil. Peter Dell appellerait à minuit, et lui, il attendrait 5 h 30, l'heure à laquelle *El Mundo* mettait sur son site les contenus de l'édition imprimée du jour. Alors seulement, Tomás pourrait être sûr qu'on en avait fini avec Salazar.

Le journaliste se rappela que tout avait commencé avec un de ses articles, et qu'avec un peu de chance tout finissait dix jours plus tard, avec un autre texte de lui. Il pensa encore une fois à Raymond Chandler, mais il fut bien obligé de reconnaître que toute cette histoire était le résultat du hasard plus que du mérite. Si l'avocat Coronel avait choisi quelqu'un d'autre pour refiler son tuyau sur le cadavre de Pamela, les choses auraient été différentes. Le souvenir de la phrase de l'avocat qui avait déclenché le scandale résonna désagréablement à ses oreilles : une info trop bonne pour être gaspillée, avait dit Coronel.

Subitement, il comprit le sens de la phrase et la raison de sa gêne. Un frisson soudain et une explosion dans son cerveau l'obligèrent à s'asseoir ; Tomás venait de découvrir l'identité de l'assassin de Pamela.

Il empoigna une bouteille de tequila, éteignit la lumière du guéridon et but dans le noir. À minuit, il reçut un appel et en passa un autre. Les choses avaient pris leur vitesse de croisière. À 2 h 20, il avait bu le tiers de la bouteille, il en ressentait les effets et il s'assit devant son clavier pour écrire une lettre d'amour.

JEUDI 5 DÉCEMBRE, 5 H 35
Salazar

Wilfredo Gamudio se réveilla à la deuxième sonnerie d'un des deux téléphones portables posés sur sa table de nuit. L'air de *Mission impossible* émis par l'appareil était celui qu'il avait attribué au chef des conseillers du ministère.

— Que se passe-t-il, Raúl ? dit-il avant même d'allumer.

Mais une décharge d'adrénaline avait mis son cerveau en alerte. Un appel à une heure pareille ne pouvait annoncer que de mauvaises nouvelles, de celles qu'on écrit en majuscules.

— Tu as internet sous la main ? Ouvre l'article d'Arizmendi dans *El Mundo*. Je ne quitte pas.

Gamudio prit son iPad et ouvrit l'application du journal. Il relut le premier paragraphe et le reste en diagonale. Il remarqua que l'article avait déjà quatre-vingt-quinze tweets. Il regarda l'heure et calcula qu'il avait dû être mis à peine cinq minutes plus tôt ; les bulletins d'information matinaux ne tarderaient pas à le citer.

— On est foutus. Le ministre est au courant ?

— Non, Willy, c'est justement pour ça que je t'appelle, quelqu'un doit le prévenir.

En théorie, le chef des conseillers, Raúl Preciado, était plus élevé dans la hiérarchie que le secrétaire particulier, Wilfredo Gamudio, mais tous au ministère savaient que "Willy" était l'homme de confiance par excellence, celui qui avait le plus d'influence sur le ministre.

— Je m'en occupe. Appelle le premier cercle et attends-moi chez Salazar, au cas où. On se retrouve là-bas, dit Gamudio, et il raccrocha.

Le premier cercle comprenait des vice-ministres, le secrétaire général, le chef de la communication sociale et la secrétaire particulière du Vieux.

Six mois auparavant, le zélé assistant avait emménagé dans un appartement à deux rues de la résidence du ministre ; il pouvait ainsi être disponible le week-end et en cas d'urgence. Ça tombe bien, pensa-t-il en enfilant les vêtements qu'il avait ôtés quelques heures plus tôt.

Il appela chez Salazar en finissant de se préparer. À la troisième sonnerie, c'est Maricruz, la gouvernante du ministre, qui décrocha ; Gamudio lui demanda d'allumer les lumières et de dire aux gardiens du portail de le laisser entrer.

— Ensuite, réveillez-le, dites-lui que c'est une urgence. J'arrive dans un instant.

Quatre minutes plus tard, il était en présence de Maricruz.

— J'ai frappé à sa porte. Il m'a dit qu'il allait arriver, dit-elle.

Gamudio n'attendit pas : il monta au premier et frappa à la porte de la chambre de Salazar au moment où celui-ci l'ouvrait.

Le jeune homme lui montra simplement, sur l'écran de son iPad, le texte intitulé "Mata Hari à Bucareli". Salazar retourna chercher ses lunettes, traversa sa chambre et entra dans son bureau par la porte latérale. Gamudio lui emboîta le pas.

Pendant que Salazar lisait l'article, accoudé à son bureau, le jeune homme le dévisageait. Il s'était creusé la cervelle pour suggérer une stratégie pour limiter des dégâts ; mais ce qu'il voyait le détourna de son idée. Il avait toujours vu le politicien impeccablement coiffé, rasé, vêtu avec élégance : et maintenant, c'était un vieillard avant l'heure, des cheveux clairsemés ne dissimulaient plus sa calvitie naissante, les yeux plus cernés que d'ordinaire, les pommettes saillantes et les joues tombantes. On aurait dit une actrice japonaise de kabuki juste après s'être démaquillée.

Salazar termina sa lecture et resta immobile, le regard fixé sur une sorte de tache à la surface du bois, à côté de la tablette électronique.

— J'ai convoqué les gens, ils ne vont pas tarder. Il faut préparer un communiqué pour démentir ces assertions : nous devons nous assurer qu'on peut connaître notre position au moment où les bulletins d'information divulguent cet article, dit Gamudio, nerveux, brisant le silence qui avait pris possession de la pièce.

Le ministre hocha la tête et gratta minutieusement la tache sur le bureau. Sans relever la tête, il dit enfin :

— Fais-le. En attendant, je vais me laver, tu réponds aux appels. Ne me passe que ce qui vient de la présidence. À tout à l'heure.

Salazar retourna dans sa chambre et ferma sa porte.

Gamudio descendit au salon pour accueillir les fonctionnaires qui arrivaient. Il leur demanda de se répartir les appels aux rédacteurs des journaux radio et télé du matin pour leur demander de ne pas parler du texte d'Arizmendi. En cas de refus, ils devaient au moins exiger qu'on attende le communiqué officiel pour donner les deux informations en même temps.

En huit minutes, ils avaient pondu un texte présentable à leurs yeux :

> Aujourd'hui, le chroniqueur Tomás Arizmendi a fait état de prétendues archives secrètes de la défunte actrice Pamela Dosantos, et d'accusations absurdes qui impliquent le ministre de l'Intérieur. Celui-ci réfute catégoriquement l'existence de tels dossiers et considère ces élucubrations comme le produit de la volonté sensationnaliste et irresponsable d'un journaliste qui a entrepris une croisade personnelle contre le titulaire de ce ministère.
>
> Les autorités se réservent le droit de rechercher si ces diffamations ont leur origine dans le crime organisé, ébranlé par les actions efficaces que le gouvernement du président Alonso Prida a entreprises contre les cartels de la drogue.
>
> Signé : le ministère de l'Intérieur. Délégation à la communication.

— Je monte lui demander son approbation. En attendant, continuez d'appeler.

Un des vice-ministres avait dressé une liste des rédacteurs radio et télé au marqueur vert, sur un mur vide du salon, les autres pianotaient sur leur portable. Le chef de la communication avait déjà préparé sur son portable les adresses électroniques des rédacteurs en chef des journaux d'information : le texte était prêt à être envoyé.

Gamudio monta au bureau ; la porte de la chambre de Salazar était toujours fermée. Il attendait depuis plusieurs minutes quand son portable diffusa les notes de Tango Number 5 ; c'était le chef de la délégation à la communication.

— Willy, le site du *New York Times* vient de le publier, c'est signé Peter Dell.

— Putain de merde! Envoie-leur notre communiqué, je le prends sur moi, dit-il.

Le jeune homme attendit encore cinq minutes ; Salazar ne se montrait toujours pas. Il se rendit compte qu'il n'avait reçu aucun appel politique, ni de la présidence ni de personne.

Comme s'il l'avait invoqué, le téléphone du bureau se mit à sonner ; c'était un vieil appareil à cadran qui émettait le son d'une sonnerie classique, comme dans les vieux films en noir et blanc. Maricruz, la gouvernante, lui dit que c'était un appel pour monsieur de la part de Rosendo Franco, le patron d'*El Mundo*.

— Willy, c'est bien que tu sois là, il faut soutenir cet homme dans ces moments difficiles. Tu peux me le passer?

— Impossible, don Rosendo. Il parle avec le président ; ils se mettent d'accord pour rédiger un communiqué du gouvernement de la République.

— Je comprends. Dis-lui seulement que le texte de ce petit con a été glissé au dernier moment, il n'avait même pas l'autorisation du directeur. Nous l'avons déjà enlevé du site et nous renverrons les responsables, à commencer par Arizmendi. Je voulais en informer le ministre.

— Merci beaucoup, il sera ravi de l'apprendre.

— Willy, présente-lui mes excuses. Dis-lui que je le rappellerai plus tard et que je suis à sa disposition.

Alerté par le bruit de la conversation, Salazar ouvrit la porte de sa chambre et entra dans le vaste bureau ; le parfum de Carolina Herrera pour homme avait précédé son entrée. Costume noir, chemise blanche et cravate gris argenté suggéraient l'image d'un homme qui allait être témoin à un mariage. Le ministre s'installa de nouveau dans son fauteuil, à son bureau.

Gamudio lui montra la tablette avec le texte, le mit au courant de l'appel du patron du journal et l'informa de la publication sur le site du *New York Times*. Salazar se contenta de hocher la tête.

— Pas d'appel de Los Pinos ?

— Pas encore, répondit Gamudio.

Il préférait lui cacher que, à part Rosendo Franco, personne n'avait appelé. Il savait que d'un moment à l'autre les médias assiégeraient les téléphones, cherchant une déclaration de la bouche même du ministre, mais ce n'étaient pas les appels que Salazar aurait souhaités.

Le vieux souleva le combiné et composa un numéro de mémoire. L'image du retour du cadran de ce téléphone désuet avait un effet hypnotique sur Gamudio ; le son lui rappelait encore une fois les films des années 1950.

— Passez-moi M. le président, de la part d'Augusto Salazar – le ministre attendit quelques instants pendant que son interlocuteur consultait. Dites-lui que c'est très urgent, je vous prie. Passez-le-moi dès que possible. Merci beaucoup.

Le visage de Salazar était impavide, mais les doigts et les jointures de la main crispée sur le combiné étaient blancs. Il le reposa comme si c'était un haltère trop lourd. C'en était un, en un sens : une lapidation politique. Tous deux savaient qu'il n'y aurait pas d'appel de la présidence ; l'isolement du ministre pestiféré avait commencé.

Salazar se plongea dans ses pensées ; Gamudio se tourna vers la fenêtre. Il était 6 h 40 et le soleil de décembre tardait à se lever. Le jeune homme se dit que la journée n'avait pas encore démarré et que leur vie avait déjà changé de façon radicale.

Le ministre ouvrit le tiroir de son bureau, prit une feuille vierge et se mit à écrire. Il replia la feuille et la tendit à Gamudio.

— Remettez cela au commandant Fabián Lara, dites-lui que ce sont mes instructions. Qu'il les exécute comme il l'entend, mais qu'il liquide ces affaires. Maintenant, laissez-moi réfléchir.

Gamudio glissa le papier dans sa poche et quitta le bureau ; il s'immobilisa dans le couloir, derrière la porte refermée, indécis. Il entendait la frénésie de ses collaborateurs au rez-de-chaussée ; mais il ne bougeait pas d'un pouce, attiré par le dessin capricieux du long kilim qui s'étendait dans le couloir ; il prit une cigarette et aspira de profondes bouffées. Finalement, il entendit le bruit qu'il attendait : un coup de feu qui paralysa la frénésie d'en bas.

Le jeune homme écrasa sa cigarette sur le kilim et entra dans le bureau ; il eut le temps de voir le dernier soubresaut du dos affalé sur la table. Sur celle-ci, une feuille blanche avec un seul mot : *Pamela*. Gamudio regarda passivement le sang s'étaler lentement sous la tête du ministre et envahir la feuille blanche, seul le dernier A échappa à la marée rouge.

À côté du téléphone, il trouva trois feuilles froissées. Il les défroissa l'une après l'autre, supposant que c'étaient des brouillons de sa lettre de suicide : "Avant toute chose, j'ai été un patriote", disait la première. "Tout au long de ma vie, j'ai cru que le service public", disait la deuxième. "Alonso, président et ami, je suis désolé que", disait la troisième. Aucune ne dépassait la première phrase. Finalement, Salazar avait préféré se passer de démagogie, se dit Gamudio, pour écrire ce qui lui importait réellement au dernier instant de sa vie. Il revit la feuille ensanglantée, le prénom barbouillé, et il songea avec ironie que la mort l'avait privé de Pamela pour la seconde fois.

Une demi-douzaine de personnes étaient massées à la porte du bureau, Gamudio se fraya un passage, la main dans la poche, crispée sur les brouillons de Salazar. Ce qui lui rappela le feuillet plié que le ministre lui avait remis, adressé à son sbire, le redoutable commandant Fabián Lara. Il le déplia et lut trois noms, trois sentences de mort, se dit Gamudio : Jaime Lemus, Tomás Arizmendi, Amelia Navarro.

JEUDI 5 DÉCEMBRE, 6 H 50
Amelia

Avant d'ouvrir les yeux, Amelia devina pourquoi le téléphone la tirait de son sommeil avant la sonnerie du réveil, programmée pour 7 heures. Alicia, sa secrétaire, n'avait pas résisté à l'envie de lui annoncer la parution de l'article dévastateur de Tomás dans *El Mundo*.

La veille, avant qu'elle se précipite à l'hôpital pour voir Vidal, elles avaient spéculé toutes les deux sur la possibilité que le journaliste ose révéler les confessions explosives de Pamela au sujet de Salazar. Alicia s'était montrée plutôt sceptique ; elle connaissait trop bien l'inconsistance des résolutions de Tomás, et elle savait que leur publication entraînerait des conséquences incalculables. Mais maintenant, l'assistante d'Amelia était euphorique, car elle n'aurait jamais pu imaginer la détermination et la témérité du texte qu'elle venait de lire.

Pour Amelia, ce n'était pas une surprise. Elle n'avait jamais douté qu'il jouerait le tout pour le tout en prenant une dernière décision radicale ; elle se dit que le Tomás des deux dernières semaines était une version améliorée du garçon avec qui elle avait grandi. Elle se demandait seulement combien de temps durerait la résolution de ce Tomás, avant que sa personnalité obscure et liquide ne pointe le museau.

Cependant, le texte publié avait dépassé ses espérances : elle comprit que ces lignes signifiaient la fin de la carrière de Salazar. Elle repoussa son portable et s'interrogea sur les conséquences politiques de la démission du ministre de l'Intérieur ; ce serait l'occasion rêvée d'améliorer les relations des acteurs politiques face au régime de Prida.

Son ordinateur émit une alerte discrète qui annonçait l'arrivée des courriers de ces dernières heures. Amelia les parcourut distraitement, mais son regard s'arrêta sur un message de Tomás ; elle l'ouvrit avec curiosité et lut :

Colibri,

Je me rends compte aujourd'hui que jamais au cours de toutes ces années tu n'as donné des surnoms aux membres des Bleus, en dépit de ta fièvre baptismale ; je suppose que tu nous connaissais trop bien pour nous réduire à une étiquette. Je t'en remercie : je préfère ne pas imaginer les adjectifs que tu aurais pu me coller.

Mais les événements de ces derniers jours et une demi-bouteille de tequila m'ont encouragé à briser ton code. Je ne sais ce qui va arriver demain et je ne veux pas que ce que je ressens aujourd'hui se dissolve dans la gueule de bois ou une fuite intempestive.

J'ai toujours pensé que tu es un colibri qui flotte sur le jardin du monde et que partout où tu te poses tu illumines les vies ; en tout cas la mienne. Mes périodes de ténèbres et d'ombre sont celles de ton absence, et mes moments Kodak incluent invariablement ta présence.

Je sais que tomber amoureux n'est pas une activité recommandable pour le cœur ; cependant, je suis prêt à payer n'importe quel prix pour devenir l'homme que je suis quand je suis avec toi.

Je veux avoir tous les matins la certitude qu'à la fin de la journée ton corps chaud et ta respiration sur mon épaule dissiperont les sales hasards, tous ces "Salazars" que dispense la journée. Je veux saluer le jour nouveau avec toi pour rire de la nouvelle du moment, pour sculpter ton dos, pour commenter avec humour les vêtements que tu vas porter.

Allons sur les plages que nous ne connaissons pas, allons au spa, étouffons au hammam, moquons-nous du faux chaman.

Je veux que tu me réveilles avec impatience au matin, que tu te moques de mes torpeurs, que tu me tortures en ouvrant les rideaux somniférisés. Je veux te lire des nouvelles de Raymond Carver le dimanche soir. Inaugurer à quatre mains chaque ride de nos corps. Je veux chevaucher tes enthousiasmes incroyables, lécher tes bouffées de colère, caresser tes explosions d'indignation.

Je ne veux pas finir mes jours recroquevillé et solitaire, même si je suis accompagné d'une autre que toi. Je ne veux pas mourir mal en point, mal vécu et malmené.

Voilà ce que je veux dans la vie. Quand ? Tout de suite. Lundi prochain ou le 1er janvier. Aujourd'hui à 8 heures du soir. Quand tu auras renoncé au PRD ou la prochaine fois que tu vas chercher le pain. Je ne sais pas, mais tout de suite. À petites gorgées ou grandes goulées.

Je ne sais pas non plus si notre histoire ressemble à des retrouvailles ou à une zone inconnue. Mais je sais que les grands élans d'amour ont lieu dans la maisonnette de gens égarés ou sur le comptoir des objets perdus. Je ne vois pas très bien si nous nous sommes perdus un jour, et si c'est le cas, je veux vivre pour nous récupérer.

TOMÁS

La première pensée d'Amelia, ce fut une vieille phrase qu'elle aimait à dire dans sa jeunesse : "Ne joue pas avec mon cœur, mon clitoris est là pour ça", mais elle relut quand même la lettre. Tomás savait écrire, se dit-elle, mais il savait aussi être vieux jeu ; malgré elle, elle était émue. Elle ne se prenait sûrement pas pour un colibri, mais l'éloge la flatta : elle se prenait plus souvent pour une guêpe qui agaçait la mollesse des gens, leurs préjugés et leurs conformismes. Elle imagina qu'elle se réveillait tous les jours avec Tomás, et son esprit associa l'image à un week-end. Pourtant, elle adora la perspective de faire l'amour avec lui le matin, même s'il oubliait ensuite de lui sculpter le dos, et elle s'imagina encore mieux commentant le supplément dominical d'*El País* avec un bol de café ou pestant avec lui sur la dernière infamie du gouverneur du moment. Elle voulait tisser des complicités quotidiennes avec Tomás ; mais surtout ne pas tomber amoureuse de lui : les sentiments de son ami étaient comme les peupliers, de longues racines en surface, jamais profondes. En tout cas, ce serait une activité recommandable pour le cœur, mais bon Dieu, se dit Amelia, la prudence n'était pas sa plus grande vertu.

Elle décida de passer sous la douche pour s'éclaircir les idées, mais l'eau chaude et savonneuse qui ruisselait sur son corps acheva le travail que la lettre de Tomás avait déclenché. Elle sortit nue de la douche, ruisselante, les pointes des seins en érection, et se dirigea vers le téléphone de sa chambre.

— Salut, dit Tomás d'une voix pleine de gnôle.

— Bon texte, dit-elle, prudente.

— Pardon, Amelia, je n'avais pas le droit. Nous en reparlerons de façon plus sereine ; hier, c'était une journée tendue, trop émotionnelle. L'alcool pourrait expliquer…

— Tomás, l'interrompit-elle, tais-toi et viens me faire l'amour.

JEUDI 5 DÉCEMBRE, 7 H 30
Tomás et Jaime

Tomás passa sous la douche, en proie à des émotions contradictoires. Le désir qu'éveillait son rendez-vous imminent avec Amelia ; le soulagement tranquille et détendu né de la satisfaction d'une tâche accomplie ; le mal de tête lancinant, séquelle éthylique de la nuit précédente ; une nervosité vague et larvée, face aux risques qu'il pourrait affronter. Il y avait aussi une conversation en perspective avec Jaime.

Il eut son premier vertige en se séchant le dos. Ses tendances hypocondriaques le poussèrent à craindre pour son cœur et il sourit avec une grimace de douleur quand il se rappela qu'au moins il avait eu la chance de publier un article et d'avouer son amour à Amelia. Mais sa poitrine battait toujours avec la même régularité, indifférente aux détériorations que Tomás se racontait à lui-même.

Il comprit qu'il avait eu une crise d'angoisse ou un truc de ce genre, mais il était clair qu'il y survivrait. Mieux même, Tomás avait du mal à imaginer un monde sans Tomás : au-delà de ses funérailles, sur lesquelles il pouvait délirer, la suite du film entrait dans une brume diffuse une fois qu'il aurait fait sa sortie.

Il s'habilla en pensant à Amelia. Son meilleur linge de corps, un jean serré, choisi par Jimena, une chemise bleu à rayures fines, un sweater léger bleu marine et une veste de motard en cuir. Il se regarda dans le miroir et se sentit optimiste ; sinon beau, au moins propre. Il se dit que s'il survivait à Salazar, aux narcos et à l'arythmie, il s'arrangerait pour que ça en vaille la peine. Aujourd'hui pouvait être le premier jour d'un nouveau cycle, un cycle qu'il n'aurait jamais pu imaginer deux semaines plus tôt, quand le scandale avait éclaté.

C'est alors qu'il eut un second vertige ; il étouffait et une sueur froide inondait son front. Il s'assit sur le lit et attendit que sa respiration redevienne normale. Et Tomás comprit ; il avait essayé de la repousser en fin de liste de ses préoccupations, mais cette rencontre le minait. Il allait devoir y faire face.

Il différa son rendez-vous avec Amelia, demanda un taxi de luxe, et sans prévenir se présenta chez Jaime, à Las Lomas. Un garde exigea sa carte d'identité à l'entrée, un garde du corps le conduisit au salon et lui indiqua un siège. On n'osa pas le fouiller, mais le regard d'un des gorilles semblait scanner la silhouette de Tomás, cherchant à détecter un renflement suspect. Le majordome de Jaime, don Artemio, intervint pour qu'on les laisse seuls, expliquant qu'il était de la famille.

Tomás vit sur la terrasse une table mise pour le petit-déjeuner, malgré le froid hivernal de cette matinée : Jaime avait toujours eu des habitudes spartiates. Le journaliste accepta la proposition du majordome d'accompagner son patron, bien qu'il n'y ait au menu que du café, des fruits et un jus protéiné.

Son ami sortit de sa chambre après être passé par le sauna et sa séance de gymnastique habituelle ; il accueillit Tomás à bras ouverts, avec un sourire inhabituellement expressif.

— Tomás, quel honneur de te recevoir précisément le jour le plus important de ta vie, lui dit-il en l'invitant d'un geste à prendre place à la table de la terrasse.

— Ah, merde ! Si j'avais su, je me serais parfumé et poudré avant de sortir, dit-il en s'asseyant.

— Tu n'es donc pas au courant ?

— De quoi ?

— Tu as mis le feu au pays.

Les mots de Jaime lui donnèrent une désagréable impression de déjà-vu : Mario lui avait dit quelque chose de ce genre le jour où il était venu le réveiller avec la ritournelle qu'il avait mis le feu à la prairie, et Jaime, comme Mario cette fois-là, mettait sa patience à l'épreuve.

— Épargne-moi les devinettes. Que s'est-il passé ? demanda Tomás sèchement.

Jaime eut l'air surpris, il hocha la tête et changea de ton.

— Je viens d'apprendre que Salazar s'était collé une balle dans la tempe.

Tomás fut pétrifié. Il ne savait s'il devait se réjouir ou se lamenter et il préféra se tourner vers le jardin. Un oiseau posé sur une branche voisine chantait à pleine gorge. Il imagina le cœur minuscule du volatile battant à un rythme étourdissant ; il pensa au sien, qu'il croyait foutu une demi-heure plus tôt, et à celui de Salazar, à jamais calme et desséché.

— Ne joue pas les hypocrites et laisse tomber les bons sentiments, tu n'en as plus, lui reprocha Jaime. On voulait sa chute, n'est-ce pas ? Et tu sais ce qui serait arrivé si tu avais réussi et s'il était resté en vie ? Le vieux serait devenu une menace permanente et tu peux être sûr que tôt ou tard il te l'aurait fait payer, et avec toi tous les Bleus. C'est donc le meilleur dénouement possible.

— Peut-être, mais une balle dans la tête, je ne le souhaitais à personne, répondit Tomás, dubitatif.

— Vous êtes chiants ! Vous voulez faire de la politique et vous jouez les dégoûtés en voyant les conséquences de vos actes, dit Jaime avec mépris.

Choqué par la véhémence de son ami, Tomás se rappela ce qui l'avait amené.

— Dire que tout a commencé par une phrase de Coronel : "un détail trop beau pour être gaspillé", dit Tomás en dessinant des guillemets dans le vide.

Jaime devina que son ami voulait l'entraîner quelque part. En effet, le journaliste poursuivit :

— Tu te rappelles ? Tu as prononcé exactement la même phrase quelques jours plus tard sur ma terrasse. Ce n'est qu'hier que je m'en suis souvenu, et j'ai compris que c'était un des arguments que tu avais suggérés à Coronel de me dire ; tu n'as jamais pensé qu'il me répéterait tes propos mot pour mot.

— Où veux-tu en venir ?

— Ça me semble évident ! J'ai même compris pourquoi le Chapo voulait ta peau.

— Explique-toi, et laisse tomber les devinettes, toi aussi, dit Jaime, exaspéré.

— Pourquoi as-tu tué Pamela Dosantos ?

Jaime observa posément son ami : Tomás soutint son regard, malgré l'examen inquiétant dont il était l'objet. Jaime semblait évaluer le degré de menace que représentait le journaliste. Finalement, le visage de l'amphitryon parut se détendre, il poussa un long soupir et prit la parole.

— Il y a presque six mois, on s'est aperçus que Joaquín Plascencia, un cousin de Pamela, était le contact de l'actrice qui transmettait des rapports confidentiels au cartel de Sinaloa. L'affaire était grave, car elle était la maîtresse de Salazar, même si, connaissant l'expérience du vieux, je me doutais qu'il ne lâcherait que des banalités et des histoires sans importance. Mais il y a quatre mois, mes hommes et moi avons intercepté un courrier qui révélait le contenu d'un de ces rapports : apparemment, le Chapo était quelque part en Amérique du Sud et ses collègues à Culiacán avaient estimé l'information d'une telle gravité qu'ils avaient décidé d'en référer à leur chef, et la lui avaient envoyée. Et je constatai qu'il s'agissait de véritables secrets d'État, en provenance directe du bureau de Prida.

— Tu as quitté le CISEN et le gouvernement il y a un an. Quand tu parles de tes hommes, de qui s'agit-il ? Pour qui travailles-tu ?

— C'est mon entreprise, Tomás, et je travaille pour qui veut m'engager. Au fond, je fais la même chose qu'au CISEN, mais cette fois à mon compte : espionnage et contre-espionnage afin de prévoir les menaces contre le pays, provenant le plus souvent de ces foutues élites qui nous gouvernent. Mais laisse-moi continuer. Une fois alerté de l'espionnage dont Salazar était victime, j'ai multiplié enquêtes et piratages sur les communications du cartel, de Pamela jusqu'au Chapo. J'ai même pu prendre connaissance de deux autres rapports. Leur contenu était gravissime. À partir de ce moment-là, le sort de Pamela Dosantos était scellé.

— Mais de là à la tuer… Jaime, depuis quand es-tu un assassin ?

— Je t'en prie, épargne-moi tes leçons de morale, et écoute-moi. L'espionnage ne pouvait continuer et il n'y avait pas d'autre solution. En informer Salazar ? Pamela aurait nié et le ministre l'aurait crue ; ou peut-être pas, et il aurait liquidé Pamela. Sauf qu'il aurait commencé par me rayer de la carte pour ne pas ébruiter la chose.

— Et si tu avais mobilisé l'opinion publique, si tu avais dénoncé le fait ?

— Surtout pas. D'abord, parce que je ne disposais pas des archives que décrit ton article. Tu me diras comment tu as mis la main dessus ; je n'ai jamais su que Pamela en gardait une copie. Deuxièmement, je ne voulais pas que le pays subisse cette honte : les gringos n'ont que trop tendance à nous considérer comme une république bananière en matière de sécurité. Imagine un peu, "une Mata Hari à Los Pinos", comme tu dis.

— Finalement, c'est quand même à cela qu'on arrive : au scandale public. En réalité, il n'était pas nécessaire d'assassiner Pamela.

— Ma solution était la meilleure. Une fois Pamela disparue, le mal était éradiqué et personne ne savait rien, pas même Salazar. Mais je n'ai pas résisté à la tentation de coller une migraine au ministre, dans l'intention de rabaisser le caquet au gouvernement : c'est pourquoi je t'ai refilé l'information du terrain vague où nous avions placé le cadavre.

Tomás se rappela les photos du corps mis en pièces de l'actrice et il ne put retenir un frisson.

— Qui l'a tuée ?

— Quelle importance ? Cela revient au même, dit Jaime, qui ajouta après une pause : C'est lui qui a exécuté Restrepo hier, pour sauver Vidal. En tout cas, je me suis assuré que sa mort soit douce. Tomás, tu peux en être sûr, Pamela savait qu'elle jouait avec le feu et que tôt ou tard elle aurait une fin tragique. Sa mort était nécessaire. Raison d'État. Point final.

— Et la mort de Coronel ? Et de la famille Alcántara ? Raison d'État aussi ?

— Le cas de Pamela était une obligation douloureuse ; celui de Coronel, une épuration nécessaire et acceptable. Tu sais que c'était une canaille ? Et de grâce ne m'accuse pas d'avoir tué les Alcántara, ou tu finiras par me coller sur le dos les soixante-dix mille morts de la guerre contre les narcotrafiquants.

— Ne plaisante pas, Jaime, depuis quand fais-tu ce genre de choses ?

— Tu devrais voir ta tête quand tu dis “ce genre de choses”. Tu ne comprends donc pas que personne n’est innocent ? Ton article te rend responsable de la mort de Salazar, c’est comme si tu avais tiré la balle qui lui a cramé le cerveau. Tu en as conscience ?

— Tuer Pamela et écrire un article sont deux choses très différentes. Ne me compare pas avec toi.

— Dans le fond, nous ne sommes pas tellement différents. Tu te sens héroïque parce que tu as osé écrire un texte provocateur et tu as fini par causer la mort de quelqu’un. J’ai éliminé la pire des fuites d’informations montée par les narcotrafiquants contre l’État mexicain, en sachant que je deviendrais le gibier du cartel. Et si tu t’en souviens bien, cela a failli me coûter la vie. Alors ne me donne pas des leçons sur le bien et le mal.

— Personne n’est un saint, mais je ne suis pas un assassin. Et Dieu sait depuis quand tu as commencé.

— Il ne s’agit pas d’assassinats, j’ai donné une chance à ce pays. Tu n’as pas idée de ce que nous affrontons. Sais-tu pourquoi les Alcántara sont morts, et pourquoi des tueurs nous ont attaqués au Reina Victoria ? Parce que le crime organisé a une énorme capacité d’espionnage et d’infiltration à tous les niveaux, y compris dans le cyberespace. Ils n’ont pas mis une semaine à découvrir mon rôle dans la disparition de Pamela ; Salazar, avec tout l’appareil de l’État, n’a jamais pu le découvrir. Tous les jours, trente personnes en moyenne sont exécutées au Mexique, douze mille cette année. Le gouvernement est tout simplement impuissant face aux cartels.

— Tu commences à m’inquiéter sérieusement, Jaime : de l’assassinat d’une artiste, tu es passé aux plans messianiques. Et maintenant, tu vas sauver le Mexique !

Jaime lui lança un regard exaspéré. Il avait envisagé d’expliquer aux Bleus ce qu’il faisait pour le pays : ils pourraient ne pas être d’accord avec lui, mais à coup sûr ils comprendraient ses raisons et admireraient son habileté. Il avait monté une organisation capable de pénétrer au fond des placards des puissants et de détecter ce qui se tramait autrefois dans l’obscurité, ou de frapper fort aux endroits stratégiques du crime organisé. Il pouvait influencer les réseaux sociaux de façon insoupçonnée et déclencher des tempêtes politiques sur les acteurs de la vie publique, et il irait encore plus loin si Amelia et Tomás le rejoignaient. Mais le regard de réprobation de son ami lui donna à penser qu'ils n'étaient pas prêts.

— Je crois que nous ne pouvons pas être d'accord, Tomás. Nous en reparlerons un autre jour.

— Ça vaut mieux.

Il éprouvait le désir urgent de partir, de retrouver Amelia, de retrouver la possibilité d'un monde meilleur par d'autres voies.

— Je ne te demande qu'une chose : ne dis rien de tout cela à Amelia. Tu nous ferais du mal à tous, à elle en premier lieu. Laisse-moi le lui dire quand je serai prêt, exigea Jaime.

— D'accord, répondit Tomás, et il se leva pour s'en aller. Mais auparavant, j'aimerais une réponse de toi.

— Laquelle ? demanda Jaime, méfiant.

— Dans ta décision de tuer Pamela, à quelle hauteur intervenait le bien du pays, et à quelle hauteur le désir de blesser ton père ?

Jaime le regarda avec hostilité. En voulant se débarrasser de la tasse qu'il tenait, sans doute pour frapper Tomás, il la posa trop au bord de la table et elle se cassa en mille morceaux par terre. Tous les deux regardèrent les éclats brisés sous les rayons du soleil.

— Pas la peine de me répondre, dit Tomás et il quitta la maison.

VENDREDI 6 DÉCEMBRE
Tous

María Cristina décida de demander sa journée au studio photographique où elle travaillait, pour rester chez elle. Depuis la veille, l'état d'esprit de son père, déjà déplorable, avait manifestement décliné. Les médias ne parlaient que du suicide du ministre de l'Intérieur, après la révélation des archives de la Mata Hari du Sinaloa, Pamela Dosantos. La fille redoutait que le scandale finisse par épuiser le cœur faible du vieux journaliste des faits divers.

À 9 heures du matin, après avoir frappé deux fois en vain, elle décida d'entrer dans la chambre du vieillard. María Cristina redoutait le pire, elle frappa une dernière fois, actionna la poignée, entra et la scène la saisit de surprise : Plutarco Gómez se regardait dans le miroir en nouant une cravate si large qu'on aurait dit un ruban présidentiel. Elle ne se souvenait pas d'avoir vu son père en costume-cravate, siffloter une chanson et se parfumer outrageusement avec sa vieille lotion Yardley.

— Sois gentille, ma petite, fais-moi des œufs fermière, tu veux bien ? demanda-t-il en voyant María Cristina.

— Tu en es sûr ? Tu sais que le docteur a interdit les sauces piquantes, dit-elle encore sous le coup de la surprise.

— Et un jus de banane. Il me faut un solide petit-déjeuner, parce que je vais avoir une grosse journée.

— Où vas-tu ? Que prévois-tu ? demanda la fille, un peu rassurée.

— Aujourd'hui, je commence un livre sur Pamela. Mes collègues n'ont pas compris ce qu'elle essayait de faire : les archives qu'on a découvertes étaient sûrement la grande dénonciation qu'elle préparait pour mettre à nu la classe politique comme personne ne l'a jamais tenté dans ce pays, mais elle a été découverte et on l'a tuée, et maintenant on salit sa mémoire. On ne lui pardonne pas ses origines. Je vais leur montrer ce qu'il en était vraiment.

— Et pourquoi t'es-tu habillé pour sortir ? dit-elle, pas encore certaine que son père soit en état de déambuler dans les rues.

— Je dois parler à Carmelita. Ce sera le début de mon enquête, dit Plutarco en frisant les pointes de sa moustache du bout des doigts.

À deux mille kilomètres de là, Carmelita Muñoz regardait Agustín à travers la vitre, il était heureux, au milieu de ses camarades, dans la grande salle de jeux. Presque tous les enfants étaient américains, sûrement à cause du prix très élevé des inscriptions. Son fils ne connaissait qu'une douzaine de mots en anglais, mais ça ne semblait pas être un obstacle auprès des autres enfants touchés par le syndrome de Down. Carmelita aurait aimé que les adultes soient comme eux : les autres parents attendaient la fin du cours en discutant avec animation, tandis qu'elle était isolée, dans un coin de la salle d'attente.

Une amie avait obtenu pour elle un rendez-vous à Children Up, l'école pour enfants handicapés de San Juan, à Porto Rico. Ils logeaient encore à l'hôtel, mais ce jour-là elle avait un rendez-vous pour visiter des appartements. L'argent ne serait pas un problème, mais il faudrait qu'elle trouve une activité, sinon, elle mourrait de nostalgie.

Son amie, une respectable assistante de production, créatrice de costumes, pourrait peut-être lui trouver un emploi sur un des tournages qui arrivaient dans l'île, appâtés par les avantages fiscaux.

Carmelita regarda de nouveau son fils et essaya de se convaincre qu'ils pouvaient être heureux dans leur exil ; le sourire que lui adressa une mère au fond de la salle renforça son optimisme encore timide. De nouveau elle pensa à sa recherche d'un foyer et décida qu'il valait mieux qu'elle s'oriente vers une maison : grande, avec un jardin où Agustín pourrait jouer. Elle retrouva espoir en pensant à une belle résidence avec une pièce lumineuse pour la couture et – pourquoi pas ? – un bureau plein de livres pour que Mario puisse lire le week-end quand il viendrait la voir. Elle se rappela le dernier baiser de son aimé, répondit par un large sourire à la dame du fond de la salle et se dit qu'après tout il y avait une vie après la mort de Pamela. Résolue, elle prit son portable, pianota *Ton canari t'attend* et l'envoya à Mario. Elle rangea son téléphone et le rouge eut raison de la pâleur de ses joues.

Le portable de Mario avait vidé sa batterie pendant les longues heures passées au chevet du lit de Vidal, à l'hôpital. Maintenant, à la lumière du jour, il contemplait la respiration calme de son fils, qui dormait paisiblement grâce aux sédatifs. Le spectacle de la main bandée qui reposait sur le ventre du jeune homme torturait le père. Ils ignoraient tous les détails, mais la chemise que portait Vidal quand il était arrivé à l'hôpital était imprégnée d'un sang qui en définitive n'était pas le sien. Il demanderait à Jaime de lui recommander un psychologue spécialisé dans le stress post-traumatique pour éviter d'autres séquelles, après l'enfer que son fils avait traversé.

Penser à Jaime l'amena à penser aux Bleus. Il se demandait s'ils continueraient d'exister en tant que tels après ces derniers événements : il voyait croître la méfiance d'Amelia et de Tomás à l'égard de Jaime, ce qu'il comprenait en partie, même si, pour il ne savait trop quelle raison, il ne s'était jamais senti aussi proche de Jaime qu'en ces circonstances. Il avait été profondément ému par l'angoisse de son ami devant l'état de son fils, quand ils étaient arrivés à l'hôpital. Il sentait aussi qu'il y avait du nouveau entre Amelia et Tomás, qui coupait les Bleus en deux, et malgré tout il savait que Tomás et lui resteraient très liés. Il en avait été ainsi pendant une trentaine d'années, en dépit de l'accident et de leurs mariages respectifs, enfants, disputes et réconciliations ; et à ça, se dit Mario, personne ne pourrait rien y changer.

Olga entra dans la chambre à pas chuchotés, s'approcha de son époux et prit un gobelet en carton rempli de café fumant. Aucun des deux n'avait beaucoup dormi ces dernières trente-six heures, mais ils étaient ensemble et relativement sains et saufs, se dit-elle en passant tendrement la main dans les cheveux ébouriffés de Mario.

— D'après le docteur, il faudra qu'il reste au moins cinq jours, souffla-t-elle à l'oreille de son époux.

Mario hocha la tête. Il avait sur les genoux un numéro d'*El Mundo* avec une immense photo d'archives de Salazar et de Pamela dans leurs beaux jours. Olga venait d'entendre à la télévision de la cafétéria un débat enflammé sur l'obligation pour Tomás Arizmendi de remettre les archives aux autorités. Elle se dit qu'elle devait en parler à Mario, mais elle décida d'attendre. Pour le moment, leurs sensations à tous les deux étaient aussi anesthésiées que le bras de Vidal, et elle se sentait dans une sorte de bulle paisible qu'elle ne voulait pas crever. La scène lui rappela les années où, sur le seuil de la chambre, ils contemplaient le berceau où Vidal, âgé de quelques mois, s'endormait enfin après une longue séance de larmes ; elle aurait aimé prolonger ce moment indéfiniment.

Vidal interrompit ses réflexions. Il ouvrit les yeux comme si ses paupières étaient de lourds rideaux métalliques, et il regarda ses parents. À part de courts répits, il était resté sous sédatif pendant presque un jour et demi, plongé dans un sommeil profond. Il fit une grimace de douleur en se rappelant où il se trouvait : les élancements de sa main avaient disparu, mais le bandage lui confirma que l'amputation du doigt n'était pas un cauchemar.

Olga et Mario se postèrent de chaque côté du lit. Le père lui parla de l'opération ; il y avait de fortes chances que la greffe soit une réussite et que la main retrouve sa mobilité. Vidal se demanda si Marina était au courant de ce qui lui était arrivé ; il l'appellerait dès qu'il se sentirait mieux. L'image de la jeune fille penchée sur son lit et caressant son bras intact était déjà en soi une caresse.

Puis il se rappela le coup de feu et ses yeux oublièrent la lourdeur des paupières pour s'écarquiller et demander des nouvelles de Luis. Mario mentit en assurant qu'il était en meilleure forme que lui : en réalité, il subissait encore des examens pour déterminer les séquelles que laisserait la lésion de l'os de sa jambe. Vidal, rassuré, dit à ses parents qu'il inviterait son ami à se joindre à eux – Manuel, Nicolás et lui –, pour développer l'application qui leur apporterait la fortune. Ils préférèrent ne pas lui rappeler que Nicolás était mort cinq jours plus tôt.

— Avec l'aide de Luis, *Piraraignées* sera un succès mondial, déclara Vidal.

Deux chambres plus loin, Luis pensait aussi aux ordinateurs, mais pas vraiment à un jeu. Sous l'effet des antibiotiques et des analgésiques qu'on lui avait administrés, il imaginait des stratégies féroces pour ruiner l'entreprise Lemlock et son propriétaire, Jaime Lemus. Il se rappelait les événements des deux derniers jours et l'annonce de sa mort prochaine quand il était aux mains de Restrepo et de son gorille, mais après l'explosion de la douleur dans sa jambe et la perte de sang, ses souvenirs étaient plongés dans la torpeur d'une brume épaisse. Il retenait l'odeur de sueur acide que dégageait le Gros quand il l'avait porté jusqu'à la voiture pour l'emmener à l'hôpital, c'était cette même odeur qu'il avait respirée quand on l'avait enlevé à Guadalajara. Une odeur qu'il n'oublierait jamais : c'était la première qu'il aspirait avidement, quand on lui enlevait le sac en plastique, après une séance d'asphyxie.

Il se rappela sa jambe et se dit qu'il devrait mesurer l'ampleur des dégâts. Le marathon était dans trois semaines ; l'incident avait retardé son programme de préparation, mais il pourrait l'accélérer avant d'arriver au jour J. Il ouvrit les yeux et vit son père, de dos, à la fenêtre. Les plis de sa chemise en lin et ses cheveux blancs en bataille trahissaient une nuit sur canapé. Il faillit dire quelque chose, mais il était encore trop fatigué. Il préféra refermer les yeux et réfléchir au moyen de ruiner ce Jaime Lemus.

— Il est indispensable que Tomás et Amelia soient à l'abri de toute agression, dit Jaime aux quatre collaborateurs qui l'entouraient, dans la salle de réunion de son entreprise, à quatre kilomètres à peine de l'endroit où se trouvait Luis. Peu importent les moyens et les gens qu'on investit là-dedans. Louez un appartement en face de l'immeuble où habite Tomás, je veux une équipe d'intervention vingt-quatre heures sur vingt-quatre, sept jours sur sept, posez des détecteurs de mouvements et des micros, interceptez les appels, filtrez toutes les communications des trafiquants et dressez les oreilles pour détecter ce qui pourrait mettre nos amis en péril. Relayez-vous par équipes de deux pour prendre Tomás en filature. Ils ont encore les radiotéléphones que je leur ai donnés. Suivez-les avec le GPS.

— Et que faisons-nous avec doña Amelia ? Elle a des gardes du corps fédéraux.

— Soudoyez l'un d'eux, si possible le chef : offrez-lui trois mille dollars par mois pour qu'il collabore à sa surveillance. Expliquez-lui que c'est mon amie, mais qu'elle est trop fière pour accepter une aide. Il faut le convaincre que c'est dans son intérêt, ça le tranquillisera quand il empochera l'argent. Et rappelez-vous, les deux mois à venir sont cruciaux ; après, nous reverrons tout le dispositif.

Après la réunion, Jaime demanda à sa secrétaire de lui appeler un numéro. Il savait que si le cartel de Sinaloa voulait s'en prendre à Tomás ou à Amelia, toute mesure de sécurité, d'où qu'elle vienne, serait insuffisante ; cependant, le déploiement de moyens qu'il était prêt à mobiliser au service de ses amis, et même à leur insu, le rassurait. À ses yeux, c'était la preuve concrète que c'était lui qui vivait dans le monde réel, tandis qu'eux flottaient dans un nuage romantique nourri de convictions aussi infantiles qu'abstraites.

Jaime savait que la seule façon de neutraliser une menace sur Tomás était de négocier avec le cartel ; une sorte d'annexe à ce qu'il avait déjà obtenu.

— Don Jaime, votre appel à l'ex-gouverneur Zendejas est en ligne, dit sa secrétaire.

— Agustín, quel plaisir de t'entendre, mon frère.

— Tout le plaisir est pour moi, Jaime. En quoi puis-je t'être utile ?

— Écoute, les bouteilles que tu m'as envoyées sont un vrai délice. Je voudrais un autre envoi et je vais te faire une proposition que tu vas trouver irrésistible. Quand nous voyons-nous pour en parler ?

— Ah, laisse-moi le temps de consulter notre amphitryon et je te fixerai une date. Bonne journée, mon frère.

Jaime raccrocha, pensif : il devait offrir au cartel quelque chose en échange de la tranquillité de Tomás. Le commandant en chef des patrouilles des chemins dans l'État de Puebla lui devait son poste, une perle que les gens de Sinaloa sauraient sûrement apprécier.

En revanche, Tomás et Amelia ne sauraient jamais ce qu'il faisait pour eux, se dit-il. Peut-être sauvait-il la vie au journaliste.

Il se sentit généreux et, pourquoi pas ? moralement supérieur à eux. Il laisserait passer quelques mois et invoquerait la force du passé pour les réunir de nouveau. Il savait que tôt ou tard Tomás démolirait ce qui se passait entre Amelia et lui, et il savait qu'il y avait longtemps que son père ne cherchait plus à rivaliser avec lui sur ce terrain. Un jour, Amelia pourrait être sienne.

Le souvenir de son père l'amena à se demander comment le grand Carlos Lemus supportait la perte de Pamela. Grâce aux enveloppes qu'il remettait aux gérants respectifs du fleuriste et de la bijouterie préférés de son géniteur, Jaime savait que Lemus avait envoyé un cadeau à Pamela une semaine avant sa mort, un bracelet de brillants et un message : *Les diamants sont éternels ; pas nous, cessons de feindre*. Carlos Lemus devait vivre dans la torture de ne pas connaître la réponse qui ne lui parviendrait jamais.

Carlos avait accueilli la nouvelle de la mort de Salazar avec des sentiments contradictoires. Il n'avait pas été surpris par ce dénouement après avoir lu l'article de Tomás sur les dossiers secrets de Pamela : c'était la seule solution pour le ministre, après la révélation de l'espionnage honteux dont il avait été la victime. Sa disparition soulageait énormément Lemus, pour des raisons d'ordre politique comme de sécurité personnelle.

Cependant, l'existence des archives que Pamela conservait sur ses amants le remplissait d'inquiétude. D'abord, il essaya de se convaincre que ce qui s'était passé entre eux était spécial ; Pamela ne l'aurait jamais inclus dans ses rapports. Ensuite, il se rappela le mécontentement d'Amelia la veille, qu'il avait trouvé disproportionné, sur le moment. Sa colère ne pouvait provenir que du fait qu'elle était au courant de ses amours avec l'actrice.

La rancœur d'Amelia le préoccupait moins que le risque de voir sa liaison avec Pamela portée à la connaissance du grand public ; toute personne ayant un lien avec les dossiers de l'actrice serait diabolisée jusqu'à la fin de ses jours. Carlos chercha à se rassurer en imaginant une riposte active : aller voir Tomás pour connaître le contenu du rapport sur sa personne, s'il y en avait un. Il devrait convaincre le journaliste de détruire cette fiche. Ensuite il reverrait Amelia : ils avaient un large éventail de complicités et de souvenirs émouvants qui aideraient à rétablir leur amitié.

Mais il devait d'abord récupérer le bracelet et, plus important, la carte qui l'accompagnait. Il l'avait envoyée sans initiales, mais l'achat du bijou permettrait de remonter jusqu'à lui. Il décida de convoquer le commandant Miguel Ordorica pour lui demander de pénétrer le soir même dans l'appartement de Pamela et de récupérer l'objet. Salazar avait disparu, mais pas ses collaborateurs ; il était certain que Gamudio et compagnie essaieraient d'effacer dans l'appartement de l'actrice toute trace compromettante de leur chef et d'eux-mêmes.

Wilfredo Gamudio ne pensait pas à Pamela ce vendredi matin, lendemain de la tragédie ; Willy essayait de se rappeler si la cravate grise du ministre avait été tachée de sang. Il était avec Maricruz, dans l'immense dressing-room de Salazar, choisissant des vêtements pour habiller le corps du ministre. Les autorités ramèneraient bientôt le corps, après l'autopsie de rigueur, que le président avait autorisée.

La veille avait été une journée folle, entre les appels de la famille et ceux des amis personnels du ministre, le harcèlement des journalistes et des rédactions, et les coups de fil de Los Pinos, qui exigeaient un inventaire des affaires les plus urgentes sur l'agenda du ministre de l'Intérieur. Le jour même, un des ministres délégués avait été désigné pour expédier les affaires courantes, et on attendait la nomination d'un nouveau ministre d'un instant à l'autre.

Les cravates étaient innombrables, mais Gamudio trouvait que la grise de la veille était la plus appropriée pour la dernière apparition du corps en public ; la gouvernante lui fit remarquer que le costume noir préféré de don Augusto était justement celui qu'il portait la veille. Gamudio se demanda pour quelle raison les suicidés abîment leur plus beau costume en le mettant avant de se tuer, au lieu de le laisser intact pour le porter jusqu'au restant de leurs jours, même à l'intérieur du cercueil.

Il décida finalement de prendre chaque vêtement en double pour que la famille, la sœur et les neveux qui venaient d'arriver de Tampico prennent la décision finale. En passant par le bureau, il ne résista pas à la tentation de s'approcher de la table. Une auréole de sang séché sur le fond clair du bois avait laissé une empreinte curieuse : un yin-yang distordu avec deux presse-papiers en guise de fixation.

Gamudio s'assit dans le fauteuil et examina la tache que la veille le ministre avait grattée avec son ongle. Il vit avec satisfaction qu'elle avait disparu et que le sang avait respecté cette zone. Puis il fit une chose étrange : il se pencha sur le bureau et adopta la position de Salazar quand il l'avait trouvé. Et il s'abandonna aux sanglots pendant un bon moment.

Il finit par se relever et alla se rincer le visage à la salle de bains. Il chercha dans les poches de sa veste un mouchoir jetable et trouva les feuillets froissés qu'il avait pris sur le bureau le matin de la tragédie. Appuyé sur le lavabo, il relut les phrases inachevées de Salazar. Gamudio se dit que, comme pour tous les discours du ministre, il aurait dû l'aider à rédiger un mot de suicidé plus approprié. Enfin, il ouvrit le feuillet plié et lut à haute voix les noms des trois condamnés à mort : Jaime Lemus, Tomás Arizmendi, Amelia Navarro. Il sanglota encore quelques instants, s'essuya le nez et les yeux et jeta le mouchoir et tous les papiers dans les WC.

Il tira la chaîne et regarda les passions de Salazar disparaître dans les remous de la chasse d'eau.

Les passions d'Amelia et Tomás, en revanche, s'entremêlaient avec jouissance dans un lit qu'elle ne pensait plus jamais partager avec quiconque. Elle avait eu des partenaires occasionnels ces dernières années, mais elle ne les recevait jamais chez elle, craignant qu'un peu d'eux-mêmes ne reste accroché aux draps ou dans sa salle de bains, et ne contamine l'espace intime qu'elle réservait à son usage personnel. Elle préférait se déplacer ou passer la nuit chez l'autre, ce qui lui permettait de s'en aller au moment où elle l'avait décidé.

Cependant, il n'y avait rien d'envahissant dans la présence de Tomás. C'était une sorte de dédoublement d'elle-même ; un fragment du passé qui faisait partie de sa biographie de la même façon que le grain de beauté rougeâtre de sa lèvre ou son odorat, qui ordonnait et classait les choses de ce monde.

Ils avaient fait l'amour, avec les rideaux ouverts à la lumière du jour pour la première fois, sans la précipitation des fois précédentes ; ils n'avaient plus l'appétit du spoliateur qui foule un territoire où il pourrait ne jamais revenir, mais l'esprit du colonisateur qui arrive dans une région où il envisage de s'installer.

Il était 13 h 55, en ce premier vendredi de décembre. Ils partageaient une bière pour reconstituer les fluides perdus dans les draps ; l'odeur de leurs corps remplissait la chambre avec une intensité qui pour tout autre aurait été choquante.

Tomás pensa qu'il leur avait fallu trente ans, mais que maintenant qu'ils étaient ensemble ils avaient toute la vie devant eux. Quel soulagement de laisser derrière soi la vie errante et incertaine du célibataire au cœur tendre, et de construire un avenir à deux où ils pourraient vieillir avec la dignité de ceux qui se sentent éternellement choyés par l'être aimé.

Amelia pensa aux amours de Tomás ; plus d'une fois elle avait été la confidente du cœur brisé ou de la passion irrésistible de son ami. Elle sentait qu'ils vivaient autre chose qu'un caprice, mais elle connaissait trop bien la fragilité des hormones de Tomás et l'inconsistance de leur attachement. Après tout, ils avaient le week-end devant eux et les vacances de décembre en perspective, le reste, c'est la vie qui le dirait. Si l'avenir lui préparait une déception, elle décida qu'elle se rembourserait par avance en buvant sans retenue ce que le présent lui offrait.

Ils résolurent de camper chez elle jusqu'à la fin de la semaine et d'oublier pendant quelques heures Pamela, la classe politique, les cartels, les réseaux sociaux et les bulletins d'information. Ils avaient une pile de livres à lire sur la table de nuit, le dernier cycle de films de Woody Allen et la dernière saison de *Mad Men*. Amelia peignait une grande fresque sur le mur de son bureau et Tomás lui demanda de lui apprendre à combiner les couleurs ; en échange, il lui apprendrait à danser la salsa linéaire.

Amelia appela son bureau pour annuler ses rendez-vous et Tomás brancha son téléphone quelques instants pour reporter au lundi son rendez-vous dominical avec Jimena. Des centaines de messages et d'appels s'étaient accumulés dans son portable éteint depuis la veille : tous les journaux télévisés et beaucoup de politiciens voulaient lui parler. Le pays était sur des charbons ardents, à cause des autres dossiers des amants de Pamela, et seul le journaliste semblait en détenir les clés.

Cependant, avant de composer le numéro de sa fille, il appela Rosendo Franco, patron d'*El Mundo*.

— Mon cher Tomás, quelle chance de t'entendre.

— Don Rosendo, bonjour, dit Tomás en ramenant un pan de drap sur son sexe ; d'un geste amusé il attira l'attention d'Amelia et plaça le récepteur près de sa tête pour qu'elle entende.

— Je sais que tu es sous pression, tout le monde veut t'interviewer. Je voulais seulement te dire que tu as frappé un grand coup au cœur de la corruption politique de ce pays. Tu n'imagines pas comme nous sommes fiers de ton travail d'investigation ; c'est pour publier des textes comme le tien que j'ai fondé ce journal et c'est ce qui me ramène jour après jour dans les bureaux malgré mon âge.

— Merci, don Rosendo, vous êtes trop aimable.

— Allons, je ne veux pas te déranger davantage. Il faut que tu viennes dîner un soir à la maison, Claudia aussi a très envie de te voir. Et, entre nous, si une personne proche apparaît dans les archives de Pamela, on en discute avant, d'accord ?

Tomás raccrocha et ils éclatèrent de rire tous les deux.

— Dis donc, s'exclama Amelia, à se demander avec qui Pamela n'a jamais couché !

— Avec moi, dit Tomás piteusement.

— On peut arranger ça, mon beau paysan tout noir.

Dans un quartier voisin, Jaime regarda pour la énième fois l'écran de son ordinateur : deux petits points rouges étaient superposés. Furieux, il sortit le téléphone de sa poche et appela le Gros, Tony Soprano.

Pour en savoir plus sur la collection Actes noirs,
tous les livres, les nouveautés, les auteurs, les actualités,
lire des extraits en avant-première :

actes-sud.fr
facebook/actes noirs

OUVRAGE RÉALISÉ
PAR L'ATELIER GRAPHIQUE ACTES SUD
ACHEVÉ D'IMPRIMER
SUR ROTO-PAGE
EN FÉVRIER 2015
PAR L'IMPRIMERIE FLOCH
À MAYENNE
POUR LE COMPTE DES ÉDITIONS
ACTES SUD
LE MÉJAN
PLACE NINA-BERBEROVA
13200 ARLES

DÉPÔT LÉGAL
1re ÉDITION : MARS 2015
N° impr. : 88009
(Imprimé en France)